2024

Abitur

Original-Prüfungsaufgaben
mit Lösungen

Niedersachsen

Deutsch

STARK

18. neu bearbeitete und ergänzte Auflage
www.stark-verlag.de

Inhaltsverzeichnis

Vorwort

Hinweise und Tipps zur schriftlichen Abiturprüfung

1 Grundlagen I
2 Rahmenbedingungen und Prüfungsstoff II
3 Aufgabenarten IV
4 Anforderungsbereiche und Operatoren VI
5 Bewertungskriterien XI
6 Tipps zur Arbeit mit Texten XII

Hinweise und Tipps zur mündlichen Abiturprüfung

1 Allgemeines XV
2 Prüfungsteil I: eigenständiger Vortrag XVI
3 Prüfungsteil II: das Prüfungsgespräch XVII
4 Die Präsentationsprüfung XVIII

Übungsaufgaben

Prüfungsthema: Georg Büchner: „Woyzeck" / „Leonce und Lena"

Übungsaufgabe 1: Interpretation literarischer Texte *(EA)*
Ernst Toller: *Der deutsche Hinkemann* 1

Übungsaufgabe 2: Interpretation literarischer Texte *(EA)*
Johann Wolfgang Goethe: *Faust* 13

Übungsaufgabe 3: Materialgestütztes Verfassen eines argumentierenden Textes *(GA)*
Programmbuch-Aufsatz zu Inszenierungsansatz für *Woyzeck* 24

Übungsaufgabe 4: Literarische Erörterung *(GA)*
Ulrich Rasche: *Was ist das, das in uns lügt, mordet, stiehlt?* /
Georg Büchner: *Woyzeck* 36

Prüfungsthema: Sprache – Denken – Wirklichkeit

Übungsaufgabe 5: Analyse eines Sachtextes *(EA)*
Rafaela von Bredow: *Leben ohne Zahl und Zeit* 46

Übungsaufgabe 6: Analyse eines Sachtextes *(EA)*
Johann Gottlieb Fichte: *Von der Sprachfähigkeit und dem Ursprung der Sprache* 58

Übungsaufgabe 7: Erörterung pragmatischer Texte *(EA)*
Peter Eisenberg: *Finger weg vom generischen Maskulinum!* 68

Übungsaufgabe 8: Analyse eines Sachtextes *(GA)*
Ralf Bönt: *Loriot und die Sache mit dem Asterisk* 80

Prüfungsthema: Literarische Umbrüche um 1900

Übungsaufgabe 9: Interpretation literarischer Texte *(EA)*
Georg Trakl: *Vorstadt im Föhn* /
Hugo von Hofmannsthal: *Siehst du die Stadt?*................. 92

Übungsaufgabe 10: Interpretation literarischer Texte *(GA)*
Franz Kafka: *Ein altes Blatt* 104

Original-Abituraufgaben

Erhöhtes Anforderungsniveau 2021 (Auswahl)

Aufgabe III: Analyse pragmatischer Texte
Miriam Meckel: *In der Grotte der Erinnerung* .... EA 2021-1

Grundlegendes Anforderungsniveau 2021 (Auswahl)

Aufgabe III: Analyse pragmatischer Texte
Alexander Kissler: *Donald Trump, Don Giuseppe und das Elend der Berichterstattung* .... GA 2021-1

Erhöhtes Anforderungsniveau 2022 (Auswahl)

Aufgabe I: Interpretation literarischer Texte
Christoph Ransmayr: *Sternenpflücker* .... EA 2022-1

Aufgabe IV: Materialgestütztes Verfassen informierender Texte
Einführungsvortrag zum Zusammenhang von Sprache und Gewalt .... EA 2022-14

Grundlegendes Anforderungsniveau 2022 (Auswahl)

Aufgabe I: Interpretation literarischer Texte
Zoë Jenny: *Der Flug des Kondors* .... GA 2022-1

Aufgabe IV: Materialgestütztes Verfassen informierender Texte
Programmheftbeitrag zur Stellung von Schriftstellerinnen
im gegenwärtigen Literaturbetrieb .... GA 2022-10

Erhöhtes und grundlegendes Anforderungsniveau 2023

Aufgaben .... **www.stark-verlag.de/mystark**
Sobald die Original-Prüfungsaufgaben 2023 freigegeben sind, können Sie sie als PDF auf der Plattform MyStark herunterladen (Zugangscode vgl. Innenseite des Umschlags).

Autorinnen und Autoren

Lothar Adam:	Übungsaufgabe 6
Christian Berg:	Übungsaufgabe 3; Lösungen EA 2021/IV; GA 2021/IV
Dieter Gall	Übungsaufgabe 10
Erasmus Ganghofer:	EA 2022/IV
Svenja Grünert:	GA 2022/I
Claudia Hagemeister:	Übungsaufgabe 8
Christian Heigel	Übungsaufgabe 4
Jennifer Hermann	Übungsaufgabe 1; GA 2022/IV
Angela Horwitz	Übungsaufgabe 5
Dr. Carsten Lange:	Übungsaufgabe 2
Christine Langer:	EA 2022/I
Dr. Monika Lindinger:	Übungsaufgabe 9
Ute Mattheus:	Hinweise und Tipps zur Abiturprüfung
Annika Neesen	Lösung EA 2021/III
Redaktion	Übungsaufgabe 7
Alisa Schlegel:	Lösung GA 2021/III
Marlene Stahl-Busch:	Hinweise und Tipps zur Abiturprüfung

Vorwort

Liebe Abiturientinnen und Abiturienten,

der vorliegende Band hilft Ihnen bei der gezielten und optimalen Vorbereitung auf die **schriftliche Abiturprüfung 2024** im Fach **Deutsch**.

Das einführende Kapitel „**Hinweise und Tipps**" …

- informiert Sie über die offiziellen Vorgaben.
- liefert praktische Tipps, wie Sie bei der Bearbeitung der Aufgaben am besten vorgehen, und enthält eine Liste mit gängigen Operatoren.

Der anschließende **Trainingsteil** …

- bietet Ihnen **Übungsaufgaben** im Stil der Prüfung **zu den 2024 prüfungsrelevanten Wahlpflichtmodulen**.
- enthält eine Auswahl der vom Kultusministerium gestellten **Prüfungsaufgaben** aus den **Jahren 2021 und 2022**, die Ihnen zeigen, was im Abitur auf Sie zukommt.
- führt Ihnen anhand von **ausformulierten Lösungen** unserer Autorinnen und Autoren vor Augen, wie ein mustergültiger Aufsatz geschrieben sein könnte.

Lernen Sie gerne am PC, Tablet oder Smartphone? Auf der **Plattform MyStark** haben Sie Zugriff auf:

- aktuelle **Original-Prüfungsaufgaben 2023** mit Lösungsvorschlägen
- ein **interaktives Grundlagentraining** zur Analyse von literarischen und pragmatischen Texten
- **Erklärvideos** zur Veranschaulichung der Textanalyse

Sollten nach Erscheinen dieses Bandes noch wichtige Änderungen in der Abiturprüfung 2024 vom Kultusministerium bekannt gegeben werden, finden Sie aktuelle Informationen dazu im Internet unter: *www.stark-verlag.de/mystark*

Wir wünschen Ihnen eine effektive Abiturvorbereitung und eine erfolgreiche Prüfung!

Die Autorinnen und Autoren sowie der Verlag

Hinweise zu den digitalen Zusätzen

Auf alle digitalen Zusätze können Sie online über die Plattform **MyStark** zugreifen. Ihren persönlichen Zugangscode finden Sie auf der Umschlaginnenseite.

PDF der Original-Prüfungsaufgaben 2023

Sobald die Original-Prüfungsaufgaben 2023 freigegeben sind, können Sie sie als PDF auf der Plattform MyStark herunterladen. Die entsprechende Datei finden Sie auf MyStark im Bereich „Dokumente“.

Erklärvideos

Mehr Sicherheit im Umgang mit Texten: **Erklärvideos** veranschaulichen, auf welche Aspekte bei der Erschließung litererarischer und pragmatischer Texte zu achten ist.

Folgende Erklärvideos sind enthalten:

- Epische Texte analysieren
- Lyrische Texte analysieren
- Sachtexte analysieren

Interaktives Grundlagentraining

Das Online-Training **stärkt Ihre Kompetenzen** im Umgang mit verschiedenartigen Texten. Alle Aufgaben können direkt am PC oder Tablet bearbeitet werden. Sie erhalten dann sofort eine Rückmeldung zu Ihren Antworten.

Unter anderem werden diese Fertigkeiten durch kleinschrittige und abwechslungsreiche Aufgaben trainiert:

- Inhalt und Struktur von Texten herausarbeiten (Sachtexte, literarische Texte)
- sprachlich-stilistische Gestaltungsmittel bzw. die Leserlenkung untersuchen
- Figuren charakterisieren
- Motive und Themen analysieren
- Deutungsansätze entwickeln

HINWEISE UND TIPPS

Hinweise und Tipps zur schriftlichen Abiturprüfung

1 Grundlagen

1.1 Vorgaben für das Zentralabitur Deutsch

Die schriftlichen Prüfungsaufgaben richten sich in Aufbau und Inhalt nach:

- dem geltenden **Kerncurriculum für Gymnasien – gymnasiale Oberstufe** – im Fach Deutsch des Niedersächsischen Kultusministeriums, in Kraft gesetzt zum 1. August 2016 (kann als PDF-Datei vom Niedersächsischen Bildungsserver heruntergeladen werden: *http://www.cuvo.nibis.de*),
- den bundesweit verbindlichen **Bildungsstandards im Fach Deutsch** für die Allgemeine Hochschulreife, online zu finden unter: http://www.kmk.org/fileadmin/Dateien/veroeffentlichungen_beschluesse/2012/2012_10_18-Bildungsstandards-Deutsch-Abi.pdf,
- den vom Kultusministerium festgelegten **Hinweisen zur Abiturprüfung 2024 mit der Festlegung der Wahlpflichtmodule für zwei Rahmenthemen:** https://bildungsportal-niedersachsen.de/fileadmin/4_Allgemeinbildung/Zentrale_Arbeiten/2024/01DeutschHinweise_2024_Stand_12_07_22.pdf

  Die Abituraufgaben sind in der Regel so konzipiert, dass sie nicht auf Textauszügen aus Werken basieren, die im Unterricht verbindlich zu behandeln waren, sondern dass sie diese von einem unbekannten Außentext her ansteuern.

1.2 Zeitrahmen und Hilfsmittel

In der schriftlichen Abiturprüfung werden **vier** Aufgabenvorschläge zur Auswahl gegeben. Die **Bearbeitungszeit** liegt im erhöhten Anforderungsniveau bei **300 Minuten**, im grundlegenden Anforderungsniveau bei **220 Minuten**. Für das Durchlesen der Aufgaben und Textvorlagen einschließlich der Aufgabenwahl steht Ihnen zusätzlich eine **Einarbeitungszeit** zur Verfügung.
Als **Hilfsmittel** ist ein Wörterbuch der deutschen Rechtschreibung zugelassen sowie **Textausgaben der verbindlichen Pflichtlektüren**.

2 Rahmenbedingungen und Prüfungsstoff

2.1 Lehrplanvorgaben durch das Kerncurriculum für die Qualifikationsstufe

Das Kerncurriculum für die Sek II ist in **sieben Rahmenthemen** gegliedert, wobei jeweils zwei Rahmenthemen ein schulisches Halbjahr füllen. Da das letzte Semester aufgrund der Abiturprüfung verkürzt ist, umfasst es nur ein Rahmenthema, das der Filmanalyse gewidmet ist. Die folgende **Übersicht** zeigt die Standardabfolge der Rahmenthemen, jedoch kann die Fachkonferenz der Schule Abweichungen innerhalb eines Halbjahres beschließen.

1. Schuljahrgang der Qualifikationsphase	
Rahmenthemen	**Pflichtmodule und Wahlpflichtmodule (WPM)**
1. Kurshalbjahr	
Rahmenthema 1: *Literatur und Sprache um 1800*	Pflichtmodul: *Romantik als Gegenbewegung zur Aufklärung?* + Vertiefung oder Ergänzung aus dem WPM-Bereich
Rahmenthema 2: *Drama und Kommunikation*	Pflichtmodul: *Gestaltungsmittel des Dramas* + Vertiefung oder Ergänzung aus dem WPM-Bereich
2. Kurshalbjahr	
Rahmenthema 3: *Literatur und Sprache um 1900 – neue Ausdrucksformen der Epik*	Pflichtmodul: *Krise und Erneuerung des Erzählens* + Vertiefung oder Ergänzung aus dem WPM-Bereich
Rahmenthema 4: *Vielfalt lyrischen Sprechens*	Pflichtmodul: *Was ist der Mensch? – Lebensfragen und Sinnentwürfe* + Vertiefung oder Ergänzung aus dem WPM-Bereich

2. Schuljahrgang der Qualifikationsphase	
Rahmenthemen	**Pflichtmodule und Wahlpflichtmodule (WPM)**
3. Kurshalbjahr	
Rahmenthema 5: *Literatur und Sprache von 1945 bis zur Gegenwart*	Pflichtmodul: *Wirklichkeitserfahrungen und Lebensgefühle Jugendlicher – Literatur und Sprache von der Nachkriegszeit bis in die Gegenwart* + Vertiefung oder Ergänzung aus dem WPM-Bereich
Rahmenthema 6: *Reflexion über Sprache und Sprachgebrauch*	Pflichtmodul: *Tendenzen in der deutschen Gegenwartssprache* + Vertiefung oder Ergänzung aus dem WPM-Bereich
4. Kurshalbjahr	
Rahmenthema 7: *Medienwelten*	Pflichtmodul: *Medien im Wandel* + Vertiefung oder Ergänzung aus dem WPM-Bereich *Dieses Rahmenthema kann im Schuljahr 2020/21 aufgrund der Beeinträchtigungen durch die Corona-Krise entfallen.*

Die sieben Rahmenthemen bilden die Breite des Faches (Gattungen, Epochen, Reflexion über Sprache und Medien) ab und setzen im Aufbau einen literaturgeschichtlichen Akzent.
Jedes **Rahmenthema** besteht aus einem grundlegenden **Pflichtmodul** und wird ergänzt durch ein **Wahlpflichtmodul (WPM)**, welches die Inhalte und Unterrichtsaspekte erweitert, ergänzt oder vertieft. Die Fachlehrerinnen und Fachlehrer erstellen auf der Grundlage des Kerncurriculums und der ministeriellen Hinweise für jeden Jahrgang einen schuleigenen Lehrplan, in dem die fünf frei gewählten Wahlpflichtmodule und die beiden vom Kultusministerium vorgegebenen Wahlpflichtmodule unter Angabe der Lektüren sowie weiterer Materialien und der zentralen Unterrichtsaspekte einen stimmigen **Netzplan** ergeben. Für die zwei Jahre in der Qualifikationsphase sind **auf erhöhtem Anforderungsniveau fünf, auf grundlegendem Niveau drei Lektüren** als Mindestanzahl an Ganzschriften vorgeschrieben.

Das Kerncurriculum besteht jedoch nicht aus einer Auflistung verpflichtender Inhaltsbereiche, sondern **definiert** vor allem **in Kompetenzformulierungen die Wissens- und Könnensebenen**, die von den Schülerinnen und Schülern erreicht werden sollen. Der Unterricht in den Deutschkursen auf **grundlegendem** und auf **erhöhtem Anforderungsniveau** unterscheidet sich nur graduell. Gemeinsam ist beiden Kursarten eine möglichst breite sprachlich-literarische Grundbildung, wobei die Kurse auf erhöhtem Niveau quantitativ wie qualitativ durch besondere Schwerpunktsetzungen in den Inhalten und Methoden auf eine vertiefte Aneignung der unterrichtlichen Themen zielen.

2.2 Prüfungsstoff

Die Abiturprüfungskommission greift bei der Erstellung der Abituraufgaben auf folgende Bereiche zurück, die als **verbindlicher Prüfungsstoff** gelten:
- die Pflichtmodule aller sechs Rahmenthemen,
- die beiden ministeriell festgelegten Wahlpflichtmodule, eingeschlossen die genannten Lektüren und Begleitmaterialien,
- das Themenfeld „Umbrüche in der deutschsprachigen Literatur um 1900".

Für die **Abiturprüfung 2024** wurden folgende **Festlegungen** vorgenommen:
- Im Rahmenthema 2 (Drama und Kommunikation) wird als **Wahlpflichtmodul** festgelegt: **Familie im Drama**

  Text:
  – Georg Büchner: *Woyzeck* (1837)

  Zusätzlich für das erhöhte Niveau:
  – Georg Büchner: *Leonce und Lena* (1836)

- Im Rahmenthema 6 (Sprache und Sprachgebrauch reflektieren) heißt das **Wahlpflichtmodul „Sprache – Denken – Wirklichkeit":**

  Texte:
  – Benjamin Lee Whorf: *Sprache, Denken, Wirklichkeit* (1956 posthum veröffentlicht, 1963 in deutscher Übersetzung; Auszug)

- Dieter E. Zimmer: *Wiedersehen mit Whorf* (2008; Auszug)
- Peter Eisenberg: *Wenn das Genus mit dem Sexus* (FAZ, 2018)
- Gabriele Diewald/Damaris Nübling: *Genus und Sexus – es ist kompliziert* (NZZ, 2020)

Zusätzlich für das erhöhte Niveau:
- Johann Gottfried Herder: *Abhandlung über den Ursprung der Sprache* (1772; Auszüge)
- Karl Wilhelm Ludwig Heyse: *System der Sprachwissenschaft* (1856 posthum erschienen; Auszüge)

Zudem wird sich einer der vier Abituraufgaben auf das **Themenfeld „Umbrüche in der deutschsprachigen Literatur um 1900"** beziehen, zu dem Sie im Unterricht folgende Aspekte behandelt haben:
- Spiegelung kulturgeschichtlicher Entwicklungen in der Literatur
- literaturgeschichtliche Strömungen zwischen Naturalismus und Expressionismus im Überblick
- neue Formen des Erzählens und des lyrischen Sprechens
- zentrale Themen und Motive

3 Aufgabenarten

Die folgende tabellarische Zusammenstellung aus den **Bildungsstandards** illustriert die **möglichen Schreibformate**, die miteinander kombinierbare Grundmuster darstellen:

	Textbezogenes Schreiben				**Materialgestütztes Schreiben**	
Aufgabenart	Interpretation literarischer Texte	Analyse pragmatischer Texte	Erörterung literarischer Texte	Erörterung pragmatischer Texte	Material-gestütztes Verfassen informierender Texte	Material-gestütztes Verfassen argumentierender Texte

Quelle: Bildungsstandards im Fach Deutsch für die Allgemeine Hochschulreife (Beschluss der KMK vom 18. 10. 2012), S. 24

3.1 Interpretation literarischer Texte

Einer Textinterpretation kann ein Textausschnitt aus einem **epischen, lyrischen oder dramatischen Werk** zugrunde liegen, der meistens zusammenzufassen, zu erschließen, zu interpretieren oder mit einem anderen Text zu vergleichen ist. Es geht darum, den **Text in seiner Besonderheit** zu verstehen und dieses Verständnis sprachlich zum Ausdruck zu bringen. Dabei ist es ratsam, ihn zunächst mehrfach zu lesen, Auffälliges zu markieren, Beobachtungen zu notieren, Fragen an ihn zu stellen und sich zu überlegen, was charakteristisch und wesentlich ist. Eine literarische Analyse und Interpretation erfasst dabei sowohl **inhaltliche** als auch **sprachlich-stilistische, erzählstrukturelle und gestalterische Elemente**. Die Deutung soll aus solchen Beobachtungen heraus entwickelt und mit Zitaten und unter Verwendung von Fachwörtern (Stilmittel) belegt werden.

3.2 Analyse pragmatischer Texte

Die Textanalyse bezieht sich auf **Sachtexte**, die in ihrer **Aussage** und **Struktur**, ihrer **Argumentation** und **Intention** zu erschließen und in ihren Thesen oder spezifischen Positionen zu erläutern und zu erörtern sind. meist Dabei umfasst die Aufgabenstellung eine Herausarbeitung des **Argumentationsgangs** sowie die Untersuchung der **rhetorisch-stilistischen Gestaltung** des vorliegenden Textes. Üblicherweise handelt es sich um Essays, Leitartikel, Kritiken, Kommentare, Reden und Berichte. Im Unterschied zu literarischen Texten sind sie **nicht fiktional:** Nicht ein lyrisches Ich oder ein erdachter Erzähler, sondern reale Persönlichkeiten ergreifen um einer spezifischen Botschaft (Intention, Wirkungsabsicht) willen das Wort. Sie wollen appellieren und überzeugen, manchmal aber auch provozieren.

3.3 Die literarische und die textgebundene Erörterung

Die literarische sowie die textgebundene Erörterung gehen über eine reine Textinterpretation beziehungsweise Textanalyse hinaus. Das Verständnis der Vorlage und der ihr innewohnenden Argumentationsstruktur ist Grundlage der Erörterung. Bei dieser Aufgabenart sollen Sie Ihre Kompetenz unter Beweis stellen, **folgerichtig argumentieren** und Gesichtspunkte gegeneinander **abwägen** zu können. Es kommt darauf an, überzeugende **Pro- und Kontra-Argumente** zu entwickeln, mit Beispielen zu stützen, um auf dieser Basis ein eigenes, differenziertes **Fazit** zu ziehen.

Bei der **textgebundenen Erörterung** müssen Sie in der Regel die Kernaussagen eines Sachtextes erarbeiten und danach erörtern oder die Argumentation des Autors bzw. der Autorin kritisch bewerten. Gängige Themen des gegebenen Textes (Kommentar, Essay, Auszug aus einem Sachbuch) sind „**Sprache und Sprachgebrauch**“, „**Medien**“ und „**Lesen/Literatur**“.

Die Aufgabenform der **literarischen Erörterung** bezieht sich auf die im Unterricht behandelten **Pflichtlektüren**. Hier sind **drei Varianten** denkbar:

a) Sie erhalten eine These bzw. strittige Fragestellung ohne weiteres Material.
b) Ihnen wird eine These bzw. strittige Fragestellung zusammen mit Auszügen aus der bekannten Lektüre vorgelegt.
c) Sie bekommen einen Sachtext, dessen Aussagen Sie zunächst eigenständig erschließen müssen.

In allen drei Fällen müssen Sie die **jeweilige(n) These(n) erfassen** bzw. diese bei Variante c) erst selbst aus dem Sachtext erarbeiten. Im Anschluss gilt es, diese Aussagen **in Beziehung zur behandelten Lektüre zu setzen** und sie **kritisch zu erörtern**.

Untersucht werden können Fragestellungen, die den Inhalt oder die formale Gestaltung der Lektüre oder aber textexterne Faktoren betreffen, wie z. B.: Lassen sich die Thesen des Autors auf das literarische Werk übertragen? Gelten seine Ausführungen zu einer Epoche / einer Gattung auch für die Lektüre? Trifft die Einschätzung der Autorin zu Figurenzeichnung / erzählerischer Gestaltung / Dramenaufbau etc. zu?
Sie sollten bei der literarischen Erörterung unbedingt über eine **genaue Kenntnis der Pflichtlektüre** verfügen, um schlüssige Argumente zu entwickeln und anhand des Textes zu belegen. Mithilfe **der Ihnen vorliegenden Textausgabe** können Sie sich noch einmal zentrale Passagen vergegenwärtigen oder relevante Zitate ausfindig machen, die Sie in Ihren Text einbauen wollen.

3.4. Das materialgestützte Schreiben

Unter dem Begriff „materialgestütztes Schreiben" verstehen die Bildungsstandards zwei Varianten: Zum einen geht es darum, „Leser über einen Sachverhalt so zu **informieren**, dass sie eine Vorstellung über seine wesentlichen Aspekte entwickeln können" (**informierendes Schreiben**). Zum anderen kann verlangt werden, „zu strittigen oder erklärungsbedürftigen Fragen, Sachverhalten und Texten **differenzierte Argumentationen** zu entwickeln" (**argumentierendes Schreiben**). In beiden Fällen sind Materialien (kurze Texte, Tabellen, Grafiken, Diagramme) vorgegeben, die entsprechend der Fragestellung ausgewertet werden müssen. Selbstverständlich sind Sie auch aufgefordert, auf **eigenes Wissen** zurückzugreifen.

Beim materialgestützten Schreiben geht es deshalb darum, den Gehalt der vorgegebenen Texte, Bilder oder Grafiken zu analysieren, um im Anschluss die Informationen und Aussagen für das eigene Schreibziel zu nutzen. Dabei gilt es, auf der Basis Ihrer Stoffsammlung (Materialsammlung plus eigenes Wissen) einen **geschlossenen**, stringent **aufgebauten und überzeugenden Text** zu verfassen. Einen Bezug zu den einzelnen Materialien können Sie herstellen, indem Sie direkte oder indirekte **Textzitate** in Ihre Ausarbeitung einbauen. Strukturieren und Gliedern sind für alle Schreibformen von zentraler Bedeutung, aber beim materialgestützten Schreiben müssen Sie Ihren Text besonders sorgfältig planen.
Die Wahl einer materialgestützten Schreibaufgabe ist v. a. dann attraktiv, wenn Sie das vorgegebene und kritisch zu betrachtende Thema anspricht, Sie darüber schon etwas wissen und Sie eine klar definierbare Position entwickeln können. In diesem Fall können die Materialien dazu beitragen, einen informierenden oder argumentierenden Text auf hohem Niveau zu verfassen.

4 Anforderungsbereiche und Operatoren

4.1 Anforderungsbereiche (AFB)

In den curricularen Vorgaben und Bildungsstandards werden **drei Anforderungsbereiche** definiert, die sich in jedem Aufgabenvorschlag, in jeweils leicht variierenden Anteilen, wiederfinden. Die einzelnen Bereiche bauen aufeinander auf und verlangen einen zunehmenden Grad an Abstraktionsfähigkeit und Problemlösungsvermögen. In jedem Aufgabenformat gilt es, eine Verstehensleistung, eine Argumentationsleistung und eine Darstellungsleistung zu erbringen. Der **Schwerpunkt** einer Aufgabe liegt im **AFB II**.

Oftmals wird in Abituraufgaben nur ein umfassender Operator wie „**erörtern**", „**interpretieren**" oder „**analysieren**" eingesetzt, der Leistungen in allen drei Anforderungsbereichen verlangt. Wird die Aufgabe nicht weiter differenziert, entfällt freilich auch eine erste Strukturierungshilfe, die die einzelnen Teilaufträge ansonsten bieten. Folglich haben Sie weniger Orientierungspunkte, aber mehr Freiraum beim Gliedern Ihres Aufsatzes.

- **Anforderungsbereich I** betrifft vornehmlich die **Reproduktion:** die Wiedergabe von gelernten Sachverhalten sowie die wiederholende Zusammenfassung. Der im Unterricht erarbeitete Hintergrund an Lektüre- und Faktenwissen, fachspezifische Arbeitstechniken, Methoden der Texterschließung sowie Darstellungstechniken sollen angewandt werden.
- **Anforderungsbereich II** zielt auf die Anwendung erworbener Arbeitsweisen, auf **Reorganisation von Bekanntem und Transferleistungen**. Dazu gehören ein selbstständiges Auswählen, Ordnen, Erläutern, Interpretieren oder Vergleichen. Erwartet wird eine eigenständige, argumentativ begründete Interpretation beziehungsweise Erörterung, die zeigt, dass Sie in der Lage sind, Gelerntes auch auf unbekannte Zusammenhänge anzuwenden. Allerdings ist hier der Übergang zum Anforderungsbereich III fließend.
- **Anforderungsbereich III** betrifft die gedankliche Selbstständigkeit der Leistung, die oft besonders in der letzten Teilaufgabe nötig wird: Hier müssen Sachverhalte und Zusammenhänge eigenständig ausgewertet, durchdacht und begründet beurteilt oder gestaltet werden. Sie sollen zu einer differenzierten und kritischen Wertung von Texten und Sachverhalten gelangen und Ihre Fähigkeit zur **Reflexion und Problemlösung** beweisen.

Zweiteilige Aufgaben können unterschiedlich **gewichtet** sein, je nachdem auf welcher Teilaufgabe der Schwerpunkt liegt: So kommt beispielsweise der Interpretation eines unbekannten literarischen Textes ein größeres Gewicht zu als dem folgenden Vergleich mit der Prüfungslektüre. Bei der literarischen Erörterung ist dagegen die erste Teilaufgabe, die auf das Herausarbeiten von Thesen abzielt, weniger umfangreich und komplex, also weniger gewichtig als die Erörterung, bei der diese Thesen anhand der Pflichtlektüre überprüft werden sollen.

4.2 Operatoren

Operatoren sind **Arbeitsanweisungen**. Sie machen deutlich, welche Art von Aufgabenstellung gemeint ist, lassen sich den einzelnen **Anforderungsbereichen** zuordnen und geben einen Hinweis auf das Gewicht der entsprechenden Aufgabe. Durch ihre konkreten Vorgaben dienen Operatoren sowohl dazu, Arbeitsaufträge eindeutig zu formulieren und voneinander abzugrenzen, als auch einheitliche Bewertungs- und Korrekturmaßstäbe zu setzen.

Am häufigsten werden Ihnen in Abituraufgaben **übergeordnete Operatoren** begegnen, die auf das Untersuchen (Analysieren, Interpretieren), auf das Erörtern und auf das Gestalten von Texten abzielen. Folgende Operatoren fordern von Ihnen eine eigenständige Planung und Strukturierung des Analyse- und Schreibprozesses. Aufgrund dieser Komplexität sind alle drei Anforderungsbereiche angesprochen.

Anforderungsbereich I–III (übergeordnete Operatoren)		
analysieren	Sie sollen einen Text entsprechend einer in der Aufgabenformulierung vorgegebenen oder selbst gewählten Aspektorientierung in elementare inhaltliche, formale, strukturelle und sprachliche Merkmale zergliedern und diese in ihrer Wechselbeziehung zueinander darstellen.	*Analysieren Sie das Gedicht.*
erörtern	Es wird von Ihnen erwartet, dass Sie eine These oder Problemstellung, eine Argumentation durch Für-und-Wider- bzw. Sowohl-als-Auch-Argumente auf ihre Stichhaltigkeit hin prüfen und auf dieser Grundlage eine Schlussfolgerung bzw. eigene Stellungnahme dazu entwickeln.	*Erörtern Sie die Notwendigkeit von Sprachförderkonzepten im Zusammenhang mit den Aussagen der beiden vorliegenden Texte.*
gestalten	Erarbeiten Sie hier in Verbindung mit einer Textvorlage, auf der Grundlage einer konkreten Arbeitsanweisung, einen eigenen Text nach ausgewiesenen Kriterien.	*Gestalten Sie ein Flugblatt, das die Intention der analysierten Rede widerspiegelt.*
interpretieren	Zu einer literarischen Textvorlage sollen Sie nach vorhergehender Analyse der Textstrukturen sowie der sprachlichen Besonderheiten die inhaltlichen wie formalen und sprachlichen Elemente in ihrer funktionalen Bezogenheit aufeinander deuten. Eine Interpretation des Textes / Textausschnitts erfordert eine fachlich ausgewiesene Methodik, fachsprachliche Präzision und einen stringenten Gedankengang.	*Interpretieren Sie das vorliegende Gedicht.* *Interpretieren Sie den vorliegenden Text im Zusammenhang mit den Ihnen bekannten Dramentheorien.*
verfassen	Bei Aufgaben zum materialgestützten Schreiben müssen Sie zunächst ein Dossier mit Materialien auswerten und auf dieser Grundlage und unter Einbeziehung Ihres eigenen Wissens wesentliche Aspekte eines Sachverhaltes in informierender oder argumentierender Form adressatenbezogen und zielorientiert darlegen.	*Verfassen Sie auf Grundlage der Materialien einen Essay zum Thema „Glück haben – glücklich sein“.*

Neben diesen übergeordneten Operatoren existieren Handlungsanweisungen, die eher einzelne Teilkompetenzen aufrufen und sich einzelnen Anforderungsbereichen zuweisen lassen.

Anforderungsbereich I (ausschließlich Reproduktion)		
(be)nennen	Hier sollen Sie zielgerichtet Informationen zusammentragen, ohne diese zu kommentieren.	*Nennen Sie die wesentlichen Merkmale eines Sonetts.*
Anforderungsbereich I/II (Aufgaben zwischen Reorganisation und Reproduktion)		
beschreiben	Spezifische Textaussagen oder Sachverhalte müssen in eigenen Worten, aber ohne Wertung, strukturiert und fachsprachlich richtig dargestellt werden.	*Beschreiben Sie den Aufbau des Gedankengangs.*
darstellen	Größere Zusammenhänge und komplexere Sachverhalte sollen von Ihnen strukturiert, methodisch überlegt und unter Verwendung von Fachsprache formuliert werden.	*Stellen Sie die Wirkungsabsicht dar, die der Autor mit seinem Text verfolgt.*
wiedergeben	Sie sollen Inhalte bzw. Kernaussagen/Hauptgedanken zusammenfassend in eigener Formulierung, stringentem Gedankengang und sprachlich angemessen referieren.	*Geben Sie die Hauptgedanken der Rede wieder.*
zu-/einordnen	Sie sollen eine Aussage, eine Problemstellung, einen Sachverhalt in einen vorgegebenen Zusammenhang oder selbst gewählten Kontext einbinden.	*Ordnen Sie dieses Naturgedicht begründet einer literarischen Epoche zu.*
zusammenfassen	Es wird von Ihnen erwartet, dass Sie Inhalte, Aussagen, Zusammenhänge komprimiert (linear oder aspektorientiert) sprachlich angemessen wiedergeben.	*Fassen Sie die unterschiedlichen Meinungen zum Thema X zusammen.*

Anforderungsbereich II/III (Aufgaben mit unterschiedlichen Anteilen von Reorganisation, Transfer und Reflexion)		
begründen	Hier ist wichtig, dass Sie ein Analyseergebnis, ein Urteil, eine Einschätzung, eine Wertung, aber auch eine Vorgehensweise, fachlich und methodisch korrekt durch Argumente und entsprechende Textbelege und Beispiele absichern.	*Schreiben Sie dem Verfasser eine Antwort; begründen Sie anschließend die von Ihnen gewählte Darstellungsform und die von Ihnen gewählten Stilmittel.*
beurteilen	Sie müssen zu einem Sachverhalt, der ästhetischen Qualität eines Textes oder einem Problem ein stimmiges Urteil fällen und sich dabei vornehmlich auf fachliches Wissen stützen.	*Beurteilen Sie den Versuch des Autors, die Ereignisse und Folgen des 11. September 2001 in lyrischer Form darzustellen.*

bewerten	Es wird von Ihnen erwartet, dass Sie zu einem Sachverhalt, Text oder Problem eine eigene, subjektiv formulierte Ansicht vertreten, die sich an selbst gewählten oder vorgegebenen Werten und Normen ausrichtet.	*Bewerten Sie Jandls lyrische „Sprachspiele“ vor dem Hintergrund Ihres eigenen Verständnisses von der Aufgabe der Lyrik in der Gegenwart.*
charakterisieren	Sie sollen Figuren, Vorgänge, Sachverhalte (meist aus einem literarischen Text) treffend beschreiben und ihre Funktion für den Handlungsverlauf oder für die Konfliktentfaltung etc. aufzeigen.	*Charakterisieren Sie die Figur des Kommissars in Friedrich Dürrenmatts Drama „Die Physiker“.*
entwerfen	Sie müssen zu einer literarischen oder pragmatischen Textvorlage nach vorhergehender Analyse unter vorgegebenen oder selbst gewählten Aspekten ein Konzept oder eine eigene Produktion ohne anschließende Erläuterung skizzieren oder gestalten.	*Entwerfen Sie einen Dialog zwischen den Romanfiguren zu dieser Lektüre.*
erläutern	Es wird von Ihnen erwartet, dass Sie Textaussagen und Sachverhalte auf der Grundlage Ihrer fachlichen Kenntnisse bzw. durch Zusatzinformationen und Beispiele veranschaulichen sollen.	*Erläutern Sie Schillers Theaterverständnis am Beispiel des Dramas X.*
in Beziehung setzen	Hier geht es darum, Zusammenhänge unter vorgegebenen oder selbst gewählten Gesichtspunkten begründet herzustellen.	*Setzen Sie Iphigenies „unerhörte Tat“ in Beziehung zum Menschenbild der Weimarer Klassik.*
prüfen, überprüfen	Hier müssen Sie die Gültigkeit bzw. Angemessenheit einer These, Argumentation, Textaussage etc. auf einen selbst gewählten oder vorgegebenen Aspekt hin differenziert untersuchen und schließlich ein Resümee formulieren.	*Überprüfen Sie die Stimmigkeit der Aussage anhand der Gliederung und der rhetorischen Mittel.*
sich auseinandersetzen mit	Dieser Operator liegt eng bei „Stellung nehmen“ und verlangt von Ihnen, zu einem Sachverhalt, einer These, einer Problemstellung eine differenzierte Argumentation zu entwickeln und eine begründete und nachvollziehbare Position zu formulieren.	*Setzen Sie sich mit der Frage der Aktualität des Dramas „Die Physiker“ von Friedrich Dürrenmatt auseinander.*
(kritisch) Stellung nehmen	Hier geht es darum, zu einzelnen Meinungen, Textaussagen, Problemstellungen eine in der Sache fundierte, differenzierte und wertende Einsicht zu formulieren.	*Nehmen Sie zu den Aussagen des Autors Stellung, indem Sie Erkenntnisse der Sprachsoziologie berücksichtigen.*
vergleichen	Sie sollen Texte, Problemstellungen, Sachverhalte unter vorgegebenen oder selbst gewählten Aspekten einander gegenüberstellen, in Beziehung zueinander setzen und Gemeinsamkeiten und Unterschiede feststellen.	*Vergleichen Sie die Figurenkonstellation mit derjenigen im Drama X.* *Vergleichen Sie Art und Wirkung der Metaphorik in beiden Gedichten.*

4.3 Besonderheiten

In der Regel bezieht sich jeder Aufgabenvorschlag im Schwerpunkt auf ein abgrenzbares Thema, das durch die jeweiligen Rahmenthemen gegeben ist. Die Abiturprüfungsaufgaben sind allerdings so konzipiert, dass immer auch die Verknüpfung mit einem weiteren Rahmenthema erkennbar ist. Abituraufgaben sind folglich **semesterübergreifend**. Dieser Übergriff kann einen großen Raum einnehmen oder auch nur einen begrenzten Aspekt berühren. Wenn z. B. der Prüfungsschwerpunkt auf Rahmenthema 4 (Vielfalt lyrischen Sprechens) mit dem WPM 1 (Liebeslyrik) liegt, könnte im Abitur ein zu interpretierendes Eichendorff-Gedicht vorgelegt werden; eine Teilaufgabe, die den Bezug zur Epoche der Romantik thematisiert, würde den Übergriff zu Rahmenthema 1 (Literatur und Sprache um 1800) herstellen.

Zwischen den Aufgaben für das **grundlegende** und **erhöhte Anforderungsniveau** besteht kein prinzipieller, sondern nur ein **gradueller Unterschied**. Er betrifft die Komplexität des Stoffs, den Grad an Differenzierung, Abstraktion und Methodenbeherrschung sowie die Selbstständigkeit der Problemlösung.

5 Bewertungskriterien

Die Gesamtnote stellt eine Gesamtwürdigung der erbrachten Leistung dar.
Bei der Bepunktung werden folgende Bewertungskategorien berücksichtigt:

- inhaltliche Leistung,
- methodische Leistung,
- sprachliche Leistung/Darstellungsleistung.

Besonderes Gewicht wird in der Bewertung darauf gelegt, dass

- die Ausfertigung sachlich richtig ist,
- die Aussagen folgerichtig und begründet sind,
- die Darstellung und das Verständnis der Thematik den prinzipiellen Ansprüchen des grundlegenden oder erhöhten Anforderungsniveaus entsprechen,
- die Arbeit einen bestimmten Grad an Selbstständigkeit, zum Beispiel in der Entwicklung von Gedankengängen, aufweist,
- die Arbeit über einen klaren Aufbau und eine klare Sprache verfügt,
- der Umgang mit der Fachsprache und den entsprechenden Methoden eine grundlegende Sicherheit beweist und
- die Darstellung sprachlich richtig und in ihrer äußerlichen Form angemessen ist.

Bei schwerwiegenden und gehäuften **Verstößen** gegen die normsprachliche Korrektheit und die äußere Form – unleserliche Handschrift, unklare Streichungen, unübersichtliche Anordnung, Unklarheit in Aufbau und Ausdruck – kann es zu einem Abzug von ein bis zwei Punkten von der Gesamtpunktzahl kommen.

Interpretation von literarischen Texten

Einen guten Eindruck macht es immer, wenn korrekt **zitiert** wird. Sie sollten nicht zu umfangreich zitieren oder dem Leser das Zitat kommentarlos vorsetzen. Zitate, oft nur eine Wendung oder ein besonderes Wort, werden gewählt, weil sie aufschlussreich und vielsagend sind: Man muss also damit arbeiten, sie erläutern und kommentieren. Wer nur bequem wiederholt, was der Autor sagt, bleibt an der Oberfläche. Die Anstrengung hingegen, Fremdes selbstständig in der eigenen Sprache wiederzugeben, wirft unwillkürlich Fragen auf und bedeutet damit den ersten Schritt zum Verständnis eines Textes.

Über **Fachbegriffe** sollten Sie so verfügen, dass Sie über Erzähltes und Dargestelltes präzise sprechen können. So könnten Sie etwa schreiben: „Die Peripetie erkenne ich in dem Moment, in dem …"; „Hier wird der Beziehungsaspekt wichtiger als der Inhalt."; „In diesen Ellipsen drückt sich aus, wie …". – Ebenso sollten Wortarten, Satzglieder und Nebensatztypen korrekt bezeichnet werden. Erwartet wird zudem, dass Sie die wichtigsten rhetorischen Figuren erkennen, die gestalteter Sprache ihre Wirkung verleihen.

Jeder gelungene Deutschaufsatz entsteht aus einem Zusammenspiel von genauem Eingehen auf die Aufgabenstellung und individuellem Zugang, also der Fähigkeit, den Text „zum Sprechen" zu bringen. Für die Prüfungssituation kann es hilfreich sein, über ein **Repertoire an Fragen** zu verfügen, mit denen man an literarische Texte herangeht.

Interpretation einer dramatischen Szene

- Hier sollten Sie – immer vorausgesetzt, dass die Aufgabenstellung nicht ausdrücklich einen bestimmten Untersuchungsaspekt vorgibt – nach Kommunikationssituation und Redeanteilen fragen.
- Welche Redeziele verfolgen die Akteure? Wie spitzt sich die Auseinandersetzung zu?
- Was bleibt hinter dem gesprochenen Wort unausgesprochen, ist mitzudenken und lässt ahnen, wie es in der Figur wirklich aussieht und was sie vielleicht plant?
- Gibt es einen Höhe- und Wendepunkt?
- Welche Rolle spielen der Schauplatz und eventuell ein Requisit oder ein Gang beziehungsweise eine Geste?
- Was tragen die Regieanmerkungen zum Verständnis bei?
- Über das Textimmanente hinaus ist von entscheidender Bedeutung, welchen Platz die Szene im Handlungszusammenhang hat und welche Funktion ihr zukommt: Welche Auswirkungen hätte es, wenn sie gestrichen würde?

Gedichtinterpretation

- Aufgrund der Kürze des Gedichts kommt der Analyse beinahe jedes einzelnen Wortes besondere Bedeutung zu.
- Bei Gedichten sollten Sie nicht mechanisch das Metrum bestimmen, ohne anzugeben, was es bewirkt.

- Welche Funktion haben die eingesetzten rhetorischen Mittel? Beachten Sie, dass die Verknüpfung von sprachlicher Analyse und inhaltlicher Deutung das Herzstück einer Gedichtinterpretation ausmacht.
- Aus welcher Perspektive wird im Gedicht gesprochen?
- Was entwickelt sich vom ersten bis zum letzten Vers? Denn auch Gedichte können eine Handlung oder einen Vorgang ausdrücken.
- Wie lässt sich das Gedicht gliedern?
- Wie ist ein Motiv durchgeführt und inwieweit wandelt es sich?
- Was ist mit dem Ich, das implizit oder explizit sich und seine Sicht der Welt zum Ausdruck bringt? Wie spricht es? Welche sprachliche Ebene wählt es?
- Ist das Gedicht stimmungshaft-atmosphärisch oder handelt es sich eher um einen intellektuell gebauten Text, der argumentiert oder reflektiert?

Hören Sie hin und überlegen Sie, wie das Gedicht wirkt. Untersuchen Sie, wodurch diese Wirkung zustande kommt. Wie das eine oder andere letztlich zu verstehen ist, ist nicht immer eindeutig zu entscheiden: Gedichte haben oft einen offenen Deutungsraum. Hüten Sie sich vor einseitigen, absoluten Aussagen, sondern zeigen Sie, welche Passagen mehrdeutig sind und unterschiedliche Lesarten zulassen.

Interpretation von epischen Texten

- Bei erzählender Literatur geht es um mehr als um bloße Inhaltsparaphrase.
- Ein Romanausschnitt sollte erst einmal in das Romanganze eingeordnet und zusammengefasst werden, bevor man zur Untersuchung übergeht. Die Konzentration auf Wesentliches, auf den thematisierten Erzählstrang oder Aspekt, und die Strukturierung der eigenen Darstellung sind hier besonders wichtig.
- Entscheidend für das Verständnis ist es sehr oft, die Erzählperspektive und Haltung des Erzählers zu erkennen und zu deuten. Weiß er nicht mehr, als die einzelne Person wissen kann, erzählt er aus ihr heraus, also personal? Oder überschaut er eine Welt? Oder verschwindet er ganz hinter einem erzählenden Ich? Hegt der Erzähler Sympathie für seine Helden oder bleibt er ironisch distanziert?
- Wird chronologisch und kontinuierlich erzählt oder gebrochen in Zeitsplittern, Facetten, Vorwegnahmen und Rückblenden?
- Entsteht ein Abbild unserer Wirklichkeit oder erscheint sie ins Künstliche, Groteske, Absurde verfremdet?
- Und welches Zeitbild wird entworfen, mit welchen epochentypischen Fragen setzt sich der Autor in seinem Text auseinander?

Analyse von Sachtexten

- Bei Sachtexten ist es wichtig, Textsorte, Adressatenbezug und Kommunikationszusammenhang zu klären, denn oft reagiert der Autor auf eine ganz bestimmte Situation, greift mit seinem Beitrag in eine öffentliche Debatte ein oder löst eine öffentliche Debatte aus.
- Entscheidend ist es, das zentrale Problem zu erfassen, die Intention/ These/ Haltung des Autors bzw. der Autorin aus der Fülle der Aussagen herauszuschälen und die wichtigsten Argumente zu finden, die diese Intention stützen.

- Bei Reden wäre zu fragen, ob überzeugend argumentiert oder ob eher manipuliert, verschleiert und mit Emotionalität und Suggestion Stimmung erzeugt wird. Aufschlussreich ist es, nach Merkmalen zu suchen, die vielleicht eine Wir-Gruppe von einer Feind-Gruppe abgrenzen.
- Mitunter ist der Übergang von Sachtexten zu literarischen Texten fließend.
- Bei Glossen und Polemiken kommt es darauf an, Mittel der Ironie, der satirischen Zeichnung und Zuspitzung zu erkennen.

Erörtern

Die Schreibform des Erörterns wird genutzt, um eine Behauptung (eine These) oder ein Problem kritisch abzuwägen und am Ende zu einem Ergebnis oder zu einem Urteil zu gelangen. Dies gilt sowohl für die literarische als auch die sachtextbasierte Erörterung. Dabei kann die Aufgabenstellung selbst die **strittige Frage** vorgeben oder aber Sie dazu auffordern, diese aus seinem Sachtext herauszufiltern. Weil es darum geht, den Leser zu überzeugen, muss in Ihrer Argumentation jede **These** durch entsprechende **Begründungen** belegt werden. Daraus ergeben sich folgende Bewertungskriterien, die Sie leicht selbst überprüfen können:

- Wird die **Hauptthese** meiner Erörterung deutlich?
- Ist klar erkennbar, gegen welche Behauptung ich Stellung beziehe?
- Habe ich die Hauptthese und alle anderen Behauptungen jeweils **gut begründet**?
- Stimmen die Aussagen meines Textes **logisch** überein?
- Ist meine Argumentation auch **sprachlich überzeugend**?
- Sind die **Beispiele**, die die Begründungen untermauern sollen, tragfähig?
- Komme ich zu einem für den Leser **nachvollziehbaren Schluss**?

Materialgestütztes Schreiben

Klären Sie zunächst, ob von Ihnen ein **informierender oder ein argumentierender Text** erwartet wird. Beim materialgestützten Schreiben wird in der Aufgabenstellung in der Regel ein **Adressat** genannt, an den sich der Text richten soll. Dieser muss sich deshalb erkennbar am (potenziellen) Leser orientieren. Darüber hinaus achten Sie auf folgende Aspekte:

- Haben Sie **alle Materialien** ausgewertet und geprüft, inwiefern sie sich für Ihren eigenen Text eignen?
- Sind die passenden **Informationen und Erkenntnisse der Materialien** in Ihre Argumentationskette bzw. in die sachlogische Gliederung eines informierenden Textes **eingefügt**?
- Wird **richtig zitiert**? (Achten Sie auf die Angaben in der Aufgabe. Nicht immer muss wissenschaftlich korrekt zitiert werden!)
- Ist ein in sich geschlossener Text entstanden, der eine **klare und eindeutige Aussage** transportiert **oder** der einen **nachvollziehbaren und überzeugenden Standpunkt** vertritt?
- Sind alle **Bedingungen erfüllt**, die sich aus der **Aufgabenstellung** ergeben? (Wenn Sie z. B. aufgefordert werden, eine bestimmte Rolle einzunehmen, dann müssen Sie prüfen, ob Sie Ihren Aufsatz tatsächlich aus deren Sicht verfasst haben!)

Hinweise und Tipps zur mündlichen Abiturprüfung

1 Allgemeines

In Ihrem P5-Fach werden Sie in jedem Fall mündlich, nicht schriftlich geprüft. Daneben sind weitere mündliche Prüfungen im ersten bis vierten Abiturfach möglich, wenn die Leistungen in einer oder mehreren Abiturklausuren nicht die geforderte Mindestpunktzahl erbringen. In dem Fall wird seitens der Prüfungskommission eine (oder mehrere) Nachprüfung(en) angesetzt. Freiwillig kann man sich zu einer mündlichen Nachprüfung melden, um seinen Notendurchschnitt im Abitur zu verbessern. Für mündliche Prüfungen im ersten bis vierten Fach gilt, dass sie nicht dem Stoffgebiet der Abiturklausur entsprechen dürfen.

Die mündliche Prüfung enthält in der Regel zwei gleichwertige Elemente, durch die einerseits die Fähigkeit zum **Vortrag**, andererseits die Fähigkeit zur Beteiligung am **Prüfungsgespräch** überprüft wird. Es gelten ansonsten grundsätzlich dieselben Kriterien für die Bewertung wie bei den schriftlichen Anforderungen, wobei es besonders darauf ankommt, dass Sie sich auch in mündlicher Rede präzise ausdrücken und sicher argumentieren, ohne den Faden zu verlieren.

Zunächst erhalten Sie Ihre Prüfungsaufgabe, die aus einer oder mehreren Teilaufgaben bestehen kann. Für die Bearbeitung dieser Aufgabe stehen Ihnen im Vorbereitungsraum in der Regel 20 Minuten zur Verfügung. Innerhalb dieser Zeit sollen Sie einen 10- bis 15-minütigen Vortrag vorbereiten, der in sich geschlossen und logisch untergliedert ist. Während des Vortrages können Sie sich auf die Texte sowie auf Ihre stichwortartigen Aufzeichnungen stützen.

Die Kürze der Vorbereitungszeit schließt aus, dass Sie Ihren Vortrag schriftlich ausformulieren; vielmehr ist es, ähnlich wie bei der Sichtungsphase in der Klausur, notwendig, den Vortrag durch sinnvolles Markieren und knappe Anmerkungen vorzubereiten.

Der zweite Prüfungsteil besteht aus einem Prüfungsgespräch, in dem Ihr Hintergrundwissen und Ihre Fähigkeit, größere fachliche und sachliche Zusammenhänge zu erschließen, überprüft werden.

Eine gewisse Herausforderung bei der mündlichen Abiturprüfung liegt erfahrungsgemäß im ersten Teil, also im mindestens 10-minütigen zusammenhängenden, gegliederten Vortrag. Da es für solch lange Vorträge nicht immer gründliche Übungsmöglichkeiten im Unterricht gibt, zumindest nicht für jeden Einzelnen, fehlt es häufig an konkreten Vorerfahrungen; daher im Folgenden einige Tipps, wie Sie sich auf diese Prüfungssituation vorbereiten und Ihren Vortrag ansprechend gestalten können.

Tipps für die 20-minütige Vorbereitung

- *Themenstellung:* Was ist die Zielrichtung der geforderten Bearbeitung?
- *Operatoren:* Welche konkreten Anforderungen werden gestellt? Bei Mehrteiligkeit: Welche Gliederungshilfe bieten die Teilaufgaben? Welcher Aufgabe kommt das größte Gewicht zu?
- *Grobstruktur:* Nennung der Aufgabenstellung – Einleitung – Bearbeitung der Teilaufgaben – Schlussteil.
- *Einstieg:* Mit welcher Einführung führt man den Vortrag schnell und stringent zum Kern der Aufgabenstellung?
- *Texte:* Fachbegriffe an den Rand schreiben, Quellen-Anmerkungen ergänzen, Stichworte für den Vortrag festlegen; wichtige Zitatstellen markieren.
- *Gliederung:* Nummerieren Sie Ihre Markierungen, damit Sie Ihren Vortrag anhand dieser Reihenfolge gestalten können.
- Beenden Sie Ihren Vortrag mit einem klaren *Fazit.*

Tipps für den Vortrag

- *Zeitmanagement:* Legen Sie eine Armbanduhr neben Ihr Konzept, schreiben Sie, bevor Sie zu sprechen anfangen, den konkret geplanten Zeitraum für Ihren Vortrag auf Ihr Konzept – so haben Sie klare zeitliche Anhaltspunkte.
- Nutzen Sie die Anmerkungen, die Sie während der Vorbereitungszeit angefertigt haben, als *Leitfaden* Ihres Vortrages.
- Sprechen Sie möglichst *frei,* klammern Sie sich nicht an Ihr Konzept.
- Sprechen Sie *klar,* deutlich und hinreichend laut.
- Achten Sie auf ein *angemessenes Sprechtempo*. Sprechen Sie nicht zu schnell.
- Vermeiden Sie sowohl „Endlossätze" als auch Aneinanderreihungen und monotone Satzanfänge („Und … und … und …").
- Verwenden Sie die *Fachsprache*, die Sie gelernt haben, um zu verdeutlichen, dass Sie Ihr Metier beherrschen.
- *Zitate/Textbelege:* Verdeutlichen Sie während des Vortrages, woher Sie Ihre Aussagen beziehen, indem Sie Kernstellen mit Zeilenhinweis anführen.
- Ein gelegentlicher *Blickkontakt* zu Ihrem Prüfer oder den übrigen Beisitzern zeugt von einem souveränen Umgang mit der Situation und den Kommunikationsregeln.

- Bewegen Sie sich bei Ihrem Vortrag auf einer *einheitlichen Sprachebene* und vergegenwärtigen Sie sich, dass die Adressaten Ihres Vortrages Deutschlehrerinnen und Deutschlehrer, also Fachleute sind.
- Seien Sie darauf gefasst, dass die Prüfungskommission nach dem Vortrag noch vertiefende Fragen stellen kann.

Sie können diesen ersten Teil der mündlichen Prüfung üben und simulieren, indem Sie Arbeitsaufträge aus diesem Band zugrunde legen, die Vorbereitungszeit exakt einhalten und zwei Kursmitglieder als fiktive Prüfungskommission hinzuziehen. Lassen Sie sich anschließend von Ihrer „Prüfungskommission" begründet darlegen, ob Ihr Vortrag sprachlich und inhaltlich verstanden wurde.
Ebenso können Sie natürlich in der Familie oder im Freundeskreis das Referieren üben oder zu diesem Zweck Ihren Vortrag selbst aufnehmen und überprüfen.

3 Prüfungsteil II: das Prüfungsgespräch

Die zeitliche Dauer des zweiten Prüfungsteils entspricht derjenigen des ersten Teils: 10 bis 15 Minuten je nach Verlauf. Das Thema des Prüfungsgesprächs muss einem anderen Kurshalbjahr entnommen sein als der für den vorangegangenen Vortrag vorgegebene Gegenstand. Meistens stellt der Prüfer durch eine kurze Überleitung einen Zusammenhang zwischen Ihrem Vortrag und dem Gegenstand des zweiten Teils der Prüfung her; das gibt auch Ihnen die Gelegenheit, an Ihren Vortrag anzuknüpfen. Sie sollten sich dabei aber nicht wiederholen oder gar den Eindruck erwecken, dass Sie dem Thema des Prüfungsgesprächs ausweichen wollen.

Im weiteren Verlauf sollen Sie Ihre Kommunikationskompetenzen im Rahmen eines Fachgespräches unter Beweis stellen: Zeigen Sie sich also als gewandter Gesprächspartner, der adressatengerecht und sachkundig die Fragen und Impulse aufgreift und möglichst selbstständig und ergiebig damit umgeht.

Tipps für das Prüfungsgespräch

- *Sprechanteil:* Je eigenständiger und umfassender Sie als Prüfling mit den Fragen und Impulsen umgehen, desto besser! Begnügen Sie sich nicht mit Kurzantworten, führen Sie länger aus.
- *Erfassen der Frageintention:* Achten Sie auf die Operatoren und auf fachliche Kernbegriffe! Führen Sie sinnvolle Beispiele oder Vergleiche aus dem Unterricht an, zeigen Sie Ihr Hintergrund- und Allgemeinwissen. Aber schweifen Sie nicht ab, bleiben Sie beim Thema.
- *Gesprächsaufbau durch den Prüfer:* In der Regel gestaltet der Prüfer ein solches Gespräch nach dem Prinzip „Vom Einfachen zum Schwierigen, vom Einzelfallbeispiel zum Allgemeinen/Modellhaften".
  Wenn Sie einen Bezug zu einer Ihnen passend erscheinenden Theorie oder zu einem aus dem Unterricht bekannten Beispiel selber herstellen können: Tun Sie dies!

- *Unterrichtsbezüge:* Hintergrund aller Fragen und Impulse ist das aus dem Unterricht Bekannte. Stellen Sie also dort nach Möglichkeit über das gerade angesprochene Einzelbeispiel hinaus Vergleiche zu dem im Unterricht Behandelten an, weisen Sie auf Gemeinsamkeiten oder auch auf Unterschiede hin. Machen Sie somit deutlich, dass Sie den Gesprächsgegenstand aus dem Prüfungsgespräch in größere Zusammenhänge einordnen können.
- *Verständnisproblem:* Sollten Sie mit einer einzelnen Frage einmal nichts anfangen können: Verlieren Sie keine Zeit, bitten Sie an einer solchen Stelle um eine kurze ergänzende Erläuterung.
- *Unterbrechungen:* Lassen Sie sich nicht irritieren. Der Prüfer möchte Ihnen entweder zurück auf den Haupt(frage)weg helfen oder den Themenschwerpunkt wechseln, was vielleicht nur daran liegt, dass die Prüfungszeit allmählich knapp wird: Werten Sie solche Unterbrechungen als für Sie günstig und hilfreich.
- *Mimik und Gestik:* Lassen Sie sich nicht durch Äußerlichkeiten irritieren: Die Prüfer werden sich bemühen, eine neutrale Atmosphäre herzustellen. Wenn das Prüfungsgespräch beispielsweise weniger persönlich verläuft als eine normale Unterrichtsstunde, ist das kein beunruhigendes Zeichen.

4 Die Präsentationsprüfung

Voraussetzungen

Bei der Präsentationsprüfung besteht aus einem **Präsentationsteil und einem Prüfungsgespräch**. Dabei handelt es sich um eine Variante der **mündlichen Abiturprüfung**, die ab dem Abitur 2021 möglich ist. Das Anforderungsniveau ist mit dem einer mündlichen Prüfung vergleichbar, verlangt von Ihnen jedoch durch den Grad der Offenheit der Aufgabenstellung ein höheres Maß an Eigenständigkeit bei der Bearbeitung. Die Prüfungsaufgabe ist von Ihnen selbstständig zu lösen und durch Unterschrift als eigenständig erbrachte Leistung zu bestätigen.

Allgemeine Grundsätze

Die Präsentationsprüfung wird wie beim mündlichen Abitur als Einzelprüfung vor dem zuständigen Fachprüfungsausschuss durchgeführt. Sie soll **mindestens 30 und höchstens 45 Minuten** dauern, wobei die Zeiten für die Präsentation und das Prüfungsgespräch in etwa gleich verteilt sein sollen. Im Präsentationsteil besteht die Prüfungsleistung aus einem **mediengestützten Vortrag** und dessen **schriftlicher Vorbereitung/Dokumentation**.

Aufgabenstellung

Die Festlegung des Themas und der Aufgabenstellung der Präsentationsprüfung erfolgt durch Ihre Lehrkraft. Diese stellt **zwei Wochen vor dem Prüfungstermin** eine Prüfungsaufgabe. Sie können auch selbst einen thematischen Vorschlag unterbreiten. Ihre Lehrkraft entscheidet, inwieweit dieser berücksichtigt wird.

Der Umfang der Prüfungsaufgabe, die in Teilaufgaben gegliedert sein kann, muss so konzipiert sein, dass sie der Prüfling im Zeitraum von der Ausgabe bis zum Prüfungstermin bearbeiten und lösen kann. Dies beinhaltet auch die Vorbereitung des mediengestützten Vortrages. Dabei sind sowohl materialfreie als auch materialgestützte Prüfungsaufgaben denkbar, jedoch kann die Materialsuche angesichts des Zeitrahmens nur in sehr begrenztem Maße Voraussetzung für die Bearbeitung der Aufgabenstellung sein. Die Präsentation der bearbeiteten Prüfungsaufgabe soll mithilfe analoger und/ oder digitaler Medien erfolgen, die Prüflingen im Allgemeinen zugänglich sind. Sie müssen dabei selbst eine für die Aufgabenstellung **geeigneten Präsentationsform** (z. B. Power-Point-Präsentation) wählen.

Ablauf der Prüfung

- Die Präsentationsprüfung besteht aus drei Elementen: schriftliche Dokumentation, mediengestützter Vortrag (beide sind Bestandteile des **Präsentationsteils**) und anschließendes **Prüfungsgespräch**.
- Eine Woche nach Erhalt der Prüfungsaufgabe geben Sie eine **schriftliche Dokumentation** in der Schule ab. Diese verdeutlicht die inhaltliche Struktur des geplanten Vortrages und nennt die von Ihnen verwendeten Quellen. Darüber hinaus müssen Sie die gewählte Präsentationsform angeben.
- Sie präsentieren Ihre Ergebnisse freisprechend in einem zusammenhängenden, **mediengestützten Vortrag**.
- Das **Prüfungsgespräch** knüpft an den Vortrag an, geht – wie bei der mündlichen Prüfung – aber über die Aufgabe hinaus und bezieht semesterübergreifend größere fachliche Zusammenhänge mit ein.

Bewertung der Prüfungsleistung

Die beiden Prüfungsteile, der **mediengestützte Vortrag** (und dessen vorherige schriftliche Vorbereitung bzw. Dokumentation) sowie das **Prüfungsgespräch**, werden etwa **gleich gewichtet**.

Präsentationsprüfung (Beispiel)

Das niedersächsische Kultusministerium stellt auf seiner Internetseite eine Beispielprüfung zum Thema „**Gotthold Ephraim Lessing – ein politischer Schriftsteller?**" zur Verfügung (www.nibis.de), anhand der Sie die Strukturierung einer Präsentationsprüfung nachvollziehen können. Das Beispiel enthält Materialien (Aufgabenstellung) für die Schüler*innen sowie Material für die Lehrkräfte. Ein Erwartungshorizont listet die zu erbringenden Leistungen auf. Zudem wird ein möglicher weiterer Verlauf des Prüfungsgesprächs skizziert.

Zu dieser Aufgabensammlung

Die **Übungsaufgaben** sind – unter Berücksichtigung der offiziellen Vorgaben und vor dem Hintergrund der Erfahrungen mit dem Zentralabitur in Niedersachsen – so konzipiert, dass sie auf die Abituraufgaben vorbereiten, indem sie zur vertieften Beschäftigung mit einzelnen Aspekten der Schwerpunktthemen anleiten.
Um vielfältige Anregungen vermitteln zu können, sind die **Musteraufsätze** oft umfangreicher, als unter Abiturbedingungen erstellte Aufsätze es sein können. Aus diesem Grund liegt auch das inhaltliche Niveau der Lösungsvorschläge zumeist über dem, was im Abitur erwartet wird. Daher sollten die Musterlösungen Sie nicht entmutigen. Es geht ja nicht darum, zu zeigen, was Lehrer unter Abiturbedingungen zu leisten vermögen. Vielmehr sollen Anregungen zu einer **vertieften Auseinandersetzung mit den Schwerpunktthemen** gegeben werden, die den Abituraufgaben zugrunde liegen werden, um so überdurchschnittlich gut vorbereitet in die Prüfung zu gehen.

Schließlich soll noch daran erinnert werden, dass es *die* allgemeingültige Interpretation nicht gibt, sondern dass der Umgang mit Literatur auch immer ein individueller ist und persönliche Erfahrungen mit der Welt widerspiegelt.

ÜBUNGSAUFGABEN

Niedersachsen Deutsch

Erhöhtes Anforderungsniveau ▪ Übungsaufgabe 1

INTERPRETATION LITERARISCHER TEXTE

Aufgabenstellung

1 Interpretieren Sie den vorliegenden Auszug aus Ernst Tollers Drama *Der deutsche Hinkemann*. (60 %)

2 Vergleichen Sie den Auszug aus Tollers Drama mit Georg Büchners *Woyzeck* im Hinblick darauf, wie das Motiv „eine Frau zwischen zwei Männern" inhaltlich ausgestaltet wird. Gehen Sie dabei auch auf die Lebenssituation der Figuren, ihre Beweggründe und auf ihr Verhalten ein. (40 %)

Material **Ernst Toller (1893–1939): Der deutsche Hinkemann (1923, Auszug aus I, 1)**

Im Mittelpunkt des Dramas steht der Kriegsinvalide Eugen Hinkemann, dem im Ersten Weltkrieg die Genitalien weggeschossen worden sind. Davon weiß bisher nur seine Ehefrau Grete, mit der er in ärmlichen Verhältnissen lebt. In der vorliegenden Szene ist Hinkemanns Freund Paul Großhahn zu Besuch bei dem kinderlosen Paar. Im weiteren Verlauf des Dramas betrügt Grete ihren Mann mit Großhahn.

HINKEMANN: […] Aber […] die Maschine!! Die zerbricht uns unsere Knochen, ehe wir noch so recht aufgestanden sind. Mir graut vor jedem neuen Arbeitstag, und wenn ich morgens die Arbeit aufnehme, kann ich mir kaum vorstellen, daß man das den ganzen Tag aushalten soll. Und wenn abends die Fabrikglocke geht, stürme ich zum Fabriktor hinaus, als wenn ich besessen wäre.

PAUL GROSSHAHN: Mich drückt die Maschine nicht. Ich bin der Herr und nicht die Maschine. Wenn ich an der Maschine stehe, packts mich mit Teufelslust: Du mußt den Knecht da fühlen lassen, daß du der Herr bist! Und dann treibe ich das heulende und surrende und stöhnende Ding bis zur äußersten Kraftleistung, daß es Blut schwitzt … sozusagen … und ich lache und freue mich, wie es sich so quält und abrackert. So, mein Tierchen, rufe ich, du mußt gehorchen! Gehorchen! Und das wildeste Stück Holz laß ich die Maschine verschlingen und laß es sie formen nach meinem Befehl! Nach meinem Befehl! Sei ein Mann, Eugen, dann bist du der Herr.

HINKEMANN *leise*: Es gibt Fälle auf Erden, wo einer eher ein Gott werden kann als ein Mann.

GRETE HINKEMANN *starrt Großhahn unverwandt an:* Wie wild Sie blicken können, Herr Großhahn.

PAUL GROSSHAHN: Och …

HINKEMANN: Der hat das Wildblicken gelernt, aber nicht an der Maschine.

GRETE HINKEMANN: Sondern?

HINKEMANN: Wo, willst du wissen? Bei den Frauensleuten.

PAUL GROßHAHN: Was hat denn son Prolet[1] von seinem Leben? Wenn er auf die Welt kommt, flucht der Alte, daß wieder ein Esser mehr da ist. Hungrig geht er morgens in die Schule, und wenn er abends ins Bett geht, zwiebelt ihm der Hunger das Gedärm. Na, und dann kommt er in die Frohn[2]. Er verkauft seine Arbeitskraft, wie man einen Liter Petroleum verkauft und gehört dem Unternehmer, dem Prinzipal[3]. Er wird ... sozusagen ... ein Hammer oder ein Stuhl oder ein Dampfhebel oder ein Federhalter oder er wird ein Bügeleisen. Es ist doch so! ... Was bleibt sein einziges Vergnügen? D i e L i e b e ! Wo keiner ihm etwas dreinzureden hat? – D i e L i e b e ! Wo er frei ist, wo er dem Herrn Unternehmer und Polizisten sagen kann: Hier ist meine Villa! Eintritt verboten!? – D i e L i e b e ! ! Sehen Sie, die reichen Leute haben so viele Sachen, mit denen sie sich amüsieren ... Badereisen und Musik und Bücher ... [...] Für uns Proleten ist die Liebe ganz was anderes als für die reichen Leute. Sie ist für uns ... sozusagen ... der Lebenskern. Wenn der angefault ist, dann lieber gleich einen Strick. Ist es nicht so, Eugen?

HINKEMANN: Du magst wohl recht haben ...

PAUL GROßHAHN: Sie sind eine verheiratete Frau, Frau Hinkemann, man kann deshalb ein offenes Wort mit Ihnen reden. Was hätte unsereiner wohl vom Leben, wenn er nicht jeden Tag einmal bei seinem Mädchen sein könnte.

HINKEMANN *beobachtet gespannt Grete.*

PAUL GROßHAHN: Was sagen Sie, Frau Hinkemann?

GRETE HINKEMANN: Was ich sage? ... *Scheu.* Alle Frauen sind nicht gleich.

HINKEMANN *aufspringend:* Ich schaff Arbeit, Grete, da kannst du dich drauf verlassen ... ich will dir doch was schenken können zu Weihnachten! ...

PAUL GROßHAHN: Kannst dir den Weg sparen.

HINKEMANN: Abwarten, Paule! Auf Wiedersehen, Grete. *Hinkemann verläßt das Zimmer.*

Einige Minuten Stille.

PAUL GROßHAHN: Ein Mann wie ein Ringkämpfer. Ist doch jammerschade, daß der brach liegen muß. Und immer Humor. Sie sind wohl recht glücklich, Frau Hinkemann?

GRETE HINKEMANN *sieht ihn starr an:* Ja.

PAUL GROßHAHN: Ich bin immer neidisch auf den Eugen, wenn ich Sie beide so sehe.

GRETE HINKEMANN *stützt weinend den Kopf in ihre Hände.*

PAUL GROßHAHN: Was ist denn, Frau Hinkemann? ... Ich habe doch nichts Übles gesagt? Sie weinen ja? ... Was ist denn? ... soll ich dem Eugen nachlaufen? Vielleicht erreiche ich ihn noch ...

GRETE HINKEMANN *fassungslos aufweinend:* Mein Kopf zerbricht! ... Mich können sie ins Irrenhaus schaffen! ... Ich schrei! ... Ich schrei! ...

PAUL GROßHAHN *besorgt:* Sind Sie krank, Frau Hinkemann? Kann ich Ihnen helfen? Oder sind Sie gar in guter Hoffnung[4]? ... Da bekommen manche Frauen die Fallsucht[5].

GRETE HINKEMANN: Ach du lieber Herr Jesus, ach du lieber Herr Jesus … in andern Umständen … *Krampfhaft auflachend.* in Umständen, daß ich froh wäre, wenn sie mich heut begraben täten …

PAUL GROẞHAHN: Ist der Eugen nicht gut zu Ihnen? Schlägt er Sie?

GRETE HINKEMANN: Ich sags … ich sags … ich sags … ich bin ein armes Menschenkind … mein Eugen … mein Eugen … mein Eugen, der ist ja gar … der ist ja gar kein Mann …

PAUL GROẞHAHN: Sind Sie wirklich nicht krank, Frau Hinkemann? Vielleicht haben Sie Fieber?

GRETE HINKEMANN: Nee … mein Eugen … mein Eugen, den haben sie im Krieg draußen so zugerichtet … und jetzt ist er ein Krüppel … ich schäm mich ja so … ich kanns nicht erklären … Verstehen Sie mich doch, Herr Großhahn, er ist gar kein Mann mehr … *Hält sich wie erschreckt über sich selbst den Mund zu.*

PAUL GROẞHAHN *prustet einen kurzen, rohen Lachlaut.*

GRETE HINKEMANN: Ach Herr Jesus … was hab ich nu angerichtet? Was hab ich nu gesagt? Wie Sie mich jetzt auslachen … pfui! pfui! Das hätt ich nicht gedacht … das hätt ich Ihnen nicht zugetraut.

PAUL GROẞHAHN: Entschuldigen Sie, Frau Hinkemann, es kommt mir nur … es kommt mir nur so die Kehle herauf … Wenn ein Mann das hört, da muß er eben lachen. *Entrüstet.* Aber der Eugen, der ist ja ein Egoist! Was hält der Sie? Der liebt Sie nicht, sonst würde er Sie gehen lassen … *Großhahn streichelt Grete. Grete lehnt sich an ihn.*

GRETE HINKEMANN: Das ist alles viel schwerer, wie Sie sich das denken, Herr Großhahn. Man findet sich nicht zurecht. Eben ist es hell, und dann ist es wieder finstere Nacht … Der Mensch dauert mich so[6] … Was war das für ein Mann vor dem Krieg! Das blühende Leben! Aber heute … nur noch grübeln kennt er. Er hadert mit Gott und hadert mit den Menschen … Und wenn er mich anschaut, meine ich, er will mich durch und durch schauen, als ob ich ein Ding wäre und kein Mensch. Und manchmal, da fürchte ich mich vor ihm … da mag ich ihn nicht leiden … da ekelt er mich! … *Sich schüttelnd.* Da ekelt er mich! … Herr Jesus, wie soll das enden? …

PAUL GROẞHAHN *immer zärtlicher werdend:* Weinen Sie nur, Frau Grete, weinen Sie nur … Tränen, die man zurückhält, sind wie Steine, die einem auf dem Herzen liegen, hat meine Mutter selig immer gesagt …

GRETE HINKEMANN: Sie werden ihm nichts verraten, Herr Großhahn? Ich ginge ins Wasser!

PAUL GROẞHAHN: Nichts werde ich ihm sagen, Grete. Kein Sterbenswörtchen. Da kannst du ohne Sorge sein. Ich hab schon einmal einen Monat Gefängnis auf mich genommen, weil ich versprochen hatte, reinen Mund zu halten … Da kannst du ohne Sorge sein … Du bist ein junges Weib … guck mich mal an … zum Teufel, du machst es nicht mehr ein Jahr, wenn du dich so weiter grämst … Greteken … Greteken … *Küßt sie.*

GRETE HINKEMANN: Nu werde ich doch schlecht …

PAUL GROẞHAHN: Schlecht? Wie kann schlecht sein, was aus der Natur kommt? … sozusagen … aus dem Blut … Schlecht, mit dem Wort jonglieren die Pfaffen und die Kapitalisten … Schlecht wärst du gegen dich, wenn du einem Mann, der kein

Mann ist, die Treue halten wolltest. Und überhaupt Treue. Auch ein Gottseibeiuns fürs arme Volk. Für die reichen Leute ist das längst ein Ammenmärchen. Mein Freund hatte sogar eine Liebschaft mit … einer Frau Kommerzienrat …

GRETE HINKEMANN: Ich höre jemand auf der Treppe … Wenn es Eugen ist …

PAUL GROßHAHN: Dann will ich lieber gehen … Greteken, magst du mal zu mir kommen? Du weißt, wo ich wohne … Brauchst keine Bange zu haben, mich besucht niemand … Du kannst dein Herz bei mir ausschütten … sozusagen … Du kannst dich ruhig bei mir ausweinen … Kommst du zu mir?

GRETE HINKEMANN: Ich weiß es noch nicht …

PAUL GROßHAHN: Erinnerst du dich noch, wie wir zusammen am großen Sandhaufen im Stadtpark Burgen bauten, Greteken? … Ich hatte schon ein Auge auf dich geworfen, als du noch eine kleine Milchdirn[7] warst … Greteken, kommst du zu mir?

GRETE HINKEMANN *schüttelt widerstrebend den Kopf.*

PAUL GROßHAHN *plötzlich brutal:* Ohne Ziererei … Du kommst! …

GRETE HINKEMANN: Ich …

PAUL GROßHAHN: Du kommst!

GRETE HINKEMANN: Ja …

PAUL GROßHAHN: Adschö[8] auch, Greteken, adschö. *Großhahn geht.*

GRETE HINKEMANN *allein:* Man ist nur ein armes Weib. Und das Leben ist so verworren.

Aus: Ernst Toller: Der deutsche Hinkemann. Eine Tragödie in drei Akten. Potsdam: Kiepenheuer 1923, S. 7–12.

Anmerkungen

1 *Prolet:* Proletarier, hier im Sinne von „einfacher Arbeiter“
2 *Frohn:* Frondienst (= im Mittelalter Dienstleistung der Bauern für ihre Grundherren, in der Regel von Zwang geprägt)
3 *Prinzipal:* Arbeitgeber (von lat. *princeps* = Vorsteher, Führer)
4 *in guter Hoffnung sein:* schwanger sein
5 *Fallsucht:* vor allem früher benutzter Begriff für Epilepsie (= plötzlich auftretende Krampfanfälle)
6 *dauern:* jemandem leidtun
7 *Milchdirn:* Milchmädchen = frühere Bezeichnung für Mädchen oder Mägde, die Milch besorgten und anboten
8 *Adschö:* dialektale Form des französischen Abschiedsgrußes „Adieu“

TIPP Bearbeitungshinweise

Voraussetzungen

Die Aufgabe kombiniert die Interpretation eines unbekannten Dramenauszugs mit einem Textvergleich, der den Bezug zur Pflichtlektüre *Woyzeck* herstellt. Dabei geht die erste Teilaufgabe mit 60%, die zweite mit 40% in die Bewertung ein. Neben dem Wahlpflichtmodul 4 „Familie im Drama“ aus Rahmenthema 2 (Drama und Kommunikation) sind auch Inhalte aus Rahmenthema 3 (Literatur und Sprache um 1900) relevant.

Erläuterung der Aufgabenstellung

TEILAUFGABE 1: Lesen Sie für die Bearbeitung von **TEILAUFGABE 1** zunächst mehrfach den vorliegenden Ausschnitt aus Ernst Tollers Drama *Der deutsche Hinkemann.* **Markieren** Sie dabei alle Stellen, die Ihnen auffallen, sei es in sprachlicher oder inhaltlicher Hinsicht. Mithilfe von Notizen am Rand des Textes können Sie dabei schon wesentliche Beobachtungen festhalten. Am besten vermerken Sie hier auch schon den inhaltlichen Aufbau des Auszugs, indem Sie ihn in Sinnabschnitte einteilen und deren Inhalt in knappster Form zusammenfassen. Fragen Sie sich dazu, wann eine wichtige Veränderung stattfindet – beispielsweise wenn eine Figur die Bühne betritt oder verlässt oder wenn die Kommunikation eine entscheidende Wendung nimmt. Notieren Sie außerdem auffallende Stilmittel und überlegen Sie, welche Wirkung diese haben. Wenn Sie zudem Beobachtungen zu den **Figuren** notieren, fällt es Ihnen später leichter, diese zu charakterisieren.

Nennen Sie in einer knappen **Einleitung** Autor, Titel, Erscheinungsjahr, Textart, Textstelle (Akt und Szene) und den Hauptinhalt des Auszugs. Am besten fassen Sie anschließend **kurz den Inhalt zusammen**, um einen Überblick über den Auszug zu geben. Danach **interpretieren** Sie den Text, wobei Sie neben **inhaltlichen Aspekten** auch auf die **sprachliche Gestaltung** eingehen. Dabei ist es hilfreich, sich an den Sinnabschnitten zu orientieren. Eine andere Möglichkeit ist es, Inhalt und Sprache nacheinander abzuhandeln. Dabei besteht jedoch die Gefahr, sich zu wiederholen. Im folgenden Musteraufsatz werden die beiden Verfahren kombiniert: Die Untersuchung sprachgestalterischer Aspekte, die den gesamten Auszug betreffen, werden der Detailinterpretation der Sinnabschnitte vorangestellt – sprachliche Besonderheiten, die an der jeweiligen Stelle bedeutsam sind, werden dann im Rahmen dieser Detailinterpretation berücksichtigt. Im Anschluss folgt eine zusammenfassende Charakterisierung der drei Figuren.

Eine Herausforderung bei dieser Aufgabe ist der Umfang des Auszugs. Aus zeitlichen Gründen können Sie nicht jeden einzelnen Redebeitrag auswerten – versuchen Sie daher, sich auf die **wichtigen Punkte** zu konzentrieren.

Runden Sie den ersten Teil Ihrer Ausarbeitung mit einem **Zwischenfazit** ab, in dem Sie Ihre bisherigen Erkenntnisse zusammenfassen.

In **TEILAUFGABE 2** sollen Sie den interpretierten Dramenauszug mit Büchners Fragment *Woyzeck* vergleichen, das Ihnen aus dem Unterricht bekannt ist. Als Vergleichsaspekt wird das **Motiv „eine Frau zwischen zwei Männern"** genannt. Im Fokus des Vergleichs steht also die Figurenkonstellation. Dabei sollen Sie u. a. die Lebenssituation, die Beweggründe und das Verhalten der Protagonisten behandeln. Es ist sinnvoll, den Vergleich nach den jeweiligen „Rollen" der Figuren aufzubauen (geprellter [Ehe-]Mann / Frau zwischen zwei Männern / Liebhaber) – Sie können aber auch einen anderen Aufbau wählen. Als Vorbereitung des Vergleichs können Sie in einer Tabelle jeweils Unterschiede und Gemeinsamkeiten der Figuren notieren.

Ihre Ausarbeitung von Teilaufgabe 2 beginnen Sie mit einer kurzen **Überleitung** zum Vergleich. Anschließend gehen Sie auf die gefundenen **Unterschiede** und **Gemeinsamkeiten** ein. Bei Bedarf können Sie **Textbelege** aus „Woyzeck“ in Ihre Argumentation einflechten. Halten Sie sich aber nicht zu lange mit der Suche nach passenden Zitaten auf. Am Ende Ihres Aufsatzes ziehen Sie ein **Fazit**, in dem Sie die wesentlichen Erkenntnisse aus dem Vergleich festhalten oder auch einen Ausblick geben.

Die Textnachweise zu Büchners „Woyzeck“ im folgenden Lösungsvorschlag beziehen sich auf diese Ausgabe: Georg Büchner, „Woyzeck“, „Leonce und Lena“. Hrsg. v. Burghard Dedner. Stuttgart: Reclam 2005. RUB: 18420.

Lösungsvorschlag

TEILAUFGABE 1

Einleitung
grundlegende Informationen zum Drama

Ernst Tollers Drama *Der deutsche Hinkemann. Eine Tragödie in drei Akten* von 1923, aus dem der vorliegende Textauszug stammt, handelt von dem Arbeiter Eugen Hinkemann, dem im Ersten Weltkrieg die Genitalien weggeschossen worden sind und den seine Frau Grete mit seinem Freund Paul Großhahn betrügt.

Interpretation
Einteilung in Sinnabschnitte und kurze Inhaltswiedergabe

Der hier behandelte Auszug aus der ersten Szene des ersten Aktes zeigt einen Besuch Großhahns bei den Hinkemanns und lässt sich in **drei Sinnabschnitte** einteilen. Zu Beginn (vgl. Z. 1–47) unterhalten sich Hinkemann und Großhahn über die Fabrikarbeit, die sie sehr unterschiedlich wahrnehmen. Im Folgenden kommt Großhahn auf die in seinen Augen große **Bedeutung der Liebe** zu sprechen, woraufhin Hinkemann den Raum verlässt. Im zweiten Sinnabschnitt (vgl. Z. 48–79) plaudert Großhahn mit Grete über das scheinbare Glück der Hinkemann'schen Ehe und Grete bricht weinend zusammen – auf seine Nachfragen erzählt sie ihm von den fehlenden Genitalien ihres Mannes. Der dritte Sinnabschnitt (vgl. Z. 80–127) zeigt Großhahns Bemühungen, sich ihr **anzunähern**. Schließlich schafft er es, die anfangs zögerliche Grete zu einem Besuch bei ihm zu Hause zu bewegen.

grundsätzliche Merkmale der sprachlichen Gestaltung

Der Haupttext ist in **Prosa** verfasst und bildet – mit Ausnahme von Gretes kurzem Monolog nach Großhahns Weggang – durchgehend einen **Dialog** ab. Die Ellipsen (vgl. Z. 45), Einschübe (vgl. „sozusagen“, Z. 34) und die vielen Auslassungspunkte, die Gesprächspausen verdeutlichen, ahmen ebenso eine natürliche, **authentische Mündlichkeit** nach wie die dialektal gefärbte Umgangssprache (z. B. „son Prolet“, Z. 22; „Adschö“, Z. 125). Letztere unterstreicht auch teilweise die Zugehörigkeit der Figuren zur Arbeiterschicht.

Im ersten Sinnabschnitt verdeutlicht das einleitende Gespräch der Männer über ihre Arbeit an der Maschine schon die erheblichen **Unterschiede in ihrem Charakter und ihrer Belastbarkeit**. Hinkemann erträgt sie kaum, wie u. a. die Bildlichkeit („zerbricht uns unsere Knochen", Z. 1; vgl. auch Z. 5) und die Wortwahl (u. a. „Mir graut", Z. 2) unterstreichen. Sein Freund hingegen empfindet bei der Bedienung der Maschine ein **Machtgefühl**. Bei ihm dominieren kraftvolle Ausrufe, kombiniert mit einer Herr-Knecht-Metaphorik für die Beziehung zwischen ihm und der als „Tierchen" (Z. 11) verniedlichten Maschine. Großhahn **überhöht sich** geradezu zu einem Beherrscher der Natur („das wildeste Stück Holz", Z. 11 f.), der diese ganz nach seinem Willen zu „formen" (Z. 12) vermag. Mit seiner Aufforderung an Hinkemann, „ein Mann" zu sein, um „der Herr" (Z. 13) zu sein, deutet er implizit einen **Mangel an „Männlichkeit" bei diesem** an, woraufhin Hinkemann erstmals leise sein Problem andeutet (vgl. Z. 14 f.).

detaillierte Interpretation nach Sinnabschnitten

1. Sinnabschnitt

Eine kurze Gesprächssequenz über Großhahns wilden Blick bildet die Überleitung zum **Thema Liebe** (vgl. Z. 16–21). Großhahn referiert über ihre existenzielle Bedeutung für die einfachen Arbeiter (vgl. Z. 22–35), deren klägliche Lebensläufe von Hunger und Verdinglichung (vgl. Z. 27 f.) geprägt seien. Als einziges Vergnügen und einziger **Freiheitsraum**, den sie gegenüber den Herrschenden behaupten könnten (vgl. Z. 30 f.), bleibe nur die Liebe, während die Reichen so viel mehr Möglichkeiten hätten. Seine Einschätzung unterstreichen die enthusiastischen Ausrufe „Die Liebe!" (Z. 29 ff.), mit denen er sich selbst gestellte Fragen beantwortet, und die metaphorische Umschreibung der Liebe als „Lebenskern". Sei dieser „angefault" (Z. 34 f.), könne man sich doch gleich umbringen. Mit Großhahns direkter Ansprache der Eheleute (vgl. Z. 35, 41) gerät hier die Frage in den Blick, wie es denn bei ihnen um diesen „Lebenskern" stehe. Davon zeugen Hinkemanns **Anspannung** und Gretes **scheue Antwort** (vgl. Z. 40 ff.). Offenbar aus Sorge, Grete könne angesichts der Überlegungen Großhahns an ihrer Ehe zweifeln, verlässt Hinkemann das Zimmer, um sich Arbeit zu suchen und so seiner Frau ein Weihnachtsgeschenk kaufen zu können.

2. Sinnabschnitt

Im zweiten Sinnabschnitt lenkt Großhahn nun ausdrücklich den Blick auf die **Beziehung des Paares**, wenn er nach Gretes Eheglück fragt und seinen Neid bekundet (vgl. Z. 50 f., 53). Grete beginnt zu weinen. Der Spannungsaufbau bis zu Gretes Enthüllung erfolgt hier durch den Wechsel von **besorgt wirkenden Nachfragen** Großhahns und **steigende Verzweiflung** ausdrückenden Äußerungen Gretes. Diese reichen vom doppelten Ausruf „Ich schrei!" (Z. 59) über die Anrufung Jesu (vgl. Z. 63) bis hin zu Stammeln andeutenden Wiederholungen der Fügungen „ich sags" und „mein Eugen" (Z. 67 f.).

Unter anderem die Ansprache Jesu verleiht ihrer Eröffnung, ihr Mann sei „gar kein Mann mehr“ (Z. 74 f., vgl. auch Z. 69 f.), den Charakter einer **Beichte**. Großhahns wenig einfühlsame Reaktion – er lacht prustend – enttäuscht Grete und lässt sie an ihrer Entscheidung zweifeln, das Geheimnis preiszugeben (vgl. Z. 76 f.).

Der dritte Sinnabschnitt zeigt Großhahns **Annäherungsversuche**. Nach einer halbherzigen Entschuldigung bahnt er erste Zärtlichkeiten an, die zunächst noch als Trost durchgehen könnten (vgl. Z. 83 f.), dann aber immer deutlicher Großhahns **sinnliches Anliegen** verraten („immer zärtlicher werdend“, Z. 93; „Küßt sie“, Z. 103). Die Annäherung zeigt sich sprachlich durch die zunehmende Vertrautheit der Anrede: von „Sie“ (Z. 93) zu „du“ (Z. 100) und von „Frau Hinkemann“ (Z. 80) über „Frau Grete“ (Z. 93) und „Grete“ (Z. 99) hin zu „Greteken“ (Z. 102). Grete ihrerseits wird von Großhahns Trost dazu verleitet, ihm den tatsächlichen Zustand ihrer Ehe mitzuteilen: Sie leidet sehr unter der kriegsbedingten Schwermut ihres Mannes (vgl. Z. 85, 87) bis hin zu Furcht und Ekel vor ihm (vgl. Z. 91 f.). Eine Hell-dunkel-Metapher (vgl. Z. 86 f.) verdeutlicht dabei ihre schwankende Stimmung. Gretes Sorge, Großhahn könne ihrem Mann ihre peinliche Enthüllung offenlegen (vgl. Z. 97), stellt ihr Gesprächspartner als unbegründet dar. Ihre Bedenken bei seinem Kuss, die ihr Satz „Nu werde ich doch schlecht …“ (Z. 104) andeutet, versucht er mit **moralkritischen Erwägungen** wegzuwischen (vgl. Z. 105–110). Ihre weiteren Reaktionen (vgl. Z. 111, 116, 120) auf seine Annäherungsversuche, zu denen auch seine Frage gehört, ob sie ihn besuchen kommen werde, signalisieren Abwehr. Unvermittelt schaltet Großhahn auf rigorose, „plötzlich brutal[e]“ (Z. 121) Aufforderungen um, die Grete kaum eine Wahl lassen (vgl. Z. 122, 124): Sie **bejaht** schließlich ein **heimliches Treffen**. Großhahn hat sein Ziel erreicht und verlässt das Haus.

3. Sinnabschnitt

Nimmt man die Figuren genauer in den Blick, fallen zunächst die **sprechenden Namen der beiden Männer** auf: „Hinkemann“ verweist auf eine Behinderung, während der „Hahn“ in „Großhahn“ als stolz, imposant und männlich gilt, was durch das vorangestellte Adjektiv noch verstärkt wird.

genauere Betrachtung der Figuren

Hinkemann ist vor dem verhängnisvollen Krieg „[d]as blühende Leben“ (Z. 88) gewesen und immer noch „[e]in Mann wie ein Ringkämpfer“ (Z. 49), was auf **äußere Stärke** verweist. Im Kontrast dazu steht seit der Verletzung seine **innere Schwäche**, die durch seine Klagen über die schwere Arbeit und seine häufigen Grübeleien (vgl. Z. 88) zum Ausdruck kommt. Der Krieg hat ihn zu einem **schwermütigen Menschen** gemacht. Dass seine **Ehe** ein **wichtiger Halt** für ihn ist, den er nicht verlieren möchte, zeigt sein Vorhaben, eine neue

Hinkemanns innere Schwäche

Arbeitsstelle zu suchen, um Grete etwas bieten zu können. In der vorliegenden Szene wirkt er im Vergleich zu seinem Freund und späteren Kontrahenten Großhahn **unterlegen**.

berechnender Großhahn

Während die körperliche Liebe für den Kriegsversehrten unerreichbar ist, findet Großhahn in ihr sein „einziges Vergnügen“ (Z. 28 f.) und seinen „Lebenskern“ (Z. 34). Statt einer festen Beziehung vergnügt er sich gerne mit „Frauensleuten“ (Z. 21), die bezeichnenderweise in der Pluralform genannt werden. Treue ist aus seiner Sicht ein religiös unterfüttertes „Ammenmärchen“ (Z. 109) und widerspricht dem natürlichen Begehren des Menschen. Seine **gesellschaftskritische Haltung** zeigen seine Beschreibung des Arbeiterlebens und sein Loblied auf die Liebe als einziger Freiheitsraum der Arbeiterschicht. Im Umgang mit Grete verhält er sich **berechnend**, denn auf ihre Enthüllung hin stellt er ihren Mann als **Egoisten** dar (vgl. Z. 82 f.), wohl in der Hoffnung, bei ihr ein Gefühl von Distanz zu ihrem Ehemann wachzurufen. Sogleich versucht er durch Zärtlichkeit, die verzweifelte Frau emotional an sich zu binden. Sein ganzes Verhalten Grete gegenüber scheint auf die Erreichung seines Ziels ausgerichtet, sie zum Ehebruch zu verleiten. Großhahns Selbstdarstellung als **Inbegriff der Männlichkeit** sowie seine **begeisterten Worte über die Liebe** lassen sich vor diesem Hintergrund möglicherweise schon als strategische Vorbereitung der Annäherungsversuche verstehen. Insgesamt kommt seine **Skrupellosigkeit** zum Ausdruck, denn er hat keinerlei Hemmungen, ein Verhältnis mit der Ehefrau seines Freundes anzufangen. Des Weiteren fällt Großhahns **Machtstreben** auf, einerseits gegenüber der Maschine bei der Arbeit, andererseits gegenüber Grete, wie seine herrischen Aufforderungen zu einem Treffen zeigen. Die **Anbahnung des** später folgenden **Ehebruchs geht von ihm aus**.

verzweifelte Grete

Grete leidet unter den Auswirkungen der Kriegsverletzung ihres Mannes. In seiner Gegenwart wirkt sie verschlossen, was durch ihre wenigen, kurzen Redebeiträge im ersten Abschnitt deutlich wird. In der Folge wird sie als eine **unsichere Frau in Not** dargestellt, die sich – sich selbst kleinmachend – als „armes Menschenkind“ (Z. 67 f.) bezeichnet. Dass sie sich zur Enthüllung der Einschränkung ihres Mannes bewegen lässt, zeigt die **Dringlichkeit ihres Redebedürfnisses** und ihren Leidensdruck. Gleichzeitig schwankt sie zwischen **Pflicht- und Mitleidsgefühlen** gegenüber ihrem Mann und dem **Bedürfnis nach einem erfüllteren Leben**. Großhahns herrisches Auftreten nötigt sie schließlich zu einer Zusage zu einem Treffen, vor dem sie eigentlich zurückschreckt.

Zwischenfazit

Die Szene offenbart **gesellschaftskritische Züge:** Die Handlung ist im **Arbeitermilieu** angesiedelt, wo kein Geld für Geschenke übrig ist und die einfachen Leute die Folgen des Krieges, in dem sie sich für das Land einsetzen mussten, zu tragen haben – sowohl in physischer als auch in psychischer Hinsicht. Inwiefern Großhahns Aussagen, denen zufolge die reichen Leute alles haben und dürfen, während den Armen die Liebe als einziges Vergnügen bleibt, diesen gesellschaftskritischen Ansatz widerspiegeln, hängt auch davon ab, wie man Großhahn bewertet. Es wäre eine interessante Frage, wie diese hier intrigant wirkende Figur im weiteren Verlauf des Dramas weiter ausgestaltet wird – als skrupelloser Egoist oder ebenfalls als armes Opfer der gesellschaftlichen Verhältnisse, dessen Affäre mit Grete der einzige Lichtblick in einem tristen Leben ist.

TEILAUFGABE 2

Überleitung

Im Vergleich mit dem Fragment gebliebenen sozialen Drama *Woyzeck*, das Georg Büchner 1836 zu schreiben begann, fällt die sehr ähnliche **Grundkonstellation** der beiden Werke auf: Im Zentrum der im **ärmlichen Milieu** spielenden Handlung stehen **zwei Männer und eine Frau**, die mit dem einen – gesundheitlich beeinträchtigten – Mann liiert ist und mit dem anderen, attraktiveren Mann fremdgeht. Ein genauerer Vergleich fördert weitere Gemeinsamkeiten, aber auch gewisse Unterschiede zutage.

Vergleich der Texte

Hinkemann und Woyzeck

Eugen Hinkemann und Franz Woyzeck müssen beide **hart arbeiten**, um über die Runden zu kommen. Ersterer ist von der Fabrikarbeit an Maschinen stark belastet und beklagt sich auch darüber. Um seiner Frau etwas bieten zu können, bemüht er sich um einen Zusatzverdienst. Bei dem einfachen Soldaten Woyzeck ist Fabrikarbeit noch kein Thema. Er muss jede Möglichkeit wahrnehmen, um zusätzliches Geld zu verdienen. Bei ihm ist das Motiv dafür allerdings **existenzieller** als bei Hinkemann: Von seinem schmalen Sold allein könnte er Marie und den gemeinsamen Sohn nicht ernähren, was die **gesellschaftskritische Aussage** des Dramas unterstreicht. Im Gegensatz zu Hinkemann beklagt sich Woyzeck aber nicht, auch wenn er demütigende Aufgaben übernehmen muss. Marie und das Kind genügen ihm als Motivation, wobei sich darin ein wichtiger Unterschied zu Hinkemann zeigt: Letzterer hat kein Kind und wird auch keines mehr zeugen können. Beide Titelfiguren wirken **schwach und versehrt**, sowohl in physischer als auch in psychischer Hinsicht – aber aus **unterschiedlichen Gründen:** Hinkemann ist durch den Krieg von einem lebensfrohen in einen **schwermütigen Mann** verwandelt worden, Woyzeck leidet vor allem unter der herabwürdigenden Ausbeutung, zu der auch die verordnete Erbsendiät gehört. Die **psychische Beeinträchtigung** hat bei Woyzeck allerdings sehr viel **größere Ausmaße** – er gleitet immer mehr in Wahnvorstellungen ab. Beide Figuren erscheinen dabei **in ihrer Männlichkeit eingeschränkt** bzw. wirken wenig attraktiv, was ihre Frauen zum Fremdgehen verleitet.

Großhahn und der Tambourmajor

Die beiden Gegenspieler dagegen treten **selbstbewusst** auf und stellen ihre **Männlichkeit** heraus: Während sich der Tambourmajor als stattlicher Uniformträger präsentiert, im Wirtshaus mit seiner Körperkraft prahlt und Woyzeck verprügelt, inszeniert Großhahn sich als kraftstrotzender Herr über Maschine und Natur. Damit erfüllen sie die Rolle, die Hinkemann und Woyzeck aus verschiedenen Gründen nicht mehr verkörpern können. Der Tambourmajor wirkt dabei allerdings eher **einfach gestrickt und plump**, während Großhahn **rhetorisches Geschick** an den Tag legt und **manipulativ** verfährt. Sowohl Großhahn als auch der Tambourmajor neigen aber auch zu **befehlerischem Verhalten**, um ihren Willen zu bekommen (vgl. Z. 121, 123 und 6. Szene, S. 18). Ein Unterschied zwischen ihnen ist ihr **sozialer Status:** Großhahn ist wie Hinkemann ein armer Fabrikarbeiter, der schick uniformierte Tambourmajor ist dagegen **finanziell bessergestellt** als Woyzeck, wie z. B. das Geschenk an Marie verdeutlicht (vgl. 4. Szene, S. 14). Insgesamt erscheint Großhahn zudem **besonders skrupellos**, weil er seinen Freund mit dessen Frau hintergehen und dessen Schwäche unbarmherzig ausnutzen will. Der Tambourmajor hat mit Woyzeck hingegen keine näheren Berührungspunkte.

Grete und Marie

Die Frauenfiguren sind eher **unterschiedlich charakterisiert**. Grete wirkt **verzweifelt**, **unschlüssig** und **passiv** – sie lässt sich am Ende von Großhahn herumkommandieren und zu einem Besuch bei ihm überreden. Marie hingegen **nimmt sich ihre Freiheiten** und ihr Vergnügen mit dem Tambourmajor ohne Rücksicht auf die Konventionen aktiv heraus. So zeigt sie offen ihre Bewunderung für den Tambourmajor (vgl. 2. Szene, S. 10), flirtet hemmungslos mit ihm (vgl. 6. Szene, S. 17 f.) und ist sich ihrer Schönheit bewusst („hab' ich einen so roten Mund als die großen Madamen", 4. Szene, S. 14). Ein weiterer Unterschied zeigt sich in den **Gründen für das Fremdgehen:** Bei Grete liegen sie offenbar in ihrer **persönlichen Not** angesichts der Einschränkung ihres Mannes und dessen daraus resultierender depressiver Grundstimmung. Marie hingegen lässt sich nicht nur von der schicken Uniform des Tambourmajors und seiner demonstrativen Männlichkeit, sondern auch von den geschenkten Ohrringen **beeindrucken**. In ihr wird die Sehnsucht geweckt, der **Enge ihres ärmlichen Lebens** zu entfliehen und vielleicht auch mehr als eine einfache Frau sein zu können. Allerdings macht sich bei Marie ebenso wie bei Grete **ein schlechtes Gewissen** bemerkbar

(„Nu werde ich doch schlecht“, Z. 104 und „Ich bin doch ein schlecht Mensch“, 4. Szene, S. 15, vgl. auch Szene 17, S. 30 f.).

Gesellschaftskritik?

Das Motiv einer Frau zwischen zwei Männern ist also in den beiden Werken ähnlich, aber nicht gleich gestaltet. Zwar wird in beiden Dramen eine **sozialkritische Ebene** deutlich, allerdings kann man unterschiedliche Schwerpunktsetzungen in Bezug auf das genannte Motiv ausmachen. Büchner legt den Fokus sehr auf die **ökonomischen Umstände** der Figuren und insofern auf die gesellschaftliche Struktur: Die **ärmlichen Verhältnisse**, die Woyzeck zur Selbstausbeutung zwingen und denen Marie entfliehen möchte, sind der **maßgebliche Grund** für ihre Affäre mit dem Tambourmajor.

Im *Hinkemann* spricht Großhahn zwar die gesellschaftlichen Ungleichheiten direkt an. Aber weil er im Drama als Verführer eine eher unrühmliche Rolle spielt und seine Einlassungen auch eine strategische Dimension haben, wirkt er eher nicht wie ein Sprachrohr des Verfassers. Im Hinblick auf das Motiv einer Frau zwischen zwei Männern scheinen die **ärmlichen Verhältnisse** zudem mehr **im Hintergrund** zu stehen, **ausschlaggebend** ist hier für die sich anbahnende Affäre das eher **individuelle Schicksal Hinkemanns:** Sein Verlust der Genitalien im Krieg verändert ihn so sehr, dass Grete verzweifelt – und diese Verzweiflung ist der **Ansatzpunkt für die Annäherungsversuche Großhahns**, der die sehr spezifische Ehesituation schamlos ausnutzen will. Von ihm wird Grete sich außerdem auch eher **keinen Aufstieg** erhoffen können, denn dieser ist ein Arbeiter wie Hinkemann – während der Tambourmajor in der militärischen Hierarchie über dem einfachen Soldaten Woyzeck steht und Marie wegen seines höheren Solds mit Geschenken beeindrucken kann.

Fazit

Die **Situation Woyzecks** (und Maries) wirkt insofern im Vergleich zu dem individuelleren Schicksal Hinkemanns **zwangsläufiger, paradigmatischer und mehr strukturell bedingt**. Vielleicht ist das der Grund dafür, warum Toller sein Drama eine Tragödie genannt hat, während Büchners Stück gemeinhin als soziales Drama gilt.

Niedersachsen Deutsch
Erhöhtes Anforderungsniveau ▪ Übungsaufgabe 2

INTERPRETATION LITERARISCHER TEXTE

Aufgabenstellung

1 Interpretieren Sie den Auszug aus dem Trauerspiel *Faust* von Johann Wolfgang Goethe. (60 %)

2 Vergleichen Sie die Figur Faust mit der Figur Leonce aus Georg Büchners Drama *Leonce und Lena*. Berücksichtigen Sie dabei die Gestaltung sowie die generelle Lebensproblematik beider Figuren. (40 %)

Material

Johann Wolfgang Goethe (1749–1832): Faust. Eine Tragödie (1808), Szene „Nacht“

In einem hochgewölbten, engen, gotischen Zimmer
FAUST unruhig auf seinem Sessel am Pulte.

FAUST: Habe nun, ach! Philosophie,
Juristerei und Medizin,
Und leider auch Theologie!
Durchaus studiert, mit heißem Bemühn.
Da steh ich nun, ich armer Tor[1]!
Und bin so klug als wie zuvor;
Heiße Magister, heiße Doktor[2] gar,
Und ziehe schon an die zehen Jahr,
Herauf, herab und quer und krumm,
Meine Schüler an der Nase herum –
Und sehe, dass wir nichts wissen können!
Das will mir schier das Herz verbrennen.
Zwar bin ich gescheiter als alle die Laffen[3],
Doktoren, Magister, Schreiber und Pfaffen[4];
Mich plagen keine Skrupel noch Zweifel,
Fürchte mich weder vor Hölle noch Teufel –
Dafür ist mir auch alle Freud entrissen,
Bilde mir nicht ein was Rechts zu wissen,
Bilde mir nicht ein ich könnte was lehren
Die Menschen zu bessern und zu bekehren.
Auch hab ich weder Gut noch Geld,
Noch Ehr und Herrlichkeit der Welt;
Es möchte kein Hund so länger leben!

Drum hab ich mich der Magie ergeben,
Ob mir, durch Geistes Kraft und Mund[5],
Nicht manch Geheimnis würde kund;
Dass ich nicht mehr, mit sauerm Schweiß,
Zu sagen brauche was ich nicht weiß;
Dass ich erkenne was die Welt
Im Innersten zusammenhält,
Schau alle Wirkenskraft und Samen,
Und tu nicht mehr in Worten kramen.

O sähst du, voller Mondenschein,
Zum letzten Mal auf meine Pein,
Den ich so manche Mitternacht
An diesem Pult herangewacht:
Dann, über Büchern und Papier,
Trübsel'ger Freund, erschienst du mir!
Ach! könnt ich doch auf Bergeshöhn,
In deinem lieben Lichte gehn,
Um Bergeshöhle mit Geistern schweben,
Auf Wiesen in deinem Dämmer weben,
Von allem Wissensqualm entladen
In deinem Tau gesund mich baden!

Weh! steck ich in dem Kerker noch?
Verfluchtes dumpfes Mauerloch!
Wo selbst das liebe Himmelslicht
Trüb durch gemalte Scheiben bricht!
Beschränkt von diesem Bücherhauf,
Den Würme nagen, Staub bedeckt,
Den, bis ans hohe Gewölb hinauf,
Ein angeraucht Papier umsteckt;
Mit Gläsern, Büchsen rings umstellt,
Mit Instrumenten vollgepfropft,
Urväter Hausrat[6] drein gestopft –
Das ist deine Welt! das heißt eine Welt!

Und fragst du noch, warum dein Herz
Sich bang in deinem Busen klemmt?
Warum ein unerklärter Schmerz
Dir alle Lebensregung hemmt?
Statt der lebendigen Natur,
Da Gott die Menschen schuf hinein,
Umgibt in Rauch und Moder nur
Dich Tiergeripp und Totenbein[7].

Flieh! Auf! Hinaus ins weite Land!
Und dies geheimnisvolle Buch,
Von Nostradamus'[8] eigner Hand,
Ist dir es nicht Geleit genug?
Erkennest dann der Sterne Lauf,
Und wenn Natur dich unterweist,
Dann geht die Seelenkraft dir auf,
Wie spricht ein Geist zum andern Geist.
Umsonst, dass trocknes Sinnen hier
Die heil'gen Zeichen dir erklärt.
Ihr schwebt, ihr Geister, neben mir;
Antwortet mir, wenn ihr mich hört!

(Er schlägt das Buch auf und erblickt das Zeichen des Makrokosmus[9].)

Ha! welche Wonne[10] fließt in diesem Blick
Auf einmal mir durch alle meine Sinnen!
Ich fühle junges heil'ges Lebensglück
Neuglühend mir durch Nerv' und Adern rinnen.
War es ein Gott, der diese Zeichen schrieb,
Die mir das innre Toben stillen,
Das arme Herz mit Freude füllen,
Und mit geheimnisvollem Trieb,
Die Kräfte der Natur rings um mich her enthüllen?
Bin ich ein Gott? Mir wird so licht!
Ich schau in diesen reinen Zügen
Die wirkende Natur vor meiner Seele liegen.
Jetzt erst erkenn ich was der Weise spricht:
„Die Geisterwelt ist nicht verschlossen;
Dein Sinn ist zu, dein Herz ist tot!
Auf, bade, Schüler, unverdrossen
Die ird'sche Brust im Morgenrot!“

(Er beschaut das Zeichen.)

Wie alles sich zum Ganzen webt,
Eins in dem andern wirkt und lebt!
Wie Himmelskräfte auf und nieder steigen
Und sich die goldnen Eimer reichen!
Mit segenduftenden Schwingen
Vom Himmel durch die Erde dringen,
Harmonisch all' das All durchklingen!

Welch Schauspiel! aber ach! ein Schauspiel nur!
Wo fass ich dich, unendliche Natur?
Euch Brüste, wo? Ihr Quellen alles Lebens,
An denen Himmel und Erde hängt,

Dahin die welke Brust sich drängt –
Ihr quellt, ihr tränkt, und schmacht[11] ich so vergebens?

Aus: Johann Wolfgang Goethe: Werke. Band 3: Faust I und II. Die Wahlverwandtschaften. Frankfurt am Main und Leipzig 1998, S. 23–25.

Anmerkungen

1 *Tor:* Narr, Dummkopf
2 *Magister, Doktor:* an der Universität erworbene akademische Grade
3 *Laffen (abwertend):* eingebildete Menschen
4 *Pfaffen (abwertend):* Geistliche
5 *Geistes Kraft und Mund:* Gemeint ist die Macht von Geistern.
6 *Hausrat:* für die Hauswirtschaft benötigte Geräte und Möbel
7 *Totenbein:* die Knochen von Toten
8 *Nostradamus* (1503–1566): französischer Mediziner und Astrologe
9 *Makrokosmos* (*makros*=groß, *kosmos*=Welt): im Unterschied zum Mikrokosmos die Welt in ihrer Gesamtheit und in ihren umfassenden Zusammenhängen – darstellbar in einer schematischen Zeichnung, die Faust hier sieht
10 *Wonne:* Freude, Glücksgefühl
11 *schmachten:* Not leiden, etwas verlangen

TIPP **Bearbeitungshinweise**

Voraussetzungen

Auf die **Interpretation** einer Ihnen unbekannten Dramenszene folgt der **aspektbezogene Vergleich** mit der Pflichtlektüre *Leonce und Lena*. Dabei sind die beiden Teilaufgaben im Verhältnis **60:40** gewichtet. Neben dem Wahlpflichtmodul 4 „Familie im Drama" aus Rahmenthema 2 (Drama und Kommunikation) wird auch Rahmenthema 1 (Literatur und Sprache um 1800) bedient.

Erläuterung der Aufgabenstellung

TEILAUFGABE 1: Die Interpretation einer Dramenszene verlangt in der Regel eine Charakterisierung der auftretenden Figuren sowie eine Dialoganalyse. Wenn eine Dramenszene, wie im vorliegenden Fall, lediglich aus einem **Monolog** besteht, entfällt die Dialoganalyse. Typische Aspekte wie die Gesprächsintention, der Gesprächsverlauf oder die Frage danach, welche Sprecher im Dialog dominant sind, spielen dann keine Rolle. Dennoch sollten Sie neben der **Figurencharakterisierung** auch die Sprechweise der Figur untersuchen. Dazu gehören **Sprechhandlungen** (Was tut die Figur, wenn sie dieses oder jenes sagt?) sowie der **Redestil** (Ist die Art des Sprechens eher ruhig und sachlich oder emotional aufgeladen? Welche Emotionen dominieren den Redeakt?).

In der Bearbeitung des Textausschnitts aus Goethes *Faust* sollten Sie zunächst klären, um welches **Thema** es hier geht. Dramenfiguren befinden sich eigentlich immer in einer **Konfliktsituation**, die den Anlass und Motor der Handlung bildet. Ein solcher Konflikt entsteht oft durch konkurrierende Interessen verschiedener Konfliktparteien, meist kommen innere Konflikte der Hauptfiguren dazu. Bestimmen Sie also zunächst **Fausts inneren Konflikt** – welches Problem hat er? Dadurch erschließen Sie automatisch den thematischen Kern der Textstelle.

Fertigen Sie nun eine **Figurencharakterisierung** an. Notieren Sie zunächst alle Angaben zur dargestellten Figur (Alter, Beruf, Familienstand etc.). Bestimmen Sie dann zentrale Persönlichkeitsmerkmale, also im engeren Sinne Charakteristika der Figur. Diese lassen sich sowohl durch **explizite** Selbstcharakterisierungen erkennen („Ich bin …", „Ich habe…") als auch durch **indirekte** Charakterisierungen ermitteln, etwa über die Sprechweise oder durch einzelne Aussagen über das Leben und die Welt.

Analysieren Sie dann, wie Goethe den Konflikt seiner Figur **sprachlich** darstellt. Es empfiehlt sich, zentrale **Sprechhandlungen** sowie die **Wortwahl** zu untersuchen und, wenn möglich, **semantische Felder** zu bestimmen (also bestimmte Vorstellungen, die beim Leser bzw. Zuschauer durch verwandte Wörter und Wortgruppen erzeugt werden). Nutzen Sie für Ihre Deutung nur diejenigen Stilmittel, die wirklich für das Thema bzw. den Konflikt relevant sind. Dabei sollten Sie auch **Regieanweisungen** berücksichtigen, die den Handlungsort charakterisieren.

Bevor Sie mit dem Niederschreiben der Interpretation beginnen, sollten Sie eine **Gliederung** erstellen, die die ermittelten Ergebnisse in eine sinnvolle Reihenfolge bringt. Achten Sie beim Ausformulieren darauf, die korrekten **Fachbegriffe** zu nutzen und **Textbelege** in Form von Verweisen oder prägnanten wörtlichen Zitaten zu liefern.

TEILAUFGABE 2: Der Operator „**vergleichen**" sieht vor, dass Sie **Gemeinsamkeiten** und **Unterschiede** benennen und erläutern. Sinnvoll ist es, in einer Hinführung zunächst die generelle Vergleichbarkeit der Figuren zu reflektieren – hier können Sie Vergleichsebenen nennen, an denen Sie sich im Folgenden orientieren. Das verschafft dem Leser Ihres Vergleichs einen ersten Überblick.

Sammeln Sie dann verschiedene **Vergleichsaspekte**; beachten Sie dabei besonders die **Vorgaben** in der Aufgabenstellung. Bewährt hat sich, auf Notizpapier eine **Tabelle** mit den Spalten „Gemeinsamkeiten" und „Unterschiede" zu erstellen, in die Sie Ihre Beobachtungen eintragen. Bei den Unterschieden sollten Sie dann auch gleich notieren, worin diese Unterschiede bestehen. Mögliche Vergleichsaspekte bei literarischen Figuren sind in der Regel die **Persönlichkeit**, das **Menschen- bzw. Weltbild**, die **Sprechweise** sowie der **äußere Kontext** (also die Lebenssituation). Zu Letzterem gehört auch eine Reflexion der **Epochenzugehörigkeit** der Texte. Klären Sie, welcher literarischen Epoche die Werke, in denen die Figuren auftauchen, angehören, und bringen Sie dies in die Erläuterung von Ähnlichkeiten oder Unterschieden mit ein.

Auf der Basis der Tabelle können Sie an das Ausformulieren des Vergleichs gehen. Ein **Fazit** sollte auf jeden Fall eine Gewichtung beinhalten, in dem Sie die Gemeinsamkeiten und Unterschiede gegeneinander abwägen und ein **Urteil** fällen, ob und inwieweit es sich eher um verwandte oder um kontrastive Figuren handelt.

verwendete Textausgabe: Georg Büchner: Leonce und Lena. Stuttgart: Reclam 2022.

Lösungsvorschlag

TEILAUFGABE 1

Einleitung
mit Nennung des Themas

Der vorliegende Auszug aus Johann Wolfgang Goethes Trauerspiel *Faust* aus dem Jahr 1808 besteht aus einem langen **Monolog** der titelgebenden Figur. Thema des Monologs ist eine schwere **Lebenskrise Fausts**. Enttäuscht davon, kein wahres Wissen erlangen zu können, **beklagt** der Gelehrte seine Lebenssituation und sucht nach Auswegen aus seiner Misere.

Interpretation
Beschreibung der Figur: Alter, Beruf, Lebenssituation

Faust ist ein **älterer Mann**, der verschiedenste Fächer studiert hat, bereits mehrere **akademische Titel** erwerben konnte und seit etwa zehn Jahren eigene Schüler unterrichtet (vgl. V. 7 ff.). Die Szene zeigt ihn, umgeben von Büchern und wissenschaftlichen Apparaturen (vgl. V. 49 ff.), in einem kleinen Zimmer an einem Pult sitzend (vgl. Regieanweisung), wodurch deutlich wird, dass Faust sein Leben voll und ganz **der Wissenschaft verschrieben** hat. Hinweise auf private Interessen oder familiäre Kontakte fehlen. Zudem scheint es, dass Faust weder Reichtum noch Berühmtheit vergönnt sind (vgl. V. 21 f.).

dreiteiliger Aufbau des Textauszugs

Über den gesamten Textausschnitt hinweg wird deutlich, dass Faust eine **schwere Krise** durchlebt und sein Gefühlszustand zwischen Leiden, aufflammender Hoffnung und erneuter Enttäuschung pendelt. So beginnt der Monolog mit einer langen **Klage** über die eigene Unwissenheit und das Versagen als Gelehrter (V. 1–64). Diese geht in **Zuversicht** über, als Faust das Buch des Astrologen Nostradamus aufschlägt und dadurch kurzzeitig eine neue Perspektive auf das Leben und die Welt erhält (V. 65–100). Schon kurz darauf aber muss Faust erkennen, dass sich dieser Hoffnungsschimmer als Täuschung – „ein Schauspiel nur" (V. 101) – entpuppt, weshalb ihn die ursprüngliche **Resignation** wieder einholt (V. 101–106).

Analyse des ersten Textteils

Charakterisierung und Erläuterung der Lebenskrise der Figur

Fausts Leiden resultiert aus einer tiefen **Enttäuschung** darüber, dass dem Gelehrten entscheidende Erkenntnisse in die Zusammenhänge der Welt verwehrt bleiben. Sein Ziel, auf wissenschaftlichem Wege zu erkennen, „was die Welt/Im Innersten zusammenhält" (V. 29 f.), hat Faust offenbar verfehlt. Zwar sieht er sich im Vergleich zu anderen Akademikern als gebildeter an (vgl. V. 13 ff.), dies schützt ihn jedoch nicht davor, **sich selbst als unwissend zu erleben**. Auch das intensive Studium zahlreicher Fächer hat ihn offenbar in den entscheidenden Fragen nicht vorangebracht, sodass Faust sich „so klug als wie zuvor" (V. 6) fühlt. Seine Lehrtätigkeit deutet er sogar als Vortäuschung eines Wissens, welches er in Wahrheit gar nicht besitze (vgl. V. 8 ff. und V. 27 ff.). Die vielen Bücher um ihn herum vermögen ihm nicht die Antworten zu geben, die er sucht. Immer wieder wertet er das Studieren von Texten ab, wie die Formulierungen „in Worten kramen“ (V. 32) oder „Beschränkt von diesem Bücherhauf“ (V. 49) verdeutlichen. Diese Problematik hat Faust letztlich in einen **depressiven Zustand** gestürzt: „Dafür ist mir auch alle Freud entrissen“ (V. 17). Der innere Konflikt Fausts besteht somit darin, dass er seinen eigenen Ansprüchen nicht gerecht werden kann.

Sprachanalyse: Sprechhandlungen

Goethe vermittelt das Leiden seiner Figur in sprachlicher Hinsicht auf mehreren Ebenen. Es dominieren **Sprechhandlungen des Klagens** (vgl. V. 33 ff., 45 ff., 57 ff.) und **Zweifelns**, etwa an der Fähigkeit des Menschen, Dinge zu erlernen (vgl. V. 11) oder anderen etwas beizubringen (vgl. V. 19 f.). Sein fortgesetztes Jammern, das auch vor Übertreibungen nicht zurückschreckt („Es möchte kein Hund so länger leben!“, V. 23), verrät sein **Selbstmitleid**. Mehrmals richtet Faust **Fragen an sich** selbst, in denen sich das Gefühl der Ungewissheit auch auf der Ebene der Satzarten spiegelt (vgl. V. 45, 57 f., 102 f.). In **Wunschsätzen** („könnt ich“, vgl. V. 39 ff.) ersehnt er sich den direkten Kontakt zur Natur – sie stilisiert er zum Gegensatz des toten Buchstabenwissens, das mit einem abfälligen Neologismus als „Wissensqualm“ (V. 43) abtut. Der hochgradig **emotionale Ton**, in dem Faust seinen Pessimismus vorträgt, wird auch an den zahlreichen **Interjektionen**, die seine Rede durchziehen, deutlich (vgl. V. 1, 33, 39, 45, 101). Zudem endet etwa jeder zweite Aussagesatz mit einem **Ausrufezeichen**. Darüber hinaus arbeitet Goethe in auffälliger Weise mit **Bildern des Gefangenseins sowie des Verfalls**. Schon die Regieanweisung platziert die Figur in einem „engen, gotischen Zimmer“ und erschafft damit eine dunkle und beengende Szenerie. Die Beschreibung der Umgebung mit Begriffen wie „Kerker“ (V. 45), „Mauerloch“ (V. 46) oder „rings umstellt“ (V. 53) spiegelt auf räumlicher Ebene die Emotionen Fausts, der sein Grundgefühl des Beschränktseins und der Beklemmung mit der in der Literatur um 1800 geläufigen Herzmetapher verbalisiert: „Und fragst du noch, warum dein Herz/Sich bang in deinem Busen klemmt?“ (V. 57 f.). Hinzu kommen **Anspielungen auf Tod und Verfall:** Als Requisiten modern „Tiergeripp und Totenbein“ (V. 64) auf dem Tisch vor sich hin und „Würme nagen“ (V. 50) an den staubbedeckten Büchern. „Trüb“ (V. 48) fällt das Licht in die Kammer. All diese Elemente tragen dazu bei, Fausts Leiden als **umfassende Krise** zu charakterisieren, die seinen Lebenswillen bedroht.

Satzarten

Interjektionen

Sprachbilder

Interpretation des Handlungsorts

Wortwahlanalyse: Gefangensein

Wortwahlanalyse: Verfall

Zwischenfazit

Analyse des zweiten Textteils

Im **zweiten Abschnitt** des Monologs findet ein Umschwung statt, als Faust das Buch des Nostradamus aufschlägt, um durch die Anwendung von **Magie** einen Ausweg aus seiner Not zu finden. Anders als die bisher studierten Bücher verspricht dieses Werk diejenigen Erkenntnisse, die Faust sucht. Die Lektüre verbindet Faust mit der

Anrufung von Geistern (vgl. V. 75), und tatsächlich wird dem alten Gelehrten, als er Zeichen des Makrokosmos erblickt, eine **Vision** zuteil: Er sieht himmlische Mächte in der Natur walten und erschaut, „[w]ie alles sich zum Ganzen webt" (V. 94) – genau diese Einsicht hatte Faust ja zuvor so verzweifelt gesucht. Goethe gestaltet dieses Ereignis als eine Art religiöse Erfahrung. Begriffe wie „Himmelskräfte" (V. 96) oder die an Engel erinnernden „segenduftenden Schwingen" (V. 98) lassen an christliche Kontexte denken. Im Moment der **Ekstase** fragt sich Faust sogar, ob er selbst ein Gott wäre (vgl. V. 86). Diese Selbstüberschätzung des Menschen sowie die Wahrnehmung göttlicher Kräfte in der Natur deuten auf ein **pantheistisches Weltbild** hin, das vor allem in der Epoche des Sturm und Drang gepflegt wurde. Im Kontrast zu den im ersten Abschnitt vorherrschenden Bildern der Starre und Einengung nutzt Goethe im zweiten Teil konsequenterweise eine **Wortwahl**, die **Dynamik und Offenheit** evoziert. Bewegungsverben wie „fließt" (V. 77), „rinnen" (V. 80), „füllen" (V. 83), „webt" (V. 94) und „auf und nieder steigen" (V. 96) unterstützen den Stimmungswechsel im zweiten Teil des Monologs ebenso wie Adjektive, die Helligkeit und Klarheit suggerieren: „licht" (V. 86), „reinen" (V. 87) oder „goldnen" (V. 97).

Wortwahlanalyse: religiöse Assoziationen

Epochenbezug

Wortwahlanalyse: Verben, Adjektive

Abrupt endet diese glücklich machende Vision im dritten und **letzten Abschnitt** des Dramenauszugs, wenn Faust sich eingestehen muss, dass er einer **Täuschung erlegen** ist. Er weiß nicht, in welcher Weise er das eben erblickte Naturganze begreifen soll. Hier personifiziert Goethe die allumfassende **Natur** und verleiht ihr Züge des Mütterlich-Weiblichen, indem die „Brüste" (V. 103) der Natur erwähnt und als „Quellen alles Lebens" (V. 103), also als etwas Nährendes und Belebendes, bezeichnet werden. Darin lässt sich erneut ein Element pantheistischen Denkens erkennen, das einer mystizistischen Wahrnehmung der Welt deutlich näher steht, als es das orthodoxe Christentum dulden würde. Sich selbst erlebt Faust als „wel[k]" (V. 105) – die Metapher drückt aus, dass er sich weiterhin von den Lebenszusammenhängen abgeschnitten fühlt, da er alles nur passiv aus der Distanz wie der Zuschauer eines „Schauspiel[s]" (V. 101) wahrnimmt. Sein Streben scheint „vergebens" (V. 106).

Analyse des dritten Textteils

Alles in allem zeigt der Textauszug aus Goethes *Faust* eine Figur, die in einer breit angelegten, philosophischen Auseinandersetzung mit dem eigenen Leiden **Grundfragen des Menschseins** anschneidet, insbesondere die Frage danach, auf welchem Weg sich tieferes Wissen über die Welt erlangen lässt.

Fazit

TEILAUFGABE 2

Prinz Leonce ist der männliche Protagonist des Lustspiels *Leonce und Lena*, das Georg Büchner im Jahr 1836 verfasste. **Vergleicht** man ihn mit Goethes Faust, ergeben sich eine Reihe von Parallelen, was den Gemütszustand oder das Weltbild anbelangt. Zugleich aber bestehen deutliche Unterschiede in der Figurenkonzeption und im übergreifenden Kontext, in dem die Charaktere auftreten. Diese Gemeinsamkeiten und Unterschiede werden im Folgenden genauer erläutert.

aspektbezogener Vergleich
Hinführung mit erstem Überblick zu den Vergleichsebenen

Rein **äußerlich** betrachtet unterscheiden sich die Figuren erheblich: **Leonce** ist ein junger **Adliger**, der in einem Schloss lebt und von einem Heer aus Bediensteten umgeben ist – **Faust** hingegen ist ein alternder **Gelehrter** (also bürgerlichen Standes), der einsam und verarmt in seinem Studierzimmer haust. Der eine kann sich aufgrund des familiären Reichtums dem **Müßiggang** hingeben, der andere hat es trotz intensiver geistiger **Arbeit** nicht zu Reichtum oder Ruhm gebracht. Leonce steht als Thronfolger eine politisch bedeutsame Hochzeit mit Lena, der Prinzessin eines anderen Königreichs, bevor, was ihn belastet und letztlich zur Flucht aus dem Schloss verleitet. Faust bewegt sich in keinerlei erkennbaren sozialen Kontexten, lediglich seine Schüler werden kurz erwähnt.

Vergleich des Alters und der Lebensumstände

Ungeachtet der äußerlichen Differenzen zeigt sich schnell eine auffällige **Übereinstimmung** in der Art, wie beide **Figuren ihr Leben und die Welt betrachten**. Leonce teilt mit Faust ein **seelisches Leiden**, das sich in einer tiefgehenden Melancholie und Skepsis niederschlägt. Schon die erste Szene aus Büchners Drama zeigt einen Prinzen, der ganz ähnlich wie Faust in langen Monologen über die Sinnlosigkeit seines Lebens klagt. Er vertreibt sich die Zeit mit kindischen Dingen wie dem Werfen und Auffangen von Sand, dabei über die Langweiligkeit des Lebens philosophierend. „Es macht mich ganz melancholisch“ (*Leonce und Lena*, S. 10), muss Leonce feststellen, als er über das Wetter nachdenkt. Seine Liebschaft mit der Mätresse Rosetta (vgl. III, 3) stellt keinen Ausweg aus diesem pessimistischen Lebensgefühl dar, erweckt doch Rosetta lediglich Zweifel an der Fähigkeit, überhaupt lieben zu können – morbide Fantasien von einer toten Geliebten treiben den Prinzen um. Später, nachdem er bei seiner Flucht die inkognito reisende Prinzessin Lena kennengelernt hat und nachdem diese vor ihm zurückgewichen ist, begeht Leonce sogar einen **Selbstmordversuch**, wie die Regieanweisung verrät: „Er will sich in den Fluss stürzen.“ (*Leonce und Lena*, S. 34)

Vergleich des Lebensgefühls

Beispiele für Leonce' Lebenskrise

Auch auf der **sprachlichen Ebene** gleichen sich die Mittel, mit denen Goethe und Büchner der **Verzweiflung** ihrer Figuren Ausdruck verleihen. In Leonces Beiträgen finden sich ebenfalls häufig Interjektionen, Ausrufezeichen bekräftigen den emotionalen Ton seiner Rede und nicht selten stellt Leonce sich selbst existenzielle Fragen, die denen Fausts sehr ähneln. Die traurige Einsicht etwa, dass die Menschen bloß aus Langeweile lernen, beten oder heiraten, begleitet Leonce mit der Frage „Warum muss ich es grade wissen?“ (*Leonce und Lena*, S. 10). Faust kleidet seine Nöte ebenfalls in Fragen: „Weh! steck ich in dem Kerker noch?“ (V. 45) Beide Figuren durchdenken in hohem Maße **selbstreflexiv** ihre eigenen Gefühle und Lebensumstände, um Erklärungen für ihre Krise zu finden. In der Art des Sprechens werden aber auch **Unterschiede** deutlich: Der noch junge, manchmal wie ein Clown agierende **Leonce** verliert sich immer wieder in **albernen, oft auch zynischen Wortspielen**, mit denen er seine Verachtung der höfischen Gesellschaft verdeutlicht. **Faust** hingegen ist durchgehend als ernsthafte Figur gestaltet, deren Sprachstil man am ehesten als **pathetisch** bezeichnen kann. Ursache dafür ist nicht zuletzt die Tatsache, dass beide Figuren in unterschiedlichen **Gattungen** auftreten: *Faust* wird im Untertitel als Tragödie klassifiziert, während Büchner sein Drama als Lustspiel angelegt hat, in dem die Melancholie der Hauptfigur in humorvolle und auch explizit satirische Kontexte eingebettet ist.

Vergleich der Figurensprache

Berücksichtigung des Gattungsunterschieds: Tragödie vs. Komödie

Dementsprechend gibt es bei genauer Betrachtung auch eine Reihe von **Unterschieden in der Ausprägung der Lebenskrisen** beider Männer. **Faust** hinterfragt zwar die generelle Fähigkeit des Menschen, die Zusammenhänge der Welt zu durchschauen, nimmt sein Leiden aber vor allem als ein **individuelles Problem** wahr, das speziell ihn als wissbegierigen Gelehrten betrifft. **Leonce** dagegen sieht nicht nur sich, sondern die **gesamte Menschheit** als bemitleidenswert an, wenn er behauptet, „die Welt ist so alt“ (*Leonce und Lena*, S. 29). Dieser Weltschmerz des Prinzen umfasst auch die **Natur**, die mehrmals bedrohliche Züge annimmt, etwa wenn Wolken und Sonnenlicht „zu langen weißen Schatten mit den entsetzlich magern Beinen und Fledermausschwingen“ (*Leonce und Lena*, S. 30) werden. In Goethes Drama hingegen bildet das Erkennen und Verstehen der Natur den wesentlichen Antrieb Fausts, wie seine Vision einer allumfassenden Natur verdeutlicht. Ein weiterer Unterschied besteht in der **gesellschaftskritischen Dimension** von *Leonce und Lena*, die im Auszug aus *Faust* nicht erkennbar wird. Mehrmals agiert **Leonce als Rebell gegen erstarrte höfische Rituale**, was besonders in der Schlussszene des Dramas deutlich wird, als er und Lena als Automaten verkleidet auftreten, um der seelenlosen Hofgesellschaft einen Spiegel vorzuhalten (vgl. Szene III, 3). Generell ist festzustellen, dass Leonce in

Unterschiede in Art und Hintergrund der Lebenskrisen:

unterschiedliche Bedeutung der Natur

unterschiedlicher Bezug zur Gesellschaft

höherem Maße an den gesellschaftlichen Bedingungen leidet, die ihn umgeben, als Faust dies tut. Dementsprechend verkünden Leonce und sein Freund Valerio am Ende des Dramas eine (wenn auch ironisch gebrochene) sozialpolitische Utopie, in der niemand mehr zur Arbeit gezwungen werden darf. **Leonce** ist eine insgesamt stärker **politisch-kritisch angelegte Figur** als Faust und damit ein typisches Beispiel für die Literatur des **Vormärz**, die sich nach der idealistischen Epoche von Klassik und Romantik deutlich stärker den materiellen Lebensbedingungen des Menschen zuwendet und diese Ursache für das Leiden der Menschen benennt.

Epochenbezug

Abschließend lässt sich festhalten, dass beide Dramen durchaus **verwandte Charaktere** zeigen, die sich vor allem im **Leiden an ihrem Dasein** gleichen. Die sprachliche Darstellung dieses Charakteristikums erfolgt in beiden Texten ganz ähnlich. Deutliche **Unterschiede** bestehen aber in den konkreten **Ursachen** des Leidens sowie in den äußeren **Umständen**, die Leonce und Faust jeweils umgeben. Fausts Krise ist die eines von sich selbst und der gesamten Wissenschaft Enttäuschten, der nach Auswegen aus dieser Krise sucht. Leonce hingegen ist gelangweilt von einem höfischen Leben, das er als vollkommen sinnentleert erlebt und das ihn zu kindischen und zynischen Verhaltensweisen treibt. Faust scheint – ungeachtet seiner Skepsis – immer noch Hoffnung auf eine Lösung seiner Krise zu haben. Leonce dagegen flieht zwar mithilfe seines Freundes Valerio aus seinem höfischen Alltag, begibt sich aber gedanklich nicht auf die Suche nach einem Ausweg. **Leonce** hat sich bereits von sich selbst entfremdet, was ihn zu einer **noch moderneren Figur** macht als Goethes Faust.

Fazit mit Zusammenfassung und Gewichtung

Ausblick auf die Moderne

Niedersachsen Deutsch
Erhöhtes Anforderungsniveau ▪ Übungsaufgabe 3

MATERIALGESTÜTZTES VERFASSEN EINES ARGUMENTIERENDEN TEXTES

Aufgabenstellung

Ihr Theaterkurs bereitet eine Aufführung von Georg Büchners *Woyzeck* vor und muss sich entscheiden, ob bei der Inszenierung der Schwerpunkt eher auf die im Stück verhandelte soziale Problematik oder aber auf den Liebeskonflikt gelegt werden soll. Verfassen Sie unter Berücksichtigung der Materialien und Ihrer Dramenkenntnis einen Aufsatz für das Programmbuch, in dem Sie sich mit dieser Frage auseinandersetzen und eine begründete Entscheidung treffen.

Wählen Sie eine geeignete Überschrift.

Zitate aus den Materialien werden dem Stil eines solchen Aufsatzes entsprechend ohne Zeilenangabe unter Nennung der Autorin/des Autors und ggf. des Titels verendet.

Ihr Aufsatz für das Programmbuch sollte etwa 1 000 Wörter umfassen.

Material 1 **Zwei Theaterplakate**

MPalitzsch/wikipedia, CC BY-SA 4.0.

Anmerkung: Das Plakat bezieht sich auf Alban Bergs 1925 uraufgeführte Oper „Wozzeck“, die auf Büchners Stück basiert. Die unterschiedliche Schreibweise des Titels geht auf einen Lesefehler des ersten Herausgebers des Dramas zurück.

https://liberalarts.utexas.edu/germanic/_files/pdf/history/WoyzeckPoster2.jpg

Material 2 Ulrich Rasche zu seiner „Woyzeck"-Inszenierung

© Sandra Then/Residenzthater München

***Frage:** Dein „Woyzeck"-Bühnenbild ist eine rotierende Scheibe, eine Art Weltscheibe, außerhalb der das bloße Nichts lauert. Auf dieser Scheibe wirken die Figuren der Leere des Universums hilflos ausgeliefert. An ihnen reißen Fliehkräfte, aber die Drehbewegung kennt kein Ziel und keine erlösende Ruhe. Kann man deine Bühne als Metapher für Büchners Geschichtsfatalismus lesen?*

Rasche: Büchners Erkenntnis vom Fatalismus der Geschichte deckt sich auf eine sehr spezielle Weise mit meinen Bühnenbildern. Für „Woyzeck" habe ich eine Scheibe gebaut, die sich zum Schluss des Abends fast senkrecht aufstellen wird. Die Schauspieler*innen sind dabei unentwegt den sich dort entwickelnden Flieh- und Zugkräften ausgesetzt. Insbesondere Woyzeck, aber auch alle anderen Figuren werden in Büchners Stück stark durch außer ihnen liegende Umstände geformt. Die äußeren Umstände gehören zur Natur oder zur Gesellschaft. Sie bestimmen das Leben und Verhalten der einzelnen Figuren. Immer werden die Figuren in „Woyzeck" gezwungen, diesen Kräften Widerstand zu leisten oder sich ihnen gegenüber zu verhalten. Wer dem Kräftespiel ausweichen will oder zu schwach ist, wird ausgeschieden.

Quelle: Woyzeck. Programmheft des Residenztheaters. Spielzeit 2019/2020

Anmerkung:
Ulrich Rasche (*1969): deutscher Regisseur, dessen Inszenierungen sich durch spektakuläre Bühnenbilder und eine Rhythmisierung der Sprache auszeichnen; seine Inszenierung von „Woyzeck" hatte 2020 am Münchner Residenztheater Premiere.

Material 3 Hermann Kurzke: Wir arme Leut

[…] Die Mitte des 19. Jahrhunderts kannte Pauperismus und Proletarierelend in schaurigem Umfang – Hungerlöhne, Überforderung, ungesunde Wohnverhältnisse, Epidemien, Kinderarbeit, daraus folgende sittliche Verelendung mit Gewalttaten, Raub und Diebstahl, Trunksucht, Promiskuität[1] und Prostitution. […] Das waren die Rahmenbedingungen in der historischen Wirklichkeit. Aber welche Rolle spielen sie in Büchners Kunst? Woyzeck ist keine Pauperismus-Studie, kein Arbeiter-Ausbeuter-Sozialgemälde wie Hauptmanns *Weber*[2], kein Drama einer heraufziehenden sozialen Revolution, sondern eine Liebestragödie unter Armutsbedingungen. Woyzeck ist arm, aber sein Motiv ist nicht das Geld. Sein Mord ist keine fehlgeleitete Ersatzhandlung für eine andere Gewalttat, die den Reichen und Mächtigen hätte gelten müssen, sondern die Verzweiflungshandlung eines Mannes, dessen verriegelte Welt nur einen einzigen Lichtblick kannte: die Liebe zu Marie. Die kümmerlichen Lebensumstände hatten sich um ihn geschlossen wie ein Sarg, den nur die Liebe eine Ritze weit offen hielt. Maries Untreue schlägt den Sargdeckel zu. Das „Geld reicher Wüstlinge" spielt überhaupt keine Rolle. Maries Fehltritt kommt einerseits aus sozialem Trotz und Körperstolz – sie hat „ein so rothe Mund als die großen Madamen" –, andererseits aus sexueller Sehnsucht. Sie sucht den Stier im Tambourmajor, nicht Geld oder Macht. Büchner hat die Figur des Dritten im Dreieck sehr bewußt gewählt. Ein Tambourmajor war kein wirklicher Major, sondern nur eine Kleiderpuppe im Rang eines Unteroffiziers – der Anführer eines Musikzugs eben, pompös geschmückt, aber weder reich noch mächtig noch gar adelig, wie es die richtigen Offiziere damals sein mußten. Eine soziale Revolution hätte Marie von ihren Sehnsüchten nicht befreien können. Büchner zeigt Menschen, die Gefangene ihrer Triebe und Lebensumstände sind. Er zeigt nicht den Schimmer eines Auswegs. Die Armut ist aussichtslos, nicht nur die geldliche. Alle sind Unterworfene, auch der Doktor, der sich unter dem Diktat der Wissenschaft, und der Hauptmann, der sich unter dem Diktat der Tugend lächerlich macht. Beide haben zwar ihr Auskommen, sind aber keine Geldleute. Nur ganz peripher geht es in diesem Stück um reich und arm, obgleich die wenigen Sätze darüber sehr viel zitiert werden. „Wir arme Leut“ sagt Woyzeck, „das hat keine Tugend“. Aber würde er die verklemmte Pharisäertugend[3] des Hauptmanns wirklich haben wollen, selbst wenn man ihm einen Hut und eine Uhr und eine Anglaise drein gäbe? Ist er nicht menschlich viel weiter mit seinem „Der Herr sprach: Lasset die Kindlein zu mir kommen“? So lange Marie zu ihm hält, ist Woyzeck auch ohne Geld und Ehering freier und glücklicher als der Hauptmann, der den Mädchen unter die Röcke gafft, wenn sie sie schürzen über den Pfützen. [...]

Aus: Hermann Kurzke: Georg Büchner. Geschichte eines Genies. München: C. H. Beck 2013.

Anmerkungen:

1 *Promiskuität:* Geschlechtsverkehr mit häufig wechselnden Partnern
2 Gerhart Hauptmanns naturalistisches Drama „Die Weber“ von 1892 behandelt den schlesischen Weberaufstand von 1844 und dessen blutige Niederschlagung.
3 *Pharisäer:* hier im Sinne von „Spießer“

Hermann Kurzke (*1943): deutscher Literaturwissenschaftler

Material 4 Michael Hofmann, Julian Kanning: Georg Büchner. Epoche – Werk – Wirkung

[...] Marie hat einen legitimen Anspruch auf die Erfüllung ihrer sinnlichen Bedürfnisse; dieser Anspruch wird auf einen Mann geleitet, der den Eindruck, den er macht, zu einem großen Teil seiner Stellung in der militärischen Hierarchie verdankt. Woyzeck hat wie alle Menschen ein Verlangen nach Glück, einen Anspruch darauf, nicht auf einen Befehlsempfänger und ein Versuchsobjekt reduziert zu werden [...].

[...]

Und die Szene, in der Woyzeck Marie umbringen wird, kann als eine pervertierte romantische Liebesszene verstanden werden. Als Marie nämlich sagt: „Was der Mond rot auf geht“, antwortet Woyzeck: „Wie ein blutig Eisen“, und so ist die Farbe Rot, die auf die Liebe als den Ausweg aus Entfremdung und Not verweisen könnte, mit dem rücksichtslosen sinnlichen Begehren verknüpft und (über die Assoziationen „Blut“ und „Eisen“) mit der sich anschließenden Tötung.

Aus:Michael Hofmann, Julian Kanning: Georg Büchner. Epoche – Werk – Wirkung. München: C. H. Beck 2013.

Anmerkung

Michael Hofmann (*1957) und Julian Kanning (*1983): deutsche Literaturwissenschaftler

Material 5 Edward McInnes: [Historischer Woyzeck versus Büchners Woyzeck]

[…] Als Büchner an die Gestaltung seines Woyzeck-Dramas herangeht, setzt er sich bekanntlich mit den Prozeßakten und den Clarus-Gutachten[1] intensiv auseinander. Je tiefer er sich aber mit diesen zahlreichen Materialien befaßt, desto klarer, so scheint es, stellt sich ihm seine eigenständige, intuitive Vision vom Leben und Schicksal des Mörders vor Augen. Indem er all die verschiedenartigen Dokumente untersucht, distanziert er sich zunehmend von dem darin enthaltenen Bild des 40jährigen Arbeitslosen, der auf so unspektakuläre und wenig sympathische Weise der Trunk- und Spielsucht verfallen war und eine Reihe gescheiterter sexueller Verhältnisse hinter sich hatte. Büchners Held ist nicht nur viel jünger als der geschichtliche Woyzeck, sondern auch, was wesentlicher ist, in sexueller Hinsicht unerfahren, ja unschuldig. Er hat die Liebe, wie es scheint, erst in seinen späten 20er Jahren kennengelernt und hat sich von Anfang an als Gatten Maries, seiner Geliebten, gesehen. Er sieht ihr gemeinsames Kind (auch dies eine bedeutsame Erfindung Büchners) als Beweis für die Beständigkeit ihrer Bindung und für die Permanenz ihrer menschlichen Verpflichtung zueinander […].

Es liegt Büchner offensichtlich daran, seinen Helden von der Atmosphäre lähmender Hoffnungslosigkeit, die das Leben des historischen Woyzeck umgab, zu befreien. Sein Protagonist ist nicht mehr der ratlose, sich herumtreibende Mann, den er in den Akten fand, sondern einer, der von einer Liebe ergriffen ist, die sein Dasein erfüllt und ihm Sinn und Ziel verleiht. Wenn Woyzeck Marie seine Frau nennt, dann heißt das nicht nur, daß er im sexuellen Sinne treu ist, sondern auch, daß er für alle Bereiche ihres Wohlergehens Verantwortung übernimmt, indem er etwa für ihre Unterkunft und Ernährung sorgt.

Es wird deutlich, daß diese umfassende Verpflichtung gegen Marie ihn, den ohnehin schon verarmten Soldaten, in eine Tiefe der Armut stößt, die ihm vor dieser Bindung kaum erträglich gewesen wäre. Aber obwohl er eine finanzielle Verpflichtung auf sich nimmt, die seine Mittel weit übersteigt, begreift er sie als selbstverständlich, als etwas, das er nie in Frage stellen könnte. Von diesem Standpunkt des Kampfes um das Überleben aus gesehen, erweist sich die Liebe Woyzecks zu Marie als ein konsequent durchgehaltener Akt der Revolte: ein Aufbegehren gegen eine übermächtige Welt, die sich seiner Liebe widersetzt. Der gehetzte Soldat erscheint als ein Protagonist, der […] sein innerstes Wollen, das, was seine Individualität und seinen Lebenssinn eigentlich ausmacht, mit einer Unerbittlichkeit behauptet, die letztlich ihn selbst zerstören muß. Denn Büchner macht von Anfang an deutlich, daß Woyzecks verzweifelter Kampf um die Liebe seine Kräfte in solchem Maße überfordert, daß er geistig zusammenbricht […].

[…]

Büchner gibt uns stets die Möglichkeit, die ergreifende, reine Stärke der Liebe Woyzecks mitzuempfinden, er erlaubt, ja zwingt uns jederzeit, mit einfühlender Sympathie an seinem schrecklichen Schicksal teilzunehmen.

So gelingt es Büchner, im „Woyzeck" zum erstem Mal in der Geschichte des deutschen Dramas sozialkritische Intention mit tragischer Erfahrung wesentlich und notwendig zu verbinden, rigoros analytische Einsicht mit dem Gefühl der unerbittlichen inneren Notwendigkeit so zusammenzubringen, daß sie sich gegenseitig steigern und sich zu einer provozierenden Synthese vereinigen.

Aus: Edward McInnes: Lenz und das Bemühen um realistische Tragödienformen im 19. Jahrhundert. In: „Unaufhörlich Lenz gelesen ...“: Studien zu Leben und Werk von J. M. R. Lenz. Herausgegeben von Inge Stephan, Hans-Gerd Winter. Stuttgart/Weimar: Metzler 1994.

Anmerkungen

1 Der Arzt Johann Christian August Clarus bestätigte in einem Gutachten die Zurechnungsfähigkeit von Johann Christian Woyzeck, der 1821 seine Geliebte erstochen hatte.

Edward McInnes (1935–1996): britischer Literaturwissenschaftler

Material 6 Elias Canetti: Büchnerpreis-Rede (1972)

[...] Woyzeck, Soldat, wie der Aff des Marktschreiers „unterste Stuf von menschliche Geschlecht“, von Stimmen wie von Befehlen gehetzt, ein Gefangener, der frei herumläuft, zum Gefangenen vorbestimmt, auf Gefangenenkost gesetzt, immer dasselbe, Erbsen, vom Doktor zum Tier degradiert, der ihm zu sagen wagt: „Woyzeck, der Mensch ist frei, in dem Menschen verklärt sich die Individualität zur Freiheit“, und damit nicht mehr meint, als daß Woyzeck fähig sein müßte, sich den Harn zu verhalten, – Freiheit zur Ergebenheit in jede Art von Mißbrauch seiner menschlichen Natur, Freiheit zur Versklavtheit um dreier Groschen willen, die er für seine Fütterung mit Erbsen bekommt.

[...]

Keine zwei Jahre später ist Büchner mit dem „Woyzeck“ der vollkommenste Umsturz in der Literatur gelungen: die Entdeckung des Geringen. Diese Entdeckung setzt Erbarmen voraus, aber nur wenn dieses Erbarmen verborgen bleibt, wenn es stumm ist, wenn es sich nicht ausspricht, ist das Geringe intakt. Der Dichter, der sich mit seinen Gefühlen spreizt, der das Geringe mit seinem Erbarmen öffentlich aufbläst, verunreinigt und zerstört es. Von Stimmen und von den Worten der Anderen ist Woyzeck gehetzt, doch vom Dichter ist er unberührt geblieben. In dieser Keuschheit fürs Geringe ist bis zum heutigen Tage niemand mit Büchner zu vergleichen.

Quelle: https://www.deutscheakademie.de/de/auszeichnungen/georg-buechner-preis/elias-canetti/dankrede

Anmerkung

Elias Canetti (1905–1994): bulgarisch-britischer Schriftsteller, der bedeutende Romane, Dramen und anthropologische Studien in deutscher Sprache schrieb; 1972 wurde ihm mit dem Georg-Büchner-Preis der bedeutendste Literaturpreis im deutschsprachigen Raum verliehen; 1981 folgte der Nobelpreis für Literatur.

Material 7 Jan-Christoph Hauschild: „Woyzeck“ – Aus dem Leben eines Geringsten

[…] *Woyzeck* ist nicht die erste deutsche Sozialtragödie, aber der Füsilier Franz Woyzeck ist die erste subbürgerliche[1] Hauptfigur in der Geschichte des deutschen Dramas, seine Biographie, die Büchner aus zwei Prozessgutachten kannte, ein Musterbeispiel für die ökonomische Deklassierung eines Handwerksgesellen zu Beginn des 19. Jahrhunderts. Lediglich die Mordkatastrophe machte Woyzeck zur spektakulären Variante eines kollektiven sozialen Schicksals.

Die düstere Massenarmut, die zum 19. Jahrhundert ebenso gehört wie Dampfmaschine und Eisenbahn, Agrikulturchemie und Telegraph, ist „Fundament und tragischer Grund“ des *Woyzeck*. In jeder Szene ist Woyzecks soziale Notlage gegenwärtig und greifbar: in den wenigen Habseligkeiten, die er kurz vor der Tat an seinen Stuben- und Bettgenossen Andres verschenkt, ebenso wie in der Möblierung von Maries Wohnung: Ihr Kind hat weder Bett noch Wiege, Marie besitzt nur *ein Stückchen* von einem Spiegel. Über dem Stück liegt eine dumpfe „soziale Werktagsatmosphäre“. In der Darstellung von Armut und entfremdeter, körperlicher Arbeit gelangte Büchner auf eine Stufe der Konkretion, wie sie im Drama erst Jahrzehnte später wieder erreicht wurde. Der Arbeitsalltag im Zeitalter der Frühindustrialisierung hatte eben erst Eingang in die erzählende Literatur gefunden.

Aus: Jan-Christoph Hauschild: Georg Büchner. Reinbek bei Hamburg: Rowohlt 2013.

Anmerkungen

1 *subbürgerlich:* proletarisch (unterhalb der bürgerlichen Schicht)

Jan-Christoph Hauschild (*1955): deutscher Literaturwissenschaftler und Publizist

Material 8 Paul Rilla: Georg Büchner – und die sublime Langeweile

[…] Was dem Drama „Woyzeck“ zugrundeliegt, ist ein System sozialer Abhängigkeiten, bestimmt durch das „Verhältnis zwischen Armen und Reichen“, wovon in jener Briefstelle[1] als dem „einzigen revolutionären Element in der Welt“ die Rede war. Der Dichter Büchner ist nicht […] ein anderer als der Politiker Büchner oder gar einer, der aus politischer Enttäuschung literarisch resigniert, einer, der die sublime Langeweile seiner Politik durch „dichterische Überwindung“ kompensiert. Im „Woyzeck“ ist genau das gestaltet, was der Politiker bemerkt hat: die soziale Gebundenheit.

Weil „die Umstände außer uns liegen“, liege es in niemandes Gewalt, kein Dummkopf oder kein Verbrecher zu werden, heißt es in einem Brief Büchners an die Eltern. Woyzeck, der zum Mörder wird, erlebt die Welt in Dumpfheit und Stummheit als ein Spiel unbegreiflicher Gewalten, weil die „Umstände“ ihn nicht dazu gelangen lassen, sich selbst und die Welt mit dem artikulierten Wort zu enträtseln. Die Umstände liegen außer ihm. Sie liegen nicht nur in einem konstant und unveränderlich wirkenden Milieu, sondern in jenem System sozialer Abhängigkeiten, welches oben in einem Kanon gesellschaftlicher Wertungen endet, dessen Gültigkeit umso fragwürdiger wird, je tiefer es auf der sozialen Stufenleiter hinabgeht. Woyzeck steht ganz unten, ganz im

Dunkeln. Wie ein Fliegenschwarm umschwirren ihn die Moralbegriffe einer Gesellschaftsordnung, die darauf beruht, daß es dies Oben und dies Unten gibt. Tugend, Vernunft, Willensfreiheit: es summt um ihn, aber es bleibt außer ihm, wie sein Schicksal außer ihm bleibt [...].

Der Mediziner Büchner erkennt die Pathologie des Falles. Der Dichter Büchner artikuliert das Unartikulierte. Er macht die Stummheit beredt. Er deckt die soziale Verflochtenheit auf, aus welcher der Strick gedreht ist, der die Kreatur würgt. Woyzeck ist determiniert. Die Gegentypen sind es nicht minder.

Aus: Paul Rilla: Georg Büchner – und die sublime Langeweile. In: Dietmar Goltschnigg (Hrsg.): Georg Büchner und die Moderne: 1945 –1980. Berlin: E. Schmidt Verlag 2001.

Anmerkungen

1 Gemeint ist Büchners Brief vom 19. März 1835 an Karl Gutzkow

Paul Rilla (1896–1954): deutscher Journalist und Literaturwissenschaftler

TIPP **Bearbeitungshinweise**

Voraussetzungen

Die Aufgabe ist im Rahmenthema 2 (Drama und Kommunikation) bzw. im Modul „Familie im Drama“ verankert. Sie bezieht sich vor allem auf die Pflichtlektüre *Woyzeck*. Beim materialgestützten Verfassen eines argumentierenden Textes sind mehrere **Fähigkeiten** gefordert, die in ihrer Summe die Qualität des von Ihnen ausformulierten Textes ausmachen und dementsprechend in die Bewertung einfließen.

Erläuterung der Aufgabenstellung

Die Aufgabenart des materialgestützten Schreibens ist in der Regel nicht in mehrere Teilaufgaben untergliedert, sondern konfrontiert Sie mit einem komplexen Arbeitsauftrag. Sie sollen im vorliegenden Fall einen **argumentierenden adressatenbezogenen Text** verfassen, der in einem Programmheft zu einer Inszenierung von *Woyzeck* erscheinen soll. Damit sind Ihnen ein **situativer Kontext** sowie ein **kommunikativer Rahmen** vorgegeben, die Sie beachten müssen: Ihre Adressaten sind Theaterbesucherinnen und -besucher, ein kulturell aufgeschlossener Personenkreis, der vermutlich über Grundkenntnisse zu Autor und Werk verfügt. Jedoch sollten Sie nicht zu viel voraussetzen, sondern kurz das Drama vorstellen, um das es konkret geht. Zudem wird von Ihnen verlangt, den von der Aufgabenstellung angedeuteten **Gegensatz zwischen den interpretatorischen Schwerpunkten** „soziales Drama“ und „Liebesdrama“ zu entfalten.

Neben Ihrer **Werkkenntnis** sowie Ihrem literaturgeschichtlichen Wissen steht Ihnen ein **Materialdossier** zur Verfügung, auf das Sie in Ihrem Aufsatz zurückgreifen sollen. Diese Textsammlung bietet einige anspruchsvolle Quellen, die Sie aber nicht zur Gänze erschließen müssen. Sie sollten vielmehr die zentralen Aussagen herausarbeiten, die Sie für Ihren Text verwenden können: Unterstreichen

Sie dafür wichtige Passagen bzw. Formulierungen und halten Sie am Rand der Materialien stichpunktartig deren jeweilige Quintessenz fest. Sammeln Sie dann auf einem Konzeptblatt die Punkte, die für eine Betonung des Liebesaspekts sprechen, und solche, die das Augenmerk eher auf die soziale Gebundenheit lenken.

Ihren Text müssen Sie **logisch strukturieren**; überlegen Sie sich eine plausible Gliederung: Sie können – wie im vorliegenden Lösungsvorschlag – wie bei einer klassischen Pro-Kontra-Erörterung in **zwei Argument-Blöcken** die beiden Lesarten des Dramas einander gegenüberstellen. Sie können Ihre Argumente aber auch freier anordnen, also z. B. eine Erläuterung des Beziehungsdreiecks durch ein Gegenargument relativieren, das Maries Liebesverrat als Folge der sozialen Bedingungen einordnet. Die Aufgabenstellung lässt bereits erkennen, dass eine Fokussierung auf nur eine Lesart (Beziehung oder soziale Zwänge) eine Verengung darstellt. Bemühen Sie sich daher, **differenziert zu argumentieren** und bei Ihrer Entscheidung für die Inszenierungsweise beide Lesarten zu berücksichtigen. Nutzen Sie das Dossier, indem Sie auf wichtige Passagen verweisen oder auch direkt daraus zitieren. (Die Aufgabenstellung gibt vor, dass es ausreicht, beim Zitatnachweis Autor und Werk anzuführen.) Ihnen liegen auch drei Bildmaterialien vor (zwei Plakate und ein Szenenfoto), die Sie nutzen können, um zum Thema Ihres Aufsatzes hinzuleiten oder um Ihre Argumente durch Beispiele zu stützen. Beschreiben Sie dafür kurz die Bilder und benennen Sie deren Grundaussage.

Nicht zuletzt sollten Sie Ihre Ausführungen in eine **sprachlich angemessene Form** kleiden: Da Ihr Text sich an eine größere Leserschaft richtet und diese informieren will, sollten Sie einen ansprechenden Stil wählen und bei passender Gelegenheit auch rhetorische Mittel einflechten. Vergessen Sie außerdem nicht, Ihren Aufsatz mit einer geeigneten **Überschrift** zu versehen.

Lösungsvorschlag

Woyzeck, der Ausgebeutete, oder Woyzeck, der Betrogene? Unsere Sicht auf Georg Büchners Drama

Titel

Was, wenn die persönliche Welt nicht mehr ist als eine Scheibe – eine Scheibe, die nur einen geringen Radius hat, sodass kaum Raum bleibt zur freien Entfaltung? Eine Scheibe, die sich immer schneller dreht und aufrichtet, die zudem glatt ist, sodass man nur schwer einen sicheren Stand findet und ins Nichts abzurutschen droht? Mit diesem ausdrucksstarken Bühnenbild visualisiert Regisseur Ulrich Rasche am Münchner Residenztheater die **determinierte Existenz von Georg Büchners Antiheld Woyzeck**. Eingeschnürt von Zwängen und Verpflichtungen, hin und her gestoßen, gedemütigt, gehetzt.

Einleitung
konkretes Inszenierungsbeispiel (Bezug zu M 2)

Die Symbolik des Bühnenbilds ist zugleich eine Interpretation des Dramas. Auf den ersten Blick kann das Publikum erkennen, worum sich die Inszenierung dreht – und das im wahrsten Sinn des Wortes.

Herleitung der Themenfrage (Bezug zu M 1)

Zwar verfügt unser Theaterkurs nicht über die finanziellen, technischen und akrobatischen Mittel, um ein solch spektakuläres Setting einzurichten, doch mussten auch wir entscheiden, wie wir Büchners Drama vorrangig deuten wollen. Soll – wie bei Ulrich Rasche – eher die **soziale Seite** im Mittelpunkt stehen oder verstehen wir die Geschichte des armen Soldaten Franz Woyzeck in erster Linie als **Liebestragödie**? Dabei handelt es sich um **zwei gleichberechtigt nebeneinander existierende Lesarten** des Stücks, wie die abgedruckten Plakate zweier Inszenierungen belegen. Auf dem einen sieht man Woyzeck von oben in eine Kiste gesperrt, die ihm jegliche Bewegungsfreiheit und damit seine menschliche Würde raubt. Zwar ist so der absolute Gegensatz zur Münchner Inszenierung dargestellt – Kauern gegenüber Hetzen –, doch ist die Grundaussage dieselbe: Woyzeck ist eine gequälte Kreatur. Das andere Plakat präsentiert dagegen ein Beziehungsdreieck: In Rückenansicht ist ein Paar zu sehen, doch sucht und findet die Hand der Frau verstohlen die Hand ihres Liebhabers.

Hauptteil

kurze problemorientierte Inhaltsangabe des Dramas

Woyzeck erzählt sowohl von einer **scheiternden Beziehung** als auch von **sozialer Ausbeutung**. Um seine Partnerin Marie und ihr gemeinsames Kind zu ernähren, kann Woyzeck sich nicht mit dem geringen Sold begnügen, der ihm als einfachem Soldaten zusteht. Vielmehr muss er **Nebenjobs** annehmen, etwa seinen Hauptmann rasieren oder sich dem Doktor für fragwürdige und **unethische Experimente** zur Verfügung stellen: Dessen radikale Erbsendiät ruiniert Woyzecks physische und wohl auch psychische Gesundheit. Je mehr Aussetzer, desto besser! Denn nur so ist er für den Arzt ein interessanter Casus. Doktor wie auch Hauptmann nutzen ihre Position, um Woyzeck zu schikanieren, sich über seine fehlende Bildung lustig zu machen und seine seelische Zerrüttung zu beschleunigen. Nicht zuletzt geben die beiden Woyzeck zu verstehen, dass **Marie ihn betrügt**. Gegen die großspurige und potente Männlichkeit des Tambourmajors kann Woyzeck nicht ankommen. So muss er es hinnehmen, dass Marie mit dem Nebenbuhler tanzt und von ihm Geschenke bekommt, er muss sogar Prügel einstecken. Der steigende Druck aus **Demütigungen, Belastungen und Wahnvorstellungen** braucht ein Ventil: **Woyzeck tötet Marie.**

Lesart 1: *Woyzeck* als Sozialtragödie (Bezug zu M 7)

In der Literaturgeschichte gilt *Woyzeck* als „**Sozialtragödie**“, deren Protagonist durch seine Mordtat „zur spektakulären Variante eines kollektiven sozialen Schicksals“ (Jan-Christoph Hauschild) werde.

Es braucht das Verbrechen, um die alltägliche Ausbeutung von Proletariern so zu gestalten, dass sie die Rezipienten packt. Und genau darum ging es **Büchner, der etwas verändern wollte** – immerhin hatte er bereits mit dem Flugblatt „Der Hessische Landbote" zu einer sozialen Revolution und einer Umverteilung des Besitzes aufgerufen. Der junge Mediziner war zutiefst bewegt vom **Elend und der ausweglosen Existenz des vierten Standes** – und die „soziale Gebundenheit" war nicht nur Thema des Politikers Büchner, sondern auch des Dichters Büchner, wie der Literaturwissenschaftler Paul Rilla feststellt.

– soziales Anliegen Büchners

(Bezug zu M 8)

Weg mit den gekrönten Häuptern und den hehren Helden der Weimarer Klassik! Die Bühne gehörte nun dem **Geringsten und dem gesellschaftlichen Außenseiter**. Woyzeck ist – trotz äußerer Freiheit – ein „Gefangener", einer, der sich selbst versklaven muss. Mit dieser „Entdeckung des Geringen" gelang Büchner laut Elias Canetti „der vollkommenste Umsturz in der Literatur", zumal der Dichter sein Erbarmen nicht lautstark und selbstgefällig zelebriert, sondern es indirekt durch seine dramaturgische Gestaltung vermittelt. „Er deckt die soziale Verflochtenheit auf, aus welcher der Strick gedreht ist, der die Kreatur würgt." (Paul Rilla) Dank Büchners Drama fällt Licht auf den, der „ganz unten, ganz im Dunkeln" steht und der fürchtet, selbst im Himmel ausgebeutet zu werden und beim Donnern helfen zu müssen. **Woyzeck als Vertreter der „arme[n] Leut"**, die sich keine Tugend leisten können – bis in die Details fängt Büchner die „düstere **Massenarmut**" wie die „entfremdet[e], körperlich[e] Arbeit" (Jan-Christoph Hauschild) der Frühindustrialisierung ein.

– Zuwendung zu den Geringen
(Bezug zu M 6)

(Bezug zu M 8)

– genaue Darstellung der Armut
(Bezug zu M 3, M 7)

Um die schonungslose Diagnose Büchners herauszuschälen und um seinem gesellschaftskritischen Anliegen gerecht zu werden, scheint die **Betonung des sozialen Aspekts sinnvoll**. Ein Underdog wehrt sich und zerstört damit erst recht seine Existenz.

Zwischenfazit

Allerdings tötet Woyzeck weder den Doktor noch den Hauptmann, somit keinen Vertreter des ausbeuterischen Systems. Der Literaturwissenschaftler Hermann Kurzke schlussfolgert daher: „Sein Mord ist keine fehlgeleitete Ersatzhandlung für eine andere Gewalttat, die den Reichen und Mächtigen hätte gelten müssen, sondern die Verzweiflungshandlung eines Mannes, dessen verriegelte Welt nur einen einzigen Lichtblick kannte: die Liebe zu Marie." Der **Liebesverrat von Marie** erscheint so als der **wahre Auslöser für die Katastrophe**. Kurzke ordnet das Drama denn auch als „Liebestragödie" und nicht als „Pauperismus-Studie" ein, schließlich geben die elenden Lebens- und Arbeitsbedingungen der Proletarier zwar den Rahmen vor, sind aber nicht der eigentliche Gegenstand der Handlung.

Lesart 2: *Woyzeck* als Liebestragödie
(Bezug zu M 3)

– Liebesbetrug als Grund für Mord

Wie entscheidend die Liebesbeziehung für die Eskalation ist, zeigt ein Blick auf den realen Fall, der dem Drama zugrunde liegt. Anders als der **historische Woyzeck**, ein trunk- und spielsüchtiger Arbeitsloser mit wechselnden sexuellen Affären, führt die **Dramenfigur eine feste Beziehung** und hat sogar ein Kind. Büchners Woyzeck ist „einer, der von einer Liebe ergriffen ist, die sein Dasein erfüllt und ihm Sinn und Ziel verleiht".

– Änderungen gegenüber Vorlage: Liebe als Lebensinhalt Woyzecks

(Bezug zu M 5)

Erst aufgrund der Verantwortung für seine kleine Familie ist er gezwungen, sich aufzureiben. Darum nennt Edward McInnes Woyzecks Kampf um das Lebensnotwendige auch einen „verzweifelte[n] Kampf um die Liebe". Ein Kampf, den er verlieren wird. Aufgrund ihrer beider Armut kann Woyzeck Marie nicht heiraten und sein Kind legitimieren. Doch seine Selbst- und Fremdausbeutung bringt die beiden Partner nicht etwa einander näher, sondern treibt sie auseinander. Infolge des Drucks ist er zudem nicht in der Lage, die sinnlichen Bedürfnisse seiner Partnerin zu befriedigen. **Die Liebe verschärft seine prekäre soziale Lage, die wiederum die Liebe unterminiert.**

– Liebe als Auslöser für prekäre Lage (Bezug zu M 5)

Zudem macht erst die scheiternde Liebe Woyzecks Geschichte für uns interessant. Wie McInnes feststellt, verleiht der **Liebesverrat** der Geschichte ihre **tragische Tiefe** und weckt unsere „einfühlend[e] Sympathie" mit Woyzecks Schicksal.

– Empathie für Woyzeck aufgrund der Liebesgeschichte (Bezug zu M 5)

Unser Theaterkurs hat sich daher entschieden, in unserer Inszenierung das **Beziehungsdrama besonders herauszustellen**. Dabei werden wir auch die Deutung von Michael Hofmann und Julian Kanning aufgreifen, die in der Mordszene eine „pervertierte romantische Liebesszene" sieht: „Was der Mond rot auf geht", staunt Marie und Woyzeck entgegnet: „Wie ein blutig Eisen". Blutrot wird daher der Mond in unserem Bühnenbild sein und in rotes Licht wird dann die folgende Tötung Maries getaucht sein. Rot wie die Liebe, das Blut, die Raserei. Doch auch wenn unser Fokus auf der Beziehung liegt, blenden wir natürlich die „soziale Gebundenheit", die Zwänge und Ausweglosigkeit von Woyzecks Existenz nicht aus.

Fazit
Entscheidung für Schwerpunkt der Inszenierung (Bezug zu M 4)

Die Figuren sind „**Gefangene ihrer Triebe <u>und</u> Lebensumstände**" (Hermann Kurzke). Schließlich **potenzieren sich gesellschaftliche und persönliche Faktoren** wechselseitig und so hat Büchner „sozialkritische Intention mit tragischer Erfahrung" (Edward McInnes) untrennbar miteinander verknüpft. Unsere Inszenierung wird nicht flach sein: Sie wartet nicht mit einer rotierenden Scheibe auf, sondern wird das Oben und Unten visualisieren, das Dunkel, in dem Woyzeck hetzt und buckelt, den Lichtstrahl, den die Liebe zu Marie für ihn bedeutet, und zuletzt das blutige Rot, als er Maries Betrug wahrhaben muss, sein Lebenssinn zerfällt und er zerstört, was er liebt.

Differenzierte Abwägung (Bezug zu M 3, M 5)

LITERARISCHE ERÖRTERUNG

Aufgabenstellung

1 Arbeiten Sie die Argumentation heraus und bestimmen Sie die Position des Verfassers. (30 %)

2 Setzen Sie sich mit der Position Rasches auseinander. (70 %)

Material **Was ist das, das in uns lügt, mordet, stiehlt? Auszug aus einem Gespräch mit dem Regisseur Ulrich Rasche (2019)**

In einem Interview zu seiner „Woyzeck"-Inszenierung am Theater Basel und dem Münchner Residenztheater erläutert der Regisseur Ulrich Rasche sein Verständnis des Dramas.

Ich finde es wichtig, dass wir Woyzeck nicht nur als Opfer wahrnehmen. Er besitzt viele Eigenschaften, die ihn als einen starken und in sich ruhenden Charakter auszeichnen. Woyzeck wird dadurch für andere zu einem Objekt, dessen Nähe man sucht oder das man vielleicht sogar besitzen möchte. Eine Figur, die einseitig die Repressionen einer Gesellschaft erdulden muss, ohne sie auch als Rad im Getriebe zu begreifen, interessiert mich im Grunde nicht. Wenn wir heute im Theater Machtverhältnisse untersuchen wollen, müssen wir im Auge behalten, dass unser Zusammenleben schon lange nicht mehr in einer oppositionellen Struktur wie Herr und Knecht oder Arm und Reich abgebildet werden kann. Im Grunde leiden alle Figuren in „Woyzeck" unter den gesellschaftlichen Verhältnissen und an der Einrichtung der menschlichen Existenz schlechthin. Beides zusammenzudenken, ist für mich die größte Herausforderung der Arbeit. Büchner zeichnet ein kritisches Bild einer Gesellschaft, wie sie in der Restaurationsphase nach 1815 in Deutschland geherrscht hat. Dabei unterscheidet er klar zwischen der feudalen Klasse, dem liberalen Bürgertum und den Armen am unteren Ende der Leiter. Dennoch schildert Büchner auch soziale Konflikte innerhalb der oberen Klasse und deren Unfähigkeit, ihr Leben so zu gestalten, dass sie es als freie und gleichberechtigte Individuen genießen können. Angesichts der drohenden Aufstände und Proteste innerhalb der Bevölkerung, die in revolutionäre Handlungen münden könnten, wird das Militär zweckentfremdet und zur Unterdrückung der Opposition eingesetzt. Die Offiziere werden ihrer eigentlichen Aufgabe enthoben und sind gezwungen, ein inaktives, monotones Leben in den Garnisonsstädten zu führen. Der Hauptmann beispielsweise leidet aufgrund dieser Situation unter einer Melancholie, wie es bei Büchner heißt, die wir heute als Depression beschreiben würden. Er langweilt sich und weiß nicht, wie er seine Zeit verbringen soll. Da er aufgrund der strikten Verordnungen des Militärs nicht heiraten darf und durch die moralische Doktrin der Kirche zum Triebverzicht verurteilt ist, dehnt sich für ihn der Augenblick zu einer beängstigenden Leere, die er nicht füllen kann. Zwischen Woyzeck und dem Hauptmann bildet sich eine Beziehung zwischen Bewunderung und Ablehnung. Woyzeck liebt sein uneheliches Kind, das er mit Marie gezeugt hat. In ihm erkennt er eine beneidenswerte Hingabe an seine Familie. Diese alle gesellschaftlichen Regeln ignorierende Bindung gibt ihm Grund und Sicherheit zu leben. Woyzeck leidet unter den Umständen seines Lebens nicht wirklich, solange ihm die Liebe zu seiner Frau und seinem Kind nicht genommen wird. Er ist eigentlich ein ganz zufriedener Mensch, der sieht, in welchen Verhältnissen er lebt und damit glücklich sein kann, obwohl alle sozialen Faktoren das Gegenteil sagen. Das ist der Punkt, wo Woyzeck für den Hauptmann interessant wird. Tatsächlich entwickelt sich das Drama auch erst, als Woyzeck das Fundament seines Lebens entzogen wird. Natürlich gibt Büchner den Prozessen, durch die das passiert, großen Raum, aber es ist wichtig, Woyzeck zunächst in einem hellen Licht zu sehen, in seiner charakterlichen Größe und Liebesfähigkeit.

Aus: Woyzeck. Programmheft des Residenztheaters. Spielzeit 2019/2020.

TIPP **Bearbeitungshinweise**

Voraussetzungen

Die Aufgabe fokussiert sich auf das im Unterricht behandelte Wahlpflichtmodul „Familie im Drama“ (Rahmenthema 2) und fordert bei der Bearbeitung Kompetenzen, die Sie in mehreren Halbjahren erworben haben. Die in der Aufgabenstellung angegebene **Gewichtung** der Teilaufgaben (30 % zu 70 %) bezieht sich nicht auf die von Ihnen erwartete Textmenge, sondern auf die **Bewertung**. Sie ist zudem als Orientierung und nicht in einem streng mathematischen Sinne zu verstehen. Ziel des von Ihnen zu schreibenden Aufsatzes ist eine Wiedergabe (Teilaufgabe 1) und Erörterung (Teilaufgabe 2) des Ihnen vorgelegten Außentextes, der sich auf Büchners *Woyzeck* bezieht.

Erläuterung der Aufgabenstellung

TEILAUFGABE 1: Es wird von Ihnen verlangt, die **Kernaussagen Rasches herauszuarbeiten**. Dazu sollten Sie die zentrale(n) These(n) identifizieren und die Argumentationsstruktur des Textes untersuchen. Sie müssen also herausfinden, wie der Autor seine These(n) begründet und anhand welcher Beispiele er sie illustriert. Im Hinblick auf das Vorgehen empfiehlt es sich, den Text mehrmals zu lesen und die unterschiedlichen Aspekte farbig zu markieren sowie Randnotizen anzufertigen. In Ihrem ausformulierten Text sollen Sie die Aussagen des Autors auf sachliche Weise (d. h. ohne Wertungen!) und **in eigenen Worten wiedergeben**, zentrale Formulierungen können Sie zitieren. Bei Rasches Aussagen sollten Sie bedenken, dass der Autor Theaterregisseur ist und seine Deutung des

Woyzeck-Dramas dementsprechend auf eine **Realisierung des Werks auf der Bühne** ausgerichtet ist. Dies schlägt sich in seiner Interpretation insofern nieder, als er den Dramentext sowohl im Hinblick auf seine Bedeutung für die Gegenwart (zum Zeitpunkt der Theaterinszenierung) betrachtet als auch in seinem historischen Entstehungskontext. Achten Sie beim Lesen bereits auf aus Ihrer Sicht **fragwürdige Aspekte** in Rasches Argumentation. Diese sollten Sie notieren, da Sie sie für die Bearbeitung der zweiten Teilaufgabe benötigen.

TEILAUFGABE 2: Ausgehend von Ihren Ergebnissen aus Teilaufgabe 1 sollen Sie sich eigenständig und auf der Basis Ihrer Textkenntnis zu *Woyzeck* mit dem Außentext auseinandersetzen. Es wird also eine **differenzierte Erörterung der Kernthesen aus Rasches Text und ihrer Begründungen** verlangt. Dabei soll **Ihre eigene Position** deutlich werden. Diese kann zustimmend oder ablehnend sein bzw. in einer Kombination aus diesen beiden Haltungen bestehen. Dazu müssen Sie Ihre Position **argumentativ entfalten**, d. h. in der Auseinandersetzung mit den Aspekten aus Rasches Text eigene Thesen entwickeln und diese begründen. Als Basis der Begründung dient **Ihre Kenntnis des *Woyzeck*-Dramas**. Diese schließt ein sehr gutes Wissen über Aufbau, Handlung, Themen, Figuren und (historische) Kontexte ebenso ein wie plausible Deutungen des Werks. Dabei sollten Sie auch auf die im Unterricht erarbeiteten Aspekte zurückgreifen. Rufen Sie sich **zentrale Textstellen** aus Büchners Drama in Erinnerung, die Sie für die Begründung Ihrer Position nutzen können. Bei der Ausformulierung Ihres Textes ist es ratsam, zentrale Stellen aus dem Drama zu zitieren (mit Angabe der Seitenzahl).

Die sehr pointierten Aussagen Rasches zum Opferstatus von Woyzeck und dem Hauptmann fordern zu einer differenzierten Betrachtung heraus. Es bietet sich zudem an, auch Rasches Ansatz, das Drama aus einer Analyse aktueller gesellschaftlicher Verhältnisse heraus zu deuten, kritisch zu hinterfragen. Wenn Sie einzelnen Positionen widersprechen wollen, sollten Sie Aspekte aus dem *Woyzeck*-Drama herausgreifen, die bei Rasche zu kurz kommen, nicht erwähnt, nicht ausreichend oder schlüssig begründet oder anders gedeutet werden, als Sie es vor dem Hintergrund Ihres Textverständnisses für angemessen halten.

Beide Teilaufgaben sollten **nicht isoliert voneinander behandelt**, sondern in einem **zusammenhängenden Aufsatz** dargestellt werden. Diesen sollten Sie mit einer Einleitung beginnen, die thematisch zielführend ist und die Basisinformationen zu Werk und Außentext enthält. In der **Überleitung** zu Teilaufgabe 2 bietet es sich an, die Thesen Rasches nochmals zusammenfassend auf den Punkt zu bringen. Damit schaffen Sie eine gute Basis für die anschließende **Auseinandersetzung**. Schließen Sie Ihren Aufsatz mit einem **Fazit** ab, das Ihre wesentlichen Ergebnisse knapp und pointiert zusammenfasst.

Die Textnachweise zu Büchners „Woyzeck" im folgenden Lösungsvorschlag beziehen sich auf diese Ausgabe: Georg Büchner: Woyzeck. Stuttgart: Reclam 2021 (Reclam XL Text und Kontext).

Lösungsvorschlag

TEILAUFGABE 1

Einleitung
Autor, Titel, Erscheinungsjahr, Thema

Wenn Regisseurinnen und Regisseure Stücke für das Theater inszenieren, tun sie dies auf der Grundlage einer eigenen Interpretation der jeweiligen Werke. Ein wesentliches Ziel sehen die Theatermacher*innen oft darin, **kanonische Texte auf ihre Bedeutung für die Gegenwart zu befragen**. Zugleich grenzen sie die eigene Sichtweise auf das Werk meist gegenüber älteren Deutungen ab. Von ähnlichen Überlegungen lässt sich der **Regisseur Ulrich Rasche** in seinen Interpretationsansätzen zu Georg Büchners unvollendetem Drama *Woyzeck* (1837) leiten. In einem Interview anlässlich seiner Inszenierung des Dramas am Münchner Residenztheater (in der Spielzeit 2019/20) plädiert er für eine – gegenüber traditionellen Deutungen – **neue Sicht auf die Figur Woyzeck** im Kontext der im Stück vorgeführten gesellschaftlichen Verhältnisse.

Textuntersuchung
Neudeutung Woyzecks und anderer Dramenfiguren

Im Mittelpunkt von Rasches Ausführungen steht eine **Neubewertung der Opferrolle Woyzecks**. Eine ausschließliche Wahrnehmung Woyzecks als Opfer bzw. als Figur, „die einseitig die Repressionen einer Gesellschaft erdulden muss“ (Z. 4 f.), lehnt Rasche ab. Dieser aus seiner Sicht uninteressanten Sichtweise (vgl. Z. 6) stellt er eine **positive Deutung** des Protagonisten als „starke[r] und in sich ruhende[r] Charakter“ (Z. 2) gegenüber. Durch diese Eigenschaften werde Woyzeck für andere attraktiv und zu einem „Objekt, dessen Nähe man sucht oder das man vielleicht sogar besitzen möchte“ (Z. 3 f.). Zugleich rücken aus Rasches Sicht **andere Figuren** in den Fokus, die **ebenfalls als Opfer gesellschaftlicher Verhältnisse** gedeutet werden können. Der Regisseur formuliert in diesem Zusammenhang die These, dass alle Figuren im Stück unter den sozialen Zwängen und „an der Einrichtung der menschlichen Existenz schlechthin“ litten (Z. 10 f.).

Bezug auf historischen Hintergrund und aktuelle Gegenwart

Um diese Position zu begründen, verfolgt der Regisseur **zwei Argumentationsstränge**, die sich auf zwei unterschiedliche Zeitebenen beziehen: einerseits auf die Gegenwart zum Zeitpunkt seiner eigenen Theaterinszenierung und andererseits auf die Entstehungszeit von Büchners Drama. Beide Ebenen möchte er in seiner Theaterarbeit aufeinander beziehen (vgl. Z. 11 f.). Die **Gegenwart** wird für Rasche insofern zum Bezugspunkt, als es ihm, ausgehend von Büchners Drama, auch um die **Untersuchung von aktuellen Machtverhältnissen** geht. Diese bestimmt er *ex negativo*, indem er die These aufstellt, dass das gegenwärtige Zusammenleben „nicht mehr in einer oppositionellen Struktur wie Herr und Knecht oder Arm und Reich abgebildet werden“ könne (Z. 8 f.). Im Hinblick auf den **historischen**

Kontext des Stücks erläutert er die Herabwürdigung des Militärs zu einem Mittel, mit dem nach 1815 – in der restaurativen Phase in Deutschland – freiheitliche Bestrebungen unterdrückt wurden. Indem er ausführt, dass Offiziere aufgrund des Verlusts ihrer angestammten Tätigkeiten zu einem eintönigen, inaktiven Leben (inklusive Triebverzicht) verurteilt waren, charakterisiert Rasche den **Hauptmann als Opfer der gesellschaftlichen Umstände**, das unter Depressionen leide.

Beziehung zwischen Hauptmann und Woyzeck

Zudem erkennt er in dem **Verhältnis des Hauptmanns zu Woyzeck** „eine Beziehung zwischen **Bewunderung und Ablehnung**" (Z. 28) sowie ein Interesse des Hauptmanns an seinem Gegenüber, das auch auf Neid (vgl. Z. 29 f.) beruhe. An Woyzeck nehme der Hauptmann positiv konnotierte Aspekte wahr, wie dessen Liebe zu seinem unehelichen Kind und eine „Hingabe an seine Familie" (Z. 30), die sich über alle Konventionen hinwegsetze. Diese Beziehungen gäben Woyzeck Sicherheit und einen Lebenssinn.

Rasches Charakterisierung von Woyzeck

Aufgrund dieser Merkmale charakterisiert Rasche **Woyzeck** als einen – trotz der Verhältnisse, in denen er lebt und die ihm bewusst sind – **glücklichen und zufriedenen Menschen**. Er zeige sich „in seiner charakterlichen Größe und Liebesfähigkeit" (Z. 39), bis ihm die Grundlage seiner Existenz, Maries Liebe, zerbricht (vgl. Z. 36 f.). Laut Rasche beginnt die **negative Entwicklung** der Dramenhandlung **erst mit dieser Verlusterfahrung Woyzecks**.

Zusammenfassung von Rasches Position

Der Regisseur weist die Reduzierung Woyzecks auf ein Opfer sozialer Verhältnisse also in zweifacher Hinsicht zurück. Erstens deutet er Woyzeck als einen über weite Strecken zufriedenen sowie seine Zufriedenheit wahrnehmenden Charakter. Zweitens relativiert er den Opferstatus Woyzecks insofern, als er postuliert, dass auch andere Figuren als Opfer gesellschaftlicher Strukturen gelten können, was er an der Figur des Hauptmanns festmacht.

TEILAUFGABE 2

Überleitung

Wenn Rasche eine einseitige Betrachtung Woyzecks als Opfer gesellschaftlicher Verhältnisse ablehnt, dann erkennt er damit zugleich an, dass Woyzeck zumindest zu Teilen als ein solches betrachtet werden kann.

Auseinandersetzung mit Rasches Position

Diese **Fremdbestimmung** lässt sich anhand der zahlreichen **Abhängigkeitsverhältnisse** festmachen, die im Drama dargestellt werden. So tritt Woyzeck aufgrund **materieller Not** in die Dienste des Hauptmanns und des Doktors, um den Lebensunterhalt für sich und seine kleine Familie zu sichern. Dabei wird er von den Vertretern gesellschaftlicher Institutionen – des Militärs und der Medizin – auf unterschiedliche Weise **unterdrückt** bzw. in seine untergeordnete Rolle verwiesen. Er ist den **Demütigungen des Hauptmanns** ausgesetzt, der ihn durch Fangfragen als „ganz abscheulich dumm" (S. 16) herabzuwürdigen versucht und sich angesichts von Woyzecks unehelichem Kind als moralisch überlegen darstellt (vgl. S. 16). Der Vertreter des Militärs nutzt also seine Stellung als Vorgesetzter, um Woyzeck dessen Abhängigkeit vorzuführen. Der **Doktor** wiederum bedient sich seiner überlegenen Position als medizinische Autorität sowie der Not Woyzecks, um diesen für **fragwürdige wissenschaftliche Experimente** zu missbrauchen (vgl. S. 19 f., 24 f.). In beiden Fällen wird Woyzeck für die Vertreter der gesellschaftlichen Ordnung zu einem **Objekt**, an dem sie ein je eigenes Interesse haben. In dem Ernährungsexperiment – Woyzeck darf nur noch Erbsen essen – begegnen sich medizinische und militärische Macht: Versuche an Soldaten mit einseitiger Ernährung dienten dazu, eine günstige und effiziente Versorgung des Militärs zu erproben.

Widerlegung: Woyzeck als Opfer von Hauptmann und Doktor

An diesem Punkt zeigt sich ein Bezug zu Rasches Beobachtung, dass Woyzeck für andere Figuren „zu einem Objekt [wird], dessen Nähe man sucht oder das man vielleicht sogar besitzen möchte" (Z. 3 f.). Sowohl der Doktor als auch der Hauptmann zeigen sich in physischer wie psychischer Hinsicht zudringlich und ergreifen Besitz von ihm, indem sie sich über seine Grenzen hinwegsetzen und seine Unversehrtheit bedrohen. Auf diese Weise wird **Woyzeck zum Objekt militärischer und medizinischer Machtausübung**.

Teilweise Zustimmung zu Rasches Aussage: Interesse anderer an Woyzeck

Anders als Rasche es nahelegt, dominieren hier jedoch Erkenntnis- und Machtinteressen und **weniger Bewunderung oder Neid**. Der Hauptmann mag Woyzeck möglicherweise um Dinge beneiden, die ihm selbst verwehrt bleiben – vor allem Familie und ein Ausleben der Sexualität. Aufgrund der fehlenden Innensicht – ein Charakteristikum der Gattung Drama – äußert sich dies jedoch allenfalls indirekt in den Aussagen des Hauptmanns. Wenn dieser die eigene Verführbarkeit durch sexuelle Reize erwähnt, seine Triebunterdrückung hervorhebt (vgl. S. 17) und zugleich Woyzecks Triebhaftigkeit anprangert (vgl. S. 16), dann mag man darin auf einer psychologischen Ebene **Projektionen des Hauptmanns** erkennen, mittels derer er eigene Wünsche externalisiert. Diese Deutung ist allerdings höchst **spekulativ** und nicht vom Text gedeckt. Zudem liegt im Drama eine starke **Fokussierung auf Woyzeck** vor, der im Mittelpunkt nahezu aller Szenen steht. Aufgrund dieser Konzentration auf die Titelfigur führt die Handlung viel stärker vor, wie sich die Verhaltensweisen des Hauptmanns auf Woyzeck auswirken. Die Beweggründe des Militärs geraten dagegen in den Hintergrund. Die **Beziehung Woyzeck – Hauptmann** zeichnet sich somit weniger durch (geheime) Nähe

Relativierung: Unklarheit der Motive des Hauptmanns; Fokus auf Ausbeutung Woyzecks aus als durch ein **Ausnutzen der Machtposition** innerhalb der militärischen Hierarchie, auf deren unterster Stufe der Rekrut Woyzeck steht. In diesem Sinne ist auch ein Leiden an der „Existenz schlechthin" (Z. 10f.) weniger Thema des Dramas als **konkrete soziale Abhängigkeits- und Machtstrukturen**. Büchner arbeitet hier auf der Basis zeitgenössischer Fakten und Quellen, die etwa in seiner politischen Schrift „Der Hessische Landbote" (1834 gemeinsam mit Friedrich Ludwig Weidig verfasst) erläutert werden.

Zustimmung: Belege für Charakterstärke Woyzecks

Dass Woyzeck ein gewisses Maß an **charakterlicher Stärke** aufweist, wie Rasche feststellt, lässt sich am Text durchaus belegen. So setzt er den Demütigungen des Hauptmanns eigenständige Gedanken entgegen, mit denen er sich gegenüber den tautologischen Aussagen seines Vorgesetzten (vgl. S. 16: „Moral das ist wenn man moralisch ist") sogar überlegen zeigt. Auch **durchschaut** Woyzeck die **Verbindung von Armut und Ausbeutung** und die Tugendhaftigkeit als ein Privileg der höheren gesellschaftlichen Schichten: „[A]ber wenn ich ein Herr wär und hätt ein Hut und eine Uhr und en Anglaise und könnt vornehm rede, ich wollt schon tugendhaft sein." (S. 17) Eine Stärke Woyzecks zeigt sich darüber hinaus auch im **Erdulden** der zahlreichen Formen der Unterdrückung, deren Folgen sich in **körperlichen und seelischen Degenerationserscheinungen** offenbaren.

Widerlegung: negative Auswirkungen auf Woyzecks Gesundheit

Diese Auswirkungen thematisiert Rasche nicht. Doch gerade sie sind es, die Woyzeck in viel stärkerem Maße zu einem **Opfer gesellschaftlicher Verhältnisse** machen, als es der Regisseur nahelegt. Zudem widerlegen sie die Aussage, Woyzeck leide „nicht wirklich" (Z. 32) an den Verhältnissen. Er hat mit Angstzuständen, Halluzinationen, Unruhe und erhöhtem Pulsschlag zu kämpfen. Vor allem die körperlichen Beschwerden dürften eine Folge des Ernährungsexperiments sein. In diesem Zusammenhang kann auch nicht von Zufriedenheit und Glück gesprochen werden, allenfalls von einer **Anpassung an seine von Ausbeutung geprägte Lage**, die mit großem Leid verbunden ist.

Widerlegung: negative Auswirkungen auf Familie

Auch die **familiäre Situation** bleibt, anders als Rasche dies sieht, nicht unberührt von den sozialen Determinanten und ist deshalb keine „alle gesellschaftlichen Regeln ignorierende Bindung" (Z. 30f.): Vielmehr ist sie aufgrund des fehlenden kirchlichen Segens gesellschaftlich **geächtet**, sie ist zudem geprägt von **Armut** sowie einem Mangel an Zeit, die zu einer zunehmenden Entfremdung der Partner führen. Zwar sind die Liebe Woyzecks zu seinem Sohn Christian (vgl. S. 15) und das Sorgen für seine Familie unter schwierigen Bedingungen ein Ausdruck von „**Größe und Liebesfähigkeit**" (Z. 39). Was Rasche dabei jedoch nicht berücksichtigt, ist, dass Woyzeck **kaum Zeit bleibt, sich seiner Familie zu widmen**. Aufgrund der zahlreichen Arbeiten (Militärdienst, Stöckeschneiden für den Hauptmann, Rasieren des Hauptmanns, Versuchsobjekt und Assistent des Doktors) ist er permanent beschäftigt und kann sich bei seinen kurzen Besuchen zu Hause seiner Familie nicht emotional zuwenden (vgl. Maries Aussage nach einem solchen Besuch: „Er [Woyzeck] hat sein Kind nicht angesehn“, S. 11). Stattdessen liefert er rasch seinen Lohn bei Marie ab, um dann zu einer weiteren Tätigkeit zu hetzen (vgl. S. 15). Somit ist die Liebe zu Frau und Kind keinesfalls eine sorgenfreie.

Widerlegung von Rasches Woyzeck-Bild

Letztlich ist Rasches **Charakterisierung Woyzecks als „in sich ruhende[r] Charakter“ (Z. 2) nicht zutreffend**. Tatsächlich steht diese im Widerspruch zu Woyzecks Rastlosigkeit, seiner Zerrissenheit zwischen der Versorgung der Familie und seinen Arbeiten sowie zu den Beschreibungen anderer (vgl. Hauptmann: „er sieht immer so verhetzt aus“, S. 16). Es ist also fraglich, ob erst die Untreue Maries die Entwicklung zum Schlechten auslöst, wie Rasche mit seiner Anspielung auf das „Fundament seines Lebens“, das Woyzeck entzogen werde, andeutet (vgl. Z. 36 f.). Denn nicht erst der Liebesverrat Maries (vgl. Z. 32 f.) löst das **Leiden** Woyzecks aus. Vielmehr ist dieses **von Beginn der Dramenhandlung an** vorhanden, als Folge seiner ausweglosen sozialen Situation (vgl. etwa die Eingangsszene, die die Angstvisionen und Halluzinationen Woyzecks zeigt, S. 9). Schließlich kulminieren in Woyzecks Eifersucht und der Ermordung Maries die gesamten Erfahrungen der Unterdrückung. Das „Fundament des Lebens“ ist für Woyzeck von Anfang an aufgrund seiner sozialen Stellung und Armut brüchig; mit dem Verlust von Maries Liebe geht es dann vollends entzwei.

Bedingte Zustimmung: auch andere Figuren als Opfer deutbar

Gleichwohl ist **Rasche** zumindest **in Ansätzen zuzustimmen**, wenn er feststellt, dass nicht nur Woyzeck durch die sozialen Bedingungen negativ beeinflusst werde, sondern „[i]m Grunde [...] **alle Figuren** in ‚Woyzeck‘ **unter den gesellschaftlichen Verhältnissen**“ (Z. 9 f.) **litten**. Im Hinblick auf den **Hauptmann** kann Rasche dies, auch unter Rückgriff auf zeitgeschichtliche Kontexte, plausibel machen. In der Tat scheinen dessen Langeweile und Melancholie Folge seines ereignislosen Dienstes zu sein. Seine Disziplinierung von Woyzeck ließe sich dann – wenn auch, aufgrund der fehlenden Innensicht, wiederum in spekulativer Weise – als **Kompensation** lesen, die seine eigenen Verlust- und Verzichterfahrungen, allen voran seine Triebunterdrückung, ausgleichen soll. Auch ist der Hauptmann nicht nur aktiv an der Unterdrückung anderer beteiligt, sondern er wird **selbst Opfer von Machtausübung**. So spielt der Doktor mit der Angst des Hauptmanns vor dem körperlichen Verfall und einer tödlichen Krankheit und bringt diesen damit in seelische Nöte (vgl.

S. 21). Wie Woyzeck wird er zum Objekt wissenschaftlichen Interesses. Zu ergänzen wäre, dass auch Woyzecks Geliebte **Marie als ein Opfer** der gesellschaftlichen Verhältnisse gesehen werden kann. Ihre soziale und wirtschaftliche Notlage sowie der ebenfalls sozial bedingte Verlust der Bindung an Woyzeck machen sie anfällig für die Verführungen des Tambourmajors, an die sie die Hoffnung auf einen sozialen und materiellen Aufstieg knüpft (vgl. S. 14 f.). Selbst das **Kind** ist stark von der prekären sozialen Lage geprägt, was Woyzeck hellsichtig bemerkt, als er Marie gegenüber sagt, dass sein Sohn „sogar Schweiß im Schlaf" (S. 15) habe.

Woyzeck allerdings als ein „Rad im Getriebe" (Z. 5) und ein Opfer unter anderen einzuordnen, **verfehlt** die im Drama deutlich werdende **Differenzierung**. Es ist zu bedenken, dass sich die gesellschaftlichen Rahmenbedingungen höchst unterschiedlich auf Woyzeck und die anderen Charaktere auswirken – **abhängig von ihrem sozialen Status:** Woyzeck als Vertreter der unterprivilegierten Schicht und die Repräsentanten des Bürgertums mit ihren Privilegien haben mit sehr unterschiedlichen Problemen zu kämpfen. Dies gilt vor allem im Hinblick auf die **Befriedigung materieller Grundbedürfnisse**. Während der Hauptmann unter Langeweile und Beschäftigungslosigkeit leidet, aber materiell abgesichert ist, muss Woyzeck fortwährend um die physischen Grundlagen seiner Existenz fürchten. Hier offenbart sich das Phänomen des Pauperismus, d. h. der Massenarmut, als eines der zentralen Probleme im 19. Jahrhundert.

Einwand: Leugnen sozialer Unterschiede durch Gleichsetzung von Woyzeck mit anderen Figuren

Als höchst **fragwürdig** ist **Rasches Ansatz** einzustufen, seine Deutung mit **heutigen gesellschaftlichen Verhältnissen** zu begründen. Zwar ist es ein nachvollziehbares Erkenntnisinteresse eines Theaterregisseurs, die Bedeutung eines Dramas aus einer früheren Epoche für die Gegenwart zu suchen. Dies ist insofern sinnvoll, als Theater, auch wenn es ältere Texte zur Aufführung bringt, immer im Hier und Jetzt stattfindet. Problematisch erscheint es jedoch, wenn Rasche zentrale Aspekte des Textes so umdeutet, dass sie zwar den Verhältnissen zum Zeitpunkt der Inszenierung entsprechen, nicht jedoch denjenigen, die im Text dargestellt werden. In der Gesellschaft der 1830er-Jahre gab es sehr wohl **klare Oppositionen und soziale Ungleichheiten** (arm vs. reich, privilegiert vs. nicht privilegiert, gebildet vs. ungebildet) und auch heute ist das im Übrigen noch der Fall in der deutschen Gesellschaft und, in z. T. noch gravierendem Ausmaß, weltweit. Die Argumentationslogik, aus einer Diagnose heutiger Verhältnisse die Charakterisierung einer Dramenfigur abzuleiten, die stark von den Bedingungen ihrer Entstehungszeit geprägt ist, ist als **anachronistisch** zu bewerten. Ein solches Vorgehen führt, wie gezeigt werden konnte, zu Deutungen, die am Text vorbeigehen.

Einwand: Hinterfragen der Methode, heutige Erfahrungen auf Dramenfiguren von 1837 zu projizieren

In der Gesamtbewertung erscheint **Rasches Position zwiespältig:** Seine historisch gut informierten Ausführungen zur Figur des Hauptmanns machen überzeugend deutlich, dass auch der Vertreter des Militärs unter gewissen gesellschaftlichen Bedingungen seiner Zeit zu leiden hat. Diesen Zustand jedoch mit demjenigen Woyzecks zu parallelisieren, erscheint höchst fragwürdig. Zu unterschiedlich sind die an die jeweilige soziale Schicht gebundenen Lebensverhältnisse und deren Folgen. Vollends an der im Text geschilderten Lebensrealität vorbei geht Rasches Bild von Woyzeck als einem glücklichen und zufriedenen, in sich ruhenden Menschen. Die damit verbundene **Relativierung seines Opferstatus** missachtet vor allem die sozioökonomischen Bedingtheiten und Machtverhältnisse, die in Büchners Drama deutlich werden. **Fragwürdig** ist auch Rasches **methodischer Zugang**, heutige soziale Verhältnisse zugrunde zu legen, um ein Bild des Protagonisten zu zeichnen. Maßstab einer Interpretation sollte zunächst der Text in seinem Entstehungszusammenhang sein. Die Frage nach Gemeinsamkeiten und Unterschieden zwischen Entstehungs- und Jetztzeit ist ein davon unabhängiger Schritt. Vermischt man beide Aspekte miteinander, wie Rasche das tut, wird man weder dem Text noch der eigenen Gegenwart gerecht.

Fazit
differenziertes Abwägen zwischen zutreffenden und problematischen Aussagen Rasches

ANALYSE EINES SACHTEXTES

Aufgabenstellung

1 Analysieren Sie den vorliegenden Textauszug aus dem Artikel *Leben ohne Zahl und Zeit* von Rafaela von Bredow im Hinblick auf die zentralen Aussagen und erschließen Sie die Gedankenführung. Untersuchen Sie dabei auch die sprachliche Gestaltung. (60 %)

2 Stellen Sie knapp die Sapir-Whorf-Hypothese dar. Prüfen Sie vor diesem Hintergrund, ob bzw. inwiefern die in dem Artikel geschilderten Forschungsergebnisse und deren Interpretation zu einer Rehabilitation der Sapir-Whorf-Hypothese führen könnten. (40 %)

Material **Rafaela von Bredow: Leben ohne Zahl und Zeit (Auszug, 2006)**

[...]

Es geht beim Streit um das Volk[1] vom Maici-Fluss um nichts weniger als das große Rätsel, wie der Homo sapiens überhaupt zu seiner brillanten Begabung kam. Denn obschon Bienen tanzen, Vögel singen und Buckelwale sogar mit Syntax singen – des Menschen Sprache ist einzigartig. Allein schon deswegen, weil sie ihm erlaubt, aus endlich vielen Elementen mit unendlicher Kreativität nie zuvor Gedachtes zusammenzupuzzeln, so wie Shakespeare seine Dramen oder Einstein die Relativitätstheorie.

Basis der linguistischen Theorie sind in der Regel jene Eigenschaften, die alle Idiome dieser Welt teilen. Der Sprache der Pirahã aber – das macht sie jetzt so bedeutsam – fehlen wichtige Teile selbst dieses kleinsten gemeinsamen Nenners.

Überhaupt zeichnet sich ihre Sprache durch Sparsamkeit aus. So benutzen die Pirahã nur drei Pronomen. Sie kennen kaum Zeitwörter, ihre Verben keine Vergangenheit. Farben konkret zu benennen ist den Waldbewohnern anscheinend auch nicht wichtig. Unter all den Kuriositäten aber irritiert die Linguisten am meisten, dass Pirahã als vielleicht einzige Sprache der Welt komplett ohne Nebensätze auskommt. Statt „Wenn ich fertig gegessen habe, möchte ich mit dir reden“ heißt es: „Ich esse zu Ende, ich rede mit dir.“

Ebenso verblüffend: Der Alltag der Pirahã scheint keiner Zahlen zu bedürfen. Wörter wie „jedes“, „alle“ oder „mehr“ hat Everett[2] nie von den Dorfbewohnern gehört. Zwar existiert die Vokabel „hói“, die der Zahl 1 nahekommt. Aber sie bedeutet zugleich auch

„klein“ oder bezeichnet eine vergleichsweise geringere Menge, etwa zwei kleine Fische im Gegensatz zu einem großen. […]

Der Streit der Linguisten über das Fehlen allen Zählens hat sich entzündet, nachdem Peter Gordon, ein Psycholinguist von der Columbia University in New York, die Pirahã besucht und ihre mathematischen Talente getestet hat. So sollten sie etwa vorgegebene Reihen von einer bis zehn kleinen Batterien nachlegen oder sich merken, ob Gordon drei oder acht Nüsse in eine Dose gesteckt hatte.

Das Ergebnis, veröffentlicht im Wissenschaftsblatt „Science“, war niederschmetternd: Die Pirahã können mit Zahlen ungefähr so viel anfangen wie Tauben oder Schimpansen. Seine Studie lege nahe, meint Gordon, dass „ein Volk ohne Begriffe für Zahlen nicht die Fähigkeit entwickelt, exakte Anzahlen zu erkennen“.

Mit dieser Schlussfolgerung ließ Gordon eine umstrittene Theorie des 1941 gestorbenen Linguisten Benjamin Whorf wieder aufleben, derzufolge der Mensch nur denken kann, wofür er auch Worte besitzt. Will heißen: So lange die Pirahã keine Zahlwörter kennen, können sie nicht einmal im Ansatz begreifen, was Zählen und Rechnen bedeuten.

Allerdings müssten die Waldbewohner dann die Grundzüge der Arithmetik verstehen lernen, sobald man ihnen zum Beispiel das portugiesische Einmaleins nahebringt. So haben die Warlpiri, australische Aborigines, deren Sprache auch nur das simple Zählsystem 1-2-viele hergibt, schnell und leicht auf Englisch zählen gelernt.

Ganz anders hingegen die Pirahã. Vor Jahren schon hat Everett versucht, ihnen das Rechnen beizubringen. Acht Monate lang lehrte er sie das um, dois, três[3] der Brasilianer – vergebens. „Am Ende konnte nicht einer bis zehn zählen“, berichtet der Forscher. Dass das Dschungelvölkchen schlicht zu dumm ist, lässt sich ausschließen. „Die sind auch nicht langsamer im Kopf als der durchschnittliche Vordiplomstudent“, sagt Everett. Außerdem leben die Pirahã nicht in genetischer Isolation; sie durchmischen sich mit den umliegenden Völkern. Insofern müsste ihr Intellekt dem der Nachbarn gleichen.

Am Ende fand Everett eine aufsehenerregende Erklärung für die Eigenheiten des Pirahã-Idioms: „Die Sprache kommt in die Welt durch die Kultur“, sagt der Linguist. Und die Kultur der Pirahã lässt sich Everett zufolge mit einer schlichten Formel zusammenfassen: „Leben im Hier und Jetzt“. Wichtig und damit mitteilenswert sei nur das unmittelbar Erlebte. „Alle Ereignisse sind verankert im Moment des Sprechens.“ Diese Carpe-diem-Kultur, glaubt der Forscher, lasse Abstraktion nicht zu, verbiete komplizierte Bezüge zur Vergangenheit und schränke entsprechend die Sprache ein. Zum Leben im Moment passt, dass die Pirahã an keinen Schöpfungsmythos zu glauben scheinen. Wenn befragt, antworten sie etwa: „Alles ist das Gleiche, die Dinge sind schon immer.“ Auch erzählen die Mamas den Kleinen keine Märchen, überhaupt erfindet niemand Geschichten, niemand malt – Kunst gibt es nicht. […]

Der Forscher ist überzeugt, dass Linguisten, wenn sie denn danach suchten, allerorten einen ähnlichen Einfluss der jeweiligen Kultur auf die Sprache finden würden. Bisher allerdings verteidigen viele Wissenschaftler die gegenläufige These Chomskys, derzufolge jeder menschlichen Sprache eine universale Grammatik zugrunde liegt, eine Art Ur-Regelsystem im Kopf, das jedes Kind der Welt dazu befähigt, sich unausweichlich

und ziemlich flott vom ersten Krähen und Kreischen aufzuschwingen zu Wortfolgen mit Syntax und Sinn.
Ob Phonetik, Signifikanz, Morphologie – was genau in dieser Universalgrammatik angelegt sein soll, ist umstritten. Auf einem „Herzstück“ der menschlichen Sprachfähigkeit aber beharrt Chomsky, der inzwischen 77 Jahre alte Doyen[4] der Disziplin: der Rekursion.
Dieses Phänomen, definiert als die Wiederholung einer Struktur als Teil von sich selbst, liegt dem menschlichen Denken zugrunde. Ohne Rekursion ließe sich Mathematik nicht denken, es gäbe weder Computer noch Philosophie, auch keine Symphonien. Der Mensch wäre prinzipiell nicht dazu fähig, einzelne Gedanken als untergeordnete Teile zu betrachten, aus denen er komplexe Ideen zusammenbastelt.
Und: Es gäbe keine Nebensätze. Denn auch die kann der Homo sapiens nur bilden, weil er rekursiv denkt. Beispiel: Das ist der Hund, der die Katze jagte, die die Ratte tötete, die in dem Haus lebte, das Andrea gebaut hat. Und immer so weiter: Durch Nebensätze übersetzt eine Sprache rekursive Gedanken in Grammatik. Wenn aber die Pirahã keine Nebensätze bilden, meint auch der berühmte US-Psychologe Pinker, dann kann Rekursion nicht Quell der Einzigartigkeit menschlicher Sprache sein. Sie wäre nicht Teil einer universalen Grammatik. Was dann? Chomsky wäre widerlegt.
Jetzt käme es darauf an zu beweisen, dass die Pirahã sehr wohl, wie alle Artgenossen, rekursiv denken können. Laut Everett schlägt sich diese Eigenschaft des Geistes nur deshalb nicht in ihrer Sprache nieder, weil die Kultur ihnen dies verbiete. Das Problem ist nur: Derzeit kann niemand Everetts Beobachtungen widerlegen oder bestätigen. Denn niemand spricht Pirahã so gut wie er. Trotzdem werden sich in diesem Jahr gleich mehrere Forscher auf die Reise zum Maici begeben, um Teile seiner Behauptungen zu überprüfen, darunter gleich zwei Linguisten aus Chomskys Umfeld.
Einem allerdings wird es jetzt „ein bisschen zu voll da unten“: Peter Gordon. „Ich befürchte, dass die Pirahã nur eine weitere wissenschaftliche Kuriosität werden, die man ausbeutet und am Ende noch ihre Fäzes[5] analysiert.“

Aus: Rafaela von Bredow: Leben ohne Zahl und Zeit. DER SPIEGEL 17/2006.

Anmerkungen

1 Gemeint ist das Volk der Pirahã (brasilianisches Amazonasgebiet), von dem im Artikel schon zuvor die Rede gewesen ist.
2 *Daniel Everett:* amerikanischer Linguist, der viele Jahre die Sprache der Pirahã erforscht und untersucht hat
3 *um, dois, três:* die Zahlen *eins, zwei, drei* im brasilianischen Portugiesisch
4 *Doyen:* hier im Sinne von dienstältester Vertreter oder Sprecher
5 *Fäzes:* medizinischer Ausdruck für Kot

TIPP **Bearbeitungshinweise**

Voraussetzungen

Es handelt sich um die Aufgabenart „**Analyse eines Sachtextes**“, die sich auf das Wahlpflichtmodul „Sprache – Denken – Wirklichkeit“ (Rahmenthema 6: Sprache und Sprachgebrauch reflektieren) bezieht. Die **Gewichtung** der beiden Teilaufgaben (60 und 40 %) gibt Ihnen bereits Auskunft darüber, dass die Analyse des Textauszuges den Schwerpunkt der Aufgabenstellung bildet.

Erläuterung der Aufgabenstellung

TEILAUFGABE 1: Erarbeiten Sie sich den Text am besten zunächst inhaltlich, indem Sie wichtige Stellen markieren. Um die **Gedankenführung** erschließen zu können, hilft es, den Text in Sinnabschnitte einzuteilen. Machen Sie sich bewusst, wie diese zusammenhängen – z. B. indem Sie Begriffe wie „Beleg“, „Beispiel“, „Gegenposition“, „theoretischer Hintergrund“, „Rückbezug“ bei den Sinnabschnitten notieren.

Für die Untersuchung der sprachlichen Gestaltung lesen Sie den Text gegebenenfalls noch einmal und notieren sich Auffälligkeiten, z. B. zu folgenden Fragen:

- Verwendet die Autorin auffällige rhetorische Mittel?
- Wie lässt sich der Stil kennzeichnen (polemisch, sachlich, informationsbezogen …)?
- Welches sprachliche Niveau hat der Text (einfach, schwierig, wissenschaftlich)?

Machen Sie sich am besten jetzt schon bewusst, mit welchen Mitteln die Autorin zentrale Aussagen auf sprachlicher Ebene unterfüttert. Dann fällt es Ihnen beim Schreiben später leichter, Ihre Beobachtungen so mit den inhaltlichen Ergebnissen zu verbinden, dass ein vertiefendes Textverständnis erreicht wird.

Unterteilen Sie Ihre Textuntersuchung in Einleitung, Hauptteil und Schluss. Die **Einleitung** sollte in jedem Fall die **grundsätzlichen Informationen** zur Textgrundlage aufweisen. Im **Hauptteil** ist es ratsam, **dem Textverlauf zu folgen**, da es Ihnen dann am leichtesten fallen dürfte, die Gedankenführung zu erschließen. Achten Sie darauf, sorgfältig zwischen Aussagen der Autorin selbst und ihrer Bezugnahme auf linguistische Theorien und Positionen zu unter¬-scheiden. Im **Schlussteil** von Teilaufgabe 1 können Sie Ihre **Ergebnisse zusammenfassen**.

Bei der Erarbeitung der zentralen Aussagen ist es sinnvoll, sich grundlegend klarzumachen, dass es der Autorin in diesem konkreten Fall nicht darum zu tun ist, sich in Bezug auf ein sprachreflektorisches Problem zu positionieren, sondern dass ihr Beitrag eher als ein **Bericht zur aktuellen Forschungslage** und deren **möglicher Interpretation** zu verstehen ist. Der Text hat also vor allem **informierenden Charakter**. Diese Erkenntnis hat auch Einfluss auf den Aspekt der **Gedankenführung**: Achten Sie in diesem Kontext besonders darauf, wie die Autorin bei der **Vernetzung von empirischen Befunden** und deren **theoretischer Einbettung** vorgeht.

TEILAUFGABE 2 fordert von Ihnen, dass Sie die von der Autorin skizzierten Forschungsergebnisse und deren Interpretation in einen **vertiefenden Zusammenhang** stellen: Der Operator „prüfen“ besagt, dass Sie eine Textaussage, eine These, eine Argumentation oder auch ein Analyseergebnis auf der Grundlage eigener Kenntnisse, Einsichten oder Textkenntnisse auf ihre/seine Angemessenheit hin untersuchen und zu einem Ergebnis kommen sollen. In diesem Fall geht es konkret um die Frage, ob die präsentierten Studien zu einer Neubewertung der **Sapir-Whorf-Hypothese** führen könnten. Um diesbezüglich zu einer adäquaten Einschätzung zu gelangen, müssen Sie neben Ihren Analyseergebnissen Vorkenntnisse aus dem Unterricht reaktivieren. Der geforderten Überprüfung ist zunächst eine **knappe Explikation der Hypothese** voranzustellen.

Es bietet sich an, dann zunächst jene Forschungsergebnisse in den Blick zu nehmen, bei denen die Hypothese von Sapir und Whorf ganz konkret als Deutungsfolie dient, in diesem Fall also die **Studie von Peter Gordon**. Folgende Fragen können in diesem Kontext hilfreich sein:

- Welche Forschungsergebnisse veranlassen den Psycholinguisten, auf die Sapir-Whorf-Hypothese Bezug zu nehmen?
- Ist seine Interpretation nachvollziehbar und plausibel?
- Gibt es Alternativen zu dieser Sichtweise?
- Welche Schlüsse ergeben sich, wenn man Gordons Sichtweise zustimmt?
- Welche weiteren Interpretationsangebote zu diesem Sachverhalt gibt es im Text?
- Gibt es Anhaltspunkte dafür, eine Deutung einer anderen vorzuziehen?

Da von Bredow in ihrem Text insbesondere auch den **fehlenden Nebensatzkonstruktionen** in der Sprache der Pirahã größere Beachtung schenkt, sollte auch dieses Phänomen im Hinblick auf die Hypothese noch einmal in den Blick genommen werden. Bedenken Sie dabei, dass im Verlauf des Textes **drei verschiedene Theorien** zum Zusammenhang von Sprache, Denken und Wirklichkeit ins Spiel gebracht werden. Neben der Sapir-Whorf-Hypothese geht von Bredow auf **Chomskys Konzept der Universalgrammatik** und das für seine Theorie wesentliche Element der **Rekursion** ein. Ferner präsentiert sie den Ansatz von **Everett**, der davon überzeugt ist, dass Sprache maßgeblich durch die jeweils zugrunde liegende **Kultur** geformt wird. Überlegen Sie vor diesem Hintergrund noch einmal genau, welche **Auswirkungen** die anderen beiden Ansätze auf die **Plausibilität der Sapir-Whorf-Hypothese** haben.

Formulieren Sie am Ende Ihrer Überprüfung ein **Fazit:** Finden sich eindeutige Anhaltspunkte für eine Rehabilitation dieses Ansatzes oder weist Ihre Untersuchung eher in eine andere Richtung? Welche zusätzlichen Bedingungen müssten möglicherweise erfüllt sein, um eine eindeutige Antwort auf diese Fragen geben zu können?

Lösungsvorschlag

TEILAUFGABE 1

Rafaela von Bredow bezieht sich in dem 2006 im „Spiegel" erschienenen Artikel *Leben ohne Zahl und Zeit* insbesondere auf das im Amazonasgebiet lebende Volk der Pirahã, deren Sprache das Interesse verschiedener Experten erregt hat und in der Fachwelt erneut Kontroversen um die Frage entfacht hat, wie Sprechen und Denken miteinander zusammenhängen.

Einleitung
Informationen zur Textgrundlage

Das primäre Anliegen des Artikels besteht darin, den Leser über **neue Entwicklungen und Erkenntnisse im linguistischen Diskurs** zu **informieren:** Von Bredow greift aktuelle Berichte und Untersuchungen von Forschern auf und zeigt, welche Auswirkungen diese Befunde auf die linguistische Theorienlandschaft haben könnten. **Empirie und Theorie** werden in dem Artikel immer wieder aufeinander bezogen und miteinander **vernetzt**.

Grundansatz des Textes

erster Hinweis auf Art der Gedankenführung

Die Adressaten des Artikels sind offenbar Leser, die sich für aktuelle **linguistische Problemstellungen** interessieren. Der Text ist aber auch **Laien** auf diesem Gebiet zugänglich, da die Autorin zentrale Fachtermini nicht einfach voraussetzt, sondern in der Regel kurz erläutert und auch mit Beispielen illustriert – wie etwa das Phänomen der „Rekursion" (Z. 69).

Adressatenorientierung

Sprachgestaltung

Direkt zu Beginn des Auszuges (Z. 1–9) verdeutlicht die Autorin, dass die Debatte, die um die Sprache der Pirahã entbrannt sei, unmittelbar ins Zentrum aller Sprachwissenschaft ziele: Es gehe um nichts Geringeres als um den **Ursprung der menschlichen Sprache** selbst. Dass es sich bei der menschlichen Sprache um etwas ganz und gar **Einmaliges** handele, hebt von Bredow durch wertende Beschreibungen wie „das große Rätsel" (Z. 1 f.) und Begriffe wie „brillan[t]" (Z. 2) und „einzigartig" (Z. 4) hervor. Zusätzlich wird deren exklusiver Charakter durch die Kontrastierung mit der Tierwelt noch verstärkt, die sich zwar auch durch „sprachliche" Vielfalt auszeichne (vgl. Z. 2 f.), gegenüber der die menschliche Sprache aber dennoch eine Sonderstellung einnehme: Sie ermögliche es uns, mit einer begrenzten Anzahl von Elementen unbegrenzt innovativ zu sein, wie die sehr unterschiedlichen Beispiele aus der Literatur (Shakespeare) und aus der Naturwissenschaft (Einstein) zeigen (vgl. Z. 6).

Bedeutung der Debatte um die Pirahã und der menschlichen Sprache an sich

Nachdem von Bredow so die Einzigartigkeit des Untersuchungsgegenstandes „Sprache" unterstrichen hat, hebt sie nun die Bedeutung der Pirahã-Sprache für die sprachwissenschaftliche **Theorienbildung** hervor: Dem Pirahã mangele es an **bestimmten Eigenschaften**, die bisher als grundlegend für die menschliche Sprache angesehen wurden. Mit dieser Aussage macht sie den Leser neugierig auf die **Spezifika des Pirahã**. Diese **erläutert** sie im Anschluss (vgl. Z. 10–21):

Kennzeichen der Pirahã-Sprache

Neben dem nur rudimentären Gebrauch von Pronomen und Zeitwörtern sowie dem Fehlen von Vergangenheitsformen und genaueren Farbbezeichnungen sorgt unter Linguisten nach von Bredow besonders ein Phänomen für Konfusion, und zwar das **Fehlen von Nebensätzen**. Neben dieser verblüffenden Tatsache fänden sich weitere Kuriositäten, wie z. B. die Feststellung des Forschers Everett, dass die Mitglieder dieser Sprachgemeinschaft so gut wie **keine Zahlen** zur Verständigung verwenden würden.

Forschungsprojekt zu mathematischem Verständnis

Um die **Bedeutung** dieses linguistischen Befunds zu verdeutlichen, erläutert sie nun (vgl. Z. 22–43) ein **Forschungsprojekt** des Psycholinguisten **Peter Gordon**, das die **mathematischen Fähigkeiten** der Pirahã prüfen sollte: Es zeigte sich, dass sie nicht in der Lage waren, die exakte Anzahl von präsentierten Objekten (z. B. von Nüssen) zu erkennen. Die Autorin hebt das „Desaströse" dieser Befunde durch das Partizip „niederschmetternd" (Z. 27) und durch einen ungewöhnlichen Vergleich hervor: Das mathematische Verständnis der Pirahã entspreche dem von „Tauben oder Schimpansen" (Z. 28 f.), mit anderen Worten: Es ist nicht vorhanden. Zudem unterstreicht sie die **Seriosität der Ergebnisse**, indem sie auf deren Publikation im Wissenschaftsblatt „Science" verweist und den Forscher Gordon zitiert. Er interpretiert seine Beobachtungen dahingehend, dass ein Volk ohne Wörter für Zahlen auch nicht die Fähigkeit entwickeln könne, die exakte Anzahl von Objekten zu erfassen.

Sprachgestaltung

Bedeutung des Forschungsprojekts für die linguistische Theorie – Bezug zur Sapir-Whorf-Hypothese

Sprachgestaltung

Mit der Erläuterung des Forschungsprojekts schlägt von Bredow die Brücke zur **Theorienbildung**. Gordon verortet sich mit seiner Aussage nämlich im Umfeld der äußerst kontrovers diskutierten **Sapir-Whorf-Hypothese**. Dass seine Ergebnisse deren Rehabilitation nahelegen könnten, veranschaulicht von Bredow eingängig durch die geschickte Montage von Begriffen aus den Wortfeldern „leben"/ „sterben": „Mit dieser Schlussfolgerung ließ Gordon eine umstrittene Theorie des 1941 verstorbenen Linguisten Benjamin Whorf wieder aufleben […]." (Z. 31 ff.) Ihre Formulierung dieser These in abstrakter Form („derzufolge der Mensch nur denken kann, wofür er auch Worte besitzt", Z. 32 f.) überträgt sie („Will heißen", Z. 33) auf das konkrete Beispiel der Pirahã: „So lange die Pirahã keine Zahlwörter kennen, können sie nicht einmal im Ansatz begreifen, was Zählen und Rechnen bedeuten." (Z. 33 ff.) Auf diese Weise **erleichtert** sie nicht nur das **Verständnis der Hypothese**, sondern sie verweist so auch erneut auf die **Bedeutung dieser Sprache für die Theorie**.

Mit dem Konjunktionaladverb „[a]llerdings" (Z. 36) leitet die Verfasserin jetzt eine **andere Erklärung** der Untersuchungsergebnisse ein, die auf Everett zurückgeht (vgl. Z. 36–59): Dafür stellt sie den Pirahã die Warlpiri gegenüber, deren Sprache ebenfalls kaum Zahlen kennt, die aber mithilfe von Unterricht zählen lernten. Implizit stellt von Bredow so die Frage, warum in dem einen Fall das Erlernen des Zählens möglich war und im anderen Fall nicht.

Pirahã vs. Warlpiri

Auszuschließen sei sowohl mangelhafte Intelligenz als auch genetische Isolation, so der Forscher Everett. Des Rätsels Lösung präsentiert von Bredow, nachdem sie die **Spannung** für den Leser gesteigert hat – sie spricht von einer „aufsehenerregende[n] Erklärung" (Z. 48). Zudem nutzt sie wieder ein Zitat des Forschers und erzeugt damit eine größere Unmittelbarkeit für die Leser: „Die Sprache kommt in die Welt durch die Kultur" (Z. 49). Die Verfasserin erläutert die zentrale These Everetts in einer **Mischung aus wörtlicher Rede und Konjunktiv I**, sodass für den Leser direkt deutlich wird, dass sie hier die Position des Forschers näher in den Blick nimmt. Everett sei davon überzeugt, dass die Kultur der Pirahã durch das „Leben im Hier und Jetzt" (Z. 51) gekennzeichnet sei, das er mit dem aus der Barocklyrik bekannten Begriff des „Carpe diem" (vgl. Z. 53) – nutze den Tag – illustriert. Das erklärt aus seiner Sicht, weshalb in dieser besonderen Sprache **kein Platz für Abstraktionen** oder **komplexe Bezüge zur Vergangenheit** sei.

Everetts Alternativerklärung

Sprachgestaltung

Sprachgestaltung

Vom konkreten Beispiel der Pirahã wechselt die Autorin nun wieder zur **allgemeineren Ebene**, zu den sprachwissenschaftlichen Großtheorien (Z. 60–91): Everetts These stehe das große Lager der Wissenschaftler gegenüber, die als Anhänger **Chomskys** von einer angeborenen „universale[n] Grammatik" (Z. 62) ausgehen, die jedes Kind befähige, seine Muttersprache zu erlernen. Auch wenn einzelne Inhalte dieser Universalie umstritten seien, für unverzichtbar hält ihr „Erfinder" Chomsky – so von Bredow – die sogenannte Rekursion. Dass es sich hierbei um einen absolut zentralen Aspekt der Theorie Chomskys handelt, verdeutlicht sie, indem sie die Rekursion metaphorisch als „‚Herzstück' der menschlichen Sprachfähigkeit" (Z. 67 f.) bezeichnet.

Sprachwissenschaftliche Gegenpositionen

Sprachgestaltung

Nach einer knappen **Definition** dieses Phänomens, die dem weniger mit der Thematik vertrauten Leser hilft, dieses Element der Theorie besser zu erfassen, verdeutlicht von Bredow die **fundamentale Rolle der rekursiven Fähigkeiten** – und zwar durch eine Aufzählung menschlicher (Denk-)Leistungen, die ohne Rekursion nicht möglich wären (vgl. Z. 71 ff.). Die Verwendung des Konjunktiv II betont, wie „arm" unser Leben dann aussehen würde. Neben all diesen Bereichen kommt ein weiterer hinzu, dessen Bedeutung von Bredow

Bedeutung der Rekursion für menschliche Leistungen

Sprachgestaltung

durch ein vorangestelltes elliptisches „Und" hervorhebt: „Und: Es gäbe keine Nebensätze." (Z. 75) Hiermit **knüpft** die Verfasserin an den **ersten Teil** des Auszuges **an:** Spätestens jetzt wird für den Leser transparent, weshalb der Umstand, dass die Pirahã keine Nebensätze bilden, unter Linguisten derartige Irritationen auslösen konnte. Die Autorin veranschaulicht das **Prinzip der Rekursion** in Bezug auf Nebensätze und auf die oben eingeführte Definition „Wiederholung einer Struktur als Teil von sich selbst" (Z. 70 f.) mithilfe eines mehrfach geschachtelten Relativsatzes.

Damit kommt von Bredow zum **Kern ihrer Ausführungen**, deren Brisanz sie unterstreicht, indem sie Chomskys Schüler **Pinker** als Autorität auf diesem Gebiet mit ins Spiel bringt. Der folgende Konditionalsatz bringt es auf den Punkt: „Wenn aber die Pirahã keine Nebensätze bilden, [...] dann kann Rekursion nicht Quell der Einzigartigkeit menschlicher Sprache sein." (Z. 78 ff.) Das elliptische „Was dann?" (Z. 82) erzeugt Spannung im Hinblick auf die wissenschaftlichen Folgen und leitet zu der daraus resultierenden, **fundamentalen Konsequenz** über: „Chomsky wäre widerlegt." (Z. 81) Der Konjunktiv II steht hier jedoch als Indikator dafür, dass es noch nicht so weit ist – dafür bedürfte es weiterer Untersuchungen und Beweise. Allerdings sähen sich Forscher derzeit mit dem erheblichen Problem konfrontiert, dass niemand das Pirahã so kompetent beherrsche wie Everett und deshalb dessen Beobachtungen und Deutungen zurzeit schwer zu überprüfen seien. Von Bredow verweist aber darauf, dass die Pirahã weiter im Fokus der Forschung stehen würden.

Bedeutung des Fehlens von Nebensätzen für universalistische Theorien

Sprachgestaltung

Mit einem Satz des Psycholinguisten Gordon, der „befürchte, dass die Pirahã nur eine weitere wissenschaftliche Kuriosität werden, die man ausbeutet und am Ende noch ihre Fäzes analysiert" (Z. 90 f.), deutet die Verfasserin abschließend eine **kritische Sicht auf die Feldforschung** bei den Pirahã an. Dieses Ende des Artikels regt den Leser zum Nachdenken im Hinblick darauf an, dass Forscher manchmal den Blick dafür verlieren, dass es sich bei dem „Forschungsobjekt" um Menschen aus Fleisch und Blut handelt.

Schluss

Wertung des Artikels

Zusammenfassend kann gesagt werden, dass von Bredows Artikel durch eine geschickte **Vernetzung von Empirie und Theorie** besticht. Ihr Beitrag stellt eine **informative** und **gut verständliche Erläuterung der Forschungslage** zu einem komplexen Themengebiet dar. Deshalb ist es auch dem fachfremden Leser möglich, einen Zugang dazu zu finden und seiner Vorstellung von Sprache und ihrer Funktionsweise weitere spannende Facetten hinzuzufügen.

TEILAUFGABE 2

Der **Psycholinguist Peter Gordon** bezieht sich in der Interpretation seiner Forschungsergebnisse direkt auf die umstrittene **Sapir-Whorf-Hypothese**. Im Folgenden wird daher zu prüfen sein, ob sowohl Gordons Erkenntnisse als auch weitere in von Bredows Artikel geschilderte Besonderheiten der Sprache der Pirahã zu deren **Rehabilitation** führen könnten. Zu diesem Zweck ist es sinnvoll, sich zunächst die Grundzüge dieser Theorie noch einmal zu vergegenwärtigen.

Überleitung
Aufwerfen der Fragestellung

Die auf Benjamin Whorf und Edward Sapir zurückgehende Hypothese aus den 1950er-Jahren besagt, dass die Art und Weise, wie wir **denken**, maßgeblich von unserer **Muttersprache beeinflusst** wird. Sowohl lexikalische Strukturen als auch spezifische grammatikalische Muster begrenzen und **formen unser Denken:** Kategorien, vermittels derer wir wahrnehmen, finden wir nicht einfach in der Welt vor, unsere Wahrnehmung ist stattdessen **geprägt** durch das jeweilige **linguistische System**, mit dem wir aufgewachsen sind. Wir können gewissermaßen gar nicht anders, als uns dessen Ordnungen und Klassifikationen zu unterwerfen – noch radikaler formuliert: Sprachliche Strukturen determinieren unser Denken und zwar dergestalt, dass sie den Sprecher einer Sprache in spezifische Denkkategorien einschließen, die seine **Weltsicht** und die **Wahrnehmung der Realität bestimmen**. Aus diesem Ansatz ergibt sich die Konsequenz, dass die spezifische linguistische Struktur einer Sprache das Verständnis von Konzepten einer anderen Sprache unmöglich machen könnte.

Hauptteil
Darstellung der Sapir-Whorf-Hypothese

Es ist hier weder der Ort noch die Zeit, um die mittlerweile zahlreichen **Kritikpunkte** an der Sapir-Whorf-Hypothese aufzuführen, nur so viel: Eine Reihe von Linguisten und Experten vertreten derzeit eine deutlich **gemäßigtere Fassung der ursprünglichen Hypothese**. Sie gehen davon aus, dass Teile einer einzelnen Sprache, wie etwa die Struktur des Wortschatzes oder grammatikalische Kategorien, das Denken ihrer Sprecher beeinflussen können. In dieser Modifizierung wird der **deterministische Aspekt** der Hypothese deutlich **relativiert**.

Hinweis auf abgeschwächte Version der Hypothese

Entscheidend in unserem Zusammenhang ist, dass sich die **Ergebnisse** von Gordon problemlos mit dieser Fassung der **Sapir-Whorf-Hypothese** vereinbaren lassen. Dass das äußerst reduzierte und vage Zahlensystem der Pirahã sie daran hindert, größere Mengen exakt wahrzunehmen bzw. eine unterschiedliche Anzahl von Objekten eindeutig zu identifizieren, ist plausibel.

Überprüfung, ob die Forschungsergebnisse die Sapir-Whorf-Hypothese rehabilitieren

Allerdings müssten die Pirahã, wenn man von einer **nicht-deterministischen Variante** der Hypothese ausgeht, in der Lage sein, ihre **mathematischen Fähigkeiten zu verbessern**, wenn ihr Wortschatz durch ein differenzierteres Zahlensystem erweitert würde, wie von Bredow es ja für die Warlpiri beschreibt: Das linguistische System ihrer Sprache hat ihnen das Verständnis von Konzepten anderer Sprachen eben nicht verunmöglicht. Genau in diesem zentralen Aspekt unterscheiden sich aber die Pirahã von den Warlpiri – jene konnten das brasilianische Zahlensystem in seiner einfachsten Form nicht erlernen.

Vereinbarkeit mit linguistischem Determinismus

Vor diesem Hintergrund vertragen sich Gordons Ergebnisse auch sehr gut mit der **starken These des linguistischen Determinismus:** Das äußerst begrenzte Zählsystem der Pirahã scheint ihre Fähigkeiten im Umgang mit genauen Zahlen massiv zu beschränken – die spezifische Struktur der Sprache determiniert in diesem Punkt ihr Denken so sehr, dass sie das Zählen selbst durch intensiven Unterricht nicht lernen konnten. Insofern könnte man tatsächlich davon sprechen, dass die Pirahã einen Beleg für die Sapir-Whorf-Hypothese darstellen. Deshalb allerdings von einer **grundlegenden Rehabilitation** der Hypothese zu reden, scheint aus verschiedenen Gründen **unangemessen**.

Argumente gegen Rehabilitation der Sapir-Whorf-Hypothese

Erstens handelt es sich nach bisherigem Kenntnisstand um einen **singulären Fall**. Wie das **Gegenbeispiel der Warlpiri** zeigt, sind andere Sprachgemeinschaften in dieser Hinsicht offensichtlich nicht durch das linguistische System in ihrem Geist determiniert.

Zweitens präsentiert von Bredow in ihrem Text bereits eine weitere mögliche Interpretation dieser Ergebnisse: Für **Everett**, der die Sprache der Pirahã am besten kennt, sind die Gründe für deren eingeschränkten Umgang mit Quantitäten in ihrer **spezifischen Kultur** zu finden. Er ist davon überzeugt, dass nicht die Sprache unser Denken und damit unsere Kultur, sondern umgekehrt unsere Kultur unsere Sprache präge. Der bisherige Forschungsstand bietet keinerlei Anlass, einer der beiden Interpretationen den Vorzug zu geben.

Bezieht man weitere Spezifika des Pirahã mit ein, die von Bredow zur Sprache bringt, finden sich auch hier keine eindeutigen Anhaltspunkte für eine Wiederbelebung der Sapir-Whorf-Hypothese in ihrer ursprünglichen Form: Insbesondere der Umstand, dass diese Sprache scheinbar **ohne Nebensätze** auskommt, weist nicht einer Rückkehr zu Whorf den Weg, zumal es von Bredow durchaus gelingt, Nebensatzkonstruktionen unserer Sprache in eine Hauptsatzvariante der Pirahã umzuwandeln, die für uns völlig verständlich ist (vgl. Z. 14 ff.). Im Zusammenhang mit diesem Phänomen steht wohl sehr viel mehr die Frage im Raum, ob das Fehlen von Nebensätzen ein **Indiz für nicht vorhandene Rekursion** im Sinne Chomskys sein könnte, und damit deutlich ein „Angriff" auf die radikale Gegenposition zu Whorf. Aber auch in diesem Zusammenhang gibt es bisher **keine eindeutigen Antworten**, die besagen, ob den Pirahã tatsächlich die Fähigkeit der Rekursivität fehlt oder ob auch hier im Sinne Everetts die Kultur dieser Sprachgemeinschaft „verhindert", dass sie sich rekursiver Elemente bedienen.

Schluss
Urteil

Es ist daher zwar durchaus **plausibel**, die eingeschränkte Mengenerfassung der Pirahã im Sinne eines **linguistischen Determinismus** zu deuten, daraus ergibt sich aber **nicht zwingend** und logisch der Schluss einer **Rehabilitation der Sapir-Whorf-Hypothese**. Zum einen handelt es sich um einen bislang einmaligen Befund, zum anderen sind konkurrierende Theorien im Umlauf, von denen keine bisher eindeutig verifiziert oder falsifiziert werden konnte.

Die Besonderheiten der Pirahã-Sprache sind also nicht primär dazu angetan, eine vielfach kritisch beleuchtete Theorie wiederzubeleben, sondern vielmehr dazu, den derzeitigen **Theorienbestand** weiterhin **prüfend zu hinterfragen**. Dies gilt insbesondere auch für den linguistischen Nativismus, wie ihn unter anderen Chomsky vertritt. Wie von Bredow so treffend zu Beginn des Auszuges vermerkt, haben wir es in Bezug auf die Sprache und ihre möglichen Ursprünge in vielerlei Hinsicht mit einem großen Rätsel zu tun, dessen Lösung wir uns nach wie vor nur in kleinen Schritten annähern können.

ANALYSE EINES SACHTEXTES

Aufgabenstellung

1 Analysieren Sie den Textauszug aus Johann Gottlieb Fichtes Schrift *Von der Sprachfähigkeit und dem Ursprunge der Sprache.* (60 %)

2 Vergleichen Sie Fichtes Position mit den Kerngedanken aus Johann Gottfried Herders *Abhandlung über den Ursprung der Sprache.* Nehmen Sie abschließend Stellung zu der Frage, inwieweit die Argumentation von Fichte als eine Kritik an Herders Abhandlung verstanden werden kann. (40 %)

Material **Johann Gottlieb Fichte (1762–1814): Von der Sprachfähigkeit und dem Ursprung der Sprache (1795)**

In einer Untersuchung über den Ursprung der Sprache darf man sich nicht mit Hypothesen, nicht mit willkürlicher Aufstellung besonderer Umstände, unter welchen etwa eine Sprache entstehen konnte, behelfen; denn da der Fälle, welche den Menschen bei Erfindung und Ausbildung der Sprache leiten konnten, so mancherlei sind, daß sie keine Forschung ganz erschöpfen kann; so würden wir auf diesem Wege eben so viele halbwahre Erklärungen des Problems erhalten, als Untersuchungen darüber angestellt würden. Man darf sich daher nicht damit begnügen, zu zeigen, daß und wie etwa eine Sprache erfunden werden konnte: man muß aus der Natur der menschlichen Vernunft die Nothwendigkeit dieser Erfindung ableiten; man muß darthun, daß und wie die Sprache erfunden werden mußte. [...]

Ich mache mich deutlicher. Die Sprache ist das Vermögen, seine Gedanken willkürlich[1] zu bezeichnen. Sie setzt demnach eine Willkür voraus. Unwillkürliche Erfindung, unwillkürlicher Gebrauch der Sprache enthält einen innern Widerspruch. Man hat sich zwar auf unwillkürliche Tone beim Ausbruch der Freude, des Schmerzes u.s.w. berufen, und daraus gar manches über Erfindung und Gesetze der Sprache ableiten wollen; aber beides ist völlig verschieden. Unwillkürlicher Ausbruch der Empfindung ist nicht Sprache.

Um die Willkür zur Erfindung einer Sprache zu bestimmen, wurde eine Idee derselben vorausgesetzt. Daher die Frage: wie entwickelte sich in den Menschen die Idee, ihre Gedanken sich gegenseitig durch Zeichen mitzutheilen? [...]

Es ist im Wesen des Menschen gegründet, daß er sich die Naturkraft zu unterwerfen sucht. Die erste Aeußerung seiner Kraft ist gerichtet auf die Natur, um sie für seine Zwecke zu bilden. Selbst der roheste Mensch trifft irgend eine Vorkehrung für seine Bequemlichkeit und seine Sicherheit; er gräbt sich Höhlen, bedeckt sich mit Laub, und wenn er des Feuers etwa habhaft werden kann, zündet er Holz an, um sich so gegen den Frost zu schützen. [...]

In diesem Verhältnisse steht der Mensch mit der belebten und leblosen Natur: er geht darauf aus, sie nach seinen Zwecken zu modificiren[2]; aber diese widerstrebt der Einwirkung, und nimmt oft genug sie gar nicht an. Daher sind wir mit der Natur in stetem Kampfe, sind bald Sieger, bald Besiegte, – unterjochen oder fliehen.

Wie verhält sich dagegen der Mensch ursprünglich gegen den Menschen selbst? Sollte wohl zwischen ihnen im rohen Naturstande dasselbe Verhältniß stattfinden, welches zwischen dem Menschen und der Natur ist? Sollten sie wohl darauf ausgehen, sich selbst unter einander zu unterjochen, oder, wenn sie sich dazu nicht Kraft genug zutrauen, einander gegenseitig fliehen? [...]

Und doch finden wir, daß die Menschen sich mit einander vertragen, daß sie sich gegenseitig unterstützen, daß sie in gesellschaftlicher Verbindung mit einander stehen. Der Grund dieser Erscheinung muß wohl in dem Menschen selbst liegen: in dem ursprünglichen Wesen desselben muß sich ein Princip aufzeigen lassen, welches ihn bestimmt, sich gegen seines gleichen anders zu betragen, als gegen die Natur. [...]

Der Mensch geht darauf aus, die rohe oder thierische Natur nach seinen Zwecken zu modificiren. Dieser Trieb muß untergeordnet sein dem höchsten Princip im Menschen, dem: sei immer einig mit dir selbst; nach welchem Princip er in den allgemeinsten Aeußerungen seiner Kraft beständig fort handelt, auch ohne sich desselben bewußt zu sein. Der Mensch sucht also [...] die nicht vernünftige Natur sich deswegen zu unterwerfen, damit alles mit seiner Vernunft übereinstimme, weil nur unter dieser Bedingung Er selbst mit sich selbst übereinstimmen kann. [...]

Der Mensch geht also nothwendig darauf aus, Vernunftmäßigkeit außer sich zu finden; er hat einen Trieb dazu, der sich deutlich genug dadurch offenbart, daß der Mensch sogar geneigt ist, leblosen Dingen Leben und Vernunft zuzuschreiben. Beweise davon finden sich häufig genug in den Mythologieen und den Religionsmeinungen aller Völker u. s. w. Wie wir gesehen haben, ist es der Trieb nach Uebereinstimmung mit sich selbst, welcher den Menschen anleitet, Vernunftmäßigkeit außer sich aufzusuchen.

Eben dieser Trieb mußte in dem Menschen, sobald er wirklich mit Wesen seiner Art in Wechselwirkung getreten war, den Wunsch erzeugen, seine Gedanken dem andern, der sich mit ihm verbunden hatte, auf eine bestimmte Weise andeuten, und dagegen von demselben eine deutliche Mittheilung seiner Gedanken erhalten zu können. Denn ohne diese Auskunft mußte es sich häufig ereignen, daß der eine die Handlung *des* andern mißverstand, und auf eine Art erwiederte, die ganz gegen die Erwartung des Handelnden war; ein Fall, der den Menschen in offenbaren Widerspruch mit seinen Zwecken versetzte, und folglich geradezu gegen die Uebereinstimmung mit sich selbst stritt, welche er bei der Aufsuchung vernünftiger Wesen beabsichtigte. – Ich meine es vielleicht mit jemand gut, und will ihm mein Wohlwollen durch Handlungen zu erkennen geben. Allein jener deutet diese Handlungen unrichtig, und erwiedert sie durch Feindseligkeiten. Ein solches Betragen muß nothwendig bei mir den Gedanken veranlassen, daß der andre meine Absichten verkenne; und diesem Gedanken muß bald der Wunsch folgen, ihm meine Gesinnungen auf eine weniger zweideutige Art ankündigen zu können.

So wie es mir mit andern geht, so andern mit mir. Wie leicht kann ich die wohlmeinende Handlung eines andern mißverstehen, und mit Undank vergelten? So wie ich aber seine Absicht besser einsehe, so werde ich wünschen mein Vergehen wieder gut zu machen, und um deswillen von seinen Gedanken künftig besser unterrichtet zu sein. – Ich wünsche also, daß der andere meine Absicht wissen möge, damit er mir nicht zuwider handle, und aus gleichem Grunde wünsche ich, die Absichten des andern zu wissen. Daher die Aufgabe zur Erfindung gewisser Zeichen, wodurch wir andern unsere Gedanken mittheilen können.

Aus: Lauth, Reinhard u. a. (Hrsg.): Johann Gottlieb Fichte/Werke 1794–1796 (J. G. Fichte-Gesamtausgabe Werke Band 3); Stuttgart-Bad Cannstatt 1966, S. 97–102.

Anmerkungen

1 *willkürlich:* sich bewusst und willentlich für etwas entscheidend
2 *modificiren:* verändern

TIPP **Bearbeitungshinweise**

Voraussetzungen

Beide Teilaufgaben nehmen Bezug auf das Wissen, das Sie im Unterricht zum Verhältnis von Sprechen, Denken und Wirklichkeit (Wahlpflichtmodul 6 aus Rahmenthema 2 „Sprache – Denken – Wirklichkeit") erworben haben. Auch der Bezug zu Kommunikationsmodellen, die Sie im Verlauf Ihrer Schulzeit kennengelernt haben können, kann Ihnen an der einen oder anderen Stelle helfen. Teilaufgabe 1 macht bei der **Bewertung** 60 % der inhaltlichen Punkte aus, während auf den folgenden Vergleich 40 % entfallen.

Erläuterung der Aufgabenstellung

TEILAUFGABE 1: Wählen Sie eine vergleichbare Aufgabe nur, wenn Sie sich im Unterricht und bei der Prüfungsvorbereitung intensiv mit Herders Theorie zur Sprachentwicklung auseinandergesetzt haben.

Ihnen liegt ein komplexer historischer Text vor. Nehmen Sie sich daher genügend Zeit für eine mehrfache, gründliche Lektüre. Unterstreichen Sie zentrale inhaltliche Aussagen und unterteilen Sie den Text in **Sinnabschnitte**. Fragen Sie sich, welche **Funktion** diese Abschnitte für den Text haben. Handelt es sich um eine These, eine Erläuterung, ein Beispiel? Bei der **Analyse** des Textes lohnt es sich, insbesondere auf folgende Aspekte zu achten:

- Benutzen Sie bei der Beschreibung des **Argumentationsaufbaus** möglichst Fachbegriffe (These, Prämisse, Definition usw.).
- Bei der Analyse der zentralen Gedanken von Fichte kann es hilfreich sein, sich zu vergegenwärtigen, was andere Autoren zu seinen Schlüsselbegriffen (Vernunft, Sprache usw.) gesagt haben. Auch Fichtes Menschenbild, wie es im Textauszug zum Ausdruck kommt, ist einer besonderen Betrachtung wert.
- Denken Sie daran, **Auffälligkeiten der sprachlichen Form** zu beschreiben und in ihrer Funktion zu bestimmen.

Im **Schlussteil** können Sie knapp auf Beziehungen von Fichtes Überlegungen zu anderen Sprachtheorien oder auch auf ihre Aktualität eingehen.

TEILAUFGABE 2 verlangt einen **Vergleich** mit *Herders Abhandlung über den Ursprung der Sprache.* Als Grundlage soll die ebenfalls verlangte **Darstellung** von Herders Kerngedanken dienen. Vergegenwärtigen Sie sich hierfür das im Unterricht zu dieser Schrift **erworbene Wissen**. Für eine thematische Überleitung lassen sich gut die zeitliche Nähe beider Aufsätze und die Ähnlichkeit der Überschriften nutzen.

Um den Vergleich auf feste Füße zu stellen, geben Sie zunächst einen **kurzen Abriss** der **Theorie von Herder**, wie er zur Vorbereitung auf das Abitur angefertigt werden kann. Im weiteren Verlauf müssen die **Unterschiede und Gemeinsamkeiten der beiden Theorien** herausgearbeitet werden. Überlegen Sie z. B. zunächst, ob beide Autoren methodisch vergleichbar vorgehen. Selbst wenn dies nicht so sein sollte, könnte es sein, dass die Ergebnisse ihrer Überlegungen vergleichbar sind.

In Ihrer reflektierten **Schlussbetrachtung** können Sie die beiden Autoren historisch einordnen, Ihre Ergebnisse kommentieren oder auch Bezüge zu aktuellen sprachtheoretischen Fragestellungen herstellen. Auf jeden Fall gilt es noch die **Ausgangsfrage**, ob sich Fichtes Abhandlung als Kritik an Herder verstehen lässt, vor dem Hintergrund Ihres Vergleichs zusammenfassend zu beantworten.

Lösungsvorschlag

TEILAUFGABE 1

Einleitung
Rahmendaten und Einordnung des Themas

In dem vorliegenden Auszug aus der Untersuchung *Von der Sprachfähigkeit und dem Ursprung der Sprache* von 1795 versucht der Philosoph Johann Gottlieb Fichte die seiner Meinung nach notwendige und einzig mögliche Genese der menschlichen Sprache zu beschreiben. Er nimmt also Stellung zu einer klassischen Frage der Philosophie: der Frage nach dem Sprachursprung, die meist auch mit den Überlegungen verbunden ist, wie der Mensch vom Tier abzugrenzen ist und in welchem Verhältnis Denken und Sprache zueinander stehen.

Hauptteil
Argumentationsstruktur

Fichtes Ausführungen folgen einem klaren Aufbau: Zunächst formuliert er seine **Intention** bzw. den **Anspruch**, der seiner Meinung nach an eine solche Untersuchung zu stellen ist: Die Erfindung der Sprache muss für ihn „aus der Natur der menschlichen Vernunft" (Z. 8) mit Notwendigkeit abgeleitet werden.

Hierfür **definiert** er Sprache als das Vermögen, „seine Gedanken willkürlich zu bezeichnen" (Z. 11 f.). Ausgehend von dieser Definition **präzisiert** Fichte seine **Leitfrage:** Wie und warum kommt es zu einem sprachlich vermittelten Gedankenaustausch zwischen den Menschen (vgl. Z. 19 f.)? Um diese Frage zu beantworten, **verdeutlicht** Fichte sein Menschenbild. Er kennzeichnet den Menschen als ein Wesen, das die Natur „nach seinen Zwecken zu modificiren“ (Z. 41 f.) beabsichtige. Das Hauptmotiv des Menschen sei es, im Kampf mit der Natur sich diese gefügig zu machen. Dies bedeutet für Fichte jedoch gerade nicht, dass der Mensch sich in der gleichen Weise auch gegen andere Menschen verhalte – denn für ihn gibt es noch das „höchst[e] Princip im Menschen“: „sei immer einig mit dir selbst“ (Z. 42 f.). Aus dieser **Prämisse** leitet Fichte das **Streben des Menschen nach Naturbeherrschung** ab: Die nicht vernünftige Natur wolle der Mensch unterwerfen, „damit alles mit seiner Vernunft übereinstimme“ (Z. 46); denn die Vernunft des Menschen versuche, „Vernunftmäßigkeit [auch] außer sich aufzusuchen“ (Z. 53 f.). Mit seiner Prämisse gelingt es Fichte auch, die Sprachentstehung **zu begründen:** Im nächsten Gedankenschritt betrachtet er nämlich einen **Sonderfall** dieses allgemeinen Prinzips genauer (vgl. Z. 55–69) – er ergibt sich im **Umgang mit anderen Menschen:** Der Mensch möchte nach Fichte auch in anderen Menschen Vernunftmäßigkeit finden. Er will dabei seine Absichten und Gedanken dem anderen möglichst **ohne Missverständnisse** mitteilen und sicher sein, dass der andere ihn verstanden hat. Zugleich besteht für Fichte auch der Wunsch, die Absichten des anderen zu verstehen.

Für Fichte ist die **Conclusio** dieser Überlegung, dass es zur Erfindung von Zeichen und – später – von ganzen Sprachen kommen musste (vgl. Z. 70–77).

ausführliche Erschließung zentraler Gedanken

Fichte ist – so lässt sich nicht nur am argumentativen Aufbau erschließen – an der **verständlichen Vermittlung** zentraler Gedanken gelegen:
Schon das Layout im ersten Absatz, d. h. die gesperrt-gedruckten Modalverben, unterstreichen Fichtes **Absicht**, den notwendigen und einzig möglichen Entstehungsgrund der menschlichen Sprache zu beschreiben: Er will nicht untersuchen, welche konkreten Entstehungsbedingungen und -schritte die Sprachentstehung prägten (vgl. „konnte“, Z. 3, 8); vielmehr hat er vor, die Notwendigkeit (vgl. „mußte“, Z. 10) der Sprachentwicklung aus der „Natur der menschlichen Vernunft“ (Z. 8) abzuleiten. Ihm geht es folglich um eine **theoretische Untersuchung der Sprachentstehung** und nicht um eine empirische oder experimentelle Sprachforschung.

Abgrenzung von Laut-Theorien

Mit seiner Definition der Sprache als „Vermögen, seine Gedanken willkürlich zu bezeichnen“ (Z. 11 f.), grenzt sich Fichte zunächst von all den Positionen ab, die die entwickelte Sprache aus **onomatopoetischen Anfangslauten** ableiten wollen. Der sprachliche Akt ist für den Philosophen ein bewusster Prozess und darf nicht – wie Fichte an Beispielen erläutert – mit einem unwillkürlichen Empfindungsausdruck verwechselt werden.

Nach der Bestimmung des Sprechens als eines willkürlichen Aktes wendet sich Fichte erneut der Ursprungsfrage zu, allerdings hat diese Frage mittlerweile eine **neue Dimension** bekommen. Fichte fragt nun nach dem Entstehen der Sprache in ihrer **kommunikativen Funktion:** „[W]ie entwickelte sich in den Menschen die Idee, ihre Gedanken sich gegenseitig durch Zeichen mitzutheilen?" (Z. 19 f.) Implizit hebt er mit dieser Frage seine Theorie von Überlegungen ab, die keinen kommunikativen, sondern einen eher erkenntnistheoretischen Erklärungsansatz für die Sprachentstehung wählen.

kommunikative Funktion von Sprache

Der Begründungszusammenhang, den Fichte herstellt, beruft sich auf eine anthropologische Annahme, die von dem Philosophen nicht weiter abgeleitet wird – als **„höchste[s] Princip im Menschen"** bestimmt er den Grundsatz: „sei immer einig mit dir selbst" (Z. 42 f.). Mit diesem Prinzip gelingt es Fichte, **zwei Probleme zu lösen:**

anthropologische Grundannahme

Erstens kann er so den **Trieb zur Naturbeherrschung**, den er zuvor erläuterte, nun begründen: Der Mensch, vernunftbegabt, möchte die unvernünftige Natur an sich selbst anpassen. Bis zu dieser Stelle hat Fichte einen solchen Trieb einfach nur vorausgesetzt, auch wenn er ihn einleuchtend und mit verschiedenen Beispielen veranschaulicht hat (vgl. Z. 22–26) – jetzt leitet er ihn aus einem höheren Prinzip ab.

erste Ableitung aus höchstem Prinzip

Zweitens kann er mit diesem Prinzip auch die **menschliche Friedlichkeit** den Artgenossen gegenüber erklären und so die zuvor im Kontext der Ausführungen zur Naturbeherrschung aufgeworfene Frage beantworten, warum sich der Beherrschungstrieb nicht auch auf andere Menschen bezieht. Denn der Autor stellt fest, dass sich die Menschen nicht bekämpfen, dass der mitmenschliche Umgang offensichtlich nicht durch Kampf und Unterwerfung gekennzeichnet ist, so wie es aus der vorher gegebenen Wesensbestimmung des Menschen (als Herrscher über die Natur) hätte abgeleitet werden können. Weshalb der Verfasser von der Friedfertigkeit gegenüber anderen Menschen ausgehen zu können meint, erläutert er jedoch nicht. Er deutet damit ein Menschenbild an, das gerade auch angesichts der brutalen „Terrorherrschaft" der **Französischen Revolution**, in deren Zeitraum die Abhandlung entsteht, doch etwas verwundert.

zweite Ableitung aus höchstem Prinzip

Gegen Ende werden Fichtes **theoretische Ausführungen konkreter**, indem sie nun näher noch auf die zwischenmenschlich-kommunikative Funktion von Sprache eingehen: Trifft ein Mensch auf ein Wesen seiner Art, so erzeugt das Prinzip in ihm den Wunsch, „seine

Konkretisierung der theoretischen Überlegungen

Gedanken dem andern, der sich mit ihm verbunden hatte, auf eine bestimmte Weise an[zu]deuten, und dagegen von demselben eine deutliche Mittheilung seiner Gedanken erhalten zu können" (Z. 56 ff.). Dass Fichte hier die Gefahr von Missverständnissen anführt (vgl. Z. 60), die der Zweckausrichtung seines Wesens widerspreche, ist dabei eine – im Vergleich zu Fichtes bisherigen Überlegungen – **konkrete lebenspraktische Begründung**. Die Notwendigkeit, für ein vernünftiges Zusammenleben Eindeutigkeit hinsichtlich des eigenen Verhaltens herzustellen, führt für Fichte zu der **Idee einer Sprache** und somit zu der Aufgabe, Zeichen zu erfinden, „wodurch wir andern unsere Gedanken mittheilen können" (Z. 76 f.).

Beobachtungen zur Form

Nicht nur inhaltlich ist Fichtes Überlegungen anzumerken, dass ihm sehr an der klaren Vermittlung seiner Theorie gelegen ist. Dies lässt sich vielmehr auch schon an gewissen formalen Aspekten ablesen. So ist es für den vorliegenden Text typisch, dass der Gedankengang mit **Fragen** durchsetzt ist (vgl. Z. 19 f., 31–35), die strukturierende Wirkung haben und den Leser motivieren, sich aktiver mit seinen Überlegungen auseinanderzusetzen. Man könnte aufgrund dieses Stilmerkmals, den an mehreren Stellen gegebenen **Beispielen** sowie der **Vermeidung von philosophischem Fachvokabular** dem Autor fast eine leserdidaktische Absicht zuschreiben.

reflektierte Schlussbetrachtung

theoretische Einordnung

Sein Ansatz ist dennoch ein **theoretisch-philosophischer**. Er versucht weder das Aufkommen einzelner (National-)Sprachen noch den frühkindlichen Spracherwerb zu erklären, sondern ihm geht es um eine eindeutige Erklärung für das Entstehen von Sprache an sich. Eine Konsequenz aus Fichtes Ansatz ist, dass es zum Menschsein dazugehört, Sprache zu besitzen und anzuwenden.

historische Einordnung

Dieser Ansatz grenzt sich deutlich gegen bekannte Positionen zur Sprachursprungsfrage ab. Sie steht einerseits quer zu der Annahme eines **göttlichen Ursprungs** der Sprache, andererseits wird auch ihre Ableitung aus einem **tierischen Ursprung** abgelehnt.

Zusammenfassung und Benennung ungeklärter Punkte

Zusammenfassend kann gesagt werden, dass Fichte in seiner Abhandlung zum Ursprung der Sprache eine – angesichts der Komplexität der Thematik – nachvollziehbare Theorie entwickelt, wobei zumindest in den vorliegenden Auszügen einige Punkte ungeklärt bleiben: So ließe sich beispielsweise fragen, wie **Fichtes Vernunftverständnis** genauer beschaffen ist oder ob die **Reduktion der Sprache** auf das Vermögen, die eigenen Gedanken willkürlich zu bezeichnen, nicht zu sehr auf die bewusste Willensäußerung fokussiert – denn schließlich umfasst die sprachliche Kommunikation doch noch weitere Dimensionen. Dies machen zumindest neuere Kommunikationsmodelle wie die von Schulz von Thun deutlich.

Bis heute relevant ist Fichtes Ansatz allerdings hinsichtlich der Verortung von Sprache in einem **kommunikativen Zusammenhang** zwischen den Menschen. Jedoch wird die Sprache aus heutiger Sicht als ein sehr viel komplexeres Gebilde wahrgenommen, als Fichte es in seiner Abhandlung skizziert. Aber sein zentraler Gedanke, dass das Wesen der **Zeichen in ihrer kommunikativen Funktion** liegt, ist bis in unsere Zeit fruchtbar.

Frage nach der Aktualität

TEILAUFGABE 2

Überleitung

Auch auf dem Gebiet der Philosophie scheint es Fragen zu geben, die zeitweise „in" sind. So stellte die Berliner Akademie der Wissenschaften in den 70er-Jahren des 18. Jahrhunderts die Preisfrage nach dem Ursprung der Sprache, um einen Streit zwischen ihren Mitgliedern mit ihren entgegengesetzten Thesen – tierischer versus göttlicher Ursprung der Sprache – zu beenden. **Herder** gewann 1772 mit seinem Aufsatz *Abhandlung über den Ursprung der Sprache* den Wettbewerb. Offensichtlich war aber mit Herders Arbeit die Frage nicht endgültig geklärt, denn 23 Jahre später veröffentlichte Johann Gottlieb Fichte den ähnlich betitelten Aufsatz *Von der Sprachfähigkeit und dem Ursprung der Sprache*. Es spricht aufgrund dieser Publikationsdaten einiges dafür, dass Fichte Herders berühmten Aufsatz kannte, sodass sich die Frage ergibt, inwieweit die Ausführungen von Fichte eine **Kritik** an Herders Ansatz sind.

Hauptteil
Herders Position

Bei der Beantwortung dieser Frage sind vor allem die folgenden Aspekte von Herders Abhandlung relevant: Herder nimmt den Leser mit auf eine Gedanken- bzw. Bildungsreise. Er überarbeitet, ergänzt, korrigiert immer wieder seine Überlegungen und erst am Ende der Ausführungen erreicht man den gültigen Stand seiner Überlegungen. So wird erst im Verlauf der Argumentation klar, dass Herders Gebrauch des Wortes „Sprache" für die Artikulation des Tieres bloß als Analogie für etwas Sprach-Ähnliches zu verstehen ist. Wie am Ende seiner Überlegungen deutlich wird, ist es für Herder **allein dem Menschen möglich**, sich dank seiner **Besonnenheit mit Sprache auszudrücken**.

Mensch und Tier

Herders Aufsatz entwickelt sich aus dem Vergleich zwischen Mensch und Tier und beider Möglichkeit zu einer **Sprache der Empfindung** (z. B. des Schmerzes). Herder will nun aber klären, wie es zu dem qualitativen Sprung vom tierischen expressiven Schrei zum Wort als grammatisch-semantischer Einheit kommt: Aufgrund der mangelhaften Instinktausrüstung des „Tieres Mensch" bleibe ihm um des Überlebens willen gar nichts anderes übrig, als eine höher strukturierte Lautsprache zu erfinden; denn der Mensch sei zwar ein Mängelwesen, aber aufgrund seiner Unabhängigkeit von den Sinneseindrücken und Trieben sei der Mensch fähig zur Selbstreflexion, d. h., er besitze Verstand, Vernunft bzw. Besonnenheit (Herders Lieblingswort). Diese **Besonnenheit** zeigt sich in der **Entwicklung einer menschlichen Lautsprache**.

Entwicklung der Sprache

Diese Lautsprache entwickelt sich über die Bildung eines **Merkwortes**. Im „innerlichen Merkwort" wird ein Merkmal des Erkenntnisobjektes aus dem Strom der Eindrücke festgehalten, als wiederholbares Erinnerungszeichen erkannt und auditiven Eindrücken zugeordnet (z. B. das Blökende des Schafes), wobei dem Gehör eine zentrale Funktion zukommt. Das zugeordnete gesprochene Wort (zuerst Verben, später Nomina) richtet sich somit nach dem Klang des Dinges. Die Ansammlung solcher Klangzeichen führt zur **Lautsprache**. Diese bildet das menschliche Bewusstsein weiter aus und fördert das geistige Vermögen. Mit seiner Vernunft, seiner Besonnenheit und seiner Fähigkeit, die Sinnlichkeit aktiv und selbstbeherrschend zu gestalten, sowie seiner Sprachfähigkeit unterscheidet sich der Mensch grundlegend vom Tier. Verdeutlicht Herder am Anfang seiner Untersuchung mit der Empfindungssprache noch die Entwicklung des Menschen aus dem Tierreich, so betont er am Ende den **qualitativen Sprung vom Tier zum** vernunftbegabten, zur Besinnung fähigen **Menschen**.

Gemeinsamkeiten und Unterschiede

Vergleicht man nun Herders und Fichtes Antwort auf die Sprachursprungsfrage, so fallen zunächst die grundsätzlich **unterschiedlichen Vorgehensweisen** auf: Herders Überlegungen sind stark von der empirisch-anthropologischen Frage geprägt, worin der Mensch sich vom Tier unterscheidet, er macht dabei sogar – vorübergehend – eine uns mit dem Tierreich verbindende Empfindungssprache aus. Fichte hingegen wählt einen theoretisch-anthropologischen Ansatz, wenn er aus seinem Verständnis der menschlichen Vernunft die Notwendigkeit der Sprachentwicklung logisch ableiten will.

Entwicklung statt göttlicher Eingriff

In einer Hinsicht kommen die beiden Sprachphilosophen zu einem **ähnlichen Ergebnis:** Die menschliche Sprache ist **nicht Ergebnis eines göttlichen Eingreifens**, sondern einer **Entwicklung**, die sich vollzogen hat. Während Herder allerdings genauer auf die Art und Weise der Sprachentwicklung eingeht, konzentriert sich Fichte darauf, die Motivation des Menschen, eine Sprache zu erfinden, zu rekonstruieren.

Verhältnis von Sprache und Vernunft

Gleichwohl treffen sich die beiden Autoren in der grundsätzlichen Überzeugung, dass **Vernunft** – bzw. Besonnenheit – und **Sprache eng miteinander verknüpft** sind. Beides gehört sowohl in Fichtes als auch in Herders Anthropologie zum Menschsein und unterscheidet den Menschen vom Tier.

Ist Sprachentwicklung bei Herder aber zunächst die Auseinandersetzung eines erkennenden Subjekts mit einem zu erkennenden Objekt und führt sie über Merkmalsbildung und Lautzuordnung erst in einem zweiten Schritt zu einer Verständigung mit anderen Menschen, so ist der **kommunikative Aspekt** bei Fichte von vornherein dominant. In dieser Hinsicht erscheint Fichte mit seinem interaktionistischen Zugriff als der modernere Sprachtheoretiker, da – wie oben schon angedeutet – heutige Sprachtheorien den kommunikativen und pragmatischen Aspekt von Sprache gegenüber dem erkenntnistheoretischen betonen.

kommunikative Funktion

Fichtes Abhandlung kann als indirekte **Kritik an Herders Ansatz** verstanden werden – vor allem hinsichtlich der folgenden Aspekte: Fichte steht der Untersuchung der konkreten Entwicklung der menschlichen Sprache, wie Herder sie im Blick hatte, kritisch gegenüber und setzt an deren Stelle eine **theoretische Ableitung** aus der Wesensbestimmung des vernunftbegabten Menschen (vgl. Z. 7 f.). Bei Fichte scheint dabei die menschliche Sprache – in Abgrenzung zur Tiersprache – eher als bei Herder ein Ergebnis eines **bewussten Aktes** zu sein (vgl. Z. 18–20). Auch Fichtes Ansatz, dass die Sprache sich in der Begegnung mit anderen Menschen (**kommunikative Funktion** von Sprache) entwickelt, lässt sich als implizite Kritik an Herder lesen, für den das Erkennen von Welt zur Sprachentwicklung führt (erkenntnistheoretische Funktion von Sprache).

Fichtes Überlegungen als Kritik an Herder

In meinem Verständnis vermag Herder weniger zu überzeugen. Mir scheint es sehr gewagt zu sein, wenn Herder die Entstehung von Worten über das Merkwort, dessen auditive Komponente und mit der Kreation eines ähnlichen Lautwortes ableiten will. Mein Eindruck ist, dass Worte nur in den seltensten Fällen einen onomatopoetischen Klang haben. Man kann meines Erachtens davon ausgehen, dass die Zuordnung zwischen Signifikat (dem Bezeichneten) und Signifikant (dem Bezeichnenden) in der Regel **arbiträr**, also willkürlich ist – dies zeigen schon die gravierenden Unterschiede zwischen den Sprachen der Welt.

reflektierte Schlussbetrachtung

Dennoch kann man mit den beiden unterschiedlichen Erklärungsansätzen sehr gut zwei Grundfunktionen der Sprache verdeutlichen: Wir erkennen und gliedern mit Sprache die Welt, indem wir aus den auf uns einströmenden Eindrücken umgrenzte Einheiten auswählen und bezeichnen (Herder), wir schaffen uns dieses Erkenntniswerkzeug Sprache aber nur in der Kommunikation mit anderen Menschen (Fichte). Deshalb lohnt sich auch heute noch ein Blick in diese mehr als 200 Jahre alten Texte.

Öffnung des Fragehorizontes

ERÖRTERUNG PRAGMATISCHER TEXTE

Aufgabenstellung

1 Stellen Sie den Argumentationsgang des vorliegenden Textes von Peter Eisenberg dar und erläutern Sie die Intention des Textes. (40 %)

2 Erörtern Sie ausgehend vom Text die Berechtigung einer Sprachregulierung in Bezug auf Gendergerechtigkeit. Beziehen Sie dabei Ihre im Unterricht erworbenen Kenntnisse über Sprachverwendung in gesellschaftlichen Zusammenhängen und über das Verhältnis von Sprache, Denken und Wirklichkeit ein. (60 %)

Material

Peter Eisenberg: Finger weg vom generischen Maskulinum! (2018)

Seit mehr als vierzig Jahren gibt es bei uns einen öffentlichen Diskurs über Notwendigkeit und Möglichkeit einer geschlechtergerechten Sprache, aber selten war er so intensiv wie in diesem Sommer. Und die vertretenen Positionen erweisen sich als kaum vereinbar, echte Kompromisse sind selten. Das gilt weitgehend auch für die beteiligten Sprachwissenschaftler, besonders bei der zu ihrer Domäne gehörenden Frage nach dem Verhältnis von Genus und Sexus, dem grammatischen und dem natürlichen Geschlecht.

Zugespitzt hat sich der Streit am sogenannten generischen Maskulinum, das bei Personenbezeichnungen wie Lehrer, Schlosser, Soldat, Spion in Erscheinung tritt. Dienen sie in der Grundbedeutung der Bezeichnung von Männern oder sind sie geschlechtsneutral in dem Sinn, dass sie gar keinen Bezug zum natürlichen Geschlecht haben, also weder auf männlich oder weiblich noch auf inter, trans, queer[1] und so weiter fixierbar sind? Ist es so, dann wäre durch das generische Maskulinum auch niemand diskriminiert, gleichgültig, welche Geschlechtsidentität er persönlich hat.

Um es deutlich zu sagen: Die hier vorgelegte Verteidigung des generischen Maskulinums richtet sich nicht gegen die Verwendung des Deutschen als geschlechtergerechte Sprache, sondern gegen seine Misshandlung und Manipulierung in vermeintlich guter Absicht. Denn gerade das generische Maskulinum ist eine in der Sprache tief verankerte, elegante und leistungsstarke Möglichkeit zur Vermeidung von Diskriminierung.

Am Diskurs beteiligte Sprachwissenschaftler sind geteilter Meinung, einige haben sich in letzter Zeit vom generischen Maskulinum distanziert. So schreiben die Kolleginnen Gabriele Diewald und Anja Steinhauer in der Dudenbroschüre „Richtig gendern“ (Berlin 2017), man solle das Maskulinum vermeiden. Es mache Frauen unsichtbar und sei nicht der Grammatik eingeschrieben, sondern lediglich eine Gebrauchsgewohnheit, die man ändern könne. Dem Leser wird geraten, einmal jemanden zu fragen: Wer ist dein Lieblingsschauspieler? Als Antwort würden ihm fast ausschließlich Männer genannt werden. Denn in unseren Köpfen seien solche Wörter fest mit „männlich“ verbunden. Man spricht hier auch von männlichen Stereotypen.

Solche Stereotypen gibt es, das ist keine Frage. Sie sind aus der Grundbedeutung von Lehrer (einer, der lehrt) oder Schauspieler (einer, der schauspielert) und so weiter abgeleitet, sie ändern aber an der Grundbedeutung nichts. Die von den Autorinnen gegebene semantische Charakterisierung des generischen Maskulinums „Frauen sind mitgemeint“ ist inkorrekt. Frauen sind gar nicht gemeint, ebenso wenig wie Männer oder Geschlechtsidentitäten jenseits der binären[2] Norm. Darin liegt gerade das Spezifische des generischen Maskulinums. Ein Wort wie Lehrer hat genau zwei Bausteine, nämlich den Verbstamm *lehr* und das Substantivierungssuffix er, das zu Bezeichnungen von Personen führt, die das tun, was der Verbstamm besagt. Solche Substantive können eine ganze Reihe von daraus abgeleiteten Bedeutungen haben, die alle nichts an der Grundbedeutung ändern.

So kann Raucher nicht nur jemanden bezeichnen, der raucht, sondern auch ein Abteil, in dem geraucht werden darf. Ein Seufzer kann auch eine Lautäußerung sein, ein Träger kann ein T-Träger, ein Gepäckträger, ein Hosenträger und vieles mehr sein. Und ist ein Gesetzgeber männlich oder auch nur belebt? Solche abgeleiteten Bedeutungen sind regelhaft und gut verstanden. Sie zeigen, dass es mit der Bindung der er-Substantive an „männlich“ nicht weit her ist. An der Grundbedeutung ändern sie nichts. Sie bleibt gültig und ist jeweils vorausgesetzt.

Schon als Kinder haben wir gern jemanden gebeten, ein Möbelstück, ein Musikinstrument und eine Farbe zu nennen. Die Antwort war mit statistisch signifikanter Häufigkeit Tisch, Geige und rot. Das sind die jeweiligen Prototypen, die wir zuerst im Kopf haben, die aber wie die Stereotype nicht das Geringste an der Bedeutung von Möbelstück und so weiter ändern. Assoziationstests sind unbrauchbar, wenn es um die Frage geht, welches die Grundbedeutung von Lehrer, Spion oder Soldat ist. Das gilt sogar dann, wenn fast alle Spione und Soldaten Männer sind. Schon ein einfacher Satz wie „Unter den Grundschullehrern gibt es zu wenig Männer“ zeigt das. Der ungerechtfertigte Kampf gegen einen produktiven Mechanismus zur Bildung von Substantiven (wie die auf *er*) kann nicht gewonnen werden. Er kann jedoch erheblichen Schaden anrichten.

In der genannten Dudenbroschüre (Seite 114) findet sich ein bemerkenswertes Zitat aus einem Text von Antje Baumann, die im Sprachbüro des Bundesjustizministeriums tätig ist: „Denn die spezielle Textsorte ‚Gesetz‘ hat Merkmale, die mit dem geschlechtergerechten Formulieren kollidieren: Abstraktion von allen Merkmalen einer Person, die für das zu regelnde Rechtsverhältnis irrelevant sind (wie z. B. vom natürlichen Geschlecht eines Schuldners, Täters etc.).“ Genau. Warum sollen wir bei Rechtstexten, bei wissenschaftlichen und anderen Textsorten dauernd das natürliche Geschlecht vor uns hertragen? Das kann gut, notwendig und richtig sein, darf aber niemals zum Zwang werden.

Eine weitere Attacke auf die Maskulina wird in einer Reportage der Wochenzeitung „Die Zeit“ (30. Mai) geritten. Sie zitiert den Berliner Anglisten Anatol Stefanowitsch mit der Äußerung, es gebe auf der Höhe des aktuellen Forschungsstandes keine einzige linguistisch fundierte Verteidigung des generischen Maskulinums. Im „Tagesspiegel“ (6. Juni) erklärt der Kollege, was er damit meint: Wieder sind es Assoziationstests des Typs *Nennen Sie Ihren Lieblingsmusiker*. Wir brauchen ihn nach den Ausführungen zur Duden-Broschüre nicht weiter zu kommentieren.

Eine linguistisch fundierte Verteidigung der in der „Zeit“ geäußerten diffamierenden Äußerung des Kollegen ist das nicht. Und immerhin sollte man zur Kenntnis nehmen, dass die Seite der Zeitung, auf der Stefanowitschs Text steht, voll von generischen Maskulina ist. Da ist die Rede vom Fortschrittsbringer, vom Kämpfer, vom Syrer, vom Vertreter des syrischen Volkes, von den Kurden, den Sunniten und so weiter und so fort. Was sollten wir bloß ohne das generische Maskulinum anfangen?

Auch die „Süddeutsche“ beteiligt sich an der Jagd auf die unschuldige grammatische Kategorie generisches Maskulinum. Prominente Autoren sind der neue Direktor des Instituts für Deutsche Sprache Mannheim, Henning Lobin, und die Mainzer Sprachwissenschaftlerin Damaris Nübling. Unter dem Titel „Genus, Sexus, Nexus“ („SZ“ vom 7. Juni) stellen sie fest, die Idee des generischen Maskulinums sei falsch. Grundlegend für ihre Behauptung ist, „dass Personenbezeichnungen wie Terrorist, Spion, Physiker, Lehrer, Erzieher, Florist oder Kosmetiker ein sogenanntes soziales Geschlecht aufweisen, das unterschiedlich stark ausgeprägt sein kann. Es leitet sich aus dem realen Geschlechteranteil ab und aus Stereotypen, die man der jeweiligen Personengruppe zuschreibt.“

Erneut wird dann von einem Assoziationstest erzählt, der deutlich macht, dass beim Wort Spion das soziale Geschlecht „männlich“ ausgeprägt ist. Und wieder zeigen einfache Sätze wie „Der BND stellt heute vermehrt Frauen als Spione ein“ ein Maskulinum, dessen Grundbedeutung generisch ist. Man kann das für alle von Lobin/Nübling genannten Wörter ebenso zeigen. Und wie eben ist der Artikel auf der Zeitungsseite und auf ihrer Rückseite von generischen Maskulina umgeben: Manager, Philharmoniker, Ex-Knackis, Flüchtlinge, Betreuer, junge Polen, Amerikaner und so weiter und so fort.

Wir sollten unsere Sensibilität für offene und besonders für versteckte sprachliche Diskriminierung von Frauen weiter schärfen. Genauso rücksichtsvoll haben wir mit Geschlechteridentitäten umzugehen, die nicht ins binäre Schema passen.

Das Deutsche ist in dieser Hinsicht sehr ausdrucksstark. Ein geschlechtergerechtes Durchregeln, das Eingriffe in die Sprache einschließt und uns ein permanent schlechtes Sprachgewissen macht, lehnen wir ab. Wo die Normalsprecherin und der Normalsprecher nicht mehr reden und schreiben können, wie ihnen Hand, Kopf und Schnabel gewachsen sind, vergehen wir uns an ihnen und an der Sprache.

Wenn wir dafür sorgen, dass es in Zukunft mehr Dirigentinnen, Richterinnen, Pfarrerinnen und Filmemacherinnen gibt als jetzt, tun wir etwas für die Gleichstellung aller in der Gesellschaft. Das soziale Geschlecht vieler Personengruppen wird sich dann verändern, und falsch bewertete Assoziationstests werden überflüssig. Über einen Krieg gegen das generische Maskulinum erreichen wir das mit Sicherheit nicht.

Aus: Peter Eisenberg: Finger weg vom generischen Maskulinum!, Tagesspiegel vom 08. 08. 2018, https://www.tagesspiegel.de/wissen/debatte-um-den-gender-stern-finger-weg-vom-generischen-maskulinum/22881808.html
Originalaufgabe des Hamburger Abiturs auf erhöhtem Anforderungsniveau aus dem Jahr 2020.

Anmerkungen

1 *inter, trans, queer:*
inter: Kurzform für: intergeschlechtliche Menschen, d. h. Personen, die mit körperlichen Merkmalen geboren werden, die medizinisch als „geschlechtlich uneindeutig" gelten.
trans: Kurzform für: transgeschlechtliche Menschen, d. h. Personen, die nicht in dem Geschlecht leben können oder wollen, welchem sie bei ihrer Geburt zugeordnet wurden.
queer: Kurzform für: queer lebende Menschen, d. h. Personen, deren Geschlecht oder Sexualität sich nicht mit den gängigen Kategorien der Zwei-Geschlechter-Ordnung erfassen lässt.

2 *binär:* aus zwei Einheiten bestehend.

TIPP **Bearbeitungshinweise**

Voraussetzungen

Diese **Erörterung eines pragmatischen Textes** lässt sich dem Wahlpflichtmodul 7 „Sprache – Denken – Wirklichkeit" aus Rahmenthema 2 „Sprache und Sprachgebrauch reflektieren" zuordnen. Teilaufgabe 1 zielt auf eine Zusammenfassung von Inhalt und Stoßrichtung des Artikels ab und geht mit 40 % in die Bewertung ein, wohingegen der größere Anteil (60 %) auf der anspruchsvolleren Teilaufgabe 2, der Erörterung, liegt.

Erläuterung der Aufgabenstellung

Bei **TEILAUFGABE 1** sollen Sie den **Argumentationsgang** des gegebenen Textes darstellen. Es kommt also nicht nur darauf an, die zentralen Aussagen des Textes wiederzugeben, sondern vor allem darauf, wie der Autor seine in der Überschrift formulierte Position argumentativ entwickelt. Hierzu müssen Sie zunächst die **inhaltlichen Zusammenhänge durchdringen**. Halten Sie neben jedem Absatz in Stichpunkten fest, worum es in der jeweiligen Passage im Kern geht. Im nächsten Schritt bilden Sie **übergeordnete Sinnabschnitte**, die dem **Gedankengang des Autors** entsprechen. Dabei helfen Ihnen folgende Fragen:

- Welcher **Ausgangspunkt** liegt den Ausführungen zugrunde?
- Was ist die **zentrale These** des Autors?
- Wie **begründet** er diese?
- Welche **Beispiele** werden im Text genannt und was soll damit veranschaulicht werden?
- Zu welcher **Schlussfolgerung** kommt der Autor?

Die Länge eines Sinnabschnitts ist von den Schwerpunktsetzungen abhängig. So stellt der Autor die Gründe, die andere gegen seine Position anführen, eher überblicksartig zusammen, während er durch eine umfassende Sammlung von Kritikpunkten die Argumente seiner Gegner entkräften möchte. Ihre Darstellung gewinnt an Kontur, wenn Sie auf die **zentralen Argumente** des Autors mit der gebotenen **Ausführlichkeit** eingehen und längere Passagen, die vor allem der Veranschaulichung dienen, stärker raffen.

Im Rahmen der ersten Teilaufgabe sollen Sie auch genauer auf die **Intention des Textes** eingehen. Da Sie den Text bereits in übergeordnete Sinnabschnitte eingeteilt haben, wird es Ihnen nicht schwerfallen, die zentralen **Absichten des Autors** zu benennen. Durch passende Zitate aus dem Ausgangstext können Sie diese erläutern. Im vorliegenden Fall bietet es sich an, auch auf die **Überschrift** des Kommentars einzugehen, da hier nicht nur die inhaltliche Position des Autors deutlich zum Ausdruck kommt, sondern auch seine Haltung in der Diskussion zur gendergerechten Sprache.

Der Schwerpunkt der Aufgabenstellung liegt auf **TEILAUFGABE 2** (60 % der Bewertung). Es soll **erörtert** werden, ob **Sprachregulierung in Bezug auf Gendergerechtigkeit berechtigt** ist. Dieser Arbeitsauftrag zielt auf eine **dialektische Betrachtung** des Themas ab. Das heißt, Sie **müssen sowohl Argumente für als auch gegen entsprechende Eingriffe in die Sprache** finden. Da Sie in Ihrer Erörterung vom Text ausgehen sollen (vgl. Aufgabenstellung), sollten Sie bei der Vorarbeit prüfen, an welchen Stellen Sie Eisenberg zustimmen können und an welchen Sie eine andere Position haben. Ihre Suche nach Argumenten beginnen Sie also am besten beim Text, der Ihnen Anhaltspunkte sowohl für die Kontra- als auch für die Pro-Seite liefert – sie sollte aber auch darüber hinausgehen. Denn laut Aufgabenstellung sollen Sie **aus dem Unterricht erworbene Kenntnisse** über **Sprachverwendung in gesellschaftlichen Zusammenhängen** und über das **Verhältnis von Sprache, Denken und Wirklichkeit** in Ihre Ausführungen einfließen lassen. Vergegenwärtigen Sie sich daher, was Sie im Unterricht darüber gelernt haben, und versuchen Sie, es auf die zu erörternde Thematik zu beziehen. Überlegen Sie beispielsweise, inwieweit **Sprache das Denken der Menschen beeinflussen** kann und ob dies für die **Geschlechtergerechtigkeit relevant** sein könnte.

Bevor Sie mit dem Schreiben beginnen, sollten Sie **mithilfe eines Schreibplans** Ihre Erörterung so vorstrukturieren, dass ein Gliederungsprinzip erkennbar ist. Bei der vorliegenden Lösung sind die **Argumente alternierend angeordnet**, da jedem Kontra-Argument ein entsprechendes Pro-Argument gegenübergestellt wird. Es ist jedoch auch **eine blockweise Anordnung denkbar**. Wichtig ist, dass Sie am Ende beide Seiten gegeneinander abwägen und Ihren **eigenen Standpunkt** herausstellen.

Lösungsvorschlag

TEILAUFGABE 1

Einleitung
Angaben zur Textvorlage
Position des Verfassers

In seinem Kommentar *Finger weg vom generischen Maskulinum!*, der am 8. August 2018 im Tagesspiegel erschienen ist, spricht sich Peter Eisenberg **für die Verwendung des generischen Maskulinums** aus und **warnt vor zu starken Eingriffen** in die deutsche Sprache.

Im ersten Sinnabschnitt (vgl. Z. 1–19) konstatiert Eisenberg zunächst, dass der jahrzehntelange Streit um geschlechtergerechtes Formulieren noch nie so hitzig geführt wurde wie im Sommer 2018, und **stellt die Kernfrage** in dieser Diskussion heraus. Es gehe im Grunde darum, **welche Bedeutung Personenbezeichnungen** zugrunde liegt, die **in grammatischer Hinsicht männlich** sind. Sind damit in erster Linie Männer gemeint oder sind diese Bezeichnungen geschlechtsneutral? Bevor der Sprachwissenschaftler seine Argumentation entfaltet, um sich für die zuletzt genannte Sichtweise auszusprechen, möchte er sich von dem Verdacht befreien, dass er sich gegen Geschlechtergerechtigkeit in der Sprache wende. Daher betont er, es gehe ihm in erster Linie darum, das Deutsche **vor gewaltsamen Eingriffen zu schützen**, die gar nicht dem Ziel einer geschlechtergerechten Sprache dienlich sind.

Hauptteil

Argumentation des Textes

Sinnabschnitt 1: aktueller Anlass als Ausgangspunkt und Formulierung der Kernfrage

Am Beispiel von Empfehlungen in einer Duden-Broschüre zeigt Eisenberg im zweiten Sinnabschnitt (vgl. Z. 20–28) den **Standpunkt seiner Gegner** auf. Diese würden gegen die Verwendung des generischen Maskulinums folgende Argumente ins Feld führen: Es sei nicht tief im Sprachsystem verwurzelt, sondern nur eine **veränderbare Sprachgewohnheit** und es lasse **Frauen in der Sprache verschwinden**. Als Beleg würden die Duden-Autorinnen anführen, dass man mit Begriffen wie „Schauspieler", die in Bezug auf das Genus männlich sind, automatisch Männer assoziiere.

Sinnabschnitt 2: Darstellung der Gegenposition

Bei seiner **nachfolgenden Replik** (vgl. Z. 29–57) konzentriert sich Eisenberg auf den zuletzt genannten Punkt. Er räumt zwar ein, dass es stereotype Vorstellungen bei bestimmten Begriffen mit männlichem Genus gebe. Er meint aber, deswegen ändere sich nichts an der **Grundbedeutung** dieser Begriffe. Als Beispiel führt er das Wort „Lehrer" an. Sprachwissenschaftlich betrachtet sei das eine Person, die lehrt. Auch andere Begriffe, die auf das **Suffix -er** enden, können Eisenberg zufolge je nach Kontext eine **große Bandbreite an Bedeutungen** einnehmen. Durch diese **Analogie bekräftigt** der Autor sein zuvor genanntes Argument, Wörter wie „Lehrer" seien in ihrer Grundbedeutung offen, also **geschlechtsneutral**. Mit einer weiteren **Analogie** versucht der Autor die **Unbrauchbarkeit von Assoziationstests** zu unterstreichen: Frage man nach einem Exemplar einer Kategorie (z. B.: „Nenne mir eine Farbe."), werde meist der Prototyp (hier: „Rot.") genannt. Wie bei Stereotypen ändert sich dadurch aber laut Eisenberg nichts an der **Grundbedeutung** des Wortes, mit dem die Kategorie bezeichnet wird (hier: Farbe).

Sinnabschnitt 3: Argumentation gegen die Position seiner Gegner

Grundbedeutung vs. abgeleitete Bedeutung

Im vierten Sinnabschnitt (vgl. Z. 58–97) nennt Eisenberg mehrere **Beispiele für Widersprüche und Unzulänglichkeiten**, die in diversen Wortmeldungen der Gender-Befürworter seiner Ansicht nach zutage treten. Die gegnerische Seite müsse einräumen, dass der Gebrauch des generischen Maskulinums bei manchen Textsorten unverzichtbar sei. Sie würden reflexartig das Assoziationsargument wiederholen, über die inkonsequente Handhabung des Genderns in den Zeitungen hinwegsehen und zu Unrecht an der These festhalten, es gebe einen engen Zusammenhang zwischen Genus und Sexus. Durch diese Auflistung von Kritikpunkten möchte der Autor die **Glaubwürdigkeit der Gegenseite infrage stellen**.

Sinnabschnitt 4: Beispiele für Positionierungen gegen das generische Maskulinum – mit Gegenargumentation

Am Ende des Kommentars (vgl. Z. 98–110) erhebt Eisenberg auf Basis seiner Argumentation mehrere **Forderungen**. Er spricht sich dafür aus, weiterhin **sensibel mit Fragen der Geschlechtergerechtigkeit** umzugehen, lehnt aber sprachliche Reglementierungen im Zuge des Genderns ab. Statt Gleichheit zwischen den Geschlechtern sprachlich zu erzwingen, solle man lieber **Frauen in Berufe bringen**, die bislang **eher Männern vorbehalten** waren.

Sinnabschnitt 5: Schlussfolgerungen

Die **Intention des Textes** wird durch die pointiert formulierte **Überschrift** deutlich zum Ausdruck gebracht. Wie Eltern ihre Kinder mahnen („Finger weg vom Kuchen!"), ruft Eisenberg seinen Kolleginnen und Kollegen in der Sprachwissenschaft zu: „Finger weg vom generischen Maskulinum!" Dadurch erscheint das generische Maskulinum als etwas Schützenswertes, das vor den (vermeintlich) impulsiven und ungeduldigen Zugriffen der Gender-Befürworter gerettet werden müsse. Argumentativ verfolgt Eisenberg das Ziel, das generische Maskulinum gerade als **kraftvolles Mittel gegen Diskriminierung zu verteidigen**, indem er mithilfe sprachwissenschaftlicher Erwägungen dessen Geschlechtsneutralität herausstellt. Unter anderem weil er sein Plädoyer gegen entsprechende **Sprachreglementierungen** in einer Zeitung veröffentlicht, darf man davon ausgehen, dass es ihm nicht einfach nur um eine **fachwissenschaftliche Einschätzung** geht, sondern dass er in der **gegenwärtigen** (vgl. Z. 2 f.) **öffentlichen Diskussion** auf die Meinung der Bürgerinnen und Bürger **Einfluss nehmen will**. Entsprechend versucht er die Leserinnen und Leser auch **emotional anzusprechen**, indem er suggeriert, das Gendern führe zu einer Einschränkung der Sprecher und Sprecherinnen, die sich dann nicht mehr äußern könnten, wie sie es möchten (vgl. Z. 103 ff.).

Intention des Textes

TEILAUFGABE 2

Überleitung
Varianten des gendergerechten Formulierens

Mit der Anerkennung nichtbinärer Geschlechtsidentitäten durch den Bundesgerichtshof stellt sich die Frage nach der Geschlechtergerechtigkeit auf eine neue Weise. Es geht nicht mehr allein um die Gleichheit von Männern und Frauen, der sprachlich beispielsweise durch **Doppelformen** (wie z. B. Bürgerinnen und Bürger) Ausdruck verliehen wird, sondern auch um die Anerkennung von Personen, die sich weder eindeutig dem männlichen noch dem weiblichen Geschlecht zurechnen. Deshalb wird nach Möglichkeiten gesucht, auch Menschen, die sich weder mit dem männlichen noch dem weiblichen Geschlecht identifizieren können, in der Sprache zu repräsentieren. **Gendergap und Gendersternchen** haben sich als eine zusätzliche Form des gendergerechten Formulierens etabliert. Inzwischen gibt es daher eine **Vielzahl an Möglichkeiten des sogenannten Genderns**. Unumstritten ist der Zweck, der hinter solchen Innovationen steht: Es geht um die Förderung der Gleichheit zwischen den Geschlechtern. Aber bei den Mitteln herrscht Uneinigkeit, da kontrovers diskutiert wird, ob man überhaupt derart in die Sprache eingreifen darf. Daher stellt sich die Frage: **Ist Sprachregulierung berechtigt, um Gendergerechtigkeit herzustellen?**

Erörterung
Kontra-Argument:
Verlust von Ungezwungenheit in der Sprache

Der Sprachwissenschaftler Peter Eisenberg verneint dies unter anderem deshalb, weil sprachliche Vorgaben, die zur Realisierung von Gendergerechtigkeit beitragen sollen, seiner Meinung nach **dem natürlichen Sprachgebrauch zuwiderlaufen**. Tatsächlich ist es so, dass wir **im Alltag**, also beispielsweise bei Unternehmungen mit Freunden, beim Einkaufen oder bei Gesprächen mit der Familie, **auf komplizierte sprachliche Formen und umständliche Formulierungen verzichten**. Wenn aber in anderen Kontexten, etwa beim Lesen von Zeitschriften oder im Unterricht, Formen der gendergerechten Sprache begegnen, könnte das die Erwartung wecken, sich diesem **Sprachgebrauch anpassen** zu müssen. Wer dem Trend – vielleicht aus Bequemlichkeit beim Sprechen – nicht folgt, läuft Gefahr, „**ein permanent schlechtes Sprachgewissen**“ (Z. 102 f.) zu haben, da er das Gefühl hat, sich nicht ausreichend an der Verwirklichung von Geschlechtergerechtigkeit zu beteiligen. Eisenberg richtet sich daher mit einer warnenden Botschaft an Gender-Befürworter. Er meint: „Wo die Normalsprecherin und der Normalsprecher nicht mehr reden und schreiben können, wie ihnen Hand, Kopf und Schnabel gewachsen sind, vergehen wir uns an ihnen und an der Sprache.“ (Z. 103 ff.)

Es darf jedoch nicht übersehen werden, dass eine Gesellschaft flexibel auf Veränderungen reagieren kann. Das ist auch durch die **Wandelbarkeit der Sprache** möglich. Die Mitglieder einer Sprachgemeinschaft können durch ihre Äußerungen deutlich machen, dass sie **gesellschaftliche Lernprozesse** verinnerlicht haben. Aus der Geschichte heraus sind sich viele Deutsche der Tatsache bewusst, dass es ein hohes Gut ist, in einer Demokratie zu leben, die auf **Werten wie Gleichheit und Freiheit** basiert. Ein großer Teil der Sprecher vermeidet es daher, Wörter in den Mund zu nehmen, die diesen Werten widersprechen. Begriffe wie „Fräulein", „Zigeuner" oder „Neger" sind im Zuge einer wachsenden Sensibilität für „**political correctness**" aus dem Wortschatz der meisten Menschen so gut wie verschwunden. Diese Entwicklung ist auf einen Bewusstseinswandel zurückzuführen, der auch durch bestimmte Maßnahmen, wie das **Streichen problematischer Begriffe aus Kinderbüchern**, vorangetrieben wird. Es scheint daher legitim zu sein, durch Sprachregulierungen auch im Bereich der Gendergerechtigkeit einen Wandel hin zu einer rücksichtsvollen und gerechten Gesellschaft zu beschleunigen.

Pro-Argument: Ausdruck für gesellschaftlichen Fortschritt

Anhänger und Anhängerinnen der Position Eisenbergs werden entgegnen, solche Maßnahmen seien gar nicht notwendig, um dieses Ziel zu erreichen. Ihrer Argumentation zufolge eröffnet das **generische Maskulinum** die Chance, dass sich nicht nur **Männer**, sondern auch **Frauen** und **nicht-binäre Personen** mit Bezeichnungen identifizieren können, die ein männliches Genus aufweisen. Eisenberg verdeutlicht das an einem Beispiel. Er erklärt: „Ein Wort wie Lehrer hat genau zwei Bausteine, nämlich den Verbstamm lehr und das Substantivierungssuffix er, das zu Bezeichnungen von Personen führt, die das tun, was der Verbstamm besagt." (Z. 35 ff.) Da also Begriffe wie „Lehrer", „Mediziner", „Sportler" **nichts über das natürliche Geschlecht** der so bezeichneten Person aussagen würden, entsprächen sie gerade der gendergerechten Sprache. Folgt man diesem Gedanken, so wären die Formen, die bislang im Zuge des Genderns vorgeschlagen wurden, wie beispielsweise das **Binnen-I, das Gendersternchen oder Schrägstrichvarianten, überflüssig**. Das generische Maskulinum erscheint dann als „elegante und leistungsstarke Möglichkeit zur Vermeidung von Diskriminierung" (Z. 18 f.).

Kontra-Argument: Neutralität des generischen Maskulinums

Weshalb betreibt man also den sprachlichen Aufwand, um mit verschiedenen Mitteln Gendergerechtigkeit in der Sprache herzustellen? Kurz gesagt: Weil ein **großer Teil der Sprechenden nicht so denkt wie der Sprachwissenschaftler**. Der Begriff „Sportler" mag zwar aus linguistischem Blickwinkel tatsächlich eine auf kein Geschlechter bezogene Grundbedeutung haben, aber er hat eben auch eine andere Bedeutung, da er auch nur den Mann, der Sport treibt,

Pro-Argument: Durchbrechen männlicher Stereotype

bezeichnen kann. Diese Ununterscheidbarkeit kann dazu führen, dass der Adressat bzw. die Adressatin einer Aussage **hinter dem sozusagen generisch gemeinten Maskulinum das biologische Maskulinum** wahrnimmt. Daher ist im Sprachgebrauch das generische Maskulinum nicht „leistungsstar[k]“, wie Eisenberg meint, sondern eher anfällig für Missverständnisse. Und deshalb sind auch die Assoziationstests durchaus nützlich: Denn sie legen die Bedeutungsräume hinter den Begriffen offen. Diese Bedeutungen sind dabei sicherlich auch von **stereotypen Zuschreibungen** bestimmt, aufgrund derer Genus und Sexus im allgemeinen Sprachgebrauch nicht so einfach zu trennen sind. Besonders stark sind diese Stereotype bei Bezeichnungen ausgeprägt, die sich auf Tätigkeiten oder Berufe beziehen, die vor allem von Männern ausgeübt werden. Man denke etwa an die Begriffe „Fußballer“ oder „Lkw-Fahrer“. Erst wenn von „Fußballerinnen“ und „Lkw-Fahrerinnen“ die Rede ist, wird dem Gedanken Ausdruck verliehen, dass **auch Frauen in „männlichen Domänen“ tätig** sein können. Die Frauen, die diese Bereiche bereits mitgestalten, werden überhaupt nicht wahrgenommen, wenn nur immer die männlichen Personenbezeichnungen genannt werden. Es besteht also die Gefahr, dass **Frauen in der Sprache unterrepräsentiert** sind. Wer das ändern will, wird gegen eine Regulierung der Sprache eher nichts einzuwenden haben.

Kontra-Argument: Alternativen auf dem Weg zur Gendergerechtigkeit

Zu fragen ist allerdings, ob es nicht effizientere Wege gibt, Gleichheit zwischen den Geschlechtern herzustellen. Statt die Wirklichkeit mittelbar über die Sprache beeinflussen zu wollen, so die Gender-Gegner, solle man lieber **direkt die gegebenen Verhältnisse ändern**. Da Sprache Wirklichkeit abbildet, müsste sich nach deren Auffassung dann ein **sensibler Sprachgebrauch von allein** einstellen. In Bezug auf die Gender-Debatte heißt das: „Wenn wir dafür sorgen, dass es in Zukunft mehr Dirigentinnen, Richterinnen, Pfarrerinnen und Filmemacherinnen gibt als jetzt, tun wir etwas für die Gleichstellung aller in der Gesellschaft.“ (Z. 106 ff.) Denn dadurch könnten **fragwürdige Assoziationen vermieden** werden und in den Köpfen entstünde gar nicht erst die Vorstellung, eine bestimmte Tätigkeit oder ein bestimmter Beruf könne nur von Männern ausgeübt werden. Wer geht heute beispielsweise noch selbstverständlich davon aus, dass in den nächsten Jahren immer nur ein Mann Bundeskanzler wird? Von 2005 bis 2021 stand Angela Merkel an der Spitze wechselnder Regierungen. Das hat dazu geführt, dass sich Bürgerinnen und Bürger unter einem Kanzler nicht allein einen Mann, sondern eben **auch eine Frau, eine Kanzlerin**, vorstellen. Unsere Einstellungen, Haltungen und Erwartungen werden also stark von **Rollenbildern** geprägt. Auf politischem Wege muss daher die Gleichberechtigung vorangetrieben werden, dann werden sich die Rollenbilder ganz von allein anpassen. Eingriffe in die Sprache können Befürwortern des generischen Maskulinums angesichts des großen Einflusses, den die soziale Wirklichkeit auf unser Denken hat, als überflüssig erscheinen.

Pro-Argument: Veränderung des Denkens und Handelns durch Sprache

Die Wirkung, die Sprache im gesellschaftlichen Kontext entfalten kann, ist jedoch nicht zu unterschätzen. Man muss kein strikter Anhänger der Sapir-Whorf-Hypothese sein, nach der unser Sprachsystem das Denken determiniert, um davon auszugehen, dass **Sprache nicht einfach nur ein Abbild der Wirklichkeit ist**, sondern dass sie auch **unsere Vorstellungen von der Welt prägt**. In negativer Hinsicht zeigt sich das aktuell an den Folgen einer Sprache, die in manchen Bereichen, wie der Netzkommunikation, zunehmend verroht. Deutlich wird: Wo eine **Sprache des Hasses gepflegt** wird, kommt es mit größerer Wahrscheinlichkeit zu **Gewalttaten**. Umgekehrt kann Sprache aber auch ein **Instrument** sein, um den **gesellschaftlichen Zusammenhalt** zu stärken. Gendergerechtes Formulieren ist ein Zeichen dafür, dass man die **Gleichberechtigung von Frauen, Männern und nicht-binären Personen** anerkennt und auf diese hinwirkt. Politikerinnen und Politiker sind sich dessen in der Regel bewusst. Sie wissen, dass sie durch ihre **Worte das Denken und Handeln** derjenigen, an die sie sich wenden, **beeinflussen** können. Daher ist in politischen Äußerungen oft von Bürgerinnen und Bürgern, Soldatinnen und Soldaten oder von Polizistinnen und Polizisten die Rede. In manchen Parteiprogrammen findet sich auch das Gendersternchen. Ein solcher Sprachgebrauch **schärft das Bewusstsein** dafür, dass zu unserer Gesellschaft sowohl Männer und Frauen als auch nicht-binäre Personen gehören. Daneben wird auf diese Weise der **Anspruch** formuliert, dass sich die in der Sprache praktizierte **Gleichstellung auch in den realen Verhältnissen widerspiegeln** soll. Das Wissen um diesen Anspruch erhöht die Bereitschaft, Maßnahmen zur Förderung der Gleichheit zwischen den Geschlechtern einzuleiten. Eingriffe in die Sprache im Sinne der Gendergerechtigkeit erscheinen daher sinnvoll.

Schluss
Synthese: flexible Handhabung des Genderns je nach Kommunikationsform

Abschließend bleibt festzuhalten, dass es **sowohl gute Gründe für als auch gegen eine Sprachregulierung** in Bezug auf Gendergerechtigkeit gibt. In den Sprachgebrauch der Menschen einzugreifen, ist sicherlich **keine Kleinigkeit** und natürlich dürften **andere Maßnahmen** wie z. B. die Sicherstellung gleicher Bezahlung von Männern und Frauen die **Geschlechtergerechtigkeit in größerem Maße fördern**. Doch wegen der im Sprachgebrauch vorhandenen engen Verbindung von Genus und Sexus könnte die Regulierung der Sprache als ein weiteres Mittel eingesetzt werden, dem **Ideal der Gleichheit zwischen den Geschlechtern** Ausdruck zu verleihen und auf eine gerechtere Gesellschaft hinzuwirken. Da **Sprache je**

nach Kontext unterschiedlich verwendet wird, ist es dabei meines Erachtens nicht notwendig, „die vertretenen Positionen […] als kaum vereinbar" (Z. 3 f.) anzusehen. Gendergerechte Sprache eignet sich vor allem, um **in der beruflichen und öffentlichen Kommunikation** zu zeigen, dass man den Grundsatz der Gleichheit zwischen den Geschlechtern beherzigt. In **privaten Gesprächen** wird und soll aber weiterhin so geredet werden, wie einem der „Schnabel gewachsen" (Z. 104 f.) ist.

Niedersachsen Deutsch

Grundlegendes Anforderungsniveau ▪ Übungsaufgabe 8

ANALYSE EINES SACHTEXTES

Aufgabenstellung

1 Analysieren Sie den Artikel *Loriot und die Sache mit dem Asterisk* von Ralf Bönt. (60 %)

2 Setzen Sie sich ausgehend vom Text und vor dem Hintergrund Ihres im Unterricht erworbenen Wissens mit der Frage auseinander, welchen Beitrag Sprache zur Gleichberechtigung leisten kann. (40 %)

Material **Ralf Bönt: Loriot[1] und die Sache mit dem Asterisk[2] (2022)**

Die Sprachgerechtigkeit für beide Geschlechter stellt uns vor vertrackte Probleme. Ein Vorschlag zur Güte[3] beim Gendern.

Das Gendern ist ein ähnlich verfranztes Thema wie das Radfahren in der Stadt: Viele Interessen, Argumente und Emotionen um wenig Platz, kein Fortschritt, und bleiben wie es ist, kann es auch nicht. Doch niemand hört gerne, dass weder Fußgängerinnen und Fußgänger noch Autofahrer und Autofahrerinnen Platz machen wollen. So läse sich die korrekt gegenderte Aussage über das Radfahren als Problem nach der fristlosen Kündigung des generischen Maskulinums, der traditionell üblichen Verwendung des männlichen Sprachgeschlechts als Normalform. Denn Fußgänger sind dann nur Männer, Frauen sind nicht mehr mitgemeint. Der Satz wirkt aber auf den Hörer, als habe er eine Schwermetallvergiftung: Am Ende weiß er kaum noch, wie er angefangen hat. Geht es hier noch um urbanen Verkehr oder eigentlich um Frauen und Männer? Was hat das eine mit dem anderen zu tun?

Frauen sollten sichtbar sein, das ist die Forderung, mit der das Gendern begründet wird.

Paradoxerweise stimmt es aber gar nicht, dass Frauen im generischen Maskulinum unsichtbar sind. Denn unsichtbar sind im generischen Maskulinum die Männer. Es gibt ja für sie keine eigene grammatische Form. Wenn man bei den Touristen allein von den Männern sprechen möchte, kann man sagen: die männlichen Touristen. Will man gleichzeitig von den deutschen Touristen reden, wird es ungelenk mit den deutschen männlichen Touristen, bei den Frauen aber ist das sehr einfach, denn das sind die deutschen Touristinnen.

Den Vorteil, allein oder mit allen genannt werden zu können, verlieren die Frauen mit der Kündigung der generischen Form. Denn nun kann eine nicht mehr die Beste unter den Doktoranden sein, sondern nur noch die Beste unter den Doktorandinnen. Wird nun eine Physikerin oder Theologin als Professorin des Jahres ausgezeichnet, folgt ein Lächeln und bisweilen eine Ablehnung mit dem Hinweis, es gebe ja nur zwei oder drei. Beeilt man sich zu versichern, sie habe sich auch gegen Männer durchgesetzt, so sei das gemeint gewesen, sie sei die Beste unter Professorinnen und Professoren, dann verletzt man die neue Grammatik. Man müsste mindestens sagen, sie sei die Beste aus der Gruppe aller Professorinnen und Professoren. Dann ist aber wieder das passiert, was man schon kennt: Die Kaperung des Satzes durch ein anderes Thema [...].

Wenn jemand von den Eisläuferinnen und Eisläufern auf dem Wannsee spricht, denkt man nicht mehr an das Eislaufen, sondern an die Probleme zwischen Frauen und Männern. Dabei passiert aber noch etwas Schlimmeres: Die Eisläufer und Eisläuferinnen erinnern niemanden mehr an die Kindheit, in der das Eislaufen etwas so Berührendes war, das erste Gleiten auf der zerbrechlichen Fläche, denn die Kinder sind in dem Bild nicht mehr enthalten. Gendern ist ein bisschen wie Loriot im Wohnzimmer, der ein nur ganz leicht schief hängendes Bild gerade rücken will und Minuten später alles ramponiert hat.[4] Sollten wir das Gendern also lieber lassen?

Sehr gute Argumente dagegen gibt es ja auch: Vor allem finde die Abbildung des Sexus im Genus überhaupt nicht statt. Wer die Augen schließe und sich die Führungsperson vorstelle, der sehe einen Mann. [...]

Der Kampf gegen die Unsichtbarkeit von Frauen nahm zudem Schaden, als man inkonsequent genderte und davon sprach, dass Künstlerinnen und Künstler sowie Musikerinnen und Musiker unter den Nationalsozialisten gelitten hätten. Aber nicht unter Nationalsozialistinnen? Oder gab es keine? [...] Oder war der Satz ausgerechnet an dieser Stelle einfach zu lang gewesen? Die Lösung mochte in Kurzformen mit Binnen-I, Asterisk und Unterstrich liegen, doch es protestierten dagegen die Lehrenden im Fach Deutsch als Fremdsprache, Lesebehinderte und Programmierer. Mehr noch, der Rat für deutsche Rechtschreibung wandte sich gegen die Aufnahme von Sonderzeichen ins Deutsche. Dieser Rat ist ein zwischenstaatliches Gremium, das von den staatlichen Stellen damit betraut wurde, die Einheitlichkeit der Rechtschreibung im deutschen Sprachraum zu bewahren und die Rechtschreibung auf der Grundlage des orthografischen Regelwerks im unerlässlichen Umfang weiterzuentwickeln. Wäre dort eine Änderung als nötig erklärt worden, dann wären bald Gesetzestexte, Vertragswerke und Verfassungsartikel betroffen gewesen. Eine dysfunktionale Sprache können wir uns aber wirklich nicht leisten. Die nächste Gehaltserhöhung könnte plötzlich nur Männern zugutekommen, wenn Arbeitnehmerinnen nicht explizit genannt werden.

Ökonomie, das Verhältnis von Aufwand und Ertrag, ist in der Sprache also kein Luxus, sondern eine der ersten Pflichten. Und diese kann auch allein Veränderungen erzwingen. Zum Beispiel stirbt im Deutschen gerade das Personalpronomen. Bin gleich da – das schreibt sich mit zwei Daumen auf einem Display halt schneller als mit dem Pronomen. Der Informationsgehalt ist derselbe. Spannend zu beobachten, wie schnell sich die Hörgewohnheit ändert. Denn was zuerst etwas schnoddrig wirkte, ist schon Norm geworden, und jemand, der „ich bin gleich da“ schreibt, klingt plötzlich unjung. Eben erschien ein 500 Seiten starkes erzählerisches Sachbuch in diesem neuen Twitter-Ton, Philipp Kohlhöfer erklärt darin sehr unterhaltsam Pandemien. Geht also, will man sagen. Im Spanischen war es übrigens schon immer so, man kann an der Konjugation erkennen, wer spricht oder gemeint ist, und zweimal braucht man eine Information nicht. Frau Bundeskanzler genügt, wobei man auch Frau Bundeskanzlerin sagen kann, da wird niemand gekränkt und kein Sekt schal[5]. Eine Frage der Höflichkeit, oder sagen wir lieber: des Respekts.

Um genau den geht es. Aufs generische Maskulinum zurückgeworfen, muss man deshalb sagen: Ist auch vorbei. Man kann sich schlecht darauf berufen, dass es halt schon immer so war, damals zum Beispiel, als Frauen kein eigenes Konto eröffnen und nicht in die Bibliotheken durften. Die Hörgewohnheit hat sich durch gendernde Nachrichtensprecherinnen bereits verändert, sie folgten aber nur den sich ändernden Zeiten. Es ist heute ein Missklang, wenn jemand von den Politikern spricht und nicht auch von Politikerinnen, und es ist falsch, wenn bei der Datenerhebung über Impfstoffe nicht Probanden und Probandinnen genannt werden, denn die Impfung wirkt bei ihnen nicht gleich.[6] […]

Frauen und Männer sind nicht gleich. Das generische Femininum, wie Frau Baerbock es im Triell[7] verwendete, ist deshalb eher dasselbe in Grün als das Gelbe vom Ei und machte sehr müde. Aber wie wäre es denn zur Güte, wenn bis zum Auftauchen einer besseren Lösung die Männer bevorzugt das generische Femininum und die Frauen das Maskulinum verwendeten, um einander Respekt zu erweisen? Das wäre ökonomisch, charmant, inklusiv und holperte nicht. Wir könnten uns wichtigeren Dingen im selben Problemfeld zuwenden, die von der Fortpflanzung bis zur Wahlliste auch so viel mit innen zu tun haben. Und mit außen. Mit drinnen und draußen. Ohne Wohlwollen wird man da, genau wie auf dem Radweg, sowieso nicht auskommen.

Aus: Ralf Bönt: Loriot und die Sache mit dem Asterisk, DIE ZEIT 09/2022, https://www.zeit.de/2022/09/gendern-sprache-gleichstellung-sprachwandel

Anmerkungen

1 *Loriot:* bekannter deutscher Humorist (1923–2011)
2 *Asterisk:* Sternchen (*) als Zeichen
3 *Vorschlag zur Güte:* Kompromissvorschlag
4 berühmter Sketch, in dem Loriot versucht, ein Bild gerade zu rücken, was ordentlich misslingt
5 *schal:* abgestanden
6 Bönt forderte in einem Artikel die Berücksichtigung des Geschlechts in der Corona-Impfverordnung
7 *Triell:* Rededuell der drei für das Kanzleramt 2021 zur Wahl stehenden Personen

TIPP **Bearbeitungshinweise**

Voraussetzungen
Die Aufgabe bezieht sich auf das im Abitur 2024 prüfungsrelevante Wahlpflichtmodul 7, „Sprache – Denken – Wirklichkeit", das dem Rahmenthema 6, „Sprache und Sprachgebrauch reflektieren", zugeordnet ist. Es gibt zwei Teilaufgaben, in denen eine **Sachtextanalyse mit anschließender Auseinandersetzung** gefordert wird. Grundlage für die Stellungnahme sind neben dem Artikel von Ralf Bönt die im Wahlpflichtmodul 7 als verbindlich ausgewiesenen Beiträge von Whorf, Zimmer, Eisenberg sowie Diewald/Nübling. Die **erste Teilaufgabe** deckt die Anforderungsbereiche I, II und III ab. Sie geht zu **60 Prozent** in die Bewertung ein. Entsprechend wird die **zweite Teilaufgabe**, die überwiegend die Anforderungsbereiche II und III umfasst, mit **40 Prozent** gewichtet.

Erläuterung der Aufgabenstellung
TEILAUFGABE 1: Es gibt zwei Arten von Sachtexten, informierende und argumentierende. Der vorliegende Artikel ist ein **argumentativer Text** – es geht also darum, ausgehend von der Position des Autors, zu erschließen, wie er sein Publikum auf **inhaltlicher und sprachlicher Ebene zu überzeugen** versucht. Die **Einleitung** Ihrer Analyse umfasst die grundlegenden Angaben zur Quelle (Autor, Titel, Erscheinungsdatum, Publikationsorgan) sowie das Thema des Artikels und die These des Autors. Es folgt ein funktionaler **Inhaltsüberblick** mit einer **Gliederung** des Artikels in Sinnabschnitte. Um Wiederholungen zu vermeiden, bietet es sich an, die anschließende **Analyse des Argumentationsgangs mit der der Darstellungsweise zu verknüpfen**. Dabei soll der gedankliche Zusammenhang der Argumentation deutlich werden. Stellen Sie Thesen, Argumente, Beispiele und Schlussfolgerungen mit eigenen Worten oder unter Verwendung der indirekten Rede heraus. Schlüsselstellen können zitiert werden. Auf der **Ebene der Darstellungsweise** werden Begründungsverfahren (z. B. Fakten) und Manipulationstechniken (z. B. Übertreibung) bzw. Mittel zur Leserlenkung (z. B. rhetorische Fragen) aufgezeigt. Achten Sie darauf, sprachlich-stilistische Besonderheiten zutreffend zu beschreiben und in ihrer Funktion bzw. Wirkung zu erfassen.
Worauf es ankommt, ist eine nachvollziehbare Darstellung des **Funktionszusammenhangs von Inhalt, Darstellungsweise und Aussageintention sowie Textwirkung** unter Einbezug des entsprechenden Fachwortschatzes. Am Schluss sollten Sie eine pointierte Beurteilung der Argumentation vornehmen. Wie überzeugend der Artikel ist, lässt sich anhand bestimmter Kriterien wie differenzierter Sichtweise, fundierten Argumenten und dem Grad an Sachlichkeit begründen.

TEILAUFGABE 2: Der Text von Bönt ist, wie die Aufgabenstellung klar benennt, Ausgangspunkt für Ihre eigene Darstellung. Damit gemeint ist der **Einbezug relevanter Aspekte aus dem Artikel**; eine ausführliche Auseinandersetzung mit der Argumentation des Autors wie in einer textgebundenen Erörterung wird von Ihnen nicht erwartet. Dadurch gibt es deutlich mehr Raum für eine **Erweiterung des Themas** um Kenntnisse aus dem Unterricht und eigene Gedanken. Es geht nicht hauptsächlich um das Für und Wider des Genderns, vielmehr darum, **welchen Beitrag zur Gleichberechtigung Sprache allgemein leistet**. In diesem Zusammenhang ist es übrigens auch lohnenswert zu fragen, welcher Beitrag zur Ungleichheit ihr zuzuschreiben ist. Erwartet wird eine **Positionierung** zum Thema. Unter Beachtung des Operators „sich auseinandersetzen" müssen Sie eine Argumentation entwickeln, die zu einem begründeten und nachvollziehbaren Ergebnis bzw. Urteil führt. Dabei sollten Sie das argumentative und urteilende Abwägen mit mehreren aussagekräftigen Fakten oder Informationen und Beispielen stützen. Verfassen Sie eine **strukturierte und zusammenhängende Darstellung** und verwenden Sie entsprechenden Wortschatz (Fachbegriffe und Redemittel des argumentativen Schreibens). Der **Stil** sollte überwiegend **sachlich**, aber auch **wertend** sein. Subjektive oder beispielsweise ironische Zwischenbemerkungen sind möglich, sollten aber den Charakter des Textes insgesamt nicht prägen.

Lösungsvorschlag

TEILAUFGABE 1

Einleitung
Autor, Titel, Textsorte, Jahr, Thema

In dem von Ralf Bönt verfassten und im September 2022 in der Wochenzeitung „Die Zeit" veröffentlichten Artikel *Loriot und die Sache mit dem Asterisk* geht es um die Frage, inwiefern **durch die Praxis des Genderns der Forderung nach Gleichberechtigung** nachgekommen werden kann. Der Autor ist der Ansicht, dass das Festhalten am generischen Maskulinum genauso wie ein generisches Femininum und die Kurzformen beim Gendern keine adäquate Lösung darstellen. Für ihn geht es in erster Linie um Respekt, weshalb er den Vorschlag formuliert, dass Männer das generische Femininum und Frauen das generische Maskulinum benutzen sollten, bis es eine geeignete Alternative gebe.

Hauptteil
Inhalt und Struktur des Artikels

Der vorliegende Artikel lässt sich in **vier Sinnabschnitte** gliedern. Die Parallelen zwischen innerstädtischem Radfahren und Gendern dienen dem Autor als **Einstieg** in die Problematik (Z. 1–11). Er widmet sich anschließend dem **generischen Maskulinum** sowie den damit verbundenen sprachlichen Möglichkeiten und zeigt, welche Probleme durch die Abschaffung der generischen Form entstehen (Z. 12–39). Im dritten Sinnabschnitt (Z. 40–72) präsentiert er eine Reihe von **Argumenten gegen das Gendern** und weist dessen Unzulänglichkeiten aus, gefolgt von einem Absatz über die Bedeutung von Ökonomie in Sprache. Alldem stellt er schließlich ein einziges **Wertargument** gegenüber, das er im letzten Sinnabschnitt (Z. 73–90) ausführt, und zwar die Forderung nach Höflichkeit bzw.

Respekt. Mit Verweis auf die Tatsache, dass sich die Zeiten geändert haben, erteilt Bönt auch dem generischen Maskulinum eine Absage und **plädiert** abschließend für den bereits genannten **Kompromiss**.

textchronologische Detailanalyse

1. Abschnitt: sprachliche Gestaltung und deren Funktion

Nach Meinung des Autors besteht eine Analogie zwischen innerstädtischem Radfahren und der Praxis des Genderns. Es handle sich um kontroverse und emotionale Themen, die auf vergleichbare Weise „verfranz[t]“ (Z. 1) seien. Der **umgangssprachliche Ausdruck** benennt die Gefahr, sich bei der Suche nach notwendigen Lösungen zu verirren. Bönt verwendet Paarformeln (vgl. Z. 3 f.), um zu illustrieren, wie sich der Fokus aufgrund der gendergerechten Ausdrucksweise vom Verkehr auf die Geschlechterproblematik verschiebe. Mittels eines **wertenden Vergleichs**, der Satz wirke „als habe er eine Schwermetallvergiftung“ (Z. 8 f.), antizipiert er den negativen Effekt, der bei dem Versuch, beide Geschlechter auf diese Art zu berücksichtigen, entstehe. Die Fragen am Ende des Absatzes spiegeln die sich daraus ergebenden Irritationen wider. Mit den angeführten rhetorischen Mitteln **ironisiert** Bönt im Einstieg seines Artikels die Fixierung aufs Gendern als gesellschaftliches Allheilmittel.

2. Abschnitt: sprachliche Gestaltung und deren Funktion

Im zweiten Sinnabschnitt (Z. 12–39) **problematisiert** der Autor den Versuch, Frauen durch Gendern sprachlich sichtbar zu machen, und die damit verbundene Forderung, das generische Maskulinum abzuschaffen. Er stellt die **These** auf, dass „[p]aradoxerweise“ (Z. 14) nicht Frauen, sondern Männer im generischen Maskulinum unsichtbar seien. Dies **belegt** er anhand des Beispiels vom Touristen, der – im Gegensatz zu Touristinnen – nur dann explizit als männliche Person identifiziert werden könne, wenn man das entsprechende Adjektiv hinzufüge, was der Autor als „ungelenk“ (Z. 18) im Ausdruck bewertet. „Es gibt ja für sie [Männer] keine eigene grammatische Form“ (Z. 15 f.), heißt es. Die Verwendung der **Partikel** „ja“ verrät die Selbstverständlichkeit, mit der dies jahrelang einfach hingenommen wurde.

Das zweite **Beispiel** in dem Zusammenhang verdeutlicht die Schwierigkeit, eine Frau als Beste in einer aus Männern und Frauen bestehenden Gruppe auszuweisen, wenn man dabei auf die generische Form verzichte bzw. ihr kündige, wie der Autor auf **metaphorische** Weise formuliert (vgl. Z. 6, 22), um die Willkür der Maßnahme zu unterstreichen. Auch bei diesem Beispiel würde die Hervorhebung des Geschlechts die inhaltliche Ebene überlagern.

Weitere Nachteile des Genderns seien erkennbar, wenn man beispielsweise nicht von Eisläufern auf dem Wannsee spreche, sondern stattdessen die Paarformel nutze. Abgesehen von der Akzentuierung der Mann-Frau-Problematik würde „noch etwas Schlimmeres“ (Z. 34) passieren. Kinder verschwänden gänzlich aus dem dann jeder Nostalgie entbehrenden Bild, das der Autor auf besonders sentimentale Weise zeichnet: Er stellt Eislaufen als etwas „Berührendes“ (Z. 35 f.), als „das erste Gleiten auf der zerbrechlichen Fläche“ (Z. 36), dar und **dramatisiert** damit auf erzählerische Weise die Zerstörung von Kindheitserinnerungen durch Sprache. Das Beispiel verdeutlicht die weitreichenden, über die Repräsentation der Geschlechter hinausgehenden Konsequenzen des Genderns und zielt dabei auf **Emotionen** ab, was seine Wirksamkeit steigert.

Rückbezug zum Titel und Herausarbeiten der zentralen These

Bönt kommt zu dem Schluss, dass man beim Gendern nichts richtig machen könne, was er durch einen **Vergleich** illustriert, auf den bereits der **Titel** verweist: Dort wird Gendern vage oder salopp als „die Sache mit dem Asterisk“ bezeichnet und in Zusammenhang mit dem bekannten Humoristen Loriot gebracht, wodurch die Angelegenheit etwas **Komisches** erhält. Nach eingehender Schilderung der verfehlten Bemühungen um mehr Gerechtigkeit durch Gendersprache ist das Problem an dieser Stelle des Artikels bereits offensichtlich. Nun konkretisiert Bönt die Anspielung dadurch, dass er auf einen Sketch verweist, in dem Loriot versucht, ein Bild gerade zu rücken und dabei den ganzen Raum verwüstet (vgl. Z. 37 ff.). Der Vergleich veranschaulicht eingängig Bönts **These, dass Gendern mehr Schaden anrichte** als dazu beizutragen, Frauen zu mehr Sichtbarkeit zu verhelfen. Dadurch entsteht der **Eindruck**, der **Autor spreche sich** grundsätzlich gegen das Gendern und **für die Weiterverwendung des generischen Maskulinums aus**, zumal er als Antwort auf die auch an den Leser adressierte Frage, ob man Gendern besser lassen solle, weitere und – wie er findet – „[s]ehr gute Argumente“ nennt und erläutert (vgl. Z. 40–72).

3. Abschnitt: sprachliche Gestaltung und deren Funktion

Da wäre zunächst die Ansicht, dass es **keinen Zusammenhang zwischen Genus und Sexus** gebe, wie das Beispiel des Wortes „Führungsperson“ zeige, das als Femininum trotzdem eher mit männlichen Personen assoziiert werde (vgl. Z. 40 ff.). Die eigentliche Intention, Frauen sprachlich sichtbar zu machen, leide zudem unter **Inkonsequenz beim Gendern**, führt Bönt weiter aus (vgl. Z. 43–47). Als Beispiel dient das Wort „Nationalsozialist“, bei dem man auch in ansonsten gendergerecht formulierten Texten auf die Doppelnennung verzichte. Die rhetorischen Fragen, ob es keine Frauen unter Hitlers Gefolgsleuten gegeben hätte oder der Satz durch die Doppelform zu lang geworden wäre (vgl. Z. 46 ff.), dienen der **kritischen Kommentierung** und führen Bönt schließlich zu den Kurzformen der Gendersprache, gegen die sich aus ganz verschiedenen Reihen Widerstand geregt habe. Hätte der Rat für deutsche Rechtschreibung die vorgeschlagenen Schreibweisen akzeptiert, wären diese auch in die Amtssprache übernommen worden. Die dabei auftretende Dysfunktionalität „können wir uns aber wirklich nicht leisten“ (Z. 56f.), formuliert der Autor, die **erste Person Plural** gezielt einsetzend, um den **Leser einzubeziehen** und die Aussage zu **verstärken**. Eine solche Verkomplizierung widerspreche dem Kriterium der **Sprachökonomie**, die er sogar zur Pflicht erhebt (vgl. Z. 60). Am **Beispiel** der aus dem Deutschen verschwindenden Personalpronomen zeigt er, wie sich die ökonomische Ausdrucksweise durchsetzt (vgl. Z. 61–70). Die Variante ohne Personalpronomen schreibt sich „halt schneller“ (Z. 62), kommentiert Bönt unter Verwendung der Partikel „halt“, um die Offensichtlichkeit der Tatsache **umgangssprachlich** zu unterstreichen. Mit Interesse beobachtet er, wie sich der ursprünglich „schnoddrig“ (Z. 64) daherkommende Ton zum Standard erhebt, und bewertet die Entwicklung positiv, zumal Doppelungen vermieden würden. Dass es nicht immer nur ökonomisch zugehen muss, räumt Bönt aber anschließend ein, wenn er darauf verweist, dass die Formulierung „Frau Bundeskanzlerin“ (Z. 70) trotz der doppelten Hervorhebung des weiblichen Aspekts angemessen erscheine, da es sich um eine „Frage der Höflichkeit“ bzw. „des Respekts“ (Z. 71f.) handle.

4. Abschnitt: sprachliche Gestaltung und deren Funktion

Wendepunkt in der Argumentation

Durch den Einbezug des **Wertarguments** nimmt die **Argumentation** an dieser Stelle eine **unerwartete Wendung**. Die bisherigen Ausführungen legen nahe, dass es keine geeignete Alternative zum generischen Maskulinum gebe. Der Autor hat keine Mühe gescheut, das anhand von Eindrücken, Fakten und Beispielen plausibel zu belegen. Dem Gedanken, den Status quo aufrechtzuerhalten, widerspricht er allerdings im letzten Sinnabschnitt schicksalsergeben mit den Worten: „Ist auch vorbei.“ (Z. 74) Das **normative Argument der gängigen Praxis**, also die Tatsache, „dass es halt schon immer so war“ (Z. 74f.), kann schnell **für ungültig erklärt** werden – in Anbetracht des allgemeinen Wandels. Auch die Genderproblematik betreffend hätten sich die **Hörgewohnheiten** der Menschen grundlegend **gewandelt**, sodass an vielen Stellen die Nicht-Nennung von Frauen negativ auffalle, was Bönt an zwei **Beispielen** belegt, in denen die Paarformel als adäquater und zeitgemäßer hervorgehoben wird (vgl. Z. 78–81). An dieser Stelle **widerspricht er sich selbst** und entkräftet indirekt seine vorher genannten Argumente bezüglich der Umständlichkeit von Paarformeln, bei deren Verwendung sich zudem der Fokus ungewollt von den eigentlichen Inhalten auf die Geschlechterproblematik verschiebe.

Appell am Schluss

„Frauen und Männer sind nicht gleich“ (Z. 82), betont der Autor am Beginn des letzten Abschnitts, der als **Plädoyer** für eine entsprechende sprachliche Berücksichtigung dieser Tatsache verstanden werden kann. Mit einem **Wortspiel** verwirft er die Idee, man könne dem generischen Femininum nun den Vorrang geben (vgl. Z. 82 ff.). Sein als **Frage** formulierter Kompromissvorschlag besteht in der Verwendung des generischen Femininums durch Männer und des generischen Maskulinums durch Frauen. Für diese Alternative gebe es einige gute Gründe: Ökonomie, Charme, Inklusion, flüssiges Sprechen und mehr Raum für andere Themen zwischen Frauen und Männern (vgl. Z. 86 ff.). „Wir könnten uns wichtigeren Dingen im selben Problemfeld zuwenden" (Z. 87 f.), heißt es schließlich, den Leser durch Verwendung der ersten Person Plural einbeziehend und Zustimmung voraussetzend. Im **finalen Appell** wird das ausgedrückt, was man am meisten benötige, beim Radfahren wie beim Bemühen um gerechte Sprache, nämlich „Wohlwollen" (Z. 89 f.). Dieses Schlagwort unterstreicht erneut den Kompromisscharakter seiner Vorschläge. **Eingerahmt** durch das Anfangsbeispiel vom Radfahren endet der Artikel als geschlossene Einheit.

Zusammenfassung
Bewertung der rhetorischen Gestaltung und der Intention des Autors

Bönt argumentiert überwiegend **sachlich** unter Einbezug gängiger Fachbegriffe, die ggf. sorgfältig erläutert werden, wie im Fall von generischem Maskulinum (vgl. Z. 6 f.) und Rechtschreibrat (vgl. Z. 50 ff.). Er folgt einer **klaren Struktur** und erzielt Verständlichkeit durch die Vielzahl an **Beispielen**, die den Text **bildhaft und alltagsnah** wirken lassen. Fast schon **erzählerisch** illustriert Bönt die aufgegriffenen Aspekte, weshalb sich der Text einem **breiten Adressatenkreis** erschließt. Er wendet sprachliche Mittel wie die Paarformel oder den Verzicht auf Personalpronomen direkt an, um deren Effekt zu illustrieren. Die insgesamt standardsprachliche Ausrichtung seines Artikels variiert er auch durch umgangssprachliche Töne. Dazu tragen u. a. die Partikeln „ja" und „halt" bei, die zudem der **Leserlenkung** dienen, da sie Offensichtlichkeit betonen bzw. Bestätigung vorwegnehmen, genauso wie rhetorische Fragen oder die Verwendung des Personalpronomens „wir". An einigen Stellen wertet der Autor direkt, durch Formulierungen wie „ungelenk" (Z. 18) oder „[i]st auch vorbei" (Z. 74), allerdings ohne seine Sicht zu verabsolutieren, was auf sprachlicher Ebene beispielsweise in Wortspielen und sich auf inhaltlicher Ebene im Kompromisscharakter seines Vorschlags niederschlägt. Die dadurch erzielte **Leichtigkeit** sowie die ironisch-humorvollen Einwürfe (vgl. Z. 37 ff., 71, 83 f.) stehen im Kontrast zu der mehr als vertrackten und emotional aufgeladenen Genderdebatte, der sich der Autor auf **differenzierte Weise** widmet, indem er die **Argumente beider Seiten** berücksichtigt. Er zeigt, dass es gute Gründe gegen das Gendern und für das generische Maskulinum gibt. Dem stellt er Respekt als einziges Wertargument gegenüber. Dieser Anspruch gibt dem zweiten und deutlich kürzeren Teil sowie dem darin präsentierten Vorschlag das größere Gewicht. Im Vordergrund steht vermutlich weniger die

Absicht, die Leserschaft von seinem Kompromiss zu überzeugen. Vielmehr will er **zum Nachdenken anregen** darüber, worum es bei der Debatte ums Gendern eigentlich geht, und dazu aufrufen, den Kern der Sache bei allem Streit und allen Bemühungen nicht aus den Augen zu verlieren.

TEILAUFGABE 2

Anschaulich problematisiert Ralf Bönt in seinem Artikel den Versuch, durch das Gendern **Sichtbarkeit** – und damit verbunden auch **Gleichberechtigung** – für Frauen zu erzielen. Er hält das für den falschen Weg, lässt aber keinen Zweifel daran, dass auch Sprache sich ändern muss, um einer neuen gesellschaftlichen Realität gerecht zu werden. Längst habe sich das Bewusstsein für die Rolle von Frauen in der Gesellschaft so gewandelt, dass es – im Gegensatz zu früher – auffalle, wenn sie keine entsprechende Berücksichtigung erführen oder ihre Präsenz gar unterschlagen werde, führt er weiter aus. Im Grunde geht es um die **gleichwertige Repräsentanz aller** in einer durch Vielfalt geprägten und nach Gleichberechtigung strebenden Gesellschaft. Dabei stellt sich die Frage, welchen **Beitrag Sprache** leisten kann und welche Rolle ihr in diesem Zusammenhang zukommt. Dass es keine unbedeutende sein kann, zeigt allein die Heftigkeit der Debatte um das Gendern.

Überleitung
Bezugnahme auf Artikel und Herleitung des zu behandelnden Themas: Beitrag der Sprache zur Gleichberechtigung

Ein Grund dafür, dass Sprache ein wichtiger Ansatzpunkt ist, ergibt sich u. a. aus dem **Zusammenhang von Sprache und Denken**. Benjamin Lee Whorf hat ihn in seiner Hypothese konkretisiert, die ausführt, dass unser **Denken erheblich durch Sprache beeinflusst** und sogar geformt werde. Der Mensch organisiere die Wirklichkeit anhand der Kategorien, die ihm durch Sprache bzw. die zugrunde liegende Grammatik vorgegeben werden. Das Individuum sei entsprechend auf bestimmte Interpretationsweisen festgelegt, was bis hin zum sprachlichen Determinismus führe. Dieter Zimmer relativiert diese Idee zwar drastisch, negiert jedoch nicht einen Zusammenhang zwischen Denken und Sprache. Bedeutsam ist seine Feststellung, dass abstrakte im Gegensatz zu konkreten Begriffen je nach Kulturkreis äußerst verschieden sein können, was daran liege, dass diese durch zum Teil sehr unterschiedliche Entwicklungen geprägt worden seien. **Begriffe** sind **historisch gewachsen und entsprechend besetzt** mit bestimmten kulturspezifischen Vorstellungen oder Erwartungen. Das heißt, der Blick auf die Welt ist nicht unbefangen, anhand von Sprache wird immer auch ein tradiertes Weltbild vermittelt, hinzu kommen Macht- oder Herrschaftsverhältnisse, die

Auseinandersetzung
Rolle der Sprache für Weltwahrnehmung (Bezug zur Sapir-Whorf-Hypothese)

sich darin spiegeln und für deren Erhalt auch ihre sprachliche Reproduktion sorgt. **Gleichberechtigung** geht einher mit der **Überwindung diskriminierender Strukturen** wie beispielsweise der des Patriarchats und das erfordere auch sprachliche Veränderungen, z. B. die **Abschaffung des generischen Maskulinums**, das männliche Omnipräsenz und weibliche Unsichtbarkeit zementiere, meinen Vertreter der feministischen Linguistik wie der Genderbewegung.

Frage nach der Beziehung zwischen Sexus und Genus

Dass Sprache das Verhältnis der Geschlechter beeinflusst und eine Rolle beim Streben nach Gleichberechtigung spielt, zeigt auch der **Zusammenhang zwischen Sexus und Genus**. Peter Eisenberg und andere Kritiker werden nicht müde zu betonen, Genus und Sexus hätten nichts miteinander zu tun. Auch Bönt bezieht diesen Standpunkt, wenn er im ersten Teil seines Artikels die Funktion der rein grammatischen Kategorie beschreibt (vgl. Z. 14 ff.). Es erscheint nachvollziehbar, dass die geschlechtsspezifische Interpretation des an und für sich geschlechtsneutralen Maskulinums fachlich inkorrekt ist, obwohl u. a. Gabriele Diewald und Damaris Nübling überzeugend darlegen, dass es diffizile Zusammenhänge zwischen Sexus und Genus gibt. Sie beziehen dazu noch zwei weitere Ebenen, nämlich **Gender und Semantik**, in ihre Betrachtungen ein. Entsprechend ergibt sich für das Wort „Bundeskanzler" ein Spektrum an Informationen: ein Maskulinum ohne semantisches Geschlecht, das sowohl auf männliche als auch auf weibliche Personen angewendet werden kann. Die **genderstereotype Rollenvorstellung** ist allerdings von Männlichkeit geprägt, da das Wort historisch männlich besetzt ist. Daran ändert auch die sechzehnjährige Amtszeit von Angela Merkel wenig. Trotzdem hat genau die letztgenannte Tatsache einen entscheidenden Wandel herbeigeführt: Der Begriff der „Bundeskanzlerin" ist fast geläufiger geworden als sein männliches Äquivalent und jedes Mädchen heutzutage weiß, dass es auch Kanzlerin werden kann. Die gegenderte Form „die „Bundeskanzlerin" markiert also die **veränderte Realität**.

sprachlicher Wandel

Das führt schließlich zur spannenden **Wechselbeziehung zwischen gesellschaftlichem und sprachlichem Wandel**. Es gibt die Ansicht, Frauen seien mittlerweile völlig gleichberechtigt, sodass die explizite Nennung des weiblichen Geschlechts zur Hervorhebung des Mitgemeintseins überflüssig geworden und sogar als rückschrittlich oder gar diskriminierend zu betrachten sei. Dabei stellt sich die Frage, ob dieses Selbstverständnis tatsächlich vorausgesetzt werden kann oder ob es weiterhin, beispielsweise durch entsprechende Hervorhebung oder Sichtbarmachung, erarbeitet oder gar erkämpft werden muss. Für Letzteres spricht, dass es selbstverständlich auch Personen gibt, die sich **weder als männlich noch als weiblich empfinden**, von den meisten aber bei der Verwendung des generischen Maskulinums nicht mitgedacht werden. Hier könnten Sonderzeichen wie der Asterisk oder ein Unterstrich durchaus Abhilfe schaffen.

ethische Gründe für veränderten Sprachgebrauch

Sprache wandelt sich so oder so, sie **passt sich neuen Gegebenheiten und Erfordernissen an**. Nicht jedem gefällt das, wie die Klagen aus den Reihen derer zeigen, die Sprache bewahren, d. h. konservieren wollen und derartige Entwicklungen abtun oder sogar als Verfall deklarieren. Sie sollten aber berücksichtigen, dass Probleme unausweichlich sind, wenn die „fertigen Ausdrucksmittel", wie Zimmer sie nennt, nicht mehr dem entsprechen, was das aktuelle gesellschaftliche Miteinander erfordert: **Höflichkeit oder Respekt**, wie Bönt meint (vgl. Z. 69 f.), aber auch **Würde und Gerechtigkeit**. Das sprachliche Repertoire stammt schließlich auch aus Zeiten, in denen Begriffe benutzt wurden, um zu hierarchisieren, zu diskriminieren oder zu trivialisieren, wie beispielsweise durch die Bezeichnung „Fräulein", die 1952 offiziell abgeschafft wurde. Aus diesem Grund gilt es, Sprache immer wieder kritisch zu prüfen und adäquate Ausdrucksmöglichkeiten zu finden bzw. zu nutzen.

Fazit

Gesellschaftliche Gleichstellung korrespondiert mit sprachlicher Gleichstellung, denn auch Sprache schafft Wirklichkeit. Ob die Praxis des Genderns einen Beitrag dazu leisten kann, wird sich zeigen, indem es sich durchsetzt oder auch nicht – je nachdem, wie vielen Sprechern es zur Gewohnheit wird. Neue Möglichkeiten sind vorstellbar, wie Ralf Bönts Vorschlag zur Güte zeigt, aber um das Thema an sich kommt Sprache nicht unverändert herum.

INTERPRETATION LITERARISCHER TEXTE

Aufgabenstellung

1 Interpretieren Sie das Gedicht *Vorstadt im Föhn* von Georg Trakl! Beziehen Sie dabei Ihr literaturgeschichtliches Wissen mit ein! (60 %)

2 Vergleichen Sie die Gestaltung des Stadtmotivs in den Gedichten *Vor¬stadt im Föhn* von Georg Trakl und *Siehst du die Stadt?* von Hugo von Hofmannsthal! Berücksichtigen Sie dabei inhaltliche sowie sprachliche und formale Aspekte! (40 %)

Material 1 **Georg Trakl (1887–1914): Vorstadt[1] im Föhn[2] (Fassung von 1913)**

Am Abend liegt die Stätte öd und braun,
Die Luft von gräulichem Gestank durchzogen.
Das Donnern eines Zugs vom Brückenbogen –
Und Spatzen flattern über Busch und Zaun.

Geduckte Hütten, Pfade wirr verstreut,
In Gärten Durcheinander und Bewegung,
Bisweilen schwillt Geheul aus dumpfer Regung,
In einer Kinderschar fliegt rot ein Kleid.

Am Kehricht[3] pfeift verliebt ein Rattenchor.
In Körben tragen Frauen Eingeweide,
Ein ekelhafter Zug voll Schmutz und Räude[4],
Kommen sie aus der Dämmerung hervor.

Und ein Kanal speit plötzlich feistes Blut
Vom Schlachthaus in den stillen Fluß hinunter.
Die Föhne färben karge Stauden bunter
Und langsam kriecht die Röte durch die Flut.

Ein Flüstern, das in trübem Schlaf ertrinkt
Gebilde gaukeln auf aus Wassergräben,
Vielleicht Erinnerung an ein früheres Leben,
Die mit den warmen Winden steigt und sinkt.

Aus Wolken tauchen schimmernde Alleen,
Erfüllt von schönen Wägen, kühnen Reitern.
Dann sieht man auch ein Schiff auf Klippen scheitern
Und manchmal rosenfarbene Moscheen.

Aus: Trakl, Georg: Sämtliche Werke und Briefwechsel. Innsbrucker Ausgabe. Hg. von Eberhard Sauermann und Hermann Zwerschina, Bd. I. Frankfurt a. M./Basel, Stroemfeld / Roter Stern 2007, S. 573 (Erstdruck 1912; Fassung von 1913). Rechtschreibung und Zeichensetzung entsprechend der Textquelle.

Anmerkungen

1 *Vorstadt:* städtischer Bezirk außerhalb des Stadtzentrums
2 *Föhn:* warmer Fallwind, der die Wahrnehmung des Menschen verändern (z. B. in Form einer guten Fernsicht), aber auch Beeinträchtigungen bewirken kann (z. B. Kopfschmerzen, Gereiztheit)
3 *Kehricht:* Schmutz, Abfall, Unrat
4 *Räude:* durch Milben verursachter, stark juckender Hautausschlag

Material 2 Hugo von Hofmannsthal (1874–1929) Siehst du die Stadt? (entstanden 1890)

Siehst du die Stadt, wie sie da drüben ruht,
Sich flüsternd schmieget in das Kleid der Nacht?
Es gießt der Mond der Silberseide Flut
Auf sie herab in zauberischer Pracht.

Der laue Nachtwind weht ihr Athmen her
So geisterhaft, verlöschend leisen Klang:
Sie weint im Traum, sie athmet tief und schwer,
Sie lispelt, rätselvoll, verlockend, bang …

Die dunkle Stadt, sie schläft im Herzen mein
Mit Glanz und Glut, mit qualvoll bunter Pracht:
Doch schmeichelnd schwebt um dich ihr Wiederschein,
Gedämpft zum Flüstern, gleitend durch die Nacht.

Aus: Hofmannsthal, Hugo von: Sämtliche Werke. Kritische Ausgabe. Hg. von Rudolf Hirsch u. a. Band II. Frankfurt a. M., Fischer 1988, S. 27. Rechtschreibung und Zeichensetzung entsprechend der Textquelle.

Originalaufgabe des bayerischen Abiturs aus dem Jahr 2022

TIPP **Bearbeitungshinweise**

Voraussetzungen

Die Aufgabenstellung ist zweigeteilt. Teilaufgabe 1 verlangt die **Interpretation eines Gedichts**, Teilaufgabe 2 einen davon ausgehenden **Vergleich mit einem zweiten Gedicht, genauer mit der Gestaltung eines ausgewählten Motivs**. Beide Gedichte sind im Themenfeld „**Literarische Umbrüche um 1900**" zu verorten; daneben lässt sich die Aufgabe dem Rahmenthema 4 (Vielfalt lyrischen Sprechens) zuweisen. Der Schwerpunkt liegt auf Teilaufgabe 1, die mit 60 % gewichtet wird. Dementsprechend sollte Ihre Ausarbeitung zu Teilaufgabe 2 etwa 40 % des Gesamtumfangs ausmachen.

Bearbeitungshinweise

Der in **TEILAUFGABE 1** gesetzte Operator „interpretieren Sie" verlangt von Ihnen, dass Sie den **Inhalt** und den gedanklichen **Aufbau**, die **Form** des Gedichts, seine **rhythmisch-klangliche und sprachlich-stilistische Gestaltung** gründlich untersuchen. Aus dieser Textarbeit heraus entwickeln Sie dann schlüssige **Deutungsansätze** und interpretieren das Gedicht. Außerdem fordert die Aufgabenstellung noch ausdrücklich, dass Sie Ihr literaturgeschichtliches Wissen mit einbeziehen, dass Sie also auf die für den vorliegenden Text relevanten epochenspezifischen Merkmale eingehen und diese für die Interpretation fruchtbar machen.

Ausgehend von den Ergebnissen der Gedichtinterpretation sollen Sie dann bei **TEILAUFGABE 2** den Vergleich mit einem zweiten Gedicht vornehmen. Hierfür wird ein Fokus gesetzt. Das bedeutet, dass Sie das zweite Gedicht nicht vollständig analysieren müssen, sondern dass Sie im Hinblick auf einen bestimmten Aspekt, hier die Gestaltung des Stadtmotivs, die Gemeinsamkeiten und Unterschiede herausarbeiten. Die Aufgabenstellung fordert explizit, bei dem Vergleich neben inhaltlichen auch sprachliche und formale Aspekte zu berücksichtigen.

Lesen und arbeiten Sie die Texte gründlich durch, markieren Sie alle Auffälligkeiten und planen Sie Ihren Aufsatz, indem Sie einen **strukturierten Schreibplan** anlegen, um den roten Faden nicht zu verlieren und nichts zu vergessen. (Tatsächlich ist es von Vorteil, bei der Vorbereitung auch die Teilaufgabe 2 im Blick zu haben, um so gegebenenfalls Strukturen des Vergleichs vorzubereiten und Wiederholungen zu vermeiden.)

In der **Einleitung** bietet es sich an, auf das alltägliche Wetterphänomen des Föhns und dessen Auswirkungen auf das menschliche Befinden einzugehen, um so das Gedicht lebensweltlich zu verankern. Genauso denkbar wäre es, sich dem Gedicht im Rahmen seines literaturgeschichtlichen Kontextes zu nähern, etwa indem man kurz die aus dem Unterricht bekannte expressionistische Großstadtthematik anspricht. Auf jeden Fall müssen Sie in der Einleitung die Rahmeninformationen zum Text (Autor, Titel, Gattung, Erscheinungsjahr) nennen. Auch ist es sinnvoll, gleich hier in einer Art Basissatz einen groben Überblick darüber zu geben, worum es in dem Gedicht geht.

Im **Hauptteil** untersuchen Sie zunächst die **äußere Form** (also Strophengestaltung, Reim, Metrum und Kadenzen) sowie den **inhaltlich-gedanklichen Aufbau** des Gedichts und fassen den **Inhalt** zusammen. Zeigen Sie, inwiefern die formalen Aspekte (in diesem Fall beispielsweise die Kadenzen und die unreinen Reime) zur inhaltlichen Strukturierung beitragen. Bestimmen Sie die Sprechsituation: Gibt es ein lyrisches Ich oder ein angesprochenes Du?

Bei der Betrachtung der **sprachlich-stilistischen Gestaltung** empfiehlt es sich, nach den zuvor erarbeiteten Sinnabschnitten vorzugehen, da sich der Text ja in einzelnen Stufen entwickelt. Dabei ist es sinnvoll, bestimmte Erschließungs-kriterien festzulegen und die Sprache nach Leitaspekten zu untersuchen, da es auf diese Weise leichter fällt, fokussiert und zielgerichtet zu schreiben. Ihre **literaturgeschichtlichen Überlegungen** können Sie entweder gleich an den entsprechenden Stellen im Verlauf der Untersuchung oder aber, wie im vorliegenden Lösungsvorschlag, in einem gesonderten, den a)-Teil abschließenden Absatz anbringen. Lassen Sie sich, wenn es um literaturgeschichtliches Wissen geht, nicht ausschließlich von Autorennamen und Erscheinungsjahr leiten. Überlegen Sie, ob der Text über die von Ihnen identifizierte Entstehungsepoche (hier: Expressionismus) hinaus nicht auch Themen und Motive anderer literarischer Strömungen in sich aufgenommen hat.

Die **Vergleichsaufgabe** schließt sich im Aufsatz nahtlos an. Wichtig ist es, auch an dieser Stelle die **Basisinformationen** zum Vergleichstext (Autor, Titel, Gattung, Erscheinungsjahr) anzuführen und dessen Inhalt in aller Kürze auf den Punkt zu bringen. Die Aufgabenstellung gibt vor, sich auf die „Gestaltung des Stadtmotivs“ zu konzentrieren und dabei auch sprachliche und formale Aspekte in die Darstellung miteinzubeziehen. Dabei ist es ratsam, nach **Vergleichsaspekten** vorzugehen und diese auch zu nennen. Grundsätzlich sind Sie in der Anordnung der Aspekte hier freier. Gerade weil es in der ersten Teilaufgabe explizit verlangt war, ist es auch hier sinnvoll, die vergleichende Deutung auf literaturgeschichtliche Überlegungen zu stützen. Möglicherweise ergibt sich aus dem Vergleich eine gedankliche Abrundung, mit der Sie den Aufsatz abschließen können. Bringen Sie beim Schluss keine neuen und relevanten Aspekte ins Spiel. Machen Sie auf rhetorische Weise klar, dass der Aufsatz zu Ende ist.

Lösungsvorschlag

Das macht der Föhn! So lässt sich das drückende Kopfweh erklären. Das macht der Föhn! – wenn weit entfernte Gegenden plötzlich zum Greifen nah erscheinen und die gewohnte Sehweise stören.

Einleitung: Alltagsphänomen Föhn

In eine solche Atmosphäre hinein versetzt Georg Trakl sein Gedicht *Vorstadt im Föhn*, das in der vorliegenden Fassung im Jahr 1913 erschienen ist. Es entwirft eine **abendliche Szenerie in der tristen, bedrückenden Umgebung der Vorstadt, die sich auf einmal verändert**, als die **Föhnwinde** ihre irritierende Wirkung entfalten.

Gedichtinterpretation: Trakls *Vorstadt im Föhn*

Thema

Die sechs jeweils vier Verse umfassenden Strophen des Gedichtes durchzieht ein fünfhebiger Jambus; erster und vierter Vers des umarmenden Reims enden in männlichen, die beiden Mittelverse in weiblichen Kadenzen. Eine Ausnahme von diesem Schema bildet die letzte Strophe, die sich in vielerlei Hinsicht vom restlichen Text unterscheidet.

Strophengestaltung, Metrum, Reim und Kadenzen

Gedanklich-inhaltlich gliedert sich das Gedicht in drei Teile: In den **ersten drei Strophen** bietet sich dem wahrnehmenden Subjekt – ein lyrisches Ich zeigt sich im Text nicht – das Bild einer typischen **Vorstadtszenerie:** Zwischen ungepflegten, unmittelbar an der Eisenbahnbrücke gelegenen Gärten und dröhnendem Zuglärm ist Kindergeschrei vernehmbar. In der Abenddämmerung sind einige Frauen zu erkennen. Sie haben aus einem Schlachthof Innereien geholt (damals ein billiges Essen für arme Leute). Lärm, Schmutz und Gestank prägen diesen Abschnitt und finden ihre Entsprechung im Reim, der bisweilen unrein klingt (V. 5/8; 10/11; 18/19). Am Ende der dritten Strophe kommt Unruhe in die Monotonie der Umgebung, in die Monotonie des Rhythmus, als nämlich der unrhythmisch sich bewegende „Zug" (V. 11) der Frauen das jambische Metrum stört (vgl. V. 12). Und tatsächlich: In der **vierten und fünften Strophe** geschieht „plötzlich" (V. 13) etwas: Vom Schlachthof aus wird über einen Kanal ein Schwall Blut in den Fluss abgeleitet und breitet sich dort langsam aus. Fließend wird auch der Rhythmus im Enjambement (V. 13/14). Zugleich **entfalten die Föhnwinde**, die hier zum ersten Mal genannt sind (vgl. V. 15), ihre irritierende **Wirkung**. Die unreine Färbung des Reims zeigt Unsicherheit, auch was die Herkunft der „Gebilde" (V. 18) betrifft, die nun auftauchen und die „[v]ielleicht" (V. 19) aus der Erinnerung kommen. Die **letzte Strophe** schließlich zeigt diese Bilder, zeitenthobene **Fantasielandschaften**, die in ihrer Gegensätzlichkeit von der schmutzigen Vorstadt des ersten Teils gar nicht weiter entfernt sein könnten. Die vom

Aufbau und Inhaltszusammenfassung: Untergliederung in drei Sinnabschnitte bisherigen Schema abweichenden rein weiblichen Kadenzen entrücken die Strophe auch klanglich in eine leichte, schwebende Atmosphäre. So sind es also in diesem formal sehr regelmäßig aufgebauten Gedicht gerade die wenigen, zurückhaltenden Modulationen in Reim, Klang und Rhythmus, die in ihrer Leichtigkeit den Föhnwinden entsprechen und die die Auswirkungen dieses Wetterphänomens auf das wahrnehmende Subjekt spürbar machen.

sprachlich-stilistische Gestaltung: von der Tristesse zur Poesie

Die Veränderungen der Wahrnehmung, des Befindens und des Bewusstseinszustandes unter der Einwirkung des Föhns, die Entwicklung von der reinen Beobachtung der hässlichen Realität hin zur Imagination fantastischer Bilder lässt sich auch an verschiedenen Aspekten der **sprachlich-stilistischen Gestaltung** des Gedichts nachvollziehen:

Vorstadtszenerie:
– Raumeindruck und Befindlichkeit des Subjekts

Im ersten Teil (Str. 1–3) ist es zunächst der **Raumeindruck**, der die **Befindlichkeit des Subjekts widerspiegelt:** Die „Stätte" „liegt" (V. 1), die (auch sozial den Eindruck von Armut und Elend vermittelnden) „Hütten" sind „[g]educk[t]" (V. 5) und sogar der **Klang** des Gedichtes bleibt in der Alliteration der Eingangswendung („Am Abend", V. 1) und der Assonanz der flatternden Spatzen (vgl. V. 4) auf den A-Laut niedergedrückt. Die Umgebung wirkt verstellt durch „Busch und Zaun" (V. 4), die „Pfade [sind] wirr verstreut" (V. 5) und führen nirgends hin. Zwar ist von „Gärten" die Rede, jedoch herrscht in ihnen „Durcheinander" (V. 6), ihnen fehlen Pflanzen, Leben und Farbe: Sie sind „öd und braun" (V. 1), eine **Farbgebung**, in die sich auch die Spatzen einfügen. Die „Luft" von oben her ist drückend und „von gräulichem Gestank durchzogen" (V. 2). Dabei zeigt die synästhetische Qualität des Adjektivs „gräulich", das sich optisch wie olfaktorisch verstehen lässt, dass **alle Sinne von der Umgebung beeinträchtigt** werden. Auch der Hörsinn ist ja durch den donnernden Zuglärm (vgl. V. 3) in Mitleidenschaft gezogen. Das Einzige, was sowohl farblich als auch räumlich aus der Szenerie heraussticht, ist ein rotes Kleid, das „fliegt" (V. 8), so als wolle es aus jener dumpfen Gedrücktheit ausbrechen. Doch wirkt das Kleid **entmenschlicht**, ebenso wie der Kollektivbegriff der „Kinderschar" (V. 8), deren unartikuliertes, anschwellendes „Geheul aus dumpfer Regung" (V. 7) sie dem Bereich des Animalischen zuordnet. Geradezu kultiviert **wirkt** im Vergleich dazu der „verliebt" pfeifende „Rattenchor" am „Kehricht" (V. 9): Die menschlich-kokette Verliebtheit der Ratten kontrastiert mit der dumpf-aggressiven Triebhaftigkeit der Kinder; das Pfeifen im „Chor" repräsentiert in ironischer Brechung eine gewisse Ordnung und Kunstfertigkeit. Ganz im Gegensatz dazu schwankt der „Zug" der Frauen schwerfällig und unrhythmisch daher. Noch einmal also wird **das Menschliche sprachlich ins Tierhafte verkehrt:** Wie Tiere, „voll Schmutz und

– der Mensch: ins Tierhafte verkehrt

Räude, [k]ommen sie aus der Dämmerung hervor“ (V. 11 f.) und tragen „Eingeweide“ (V. 10). Damit hat die Darstellung der Vorstadt am Ende dieses Abschnitts den Gipfelpunkt der „[E]kelhaft[igkeit]“ (V. 11) erreicht.

Nun (Str. 4) ändert sich die Szenerie: Zwar „speit“ der personifizierte Kanal, Krankheit und Ekel symbolisierend, „feistes Blut [...] in den stillen Fluß hinunter“ (V. 13 f.) – Verse, in denen der Wortschatz barocker Lyrik, aber auch biblisch-apokalyptische Visionen anklingen. Doch die **Farbe** des Blutes verselbstständigt sich im Substantiv, „Röte“ (V. 16) breitet sich aus. Die F-Alliteration macht den Windhauch synästhetisch hörbar: Die „Föhne färben“ die „karge“ Umgebung „bunter“ (V. 15) und beginnen allmählich, die graubraune Hässlichkeit der Vorstadt zu überdecken, ja zu ästhetisieren. Die Stille (vgl. V. 14) des „langsam“ (V. 16) dahinfließenden Flusses lässt Lärm und Unordnung der ersten Strophen hinter sich.

irritierende Wirkung der Föhnwinde:
– Ästhetik trotz Ekel

In der fünften Strophe **bewegt sich der Text** von dieser ruhigen, ebenen (Wasser-)Fläche nach unten: „Ein Flüstern, das in trübem Schlaf ertrinkt“ (V. 17). Im Gegensatz zu dem dumpfen Geheul der Vorstadt (vgl. V. 7) ist dieses „Flüstern“ artikuliert und geht von dem im Fluss sich ausbreitenden Blut aus. Es taucht in die Tiefe des Unterbewusstseins (hier in der Metapher des „trübe[n] Schlaf[s]“, V. 17) und kommt vielleicht als „Erinnerung an ein früheres Leben“ (V. 19), vielleicht als „Gebilde“ (V. 18) der Fantasie, der Einbildung, wieder an die Oberfläche. Die Au-Assonanz der aus der Tiefe aufgaukelnden (vgl. V. 18) Vorstellungen und die W-Alliteration versetzen den Text in wiegende Schwingungen – eine Bewegung, die im Einklang „mit den warmen Winden steigt und sinkt“ (V. 20) und mit der zugleich das Bewusstsein ins Schwanken gerät.

– Textbewegung: in die Tiefe des Unbewussten und der Erinnerung

Aus dieser Amplitude heraus **schwingt sich der Text** in der letzten Strophe auf, vom Niveau der „Wassergräben“ (V. 18) **hinauf** zu den „Wolken“ (V. 21). Mit einem zu dem „Ertrinken“ jenes Flüsterns (vgl. V. 17) gegenläufigen Prädikat „tauchen“ „[a]us Wolken“ die Bilder einer **märchenhaften Gegenwelt:** „[S]chimmernde Alleen“ (V. 21), gesäumt von gradlinigen Baumreihen, lösen die öden, braunen (vgl. V. 1), „wirr verstreut[en]“ Pfade (V. 5), das triste „Durcheinander“ in den Gärten (V. 6) der Vorstadt ab. Die prächtigen breiten Straßen sind „[e]rfüllt von schönen Wägen“ (V. 22), die lärmende Eisenbahn des ersten Teils wird also durch Kutschen ersetzt, in denen womöglich edle Damen sitzen, begleitet von „kühnen Reitern“ (V. 22). Mühelos wechselt in dem utopischen Wolkenreich die Landschaft, denn „[d]ann sieht man auch ein Schiff auf Klippen scheitern“ (V. 23). Die hier angedeuteten Lebensentwürfe und Ideale entsprechen eben jenen „Erinnerungen an ein früheres Leben“

Phantasmagorie in den Wolken:
– Textbewegung: in die Höhe der Wolken
– märchenhafte Fantasiewelt als Gegenentwurf zur tristen Vorstadt

(V. 19). Damit stehen märchenhaft-feudale Prachtentfaltung und vornehme Haltung dem tierhaft-entmenschlichten Dasein in der Vorstadt gegenüber, Abenteuer und heldenhaftes Scheitern bilden den Kontrast zum erbärmlich abstoßenden Überlebenskampf des städtischen Proletariats. Schließlich sieht man „manchmal" – gänzlich in die Ferne eines imaginierten Orients gerückt – „rosenfarbene Moscheen" (V. 24). Die Vorstellung der Kuppeln wiederholt (oder spiegelt?) dabei die architektonische Form des „Brückenbogen[s]" (V. 3) der tristen Stadtlandschaft.

– Korrespondenzen und Spiegelungen

So ergeben sich bei aller Gegensätzlichkeit und Ferne doch gewisse **Korrespondenzen** zwischen den beiden Bereichen. Gerade das **Wortfeld des Wassers** verbindet den mittleren Teil des Gedichtes mit der letzten Strophe. Denn in der Textpassage des Übergangs ist von „Kanal" (V. 13) und „Fluß" (V. 14), von „Flut" (V. 16), Ertrinken (vgl. V. 17) und „Wassergräben" (V. 18) die Rede, im Schlussbild dann von Auftauchen, „Schiff" und „Klippen" (V. 23). Damit betont der Text das Motiv des Wassers, und zwar als mögliche **Spiegelfläche**, aber auch als Sinnbild für das Verschwimmen des Bewusstseins. Darüber hinaus wiederholen sich in den Abschnitten des Gedichts auch die Farben. Die „rosenfarbene[n]" (V. 24) „Wolken" (V. 21) der letzten Strophe nehmen in ihrer zarten Farbigkeit die „Röte" (V. 16) des im Fluss sich ausbreitenden Blutes auf und verwandeln in synästhetischer Weise den ekelhaft stinkenden Auswurf des Schlachthauses in duftende Schönheit. Entsteht also das Fantasiegebilde aus der Spiegelung der Abendwolken im Wasser, durch das die Blutwolken ziehen? Ist die märchenhafte Landschaft nichts anderes als eine **ästhetisierte Spiegelung** der hässlichen Vorstadt, eine Sinnestäuschung, oben und unten verwirrend, hervorgerufen durch den Föhn?

literaturgeschichtlicher Kontext:
–Expressionismus: Motiv der Groß(Vor-)Stadt

Dieser Frage lässt sich auch aus dem Blickwinkel des **literaturgeschichtlichen Kontexts** nachgehen. Ganz abgesehen von Autor (Georg Trakl) und Erscheinungsjahr (1913) zeigt das Gedicht viele deutliche Merkmale des **Expressionismus** – zumindest, was die ersten Strophen anbelangt. Es variiert das für diese Zeit so typische Thema der Großstadt mit all seinen Facetten: Unordnung und Chaos, Technisierung und Reizüberflutung, Massengesellschaft und Entmenschlichung. Dabei ist hier der Fokus etwas verschoben, weg vom Zentrum. Er richtet sich auf die Randexistenzen, hebt **Verwahrlosung und soziales Elend, Krankheit und Verwesung** umso deutlicher hervor und mündet schließlich in apokalyptischen Untergangsvisionen. Dann aber gewinnt der Text an Leichtigkeit, hebt sich zusehends aus der abstoßenden Hässlichkeit, aus der konkreten Umgebung der Vorstadt und damit auch aus dem festen Raum-Zeit-Gefüge heraus. Er lässt sich ins Unterbewusste fallen, Erinnerungen steigen auf. Diese Bewegungen, die Wahrnehmung und das instabil werdende Bewusstsein verschmelzen im Bild der titelgebenden Fallwinde. (Die Betonung solcher psychischen Prozesse lässt auch an die Lehren Sigmund Freuds denken, die in der Entstehungszeit des Gedichtes ihre Wirkung entfalteten.) Die letzte Strophe des Gedichts schließlich fügt, frei von Grenzen und Gesetzmäßigkeiten der Realität, **Elemente romantischer Dichtung** zusammen: märchenhafte, mittelalterlich beziehungsweise exotisch anmutende Landschaften, in die Ferne führende Alleen und die Weite des Meeres, die jedoch allesamt als ästhetisch überhöhte Spiegelungen des tristen Vorstadtlebens gelesen werden können. So betrachtet ließe sich die Phantasmagorie des Schlussteils als moderne, **neuromantische Umsetzung des romantischen Konzepts der unendlichen Spiegelung** verstehen.

– moderne Umsetzung der „unendlichen Spiegelung“

In seiner letzten Strophe zeigt Georg Trakls expressionistischer Text somit Züge der **Neuromantik**. In Gänze von dieser Strömung getragen ist hingegen das gut 20 Jahre früher, im Jahr 1890 entstandene Gedicht *Siehst du die Stadt?* von Hugo von Hofmannsthal. Vergleicht man die Gestaltung des Stadtmotivs in diesem Gedicht der Jahrhundertwende mit jener in Trakls modernerem Text, so lassen sich einige Parallelen und Gemeinsamkeiten, aber auch Unterschiede erkennen.

Vergleich: Gestaltung des Stadtmotivs in Trakls *Vorstadt im Föhn* und Hofmannsthals Gedicht *Siehst du die Stadt?*

In ihrer **äußeren Form und im Aufbau der Strophen** sind die beiden Texte ähnlich konventionell: Die drei Strophen des Vergleichsgedichts umfassen je vier Verse und sind mit Kreuzreimen verknüpft.

konventionelle äußere Form

In beiden Gedichten geht es um das wechselseitige **Verhältnis zwischen dem wahrnehmenden Subjekt und der Stadt**. Dabei bleibt das Subjekt der „Vorstadt“, obwohl der Text das Verschwimmen des Bewusstseins unter dem Einfluss des Föhns nachzeichnet, in gewisser Weise abstrakt und anonym, wie auch die Verwendung der Pronomen und Artikel zeigt: So steigen „Erinnerungen an ein [unbestimmtes] früheres Leben“ (A, V. 19) auf, und „man“ (A, V. 23) erkennt die Gebilde in den Wolken. In „Siehst du die Stadt?“ hingegen tritt, wie bereits der Titel zeigt, ein lyrisches Ich deutlich in Erscheinung (vgl. „im Herzen mein“, B, V. 9) und wendet sich in der Anrede an ein allgemeines Du. Dementsprechend ist auch das Verhältnis zur Stadt ein ganz anderes. Blieb das Textsubjekt des ersten Textes in der Rolle des distanzierten Beobachters, so entwickelt sich die Beziehung zur Stadt im zweiten Gedicht zu einem nachgerade erotisch aufgeladenen Liebesverhältnis.

Verhältnis zwischen dem wahrnehmenden Subjekt und der Stadt: Anonymität vs. Herzensverhältnis

Dazu passt auch die jeweilige **Tageszeit** in den beiden Gedichten: Die triste, unschöne „Vorstadt" zeigt sich am Ende des Tages; „Dämmerung" (A, V. 12) und rötlich gefärbte Abendwolken verbreiten eine teils trostlos-morbide, teils apokalyptische Atmosphäre, in der die Umgebung nichtsdestotrotz deutlich zu erkennen ist. Hofmannsthals Gedicht hingegen öffnet die Nacht als Raum der Annäherung und Vereinigung von Ich und Stadt. Dabei ist der nächtliche Zeit-Raum, den Vorstellungen der Romantik entsprechend, ambivalent, der „Glanz" (B, V. 10) des „Mond[es]" (B, V. 3) und der sommerlich „laue Nachtwind" (B, V. 5) erschaffen eine Atmosphäre von Schönheit und „zauberischer Pracht" (B, V. 4), in der dennoch etwas „[R]ätselvoll[es]" (B, V. 8), „[G]eisterhaft[es]" (B, V. 6), Unheimliches zu spüren ist.

Tageszeit: endzeitliche Dämmerung vs. Nacht als ambivalenter Raum zwischen Schönheit und Unheimlichem

Gänzlich verschieden ist nun die **Darstellung der Stadt** selbst: Trakls Text zeichnet, sieht man von der Schlussstrophe ab, ein typisch expressionistisches Bild, bestimmt von Durcheinander und Lärm, Ekel und Schmutz. Die Gestalten darin bewegen sich tierhaft-animalisch und sind ihres Menschseins beraubt. Ganz anders bei Hofmannsthal: Hier ist die Stadt als Frau, ja als Geliebte personifiziert. Sinnlich „schmieget [sie sich] in das Kleid der Nacht" (B, V. 2). „Es gießt der Mond der Silberseide Flut/Auf sie herab" (B, V. 3 f.). Der kostbarere, feine Stoff besteht aus fließender Bewegung und Licht, er materialisiert sich ausschließlich in dem leisen Rauschen, das der Klang der dichterischen Sprache in der auffälligen Häufung der S-Laute hervorbringt. Größer könnte der Gegensatz zu den armeseligen, schmutzigen Frauen der „Vorstadt" kaum sein. Bemerkenswert ist unter diesem Aspekt auch die Mittelstrophe des Hofmannsthal-Gedichts. Sie zeigt die „Frau" im intimen Moment des Schlafs. Die entfernten Geräusche der nächtlichen Stadt werden auf der Bildebene zu „tiefe[en] und schwer[en]" Atemzügen. Ja, sie „weint" sogar „im Traum" (B, V. 7), gewissermaßen stellvertretend für all den in der Stadt durchlebten Kummer, und vereint in sich die ganze Bandbreite menschlicher Schicksale, „verlockend, bang" (B, V. 8) und „qualvoll bun[t]" (B, V. 10). Kamen in der „Vorstadt im Föhn" Elend und Verwahrlosung der Proletarierfrauen immerhin zur Sprache, so vermittelt der zweite Text tiefes Mitgefühl mit den Menschen der Stadt, wenn auch in einer sprachlich stilisierten, ästhetisch gänzlich verschiedenen Art der Ausformung.

Darstellung der Stadt: expressionistisches Durcheinander vs. Personifizierung als schöne, schlafende Frau

Auch die in den beiden Gedichten vorkommenden **Sinneswahrnehmungen** lassen sich vergleichen. So ist in Trakls Text die Vorstadt im ersten Abschnitt beherrscht von Hektik und Bewegung, die Sinneseindrücke überlagern sich in einer fast unangenehmen Weise, bis sich das Bewusstsein unter dem Einfluss des Föhns eintrübt. In einer Übergangsphase des Schlafes beruhigt sich die Szenerie (vgl. A,

Sinneswahrnehmungen: belastende Simultaneität der Sinneseindrücke vs. erfüllende Synästhesie

V. 17). Die Schlussstrophe ist allein dem Schauen vorbehalten, hier „sieht man" (A, V. 23) die Fantasiegebilde oben in den Wolken.

Was das zweite Gedicht angeht, so betont die Eingangsfrage „Siehst du die Stadt?" zunächst den Sehsinn – eine Frage, die der Text unbeantwortet lässt. Strenggenommen ist in der Dunkelheit ja auch nichts zu erkennen, zu sehen sind nur das Mondlicht und der „Glanz" (B, V. 10), der „Wiederschein" (B, V. 11) der nächtlich erleuchteten Stadt – indirekte, schimmernde Lichtverhältnisse, in die beispielsweise auch Eichendorff seine poetischen Landschaften hineinversetzt. Die Eindrücke der zweiten Strophe sind ausschließlich akustischer Art, die Nacht wird zum Klangraum: Der „laue [W]ind" (auch bei Trakl taten die Föhnwinde das Ihre) „weht" die Geräusche der Stadt zum Sprecher „her" (B, V. 5). Diese sind „verlöschend leis[e]" (B, V. 6), also ganz anders als in der lärmenden „Vorstadt". In der letzten Strophe schließlich nimmt das lyrische Ich die „dunkle Stadt" (B, V. 9) in sich auf, sie „schläft" in seinem „Herzen" (B, V. 9). Diese Vereinigung führt dazu, dass alle Sinneswahrnehmungen synästhetisch verschmelzen, denn „schmeichelnd" und „[g]edämpft zum Flüstern" „schwebt" nun der „Wiederschein" (B, V. 11 f.) der Stadt um den Sprecher. Damit greifen die letzten Verse noch einmal das Eingangsbild der Stadt auf, die sich ins Mondlicht wie in ein Seidenkleid schmiegt, und übertragen es auf den Sprecher, den nun seinerseits der Lichtglanz der Stadt gleichsam liebkosend umschmeichelt, den nun seinerseits das Licht wie eine Aura umgibt. Während also das – ohnehin wenig konturierte – Textsubjekt am Ende des Trakl-Gedichts in den Fantasiebildern und Erinnerungen verschwindet, rückt der Sprecher bei Hofmannsthal gänzlich ins Zentrum.

Damit im Zusammenhang ist schließlich die **räumliche Situierung** der Stadt, sind die **räumlichen Strukturen** in den beiden Gedichten von Bedeutung. Trakls Gedicht wird von der Aufteilung der Bereiche in Oben und Unten bestimmt, wobei sich die hässliche Vorstadt (unten) in den Wolkengebilden (oben) in ästhetisch überhöhter Form widerspiegelt. Bei Hofmannsthal hingegen entsteht der Raum durch die Kategorien von Ferne und Nähe, Außen und Innen sowie durch die Bewegung innerhalb dieses Raums. So „ruht" die Stadt zunächst „da drüben" (B, V. 1), in einiger Entfernung zum Sprecher. In der zweiten Strophe nähert sie sich an, sie bewegt sich akustisch „her" (B, V. 5). In der dritten Strophe schließlich hat sich das Verhältnis von Außen und Innen umgekehrt, denn nun liegt die Stadt im Inneren des Sprechers. Damit führt der Weg durch die Weite der Nacht zugleich ins Innere des Subjekts – eine Bewegung, die an romantische Vorstellungen von Wandern und Unendlichkeit erinnert. Die Seele

räumliche Strukturen und Situierung: poetische Spiegelung des Unten im Oben vs. die Seele als Resonanzraum der Stadt wird, gleich der Nacht, zum Resonanzraum, in dem der Klang der Stadt widerhallt, ihr Glanz sich widerspiegelt.

Schlussgedanke: Romantik in der Moderne

Beide Texte, sowohl Hofmannsthals Jahrhundertwende-Gedicht als auch Trakls expressionistisches, münden also in **Denkfiguren der Romantik** und zeichnen damit ein jeweils eigenes, letztlich jedoch ähnliches Bild. „Die Welt muss poetisiert werden!", so wussten die Romantiker. „Die Stadt muss poetisiert werden!", so überführen die beiden Dichter den Gedanken in die Moderne.

INTERPRETATION LITERARISCHER TEXTE

Arbeitsanweisung

Interpretieren Sie den Text von Franz Kafka und berücksichtigen Sie dabei besonders die Merkmale, die ihn als Parabel kennzeichnen.

Material 1 Franz Kafka (1883–1924): Ein altes Blatt (1917)

Es ist, als wäre viel vernachlässigt worden in der Verteidigung unseres Vaterlandes. Wir haben uns bisher nicht darum gekümmert und sind unserer Arbeit nachgegangen; die Ereignisse der letzten Zeit machen uns aber Sorgen.

Ich habe eine Schusterwerkstatt auf dem Platz vor dem kaiserlichen Palast. Kaum öffne ich in der Morgendämmerung meinen Laden, sehe ich schon die Eingänge aller hier einlaufenden Gassen von Bewaffneten besetzt. Es sind aber nicht unsere Soldaten, sondern offenbar Nomaden aus dem Norden. Auf eine mir unbegreifliche Weise sind sie bis in die Hauptstadt gedrungen, die doch sehr weit von der Grenze entfernt ist. Jedenfalls sind sie also da; es scheint, daß jeden Morgen mehr werden.

Ihrer Natur entsprechend lagern sie unter freiem Himmel, denn Wohnhäuser verabscheuen sie. Sie beschäftigen sich mit dem Schärfen der Schwerter, dem Zuspitzen der Pfeile, mit Übungen zu Pferde. Aus diesem stillen, immer ängstlich rein gehaltenen Platz haben sie einen wahren Stall gemacht. Wir versuchen zwar manchmal aus unseren Geschäften hervorzulaufen und wenigstens den ärgsten Unrat wegzuschaffen, aber es geschieht immer seltener, denn die Anstrengung ist nutzlos und bringt uns überdies in die Gefahr, unter die wilden Pferde zu kommen oder von den Peitschen verletzt zu werden.

Sprechen kann man mit den Nomaden nicht. Unsere Sprache kennen sie nicht, ja sie haben kaum eine eigene. Unter einander verständigen sie sich ähnlich wie Dohlen. Immer wieder hört man diesen Schrei der Dohlen. Unsere Lebensweise, unsere Einrichtungen sind ihnen ebenso unbegreiflich wie gleichgültig. Infolgedessen zeigen sie sich auch gegen jede Zeichensprache ablehnend. Du magst dir die Kiefer verrenken und die Hände aus den Gelenken winden, sie haben dich doch nicht verstanden und werden dich nie verstehen. Oft machen sie Grimassen; dann dreht sich das Weiß ihrer Augen und Schaum schwillt aus ihrem Munde, doch wollen sie damit weder etwas sagen noch auch erschrecken; sie tun es, weil es so ihre Art ist. Was sie brauchen, nehmen sie. Man kann nicht sagen, daß sie Gewalt anwenden. Vor ihrem Zugriff tritt man beiseite und überläßt ihnen alles.

Auch von meinen Vorräten haben sie manches gute Stück genommen. Ich kann aber darüber nicht klagen, wenn ich zum Beispiel zusehe, wie es dem Fleischer gegenüber geht. Kaum bringt er seine Waren ein, ist ihm schon alles entrissen und wird von den Nomaden verschlungen. Auch ihre Pferde fressen Fleisch; oft liegt ein Reiter neben seinem Pferd und beide nähren sich vom gleichen Fleischstück, jeder an einem Ende. Der Fleischhauer ist ängstlich und wagt es nicht, mit den Fleischlieferungen aufzuhören. Wir verstehen das aber, schießen Geld zusammen und unterstützen ihn. Bekämen die Nomaden kein Fleisch, wer weiß, was ihnen zu tun einfiele; wer weiß allerdings, was ihnen einfallen wird, selbst wenn sie täglich Fleisch bekommen.

Letzthin dachte der Fleischer, er könne sich wenigstens die Mühe des Schlachtens sparen, und brachte am Morgen einen lebendigen Ochsen. Das darf er nicht mehr wiederholen. Ich lag wohl eine Stunde ganz hinten in meiner Werkstatt platt auf dem Boden und alle meine Kleider, Decken und Polster hatte ich über mir aufgehäuft, nur um das Gebrüll des Ochsen nicht zu hören, den von allen Seiten die Nomaden ansprangen, um mit den Zähnen Stücke aus seinem warmen Fleisch zu reißen. Schon lange war es still, ehe ich mich auszugehen getraute; wie Trinker um ein Weinfaß lagen sie müde um die Reste des Ochsen.

Gerade damals glaubte ich den Kaiser selbst in einem Fenster des Palastes gesehen zu haben; niemals sonst kommt er in diese äußeren Gemächer, immer nur lebt er in dem innersten Garten; diesmal aber stand er, so schien es mir wenigstens, an einem der Fenster und blickte mit gesenktem Kopf auf das Treiben vor seinem Schloß.

„Wie wird es werden?“ fragen wir uns alle. „Wie lange werden wir diese Last und Qual ertragen? Der kaiserliche Palast hat die Nomaden angelockt, versteht es aber nicht, sie wieder zu vertreiben. Das Tor bleibt verschlossen; die Wache, früher immer festlich ein- und ausmarschierend, hält sich hinter vergitterten Fenstern. Uns Handwerkern und Geschäftsleuten ist die Rettung des Vaterlandes anvertraut; wir sind aber einer solchen Aufgabe nicht gewachsen; haben uns doch auch nie gerühmt, dessen fähig zu sein. Ein Mißverständnis ist es, und wir gehen daran zugrunde.“

Aus: Franz Kafka: Ein Landarzt und andere Drucke zu Lebzeiten. Hg. v. H.-G. Koch. Frankfurt/M.: Fischer Taschenbuchverlag 1994, S. 208ff.

TIPP **Bearbeitungshinweise**

Voraussetzungen

Die einteilige Aufgabe ist im Themenfeld „**Umbrüche in der deutschsprachigen Literatur um 1900**" und somit im Rahmenthema 3 (Literatur und Sprache um 1900 – neue Ausdrucksformen der Epik) verankert.

Erläuterung der Aufgabenstellung

Wer bereits ein Werk von **Franz Kafka**, einen Roman oder eine Erzählung, kennt, wird sich mit dieser Aufgabe leichter tun, denn die **Grundkonstellation** im Text *Ein altes Blatt* weist viele Ähnlichkeiten mit Kafkas übriger Prosa auf.

Der Prager Autor beschreibt meist eine undurchschaubare Welt, in der sich ein auf sich allein gestellter, hilfloser Protagonist zurechtzufinden sucht und trotz aller Bemühungen am Ende scheitert. Die Helden der Geschichten werden dabei durch überraschende, unerwartete Vorkommnisse aus ihrem vertrauten Alltag gerissen und müssen nun auf die neue Situation reagieren, wobei sie sich häufig überfordert fühlen, zumal sie in selbstquälerischer Auseinandersetzung immer wieder nach ihrer eigenen Schuld fragen. Strategische Fehler, eine falsche Lagebeurteilung, Nachlässigkeiten und unverständliche Versäumnisse tragen häufig dazu bei, dass die Protagonisten nicht mehr aus ihrer verworrenen Lage herausfinden und schließlich resignieren oder gar zu Tode kommen, ohne dass sie zu einer Klärung der vielen rätselhaften Umstände gelangt wären.

In vielen seiner kleineren Prosawerke verwendet Kafka die Form einer **Parabel**. Diese gleichnishafte Erzählung versucht den Leser*innen auf lehrhafte Weise eine allgemeine Erkenntnis zu vermitteln. Am Ende steht im Gegensatz zum Gleichnis jedoch kein klares Fazit mit einer allgemein gültigen Wahrheit, sondern die Geschichte bleibt offen, sodass die Leser*innen bei der Deutung der dargestellten Ereignisse erheblich gefordert sind. Die vorliegende Aufgabe verlangt von Ihnen, bei der Interpretation insbesondere die parabolischen Merkmale des Textes herauszuarbeiten.

Neben der Parabelform spielt auch die Gedankenwelt Kafkas für die Interpretation des Textes *Ein altes Blatt* eine wichtige Rolle. Diese beiden Bereiche sollten deshalb auch in der **Einleitung** erwähnt werden. Die Interpretation selbst beginnen Sie am besten mit einer **Inhaltswiedergabe** von Kafkas Parabel. Dabei fassen Sie die wesentlichen Handlungsschritte der Geschichte in eigenen Worten und in der Zeitform des Präsens zusammen. Die Textwiedergabe bildet die Grundlage für die anschließende **Interpretation**, die Sie in die drei Bestandteile Form, Sprache und Inhalt aufteilen können. Bei der Analyse der Form achten Sie auf die Struktur des Textes, indem Sie die typischen Elemente einer Parabel (unmittelbarer Beginn, linearer Verlauf, gleichnishafte Handlung) an diesem Kafka-Text aufzeigen. Eine zentrale Rolle sollte auch die **Funktion des Erzählers** spielen, weil dieser von Anfang bis Schluss präsent ist und die erstaunlichen Vorgänge in seiner Heimat aus persönlicher Sicht (mit eigenen Wertungen) schildert.

Die Untersuchung von Kafkas **Sprache** konzentriert sich wiederum auf charakteristische Stilmittel einer Parabel (einfacher Satzbau, Gegenüberstellungen: sie – wir, deutliche Hervorhebungen). Für die **Deutung des Inhalts** bietet sich – entsprechend der Struktur dieser Parabel – die Konzentration auf die gegensätzlichen Gruppen an (Nomaden – Einheimische), insbesondere auf ihr jeweiliges Verhalten und ihre Mentalität.

Die Bewohner des Kaiserreichs sind dabei nach dem handelnden Bürgertum (Schuster, Fleischer) und dem passiven Hofstaat (Kaiser und seine Wache) zu unterscheiden. Im Mittelpunkt der Deutung steht der Konflikt zwischen einer zivilisierten Gesellschaft und einem barbarischen Reitervolk und damit die **Frage nach Macht und Ohnmacht**.

Wie können Sie nun **methodisch** vorgehen?

- Lesen Sie den Text zunächst einmal gründlich durch und versuchen Sie dabei, die Intention des Autors und die typischen Merkmale einer Parabel zu erfassen.
- Bei der zweiten und dritten Lektüre kennzeichnen Sie die inhaltlichen, formalen und sprachlichen Besonderheiten, indem Sie entsprechende Stichwörter herausschreiben oder markante Textstellen unterstreichen.
- Erstellen Sie nun eine Gliederung für Ihre Interpretation, der Sie anschließend die von Ihnen erfassten Textstellen zuordnen.
- Verfassen Sie jetzt Ihren Aufsatz, wobei Sie entsprechend Ihrem Aufbauschema vorgehen und Ihre Ausführungen in sinnvolle Abschnitte unterteilen. Bei der sprachlichen Gestaltung sollten Sie auf verbindende Überleitungen achten und vor allem Abwechslung bei Ihren Formulierungen anstreben.

Lösungsvorschlag

Einleitung

Die Menschen haben sich in ihrem Alltag eingerichtet, das Leben geht seinen gewohnten Gang. Plötzlich werden sie durch eine unangenehme Überraschung aufgeschreckt, die ihre Lage grundlegend verändert. Diese Ausgangssituation findet man oft in den Werken des Prager Schriftstellers **Franz Kafka** (1883–1924), so etwa in seinen viel gelesenen Erzählungen *Die Verwandlung* und *Das Urteil* sowie in seinen zahlreichen kleineren Prosatexten.

Auch Kafkas **Parabel** *Ein altes Blatt* aus dem Jahr 1917 thematisiert den Einbruch des Unheimlichen in ein wohlgeordnetes Alltagsleben, mit dem die Bürger des Landes nicht umgehen können.

Hauptteil
Inhaltswiedergabe

Der Erzähler, ein Schuhmacher, dessen Geschäft sich vor dem Kaiserpalast auf dem Hauptplatz befindet, gibt sich sehr besorgt, weil mitten in der Nacht fremde Soldaten aus dem Norden seine Hauptstadt besetzt haben. Offenbar hat es schwere Versäumnisse bei der Landesverteidigung gegeben, denn die „Nomaden" sind sehr schnell von der weit entfernten Grenze in das Landesinnere vorgedrungen.

Unter den Stadtbewohnern lösen die Fremden Entsetzen und Abscheu aus, weil sie mit ihren rohen Umgangsformen den stets sauber gehaltenen Platz verwüsten. Die Nomaden nächtigen im Freien und beschäftigen sich tagsüber mit der Pflege ihrer primitiven Waffen und machen Übungen mit ihren wilden Pferden.

Es gelingt den verängstigten Einwohnern nicht, mit den Eindringlingen Kontakt aufzunehmen, denn diese verhalten sich völlig gleichgültig oder ablehnend, außerdem verstehen sie die Landessprache nicht. Rücksichtslos holen sich die Soldaten von den Bürgern alles, was sie zu ihrer Versorgung brauchen. Auch der Erzähler wird mehrfach zum Opfer dieses barbarischen Vorgehens. Am schlimmsten ergeht es jedoch dem Fleischer, dessen Waren regelmäßig geplündert und sowohl von den Nomaden selbst als auch von ihren Pferden verzehrt werden. Eines Tages, als der Fleischer auf eine Schlachtung verzichtet und einen lebenden Ochsen abliefert, reißen die Nomaden mit roher Gewalt Fleischstücke aus dem Tier, das dabei so entsetzlich schreit, dass der Erzähler sich im hintersten Winkel seiner Werkstatt mit Kleidern bedecken und die Ohren zuhalten muss.

Ängstlich fragen sich die Einheimischen, wie es weitergehen wird. Der Schuster glaubt, dass er vor Kurzem den Kaiser am Fenster seines Palastes gesehen hat. Der Herrscher habe jedoch gesenkten Hauptes das Geschehen vor seinem Schloss beobachtet. Auch von der Wache, die früher immer wieder aufmarschiert ist, ist nicht mehr viel zu sehen. Dem Erzähler ist deshalb bewusst, dass er zusammen mit anderen Handwerkern sein Vaterland retten müsste, aber dazu fühlt sich keiner in der Lage. So warten sie nur auf ihren baldigen Untergang.

Interpretation

Form: Aufbau der Parabel

Die Parabel wird aus der Sicht eines an dem Geschehen beteiligten **Ich-Erzählers** geschildert, der sich gleich zu Beginn als Schuster vorstellt. Dabei wird die Handlung (Nomadeneinfall) von den jeweiligen Beurteilungen des Schuhmachers am Anfang und am Ende des Textes eingerahmt. Die ersten zwei Sätze (Z. 1–3) enthalten Vermutungen über den unerwarteten Erfolg der Besatzer, wobei der Erzähler sich und seinen Mitbürgern eine Teilschuld an der verhängnisvollen Lage einräumt. Mit den beiden Schlusssätzen (Z. 53–56) wendet sich der Schuhmacher der Zukunft zu, die allerdings für sein Land düster erscheint.

Die Handlung der Parabel, die **chronologisch** erzählt wird, setzt mit einer Beschreibung des Ist-Zustands in der von Nomaden besetzten Stadt ein und endet mehrere Tage später mit einer noch stärkeren Präsenz der Besatzer, der die Bürger nichts entgegenzusetzen haben. Den grausigen **Höhepunkt** bildet die **Zerfleischung des Ochsen**, wodurch die gewaltige Bedrohung durch die unzivilisierten Soldaten verdeutlicht wird. Ob die Invasoren bald das Land verlassen werden, bleibt ungewiss. Der Erzähler betrachtet die Lage als hoffnungslos.

Titel

Der **Titel** der Parabel (*Ein altes Blatt*) scheint auf einen weit zurückliegenden Vorfall zu verweisen, der weder zeitlich noch lokal näher eingeordnet wird. Wie ein **Chronist** wirkt der Erzähler, der aus seiner Sicht das einstige Geschehen nicht nur beschreibt, sondern auch beurteilt. Dabei scheint das „Blatt“ nur ein Teil einer längeren Geschichte (des Landes?) zu sein.

Person des Erzählers

Die ganze **Verunsicherung** der unterworfenen Bewohner kommt auch in den Gedanken des Erzählers zum Vorschein. In seinen Eingangs- und Ausgangsbetrachtungen werden Spekulationen („Es ist, als wäre viel vernachlässigt worden“, Z. 1) und Ängste („die Ereignisse der letzten Zeit machen uns aber Sorgen“, Z. 3 – „wir gehen daran zugrunde“, Z. 56) in den Vordergrund gestellt. Bereits der Einstieg im Konjunktiv (vgl. Z. 1) nimmt vorweg, dass der Erzähler auf Vermutungen angewiesen ist (vgl. Z. 48: „so schien es mir wenigstens“). Er verallgemeinert die Darstellung der Besatzer und er übertreibt. Folglich kann der Leser nicht entscheiden, was davon der Wahrheit entspricht. Ein solch unzuverlässiges Erzählverhalten ist typisch für die literarische Moderne um 1900.Gleichzeitig sieht sich der Schuster auch zu klaren, eindeutigen Erkenntnissen fähig, wenn er das Verhalten des Bürgertums schonungslos analysiert und dessen **Unfähigkeit** sowohl in der Vergangenheit als auch in der Zukunft aufzeigt: „Wir haben uns bisher nicht darum gekümmert" (Z. 2); „wir sind aber einer solchen Aufgabe nicht gewachsen" (Z. 54 f.).

Der Schuster gehört zu der wohlhabenden Schicht von „Handwerkern und Geschäftsleuten" (Z. 53 f.), die in dieser Krisensituation zu ihrer **gesellschaftlichen Verantwortung** stehen müsste, wozu sie aber bereits wegen ihres in der Vergangenheit bekundeten **Desinteresses** am Staatswesen nicht mehr in der Lage ist. Von seiner „Schusterwerkstatt" (Z. 4), die sich auf dem zentralen Platz der Hauptstadt befindet, sieht der Erzähler direkt auf den „kaiserlichen Palast" (Z. 4). Das heißt, er berichtet vom Mittelpunkt seines Landes aus, allerdings in untergeordneter sozialer Stellung. Dabei geht er jedoch nicht objektiv vor. Als Opfer der skrupellosen Plünderer („Auch von meinen Vorräten haben sie manches gute Stück genommen.", Z. 29) neigt er zu Übertreibungen, denn die „Nomaden aus dem Norden" (Z. 7) werden als völlig unzivilisierte, unzugängliche Rohlinge beschrieben, die keinerlei menschliche Regungen zeigen. Deshalb hält er es auch für sinnlos, mit ihnen in Kontakt zu treten: „sie haben dich doch nicht verstanden und werden dich nie verstehen." (Z. 23 f.) Mit **wachsendem Schaudern** werden die Untaten der Fremden erzählt, die aus dem Blickwinkel des Kaisers in dem abwertenden Begriff „das Treiben vor seinem Schloß" (Z. 49) zusammengefasst werden.

Trotz seines persönlichen Schadens, den ihm die Barbaren zugefügt haben, kann der Erzähler seinen Verlust richtig einschätzen. Er weiß, dass er im Vergleich mit dem völlig ausgeraubten Fleischer noch gut davongekommen ist („Ich kann aber darüber nicht klagen", Z. 29 f.). Mit den anderen Handwerkern und Geschäftsleuten schließt er sich zu einer **Solidargemeinschaft** zusammen, die die Verluste des Fleischers als gemeinsames Opfer sieht und dafür aufzukommen versucht. Doch der Erzähler gibt sich letzten Endes keinen Illusionen über die Zukunft hin, denn er weiß, dass sein ganzes Land von nun an dem fremden Reitervolk vollständig ausgeliefert ist.

Deutung des Inhalts
Kaiserreich

Das Kaiserreich, dem der Schuster als treuer Untertan angehört, wird als eine **friedliche Klassengesellschaft** beschrieben, die einerseits von dem Kaiser und seiner Palastwache und andererseits von den Geschäftsleuten getragen wird. Arbeiter und Bauern kommen in der Parabel nicht vor. Der Schuster als Repräsentant des **Bürgertums** sieht nur seinesgleichen. Zu dem Monarchen, der ganz in seiner Nähe residiert, hat er keine Beziehung. Deshalb bleibt auch am Ende unverständlich, warum den Handwerkern „die Rettung des Vaterlandes anvertraut" (Z. 54) sein soll. Offenbar wird dem resignativ dreinblickenden Kaiser (vgl. Z. 49) eine solche Befreiungstat nicht (mehr) zugetraut. Der Erzähler beurteilt aber auch die seiner Klasse auferlegte

Mission äußerst skeptisch und spricht von einem „Mißverständnis“ (Z. 56), weil das Bürgertum mit der Verteidigung des Landes völlig überfordert ist.

Der **Kaiser** kann seinen Bürgern keinen Optimismus vermitteln. Mit allen seinen Gesten und Anordnungen scheint er nur die Hoffnungslosigkeit zu verstärken. Die einst so prächtige Wache verlässt schon gar nicht mehr das Schloss. Noch besorgniserregender ist es, dass der Kaiser, der sonst immer nur „in dem innersten Garten“ (Z. 47 f.) lebt, zum ersten Mal in die „äußeren Gemächer“ (Z. 47) seines Schlosses kommt und von dort stumm auf den Platz schaut. Allerdings ist sich der Schuster nicht sicher, ob er den Monarchen wirklich erblickt hat. Aber dem Herrscher wird letzten Endes die **Schuld** an der ausweglosen Lage zugeschoben: „Der kaiserliche Palast hat die Nomaden angelockt, versteht es aber nicht, sie wieder zu vertreiben.“ (Z. 51 f.)

Bürgertum

Das **friedliche**, **geordnete Leben des Bürgertums** wird dem barbarischen Treiben der Nomaden direkt gegenübergestellt. Dennoch kommt es nicht zu einer Konfrontation, weil sich die noch in der Schockstarre verharrenden Bewohner der völlig unerwarteten Invasion aus dem Norden hilflos ausgeliefert fühlen. Weil sie weder von ihrem Kaiser noch von ihrer Armee eine Rettung erwarten können, setzen sie auf ihre **kultivierten Umgangsformen** und versuchen die Barbaren mit ihrer **bereitwilligen Kooperation** milde zu stimmen. So liefern sie regelmäßig große Fleischrationen, wenn sich die Nomaden ihre Beute nicht schon zuvor aus dem Metzgerladen geholt haben. Der „ängstlich[e]“ (Z. 34) Fleischhauer steht stellvertretend für alle Bürger, die keinen Mut zur Selbstverteidigung aufbringen, sondern vielmehr ihr Heil in der **Anpassung und Nachgiebigkeit** gegenüber den Besatzern suchen: „Vor ihrem Zugriff tritt man beiseite und überläßt ihnen alles.“ (Z. 27 f.)

Die Passivität der Bürger hat ihre Ursache vermutlich in ihrem **schlechten Gewissen**, denn gleich zu Beginn der Parabel weist der Erzähler selbstkritisch auf die Gleichgültigkeit gegenüber den Fragen der Landesverteidigung hin. Aus **Bequemlichkeit** sind die Untertanen nur ihrer „Arbeit nachgegangen“ (Z. 2), ohne sich um politische Angelegenheiten zu kümmern, und haben deshalb zu den militärischen Versäumnissen des Landes geschwiegen.

Was die Bürger vor allem irritiert, ist die Ungewissheit bezüglich ihrer Zukunft, zumal sie von ihrem Kaiser keine Hilfe erwarten können und die Nomaden in immer größerer Zahl in ihr Land eindringen. Mit ihrem kooperationsbereiten, zurückhaltenden Gebaren sichern sie sich nur eine **momentane Sicherheit**, die jederzeit ins

Gegenteil umschlagen kann. Der gegenwärtige Zustand wird von allen als „Last und Qual" (Z. 50 f.) empfunden.

Nomaden

Mit der Besetzung der Hauptstadt haben die Nomaden aus dem Norden die Bewohner des Kaiserreichs aus ihrem Alltag gerissen. Als der Schuster sein Geschäft „in der Morgendämmerung" (Z. 5) öffnet, sind bereits alle Gassen von den Eindringlingen besetzt. Diese stoßen die zivilisierten Stadtbewohner mit ihren **unkultivierten Umgangsformen** vor den Kopf. Das wilde Reitervolk zieht nicht in die Häuser der Hauptstadt ein, sondern kampiert im Freien, wo es sich mit der Reinigung seiner Waffen und mit seinen Pferden beschäftigt. Der gepflegte Hauptplatz ist bald in eine Müllhalde verwandelt.

Gemeinsamkeiten zwischen Besatzern und Besetzten gibt es nicht, denn die Soldaten interessieren sich weder für die „Sprache" (Z. 18) noch für die „Lebensweise" (Z. 20) und die „Einrichtungen" (Z. 20 f.) der Besiegten. Dafür holen sie sich von ihnen, was sie zu ihrer Versorgung brauchen, ohne dabei gewaltsam vorzugehen: „Man kann nicht sagen, daß sie Gewalt anwenden." (Z. 27) Doch ihre **derben Sitten** und ihre **stetig wachsende Anzahl** schüchtern die Bürger zunehmend ein, sodass der Erzähler die Invasoren schließlich **dämonisiert**. Eine Sprache als Kulturleistung spricht er ihnen ab und sieht in ihrer Verständigung nur eine animalische Form („ähnlich wie Dohlen", Z. 19). Bei ihren Grimassen „dreht sich das Weiß ihrer Augen und Schaum schwillt aus ihrem Munde" (Z. 24 f.).

Das größte Entsetzen breitet sich bei den Bürgern aus, als die Barbaren einen lebendigen Ochsen in Stücke reißen und das Fleisch trotz des lauten Tiergebrülls ungerührt verzehren. Schon vor diesem grausigen Höhepunkt werden die Einheimischen durch eine unglaubliche Beobachtung verstört: „Auch ihre Pferde fressen Fleisch" (Z. 32). Während die Bürger in Anbetracht der veränderten Lage ihr Verhalten umstellen, geben sich die Nomaden völlig **authentisch**: Sie leben ohne Hemmungen ihre Bedürfnisse aus und verhalten sich naturnah: „sie tun es, weil es so ihre Art ist." (Z. 26) Dabei scheinen sie sich auf einen längeren Aufenthalt in der Hauptstadt ihres Gegners einzurichten. Von ihren weiteren Plänen erfährt der Leser jedoch nichts.

Fazit

Gegenüber der urwüchsigen Gewalt der Nomaden bleiben die Bürger des Kaiserreichs wie gelähmt. Mit dem Einbruch einer anonymen (primitiven?) Macht in ihren so friedlichen, geordneten und geregelten Alltag kommen sie nicht zurecht. Gegen die Akte der Barbarei gibt es keine wirkungsvolle Strategie. Auch Anpassung und Passivität helfen nur vorübergehend, eine Lösung zur endgültigen Beseitigung der permanenten Gewalt scheint es nicht zu geben.

Als **Lehre** aus Kafkas Parabel wird dem Leser in Erinnerung gerufen, wie hoch entwickelte Zivilisationen ständig durch Barbarei und Gewalt gefährdet sind, was sich in der Geschichte schon häufig zugetragen hat – man denke z. B. an das „Dritte Reich", den Stalinismus, die Kulturrevolution in China oder die Roten Khmer in Kambodscha.

Sprache
Stil

Die schauderhaften Vorgänge bei dem Nomadeneinfall in das Kaiserreich werden vom Erzähler in einem weitgehend sachlichen **Chronistenstil** beschrieben. Mit vorwiegend **parataktischem Satzbau** und relativ **einfachem Wortschatz** wird die Handlung sehr anschaulich geschildert.

Pronomen

Dabei bestätigt der Schuster viele Einzelheiten aus seiner persönlichen Sicht. Sowohl die Invasion der Nomaden als auch ihr barbarisches Vorgehen sowie das Verhalten des Kaisers werden aus der **Ich-Perspektive** dargestellt. Um die Gegensätze zwischen den Bürgern und ihren Unterwerfern zu betonen, verwendet der Erzähler die **Personalpronomen „wir" und „sie"** bzw. die **Possessivpronomen „unsere" und „ihre"**. Während die Bürger der Monarchie aus Individuen (Schuster, Fleischer, Kaiser) oder sozialen Gruppen (Handwerker und Geschäftsleute) bestehen, werden die Invasoren als eine wilde, unkultivierte Einheit wahrgenommen, die als „Nomaden aus dem Norden" oder als „Bewaffnete" (vgl. Z. 6 f.) bezeichnet werden. Auch ihre Pferde bilden eine ununterscheidbare anonyme Masse. Derart typisierte Figuren gehört zu den Merkmalen einer Parabel.

rhetorische Figuren

Die Taten bzw. Untaten der Besatzer werden in **Aufzählungen** („Sie beschäftigen sich mit dem Schärfen der Schwerter, dem Zuspitzen der Pfeile, mit Übungen zu Pferde.", Z. 11 f.) verdeutlicht und darüber hinaus mit **Adverbien** („oft", Z. 24, 32; „[i]mmer wieder", Z. 20; „[k]aum … schon", Z. 4 f.) und **Negationen** („nicht", Z. 18, 23; „nie", Z. 24; „weder … noch", Z. 25 f.) versehen, sodass ihre dominante Anwesenheit sowie ihre irritierende Andersartigkeit eindringlich zum Ausdruck kommen.

Als Repräsentant des verunsicherten Bürgertums geht der Erzähler bei seinen Einschätzungen und Wertungen vorsichtig und differenziert vor. Viele Wahrnehmungen werden durch **Konjunktive** („Es ist, als wäre …", Z. 1; „Bekämen die Nomaden kein Fleisch …", Z. 35 f.) und einschränkende **Adverbien** („offenbar", Z. 7; „immer seltener", Z. 15) relativiert.

Auf das ungewöhnliche Verhalten des Kaisers, der in dieser außerordentlich bedrohlichen Lage des Reiches seine Gewohnheiten fundamental verändert, wird in Form einer **Antithese** zwischen „niemals sonst/immer nur" und „diesmal" (vgl. Z. 47 f.) hingewiesen.

Am Ende der Parabel fassen zwei **offene Fragen** („Wie wird es werden?“; „Wie lange werden wir diese Last und Qual ertragen?“, Z. 50 f.) die Zukunftsängste aller Bürger zusammen. Im Gegensatz zu seiner sonstigen Skepsis scheint der Erzähler jedoch die **Antwort** auf diese Fragen zu kennen: Da von nirgendwoher Hilfe zu erwarten ist, bleibt seiner Meinung nach nur der Untergang des Landes: „wir gehen daran zugrunde.“ (Z. 56)

Grundaussage auf der Bildebene

Die Parabel zeigt auf der **Bildebene** die **Konfrontation** zwischen einem **barbarischen Reitervolk** aus dem nicht genauer lokalisierten „Norden“ (Z. 7) und einer **zivilisierten Gesellschaft**. Die scheinbar gut organisierte Monarchie offenbart sich als keineswegs gefestigtes Staatswesen, das auf das Vordringen der Nomaden völlig hilflos reagiert und deshalb auch kein Konzept für die Lösung dieses politischen Konflikts hat. Während sich die fremden Soldaten als neue Herren über das unterworfene Land aufspielen, verharren die Besiegten in einer **totalen Passivität**. Niemand ergreift die Initiative zu einer Selbstbefreiung. Zwar bleibt das Ende offen, dennoch scheint es keine Hoffnung auf einen Ausweg zu geben.

Sachebene

Wie es für Parabeln kennzeichnend ist, verbirgt sich hinter der Bildebene die **Sachebene** – die eigentliche Aussage des Textes. Was die vorliegende Erzählung so modern macht, ist ihre Offenheit und Vieldeutigkeit. Im Gegensatz zu klassischen Parabeln liefert der Text nämlich keinen Schlüssel zur Deutung, das heißt, der Leser muss durch eigene Gedankenarbeit enträtseln, was das Geschehen bedeuten könnte. Die Zeit um 1900 war durch viele Umbrüche gekennzeichnet – politische, gesellschaftliche, wissenschaftliche und auch literarische. Es gab keine verbindlichen Gewissheiten und letztgültigen Wahrheiten mehr. Diese völlige weltanschauliche Verunsicherung spiegelt sich im Erzählen Kafkas wider, das den Leser gleichsam allein lässt. Die Verstörung des Ich-Erzählers überträgt sich damit auch auf den Leser. Franz Kafka verdeutlicht in der vorliegenden Geschichte, die 1917 (also gegen Ende des Ersten Weltkriegs) in dem Erzählband *Ein Landarzt* veröffentlicht wurde, wie die in der Menschheit stets vorhandene **Gewalt** die **kulturellen Leistungen** bedrohen und zerstören kann. Die Berichte aus dem Ersten Weltkrieg haben den damals 34-jährigen Autor, der selbst nicht an der Front war, vermutlich überzeugt, dass die Barbarei sogar jederzeit inmitten der Zivilisation ausbrechen und mit ungeheurer Kraft mühsam erworbene Errungenschaften zunichtemachen kann.

abschließende Deutung der Parabel

PRÜFUNGSAUFGABEN

ANALYSE PRAGMATISCHER TEXTE

Aufgabenstellung

1 Analysieren Sie den Text *In der Grotte der Erinnerung* von Miriam Meckel. Berücksichtigen Sie dabei den Gedankengang, die sprachlich-stilistische Gestaltung sowie die Intention des Textes.

2 Setzen Sie sich textbezogen mit der 2009 von Miriam Meckel aufgestellten These auseinander, dass wir Qualitätsjournalismus „als Schmiermittel für den sozialen Zusammenhalt einer Gesellschaft" (Z. 84 f.) brauchen.

Material **Miriam Meckel (geb. 1967): In der Grotte der Erinnerung (2009)**

Stellen Sie sich vor, Sie säßen an einem sonnigen Sonntagmorgen in einem Sessel, Tee oder Kaffee auf dem Tischchen neben sich, und läsen eine Zeitung. Das ist es, was ich als Außenbeobachter sehen könnte, wenn ich Sie bei dieser Tätigkeit betrachtete: einen glücklichen Menschen, eins in Geist und Körper, in entspannter Haltung der Lektüre und dem Nachdenken darüber gewidmet. Und stellen Sie sich dann vor, dass dieses Bild täuscht. Dass es nur entstanden ist durch eine komplexe computerbasierte Reizgeneration und -verarbeitung meines Gehirns.

Das Leseerlebnis und seine Beobachtung ist nicht mehr als das Ergebnis zweier Gehirne, gelagert in einer Nährstofflösung und verbunden durch Drähte, die Neuronen mit einem Computer verschalten. Der simuliert durch seine Impulsgenerierung eine virtuelle Erlebnis- und Erfahrungswelt, die dem Gehirn vorgaukelt, es befinde sich noch immer im Kopf eines Menschen und dieser Mensch sei einer von vielen auf der Welt, die auch alle ein eigenes Gehirn hätten. Nichts davon träfe zu. Es gäbe keine Welt. Es gäbe nur eine softwarebasierte komplexe Generierung von elektrischen Impulsen. Eine virtuelle Welt eben.

In diesem Gedankenexperiment vom „Gehirn im Tank", das seit Jahrzehnten immer wieder Kunst, Literatur und Wissenschaft beschäftigt mit der Frage, wie Bewusstsein, Wissen und Welterfahrung eigentlich zusammenhängen, steckt ein überaus aktueller Bezug: Wie nehmen wir Informationen auf, woher kommen sie, und welches Weltbild entsteht dabei? Bei dieser Frage deutet sich ein Paradigmenwechsel an.

Bislang ist es der Journalismus, der die Menschen mit Neuigkeiten aus der Welt versorgt, sie durch gut recherchierte und erzählte Geschichten interessiert und fasziniert. Das bringt zum Beispiel nicht nur dem Leser einer Tageszeitung oft ein Lesevergnügen, es sorgt auch für die soziale Synchronisation unserer Gesellschaft. Journalisten beobachten die Welt mit der Aufgabe und Zielsetzung, das Ergebnis ihrer Beobachtung professionell aufzubereiten und es als Nachricht, Bericht oder Reportage wieder in die Gesellschaft einzuspeisen. Diese Informationen machen es möglich, uns in einer komplexen Lebenswelt zu orientieren, uns der eigenen Zugehörigkeit zu dieser Welt zu vergewissern, indem wir uns aus einem Informations- und Themenfundus bedienen, der diese Komplexität reduziert und Momente der gesellschaftlichen Verständigung generiert.

Die Aufgabe bleibt, aber sie steht inzwischen unter anderen Vorzeichen. Das Internet hat dem professionellen Qualitätsjournalismus einen bunten Strauß an publizistischen Aktivitäten an die Seite gestellt, bei dem Amateure zu Autoren werden, die eine subjektive, volatile und momentorientierte Berichterstattung praktizieren. Das ist zunächst eine Ergänzung, die eine spannende Herausforderung bekannter Öffentlichkeitskonzepte bedeuten und die Herstellung von Inhalten demokratisieren kann. Doch sie hat Konsequenzen: Wie lässt sich ein professionell angelegter Qualitätsjournalismus noch finanzieren, wenn Informationen im Netz zur Commodity werden und kostenlos zu haben sind?

Die Internetunternehmerin Arianna Huffington hat ihre Antwort auf diese Frage vor einigen Tagen bei der Anhörung des amerikanischen Senats zur Zukunft der Zeitung gegeben: Die Zukunft liegt nicht im Qualitätsjournalismus, der durch ein Mediensystem getragen ist. Sie liegt in einer Kombination aus Bürgerjournalismus und stiftungsfinanzierten Investigativfonds. Den Journalisten und Zeitungsmachern ruft Huffington zu: „If you can't find your way to that, then you can't find your way." Denken wir das einmal zu Ende: In der Medienzukunft gibt es keinen traditionellen Journalismus mehr. Stattdessen berichten Bürger für Bürger, indem sie ihre Lebenserfahrung und die Beobachtungen ihrer Lebenswelt im Netz veröffentlichen. Und wenn nicht eine Stiftung sich bereit erklärt, für Recherche zu bezahlen, dann beruht diese Bürgerberichterstattung auf nichts anderem als der permanenten Reproduktion und Neukombination von vorhandenen Informationen, wie sie im Netz längst üblich ist.

Ein Großteil der Inhalte, die in Weblogs und auf Social Networking Sites präsentiert und diskutiert werden, stammen aus der Recherche und Publikation der traditionellen Medien. Ohne deren Angebote wären viele Weblogs inhaltlich eine wüste Ödnis.

Das schmälert nicht ihre Leistung, neue Perspektiven zu eröffnen und bestehende Informationen intelligent neu aufzubereiten. Aber es lässt aufscheinen, wie diese Medienzukunft ohne Journalisten aussehen könnte: Wie in einer Dienstleistungsgesellschaft, in der sich alle nur noch gegenseitig die Haare schneiden, bereiten wir am Computer die Informationen der anderen aus dem Netz neu auf, gefangen in einer Zeit- und Inhaltsschleife der fortwährenden Reproduktion und Rekombination des immer Gleichen.

Wie kommt dann das Neue in die Welt? Gar nicht. Es wird lediglich simuliert als Ergebnis der innovativen Verlinkung von Altbekanntem. So entstehen auch „Nachrichten" wie die über den angeblich bevorstehenden Konkurs der Fluggesellschaft United Airlines, die im vergangenen September die Medien und Börsen aufrüttelte. Die Software, mit der Google die Websites von Zeitungen nach News durchsucht, hatte einen sechs Jahre alten, undatierten Beitrag des „Sun Sentinel“ über den bevorstehenden Konkurs der Fluggesellschaft einfach neu datiert und damit zur „Nachricht“ gemacht. Der Aktienkurs stürzte daraufhin um 75 Prozent ab. Die softwarebasierte komplexe Generierung von „Nachrichten“. Eine virtuelle Informationswelt eben. Wollen wir unsere informationelle Zukunft entwerfen als Netzwerk verschalteter Neuronen und verlinkter Datenströme, getrieben durch ein Programm, das immer Gleiches rekombiniert, um es uns als Wirklichkeit zu präsentieren? Wenn nicht, dann brauchen wir weiterhin den professionell organisierten Ausbruch aus diesem Kreislauf. Wir brauchen Menschen, die von ihrem Schreibtisch aufstehen und sich von ihrem Computer lösen, um zu beobachten, was in der Welt geschieht. Wir brauchen Menschen, die unter Recherche mehr als die Eingabe eines Begriffs in eine Suchmaschine verstehen. Die mit anderen Menschen sprechen, um zu verstehen, was sie bewegt und ihr Leben bestimmt. Wir brauchen Menschen, die diese Geschichten so erzählen können, dass andere sich für sie interessieren.

Für all das brauchen wir den Qualitätsjournalismus, der es sich leistet, Reporter in die Welt zu schicken, die recherchieren, ihre Beobachtungen zurückbringen und uns das Neue erzählen. Wir brauchen ihn als Schmiermittel für den sozialen Zusammenhalt einer Gesellschaft, die in sich verstummt, wenn es keinen Fundus gemeinsamer Themen mehr gibt. Und wir brauchen ihn gegen die soziale Langeweile, die entsteht, wenn die Quelle der unterscheidbaren Themen und Inhalte versiegt.

Sich dabei auf den Goodwill von Stiftungen oder anderen freiwilligen Geldgebern zu verlassen reicht nicht. Es ist an der Zeit, eine ernsthafte Debatte darüber zu führen, dass Qualitätsjournalismus zu den Institutionen einer freien und demokratischen Gesellschaft gehört – so wie freie Wahlen, freie Gerichtsbarkeit und die Trennung der Staatsfunktionen. Wir brauchen ihn – ob gedruckt, gesendet oder im Internet. Deshalb muss er finanzierbar sein, als Hauptangelegenheit, nicht als Nebentätigkeit. Eine Gesellschaft, die ihre soziale Synchronisation durch Journalismus zur Liebhaberei erklärt, darf sich nicht wundern, wenn diese Liebhaberei auch nicht steuerlich abzugsfähig ist. Es reicht daher nicht, fortwährend über neue Geschäftsmodelle im Internet zu philosophieren und Werbeeinbrüche zu beklagen. Der Journalismus muss sein Überleben auch selbst in die Hand nehmen und für sich argumentieren. Er muss seine Kunden überzeugen, dass journalistische Qualität einen sozialen Wert hat, der wiederum eines materiellen Gegenwerts bedarf. Und dafür muss eine Gesellschaft bezahlen.

In Philip Roths Roman *Empörung* stellt der junge Protagonist Marcus Messner sich in der Post-mortem-Erzählung seines Lebens die Frage, wie lange er noch mit seiner erinnerten Vergangenheit leben muss und wie lange er diese noch ertragen kann:

„Körperlos in dieser Grotte der Erinnerung, erzähle ich mir rund um die Uhr in einer uhrenlosen Welt immer wieder meine eigene Geschichte und habe dabei das Gefühl, dies schon seit Millionen Jahren zu tun.“ Die Vorstellung, das solle ewig so weitergehen, löst beim Erzähler ein grenzenloses Unbehagen aus. Beim Leser übrigens auch.

Miriam Meckel: In der Grotte der Erinnerung, Frankfurter Allgemeine Zeitung 109 /2009, 12.05.2009

Rechtschreibung und Zeichensetzung entsprechen der Textquelle.

Miriam Meckel ist Professorin für Corporate Communication und geschäftsführende Direktorin des „mcminstitute“ (Institut für Kommunikations- und Medienmanagement) an der Universität St. Gallen.

Anmerkungen

Z. 35	volatile: flüchtige, vorübergehende, unbeständige
Z. 39	Commodity: austauschbare Standardware, die bei vielen Lieferanten in vergleichbarer Qualität zu haben ist
Z. 41	Arianna Huffington: US-amerikanische Sachbuchautorin und Journalistin (geb. 1950); Mitbegründerin und bis 2016 Chefredakteurin der Online-Zeitung „The Huffington Post“
Z. 44 f.	stiftungsfinanziert[e] Investigativfonds: durch (private) Stiftungen bereitgestellte Geldbestände, die dafür vorgesehen sind, investigativen, also nachforschenden und enthüllenden Qualitätsjournalismus zu finanzieren
Z. 46	„If you can't find your way to that, then you can't find your way.“: sinngemäß: Wer auf diesem Wege keine Lösung findet, wird überhaupt keine Lösung finden.
Z. 68	Sun Sentinel: US-amerikanische Tageszeitung
Z. 88	Goodwill: hier: Wohlwollen
Z. 101	Philip Roth: US-amerikanischer Schriftsteller (1933–2018)
Z. 102	Post-mortem-Erzählung: post mortem: (lat.) nach dem Tod

TIPP **Bearbeitungshinweise**

Voraussetzungen

Die Aufgabe bezieht sich in erster Linie auf das Rahmenthema 6 „Sprache und Sprachgebrauch reflektieren“ in Verbindung mit dem Wahlpflichtmodul 5 „Journalistische Sprache“. **Journalismus** ist in zweifacher Hinsicht Gegenstand der Aufgabe: Einerseits wird das Thema des Qualitätsjournalismus behandelt, andererseits ist der vorliegende essayistische Text selbst ein journalistisches Produkt, das es zu analysieren gilt.
Bei der ersten zu bearbeitenden Teilaufgabe handelt es sich um eine **Analyse**. Die zweite Teilaufgabe verlangt eine **Auseinandersetzung** mit einer von der Autorin vorgebrachten These. Um hier zu tragfähigen Ergebnissen zu gelangen, müssen Sie sich einerseits intensiv mit dem vorliegenden Text, andererseits aber auch mit dem unterrichtlichen Pflichtgegenstand „**Zukunft der Zeitung – Zeitung der Zukunft**“ beschäftigt haben und daher verschiedene Positionen kennen (z. B. Pörksen/Hörisch), um sich dann eine fundierte eigene Meinung bilden zu können. Die erste Teilaufgabe deckt die Anforderungsbereiche I–III ab, ist aber vornehmlich in den Anforderungsbereichen II und III angesiedelt. Die zweite Teilaufgabe wird den Anforderungsbereichen II–III zugewiesen; hier dominiert der Anforderungsbereich III. Es ist eine **Gewichtung von 70 : 30** vorgesehen. Dies ist auch bei der Einteilung der Arbeitszeit zu berücksichtigen.

Erläuterung der Aufgabenstellung

TEILAUFGABE 1: Der Operator „**analysieren**“ verlangt, dass Sie den Text inhaltlich, sprachlich und strukturell erschließen und die Ergebnisse präzise darstellen. Es ist bei dem vorgelegten Text hilfreich, wenn Sie **Sinnabschnitte** bilden und diese dann für die **strukturelle Anlage** Ihrer Analyse nutzen. Achten Sie darauf, die unterschiedlichen Betrachtungsebenen miteinander zu verknüpfen. So müssen Sie die sprachliche und strukturelle Gestaltung in funktionaler Anbindung an den Inhalt bzw. die Wirkungsabsicht darstellen. Eine gute Bewertung setzt eine differenzierte Analyse des Gedankengangs und der Intention des Textes voraus.

In **TEILAUFGABE 2** werden Sie aufgefordert, sich textbezogen mit der 2009 von Miriam Meckel aufgestellten These, dass wir Qualitätsjournalismus als „Schmiermittel für den sozialen Zusammenhalt einer Gesellschaft" brauchen, auseinanderzusetzen. Hierbei gilt es, eine differenzierte, aspektreiche und begründete Position zu Meckels Aussage zu entwickeln. Der Kernpunkt der Auseinandersetzung ist bereits vorgegeben, sodass Sie sich auch nur auf diesen Aspekt und nicht noch auf die weiteren in dem Essay genannten Punkte konzentrieren müssen. Stellen Sie aber sicher, dass Sie immer wieder auf den Text zurückgreifen, damit tatsächlich eine „textbezogene" Auseinandersetzung erfolgt.
Es dient der Überzeugungskraft Ihres Textes, wenn Sie Argumente, die gegen die von Ihnen vertretene Position sprechen, benennen und entkräften. Eine klare Struktur sowie eine standardsprachlich korrekte, terminologisch präzise und stilistisch gewandte Darstellung sind Voraussetzungen für eine gute Bewertung. Ein abschließendes **Fazit** sollte Ihre Ausführungen abrunden. Der dargestellten Lösung müssen Sie inhaltlich nicht zustimmen; sie dient vielmehr als argumentatives Muster.

Lösungsvorschlag

TEILAUFGABE 1

Einleitung

Autorin, Titel, Textsorte, Erscheinungsjahr und -ort, Thema

In ihrem essayistisch angelegten Text *In der Grotte der Erinnerung,* der im Jahr 2009 sowohl in der Printedition der Frankfurter Allgemeinen Zeitung als auch im Internet unter www.faz.net veröffentlicht wurde, setzt sich Miriam Meckel, Professorin für Corporate Communication, mit den **Aufgaben und Funktionen des Qualitätsjournalismus** auseinander. Da dieser im Zeitalter des Internets aufgrund kostenfreier Angebote bedroht erscheint, betont Meckel nachdrücklich die Unverzichtbarkeit eines seriösen Pressewesens als Institution einer freiheitlich-demokratischen Gesellschaft, innerhalb der dem Journalismus auch ein hoher sozialer Wert zukomme.

Analyse des Artikels

1. Sinnabschnitt: narrativer Einstieg

Die Autorin eröffnet ihren Argumentationsgang mit einem eher **narrativ angelegten „in medias res"-Einstieg** (vgl. Z. 1–15). Dabei fordert sie die Leserschaft imperativisch und unter Verwendung von Alliterationen und Anaphern („Stellen Sie sich vor", Z. 1 und Z. 5) dazu auf, an einem **Gedankenexperiment** teilzunehmen. Dieser Versuch wird im Folgenden sprachlich überwiegend im Konjunktiv II (Irrealis) realisiert (vgl. z. B. Z. 1 f.). Durch die Verwendung des Personalpronomens „ich“ („Das ist es, was ich als Außenbeobachter sehen könnte“, Z. 2 f.) stellt sie zwischen dem Leser und dem schreibenden Ich Nähe her, die es leichter machen soll, der Entwicklung der Thesen und Ideen zu folgen.

Skizziert wird die fiktive Alltagssituation einer entspannten Zeitungslektüre, die dann allerdings unter Bezugnahme auf das bekannte Gedankenexperiment vom „Gehirn im Tank“ als rein virtuell entlarvt wird. Indem in isolierten Gehirnen Reize hervorgerufen werden, kann **Realität simuliert** werden. Meckel bereitet mit dieser Vorstellung einer ausschließlich „virtuelle[n] Welt“ (Z. 15) den Boden für das eigentliche Thema des Textes, das sie im Folgenden entfaltet.

2. Sinnabschnitt: Überleitung zum Thema „Journalismus“

Als Überleitung (Z. 16–20) dient die im Kontext gesellschaftlicher und kultureller Veränderungen vermehrt aufgeworfene Frage nach dem Zusammenhang von „Bewusstsein, Wissen und Welterfahrung“ (Z. 17 f.) – das Trikolon spiegelt die Verwobenheit der Bereiche wider. Davon ausgehend entwickelt die Autorin ihre **Kernthese**, dass **Journalismus als Bindeglied zwischen Individuum und Welt** fungieren könne und damit eine essenzielle gesellschaftliche Funktion erfülle. Mit einer Aneinanderreihung von Fragen regt sie die Leserinnen und Leser zu eigenen Überlegungen an: „Wie nehmen wir Informationen auf, woher kommen sie, und welches Weltbild entsteht dabei?“ (Z. 19 f.)

3. Sinnabschnitt: Leistungen des Qualitätsjournalismus

In der Folge konkretisiert Meckel, worin sie den **Mehrwert des Qualitätsjournalismus** sieht: Journalisten beobachteten die Welt und bereiteten das Ergebnis ihrer Wahrnehmung professionell auf, um es dann „wieder in die Gesellschaft einzuspeisen“ (Z. 26 f.). Die geleistete **Komplexitätsreduktion** und die **Bereitstellung von Wissensbeständen**, die die Gesellschaft verbinden, würden dem Einzelnen gesellschaftliche Partizipation ermöglichen (vgl. Z. 21–31). Die **Unverzichtbarkeit** des Journalismus wird durch die Wahl des Stilmittels der Personifikation (vgl. Z. 21 f.) auch in sprachlicher Hinsicht abgebildet.

4. Sinnabschnitt: Gefährdung durch Digitalisierung

Nachdem Meckel die Vorzüge des Qualitätsjournalismus dargestellt hat, skizziert sie in einem nächsten gedanklichen Schritt (vgl. Z. 32–40) eine **aktuelle Problemlage:** Der Fortbestand des professionellen Journalismus sei **finanziell gefährdet** durch die vielen „Amateure“ (Z. 34), die im Internet zu „Autoren“ (Z. 34) würden. Deren vielfältige **kostenlose publizistische Angebote** werden metaphorisch als „bunte[r] Strauß“ (Z. 33) bezeichnet. Zwar würdigt Meckel, dass diese subjektiv gefärbten Momentaufnahmen auch demokratisierendes Potenzial hätten (vgl. Z. 37). Doch sie bringt ihre

Sorge über die gegenwärtigen Entwicklungen in einer an den Leser gerichteten Frage zum Ausdruck: „Wie lässt sich ein professionell angelegter Qualitätsjournalismus noch finanzieren, wenn Informationen im Netz zur Commodity werden und kostenlos zu haben sind?“ (Z. 38 ff.)

5. Sinnabschnitt: Nein zu stiftungsfinanzierter Presse

Die Lösung, die Internetunternehmerin Arianna Huffigton vorschlägt, eine **Kombination aus Bürgerjournalismus und stiftungsfinanziertem investigativem Journalismus**, lehnt Meckel entschieden ab (vgl. Z. 41–52), weil Qualitätsjournalismus dann allein abhängig wäre von der Bereitschaft einer Stiftung, „für Recherche zu bezahlen“ (Z. 50).

6. Sinnabschnitt: Dystopie einer Gesellschaft ohne seriöse Medien

Für Meckel wäre ein solches Szenario gleichzusetzen mit einer **Zukunft ohne traditionellen, professionellen Journalismus**, die sie anschließend ausmalt (vgl. Z. 53–75). Sie **befürchtet** einen eklatanten **Substanzverlust** und einen Bürgerjournalismus, der nur aus einer **selbstreferenziellen Reproduktion und Rekombination** von Inhalten bestehe (vgl. Z. 51), da ihm seriös recherchierte und professionell aufbereitete Meldungen fehlten. Als Bild wird hier die „wüste Ödnis“ (Z. 55) herangezogen, der Weblogs und Social Networking Sites glichen, wenn sie auf keine neuen externen Informationen zurückgreifen könnten. Auch der sarkastische Vergleich mit einer „Dienstleistungsgesellschaft, in der sich alle nur noch gegenseitig die Haare schneiden“ (Z. 58 f.), hat die Funktion, die These zu veranschaulichen. Anhand eines **konkreten Beispiels** zeigt Meckel auf, warum sie der Ansicht ist, dass es weiterhin Journalisten geben muss, die „beobachten, was in der Welt geschieht“ (Z. 77). Die Falschmeldung vom Konkurs der United Airlines, von Meckel ironisierend als „Nachricht“ (vgl. Z. 71) tituliert, geriet in Umlauf, weil infolge softwarebasierter Generierung von News eine undatierte Nachricht als Neuigkeit kategorisiert wurde (vgl. Z. 67 ff.). Hier greift die Verfasserin implizit auf ihr Gedankenexperiment vom Beginn des Artikels zurück, mit dem sie die **Gefahren absoluter Virtualität** erfassbar machen wollte.

7. Sinnabschnitt: Notwendigkeit eines Qualitätsjournalismus

Vor dem Hintergrund dieses bedrohlichen Szenarios wird dann die These von der **Unverzichtbarkeit eines professionellen Journalismus** unterstrichen (Z. 75 –100). Eine Reihung parallel gebauter, anaphorischer Sätze und Wiederholungsfiguren entfaltet eine persuasive Wirkung: „Wir brauchen Menschen, die unter Recherche mehr als die Eingabe eines Begriffs in eine Suchmaschine verstehen. […] Wir brauchen Menschen, die […] Geschichten so erzählen können, dass andere sich für sie interessieren.“ (Z. 77 ff.) Durch die Verwendung des Personalpronomens „wir“ beansprucht Meckel, für die ganze Gesellschaft zu sprechen.

Die Ergebnisse echter Recherchearbeit, die auch infolge persönlicher Kommunikation mit Menschen zustande kommen, werden als Merkmale des Qualitätsjournalismus sowie metaphorisch als „Schmiermittel für den sozialen Zusammenhalt einer Gesellschaft" (Z. 84 f.) bezeichnet, weil sie **gesellschaftlich verbindende Wissensbestände herstellen**. Meckel betont nachdrücklich, dass der Qualitätsjournalismus daher aus ihrer Sicht zu den „Institutionen einer freien und demokratischen Gesellschaft" (Z. 90 f.) gehöre.

Mit dieser Positionierung sind auch **indirekte Appelle** verbunden – sowohl an die „Gesellschaft" (Z. 93 f.), die **sich Journalismus leisten** wollen und ihn finanzieren muss, als auch an den Journalismus selbst: Der müsse die **Kunden von seiner Relevanz**, die eines „materiellen Gegenwerts" (Z. 100) bedürfe, **überzeugen**. Implizit lehnt Meckel hier auch Arianna Huffingtons These ab, formuliert sie doch, man dürfe sich nicht auf den „Goodwill von Stiftungen" (Z. 88) verlassen, sondern benötige einen unabhängig finanzierten Journalismus.

8. Sinnabschnitt: Rückbezug zu Einstieg/Titel

Unter Verweis auf Philip Roths Roman *Empörung* wird zuletzt das Bild vom Gehirn im Tank noch einmal herangezogen (Z. 101–107). Darin vergegenwärtigt sich eine Romanfigur post-mortem das eigene Leben und fühlt sich „[k]örperlos in dieser Grotte der Erinnerung" (Z. 104) gefangen – aus diesem Zitat erklärt sich der Titel von Meckels Essay. In Analogie zu der Figur von Roth wird in literarischer Variation das **Schreckensszenario** einer Gesellschaft gezeichnet, die **durch fehlenden Qualitätsjournalismus auf eine Dauerschleife aus Reproduktion und Rekombination reduziert** sei.

sprachliche Gestaltung und Adressatenkreis des Artikels

Meckel macht in Abgrenzung zu den „Amateuren" ihr **Expertentum** und ihren Anspruch, Qualitätsjournalismus anzubieten, durch Textaufbau und sprachliche Gestaltung deutlich, ohne sich selbst explizit als Vertreterin des professionellen Journalismus zu bezeichnen. Die gedankliche Komplexität, die sich auch im hypotaktischen Satzbau widerspiegelt, bildungssprachliche Wendungen (vgl. z. B. Z. 94), intertextuelle (vgl. Z. 101) und philosophische Bezüge (vgl. Z. 16) sowie fremdsprachliche Zitate und Wendungen (vgl. Z. 39, 46, 88) machen deutlich, dass sich der Text klar an eine **gebildete Leserschaft** richtet, die traditionellen Qualitätsjournalismus kennt. Sie soll motiviert werden, für diese Pressearbeit weiterhin zu zahlen, um abzuwenden, was Meckel fürchtet: eine rein stiftungsbasierte, d. h. private Finanzierung journalistischer Tätigkeit.

Intention des Textes

Die Verfasserin zielt vor allem darauf ab, die **fundamentale gesellschaftliche Bedeutung des Qualitätsjournalismus** hervorzuheben, indem sie eine Kontrastfolie ausmalt: Sie imaginiert eine Öffentlichkeit ohne Qualitätsmedien. Aus dieser nahezu dystopischen Darstellung ergibt sich dann folgerichtig der **Appell** an die Leserinnen und Leser, die Erhaltung des Qualitätsjournalismus als **gesamtgesellschaftliche Aufgabe** zu betrachten und diese auch zu finanzieren.

TEILAUFGABE 2

Überleitung
Wiedergabe der zentralen These

Miriam Meckel entwirft in ihrem essayistischen Text *In der Grotte der Erinnerung* das Bild einer Gesellschaft, die ohne Qualitätsjournalismus einen eklatanten Substanzverlust zu erleiden droht, weil sie in der amateurhaften Rekombination und Reproduktion der immer gleichen Inhalte gefangen ist. Zentral in ihrem Gedankengang ist die These, dass wir Qualitätsjournalismus „als Schmiermittel für den sozialen Zusammenhalt einer Gesellschaft“ (Z. 84 f.) benötigen: Erst die gesicherten und professionell vermittelten Wissensbestände würden es erlauben, in einen diskursiven Prozess einzutreten.

Erläuterung der zentralen Begriffe

Zunächst gilt es, die **Kernbegriffe** dieser These zu beleuchten. „**Qualitätsjournalismus**“ bezeichnet eine Art der Pressearbeit, die unabhängig – weil nicht „auf den Goodwill von Stiftungen oder anderen freiwilligen Geldgebern“ (Z. 88) angewiesen – ist und ein Gegenstück zu dem tendenziell volatilen und subjektiven Bürgerjournalismus z. B. in den sozialen Netzwerken bildet. Als Merkmale eines qualitativ hochwertigen Journalismus sind ferner Sorgfalt und Standards in der Recherche, Transparenz in Bezug auf die Quellen sowie die handwerklich gelungene, adressatengerechte Aufbereitung der ermittelten Informationen zu nennen.

Wenn Meckel von Qualitätsjournalismus „als **Schmiermittel für den sozialen Zusammenhalt einer Gesellschaft**“ spricht, meint sie damit, dass die seriöse Presse Themen als relevant identifiziert und der Gesellschaft in Form von journalistischen Produkten zugänglich macht (vgl. Z. 27), was zur Aufrechterhaltung eines öffentlichen Diskurses und damit zum gesellschaftlichen Zusammenhalt beiträgt.

Auseinandersetzung mit These

Kontra-Argumente:

gebildete Zielgruppe des Qualitätsjournalismus

Doch ist der Qualitätsjournalismus tatsächlich in der Lage, diese ihm zugedachte Funktion zu erfüllen? Es ist festzuhalten, dass sich Qualitätsjournalismus in der Regel an eine **gebildete Leserschaft adressiert** und durch die vorrangig gewählte **Bildungssprache** kein Angebot für alle sozialen Schichten macht. Meckels Text selbst ist dafür das beste Beispiel. So sind mit Sicherheit philosophische Bezüge zum Gedankenexperiment „Gehirn im Tank“ oder intertextuelle Hinweise auf Roths Roman *Empörung* für Teile der Gesellschaft nicht anschlussfähig, also alles andere als ein „Schmiermittel“.

Zudem sind seit Veröffentlichung von Meckels Text zwölf Jahre vergangen, in denen Formen der **digitalen Kommunikation** eine **enorme Reichweite** gewinnen konnten. Heute prägt die Kommunikation in sozialen Netzwerken mit ihren algorithmischen Steuerungsprinzipien noch stärker die Wirklichkeitserfahrung vieler Menschen. Dadurch ist der klassische Journalismus noch mehr ins Hintertreffen geraten, sodass Zweifel angebracht sind, ob Meckels Anspruch erfüllbar ist.

Relevanz der sozialen Netzwerke

Nicht zuletzt hat auch der in den sozialen Medien stattfindende Bürgerjournalismus seine Berechtigung: Wie Bernhard Pörksen feststellt, ermöglicht dieser es **jedem, zum Sender zu werden** und seine Meinung zu veröffentlichen. Man ist nicht mehr nur Konsument, sondern auch Produzent von Informationen. Diese Vielfalt ermöglicht auch eine stärkere **Teilhabe der Vielen am Meinungsbildungsprozess**, was nur im Sinne einer demokratisch verfassten Gesellschaft sein kann. Miriam Meckels Abwertung des Journalismus der „Amateure" muss somit relativiert werden. Auch er kann zum gesellschaftlichen Austausch beitragen.

demokratische Bedeutung des Bürgerjournalismus

Aber ist damit der Qualitätsjournalismus überholt? Trotz der angeführten Bedenken lässt sich ein Ja zur seriösen Presse herleiten, wenn man vom Gegenteil aus denkt und sich eine **Gesellschaft ohne unabhängigen Qualitätsjournalismus** vorstellt: Gemeinsame Themen würden fehlen, es käme zu einer Partikularisierung von Diskursen, gepaart mit der Verbreitung von sogenannten Trivia, also banalen, nur subjektiv bedeutsamen Klatschmeldungen. Wenn nur Einzelmeinungen den Diskurs beherrschen, könnte sich schnell eine Orientierungslosigkeit hinsichtlich der Relevanz von Themen einstellen.

Pro-Argumente:

Aus dieser Orientierungslosigkeit, gegebenenfalls auch aus der den Medien unterstellten mangelnden Glaubwürdigkeit könnte ein „**Verstummen der Gesellschaft**" resultieren und damit die Verweigerung der Teilnahme an Diskursen, die essenzieller Bestandteil einer funktionierenden Demokratie ist. Diese Tendenz sehen wir heute bereits – auf einer anderen Ebene – im Kontext von Wahlen. Wenn Menschen keine klaren Haltungen mehr ausmachen können oder das Gefühl haben, lebensweltlich abgekoppelt zu sein von politischen Themen, erfolgt nicht selten der Rückzug in die Verweigerung, in diesem Fall die Wahlverweigerung.

Gefahr der Diskursverweigerung

Eine weitere Folge des Fehlens gemeinsamer Kommunikationsgrundlagen kann die Verhinderung der „**soziale[n] Synchronisation**" (Z. 24) sein. Wenn nicht alle Mitglieder der Gesellschaft die Möglichkeit haben, auf verifizierte und komplexitätsreduzierte In-

keine gesamtgesellschaftliche Verständigung

formationen zurückzugreifen, entfallen „Momente der gesellschaftlichen Verständigung“ (Z. 30). Angesichts der massenhaften Autorschaft im Netz sind gemeinsame, alle Schichten angehende Themen kaum mehr lokalisierbar.

Kontrollfunktion des Journalismus in Demokratie

Der von Meckel angesprochene „soziale Zusammenhalt“ betrifft allerdings nicht nur die Ebene der zwischenmenschlichen oder diskursiven Beziehungen zwischen Bürgerinnen und Bürgern, sondern gilt auch für das **Verhältnis zwischen politischem System und der Bevölkerung**. Indem Journalisten – gleichsam als **vierte Gewalt** neben Exekutive, Judikative und Legislative – unabhängig informieren, sind sie eine wichtige gesellschaftliche Stütze zur Sicherung von Rechtsstaatlichkeit: Durch ihre **aufklärerische Funktion** vermögen sie staatliches Handeln kritisch zu begleiten und den Bürgerinnen und Bürgern **unparteiisch** Informationen zukommen zu lassen. Die Bevölkerung erhält so die Sicherheit, in einem Staat zu leben, in dem staatliches Handeln an Recht und Gesetz gebunden und kontrollierbar ist. Auch ein **grundsätzliches Vertrauen in das Funktionieren von Demokratie** ist als „soziales Schmiermittel“ unerlässlich.

Fazit

Zustimmung zu Meckels These

Trägt also die Presse zum gesellschaftlichen Zusammenhalt bei? Obwohl eine Diskrepanz zwischen Wunschvorstellung und Realität besteht, ist **Meckels These zuzustimmen**. Selbst wenn – wie soeben kritisch angemerkt – die von Journalisten erstellten Primärprodukte nur von einem Teil der Gesellschaft rezipiert werden, finden die Themen auch ihren Widerhall in den sozialen Netzwerken, wie Meckel selbst anmerkt: „Ein Großteil der Inhalte, die in Weblogs oder Social Networking Sites präsentiert und diskutiert werden, stammen aus der Recherche und Publikation der traditionellen Medien.“ (Z. 53 ff.)

Ausweitung und Ergänzung der These

Abschließend lässt sich Meckels These erweitern. Die seriöse Presse muss sich wandeln: So sieht Jochen Hörisch den Journalisten heute weniger als „Gatekeeper“ denn als „**Barkeeper**“: Er müsse einen Nachrichten-Cocktail mischen, der besser bekömmlich sei als die „Allerweltsmischungen der Computer-Algorithmen“. Darüber hinaus muss jede(r) Einzelne lernen, mit dem weit fortgeschrittenen Bürgerjournalismus umzugehen. Bernhard Pörksens normative Idee einer „**redaktionellen Gesellschaft**“, die er in seinem Artikel *Alle müssen Journalisten sein* ausführt, kann hier eine sinnvolle Ergänzung sein. Mit dem Konzept einer „redaktionellen Gesellschaft“ verbindet er die Vorstellung, dass **Normen und Prinzipien eines mustergültigen Journalismus**, dem an sorgfältiger Recherche, Analyse, dem Bewusstsein für die potenziellen eigenen Irrtümer und der Wahrung von Persönlichkeitsrechten gelegen ist, **Teil der Allgemeinbildung** werden und gegebenenfalls sogar in einem eigenen Schulfach vermittelt werden. Bildung ist hier der Schlüssel zu einem Bürgerjournalismus, der keinesfalls den Qualitätsjournalismus ersetzen, aber eine angemessene Bewertung und Interpretation von Nachrichten ermöglichen und vor der Verbreitung von Falschmeldungen schützen kann.

ANALYSE PRAGMATISCHER TEXTE

Aufgabenstellung

1 Analysieren Sie den Auszug aus dem Artikel *Donald Trump, Don Giuseppe und das Elend der Berichterstattung* von Alexander Kissler. Berücksichtigen Sie dabei den Gedankengang, die sprachlich-stilistische Gestaltung sowie die Intention des Textes.

2 Nehmen Sie – auf Grundlage Ihrer Analyseergebnisse und Ihrer Kenntnisse aus dem Unterricht – zu der Frage Stellung, inwiefern Kisslers Artikel einen überzeugenden Beitrag zum Diskurs über politischen Journalismus leistet.

Material

Alexander Kissler (geb. 1969): Donald Trump, Don Giuseppe und das Elend der Berichterstattung (Auszug; 2020)

Hass ist keine Meinung, heißt es. Hetze bereite den Boden für Gewalt, und gegen beides helfe Haltung, die richtige Haltung. Dieser Dreiklang wird heute selten bezweifelt. Ganz falsch ist er nicht. Hass vergiftet den Diskurs (kann aber trotzdem eine Meinung sein), Hetze macht dumm, sich und andere (muss aber nicht in Gewalt münden), eine innere Haltung sollten wir alle haben (es muss aber nicht unbedingt dieselbe sein). Fast zum Schimpfwort wurde Haltung, als sie mehr und mehr zum Vereinsabzeichen verkam, das sich die moralisch Rechtgesinnten gegenseitig ans Revers heften. Für solche Zweckentfremdung kann die Haltung nichts, wohl aber jene, die sie als Surrogat der Vernunft nehmen. Womit wir bei der deutschen Auslandsberichterstattung gelandet wären und bei Donald Trump.

[…] [W]enn wir also zum Beispiel am 3. Juni 2020 die „Berliner Morgenpost" oder einen anderen Titel der Funke Mediengruppe aufschlagen[, lesen wir] […] einen Korrespondentenbericht aus den Vereinigten Staaten […].

Der Text auf Seite 7 unter der Überschrift „Trump lässt Soldaten aufmarschieren. Der US-Präsident will das Militär gegen seine eigenen Bürger einsetzen – und nutzt die Krise zur Selbstinszenierung" beginnt so, exakt so: „Er – und schwach? Das darf nicht sein. Die Berichte über seine vorübergehende Flucht in den Sicherheitsbunker des Weißen Hauses am vergangenen Freitag lagen Donald Trump noch übel im Magen, als er am späten Pfingstmontag überraschend im Rosengarten des Weißen Hauses ans Mikrofon trat, um sich krampfhaft die Aura der Stärke zu verleihen."

Ja, liebe Närrinnen und Narrhalesen, da schreibt jemand, der erst im Kopf, dann im Magen und schließlich im Bauch des Donald Trump sitzt, ein Hellseher mit gastroenterologischen Spezialkenntnissen. Solche innere Rede ist ein bewährtes Mittel in

Arztromanen und Krimis: „Er – und schwach? Das durfte nicht sein. Professor Schanze-Schönhausen ließ noch einmal den Blick über den Befund schweifen, ehe er ihn energisch zusammenknüllte und angeekelt in den Papierkorb warf. Sein Herz pochte wild. Nun hatte er den ihm so verhassten Paul von Sigmaringen ganz in seiner Hand." Oder aber: „Er – und schwach? Das durfte nicht sein. Don Giuseppe hatte gerade seine Cohiba zu Ende geraucht, als da wieder dieses Schrillen in seinem Ohr war. Und dann kamen die Bilder zurück, schlimme Bilder, grausame Bilder. Heftig schoss das Blut in seinen Kopf. Alles in ihm krampfte sich zusammen. Mit Don Giuseppe legte man sich nicht an. Sein Augenlid zuckte, als er zum Telefonhörer griff und mit leiser, aber bebender Stimme Filippos Tod befahl."

Auf Seite 7 in der „Berliner Morgenpost" und womöglich in 13 weiteren Zeitungen der Funke Mediengruppe an jenem 3. Juni stand jedoch nicht der Vorabdruck eines Unterhaltungsromans aus dem Hause Bastei, sondern, wie gesagt, der Bericht des USA-Korrespondenten aus Washington. Dieser stellte sich vor, Donald Trump habe eine Magenverstimmung, zeige ein krampfhaftes Verhalten und sei überhaupt ein Schurke, wie er im Groschenroman steht. Ihm, dem mustergültigen Groschenromanschurken, widmete der Korrespondent eine erzählerische Skizze von immerhin elf Absätzen, einer halben Zeitungsseite. Liebhaber greller Effekte kommen auf ihre Kosten. [...]

Im fünften Abschnitt nennt der Erzähler von der „Berliner Morgenpost" Trumps Gebaren ein „militärisches Muskelspiel" – so lautet die Formulierung, die kein Zitat ist und in der wir also die Einschätzung des auktorialen Erzählers selbst erblicken dürfen. Dieser weiß im sechsten Abschnitt zu berichten, Trump wolle in Washington mit Soldaten „ein Exempel statuieren", rund um das „hermetisch abgeriegelte Gelände des Weißen Hauses". Meines Wissens zählte das Weiße Haus auch unter Obama, Carter und Kennedy zu den am besten geschützten Immobilien dieses Planeten. Oder gab man sich vor Trump mit liquiden Gittern, angelehnten Türen zufrieden?

[...]

Der achte Abschnitt schreibt von – wie wir lernten: durchaus in ihrem Wahrheitsgehalt umstrittenen – Einsätzen mit „Tränengas- und Blendgranaten" gegen „Protestler" und zitiert wieder eine Stimme des Trump-kritischen Senders CNN, der sich an das Gebaren von „Möchtegerndiktatoren" erinnert fühlt. Abschnitt neun liefert den erzählerischen Höhepunkt: Trump ging nicht, nein, er „stiefelte" zur nahe gelegenen St.-John's-Kirche. Wie es eben Brauch ist, mittags um 12 im Wilden Westen, oder nachts, wenn die Schakale kreisen und der alte Powaudy ein letztes Mal das Pferd sattelt. Begleitet wurde der Präsident nicht vom Geheimdienst, sondern von „Heerscharen des Secret Service", und an der Kirche ließ er sich nicht fotografieren, nein, er „posierte", und dann ging er nicht zurück, nein, er „zog wieder ab". Jedes Wort ein Hieb, jedes Verb ein Stich.

So schreibt man, um Leser in den Bann zu ziehen, die im neunten Abschnitt vergessen haben könnten, was man die acht Abschnitte zuvor dargelegt hatte. Diese Geschichte kennt nur einen Verbrecher und ewig nur diesen. Mit einem angemessen düsteren Ausblick endet das beklemmende Stück: Trump könnte „wirklich das Militär gegen die eigene Bevölkerung in Stellung bringen". Die Kraft zur Unterscheidung zwischen

330 Millionen Amerikanern und einer kleinen Gruppe an Plünderern und Kriminellen bringt der Text nicht auf. So bleibt in dieser Erzählung nur der Wahnsinn übrig als Motiv im Kopf des Donald Trump.

Die als Korrespondentenbericht verkaufte Erzählung „Trump lässt Soldaten aufmarschieren" ist in ihrer radikal einseitigen Machart bezeichnend und bitter. So schreibt man, wenn man erfinden muss, was nicht vorliegt. So hämmert man Botschaften, denen man selbst nicht ganz traut, in ermattete Ohren. So ersetzt man Information durch Mission, Differenzierung durch Simplifizierung, Urteilen durch Aburteilen.

Derzeit wird so leider an vielen, vielen Stellen, sei es im Fernsehen, sei es im Radio oder der Presse, über Amerikas Präsidenten berichtet, und das ist fatal für alle Beteiligten. Moralischer Überdruck und rhetorische Totaloffensive erwecken den falschen Eindruck, eine sachliche Berichterstattung über Donald Trump sei weder nötig noch möglich.

Wer auf Überwältigung aus ist, misstraut aber der Kraft des Arguments. Wer nicht berichtet, sondern seine Affekte arrangiert, verabschiedet sich aus der Realität, über die zu berichten er vorgibt. Es gibt wahrlich genug an Donald Trumps Politik zu kritisieren. Es gibt genug zu berichten, genug zu tadeln, auch scharf zu tadeln. Scham- und pietätlos etwa war der Versuch, Floyds gewaltsamen Tod, die überraschend gute Entwicklung der Arbeitslosenzahlen und „equal justice under the law" zur bizarren Aussage zu verquicken, heute würde auch Floyd sich freuen, „das ist ein großartiger Tag für ihn, das ist ein großartiger Tag für alle". Die Behauptung jedoch, dass er stiefelt, wo andere gehen, gereicht Trump nicht zum Nachteil. Schauen wir ins Internet und in ältere Zeitungen, so merken wir, dass es sich bei „Trump lässt Soldaten aufmarschieren" vielleicht doch um einen Auszug aus einem größeren Werk handelt, einem Werk, dem wir den Arbeitstitel geben könnten „Die hasserfüllten Augen des Donald T." oder „Mister Trump und wie er die Welt zerstörte". [...]

Wie gesagt: Hass ist nicht verboten, Hass kann eine Meinung sein. Nie aber hinterlässt Hass Erkenntnis, nie klärt er auf, nie findet er einen freien Blick auf die Welt. All das sollte man von Korrespondentenberichten erwarten und vom politischen Journalismus generell. Je höher die Flammen schlagen, desto kühleren Kopf braucht ihr Chronist.

Alexander Kissler: Donald Trump, Don Giuseppe und das Elend der Berichterstattung. Veröffentlicht am 05. 06. 2020 unter: https://www.alexander-kissler.de/2020/06/05/donald-trump-don-giuseppe-und-das-elend-der-berichterstattung/
Rechtschreibung und Zeichensetzung folgen der Textquelle. Die Internetquelle wurde zuletzt abgerufen am 20. 09. 2020.

Alexander Kissler ist ein deutscher Journalist und Autor, der u. a. für das Magazin *Cicero* und die *Neue Zürcher Zeitung* tätig ist, aber auch auf seiner eigenen Homepage publiziert.

Anmerkungen

Z. 7	Revers: Umschlag am Jacket
Z. 8	Surrogat: behelfsmäßiger, nicht vollwertiger Ersatz
Z. 12	Funke Mediengruppe: Medienkonzern mit zahlreichen Beteiligungen an gedruckten und elektronischen Medien in Deutschland, Österreich und Kroatien
Z. 21	liebe Närrinnen und Narrhalesen: Anrede des Publikums auf Karnevalssitzungen
Z. 22 f.	gastroenterologischen: abgeleitet vom medizinischen Fachgebiet Gastroenterologie, das sich mit Erkrankungen des Magen-Darm-Trakts beschäftigt
Z. 29	Cohiba: exklusive kubanische Zigarrenmarke

Z. 36	Bastei: gemeint ist der Verlag Bastei-Lübbe, der für die Publikation seichter Unterhaltungsliteratur, sogenannter Groschenromane, bekannt ist
Z. 48 f.	Obama, Carter und Kennedy: frühere US-Präsidenten
Z. 57	mittags um 12 im Wilden Westen: Anspielung auf den US-amerikanischen Western-Klassiker *Zwölf Uhr mittags*, der 1952 in die Kinos kam
Z. 58	Powaudy: fiktiver Eigenname
Z. 85	Floyds gewaltsamen Tod: Der Schwarze George P. Floyd wurde am 25. Mai 2020 während einer gewaltsamen Festnahme durch die Polizei getötet. Der Fall löste eine antirassistische Protestwelle aus.
Z. 86	equal justice under the law: Gleichheit vor dem Gesetz

TIPP **Bearbeitungshinweise**

Voraussetzungen

Die Aufgabe ist dem Rahmenthema 6 (Reflexion über Sprache und Sprachgebrauch) zugewiesen und prüft Kompetenzen, die in mehreren Halbjahren erworben wurden. Dabei ist die Analyse des pragmatischen Textes gewichtiger und geht mit **70 %** in die **Bewertung** ein, wohingegen auf die folgende Stellungnahme **30 %** entfallen.

Erläuterung der Aufgabenstellung

TEILAUFGABE 1 fordert Sie dazu auf, einen Auszug aus einem **Artikel** zu **analysieren**. Das bedeutet, dass Sie nicht nur dessen **zentrale Inhalte** zusammenfassend wiedergeben, sondern diese mit der **formalen Gestaltung** des Textes in Beziehung setzen müssen. Dabei gibt Ihnen die Aufgabenstellung bereits vor, dass Sie auf den **Gedankengang**, die **sprachlich-stilistische Ausarbeitung** und die **Intention** des Textes Ihr besonderes Augenmerk richten müssen. Sie haben die Möglichkeit, alle drei genannten Aspekte getrennt voneinander zu behandeln. Dies birgt allerdings die Gefahr von Wiederholungen, weshalb es der zwar schwierigere, aber auch der elegantere Weg ist, **alle Bereiche miteinander zu verquicken**. Lesen Sie den nicht ganz einfachen Text von Kissler mindestens zweimal durch und machen Sie sich dabei bereits **Notizen** zum **Argumentationsgang** sowie zu auffälligen **rhetorischen Mitteln**. Dies hilft Ihnen dabei, Ihren Aufsatz sinnvoll zu strukturieren. Beginnen Sie diesen mit einer **Einleitung**, die zum Thema des Textes hinführt und ihn kurz vorstellt. Im Anschluss daran können Sie kurz auf den **Titel** des Artikels eingehen, um sich dann dem **Aufbau** zu widmen, den Sie selbstständig in einzelne Sinnabschnitte einteilen müssen. Folgen Sie diesen dann in chronologischer Reihenfolge und stellen Sie ihren **Inhalt** komprimiert, auf das Wesentliche beschränkt und **im Zusammenhang mit der formalen Gestaltung** dar. So gelingt es Ihnen, die von Kissler verfolgte **Intention** herauszuarbeiten, die Sie dann in einem **Fazit** noch einmal auf den Punkt bringen können. Der Text ist überreich an sprachlich-stilistischen Mitteln, die Sie nicht alle thematisieren können. Wählen Sie deshalb diejenigen aus, die dem Inhalt am dienlichsten sind und deren **Funktion und Wirkung** Sie möglichst konkret beschreiben können. Auf diese Weise wird die Untersuchung der Form nicht zum Selbstzweck, sondern unterstützt den Gedankengang Ihrer Analyse.

Diese bildet die Grundlage für **TEILAUFGABE 2**, die von Ihnen eine **Stellungnahme** zu der Frage verlangt, inwiefern Kisslers Artikel einen überzeugenden Beitrag zum **Diskurs über politischen Journalismus** leistet. Rufen Sie sich dafür ins Gedächtnis, was Sie im **Unterricht** über Journalismus gelernt haben und welche **Erkenntnisse** Sie **aus der Analyse** des Kissler-Textes gewonnen haben. Überlegen Sie dann, ob Sie Kissler grundsätzlich zustimmen und seine Ablehnung der Berichterstattung über Trump teilen oder ob Sie anderer Meinung sind. Führen Sie in Ihrer Stellungnahme zunächst **Argumente für die Seite** aus, **die nicht Ihrer Einstellung entspricht**, um anschließend auf die **Argumente** zu sprechen zu kommen, **die Ihre eigene Perspektive stützen**. Stellen Sie dabei an einzelnen Stellen immer wieder einen **Bezug zu Kisslers Artikel** her und beenden Sie Ihre Stellungnahme mit einem **Fazit**.

Lösungsvorschlag

TEILAUFGABE 1

Einleitung
Hinführung zum Thema
Vorstellung des Textes

Spannung erzeugen, die Leserschaft an Gedanken und Gefühlen der Protagonisten teilhaben lassen und die Bösewichte klar als solche kennzeichnen – all das sind **Kriterien**, die einen unterhaltsamen (Kriminal-)Roman ausmachen. Mit **politischem Journalismus** scheinen sie dagegen nicht viel zu tun zu haben. Liest man jedoch den **Artikel** *Donald Trump, Don Giuseppe und das Elend der Berichterstattung* von Alexander Kissler, den der Journalist und Autor am 5. Juni 2020 auf seiner eigenen Homepage veröffentlicht hat, wird man eines Besseren belehrt. Kissler widmet sich darin der seiner Meinung nach **stilistisch unangemessenen Berichterstattung über** den damaligen US-Präsidenten **Donald Trump** und kritisiert die **reißerische sowie moralisch überhöhte Darstellung politischer Sachverhalte**, die Erkenntnisgewinn und sachliche Aufklärung vermissen lasse.

Analyse des Artikels
Titel

Schon der **Titel** seines Artikels klingt eher nach einem literarischen Werk als nach einem sachlich-neutralen Bericht und deutet den **Vorwurf**, den Kissler dem **politischen Journalismus** macht, damit sowohl implizit als auch explizit („das Elend der Berichterstattung") bereits an. Der Leser fragt sich, was Donald Trump mit Don Giuseppe zu tun hat und wie beide mit dem „Elend der Berichterstattung" in Zusammenhang stehen – Antworten liefert Kissler dann im vorliegenden Auszug seines Artikels.

Aufbau

Seine Veröffentlichung lässt sich in **vier Sinnabschnitte** einteilen: Mit dem ersten Absatz (Z. 1–10) führt Kissler zum eigentlichen

Thema seines Textes hin, danach folgt eine ausführliche **Kritik anhand eines konkreten Beispiels** (Z. 11–75), an die sich wiederum Kisslers allgemeine **Beurteilung** der Berichterstattung anschließt (Z. 76–93). Der Journalist beendet seinen Artikel, indem er einen Rückbezug zur Einleitung herstellt und diesen mit einem **Plädoyer für Qualitätsjournalismus** verknüpft (Z. 94–97).

„Hass ist keine Meinung, [...] Hetze bereite den Boden für Gewalt, und gegen beides helfe Haltung" (Z. 1 f.) – mit diesen oft gehörten und **vermeintlich feststehenden Tatsachen** steigt Kissler in seinen Text ein, relativiert aber schon wenige Zeilen später die Gültigkeit jenes Argumentationsmusters (vgl. Z. 3 ff.). Vor allem die **Haltung werde oft zweckentfremdet** und als vorgeblicher Ausweis von Vernunft dazu genutzt, um von einem moralischen Standpunkt **tendenziöse Urteile** zu fällen. Mit dieser Behauptung leitet Kissler zu seinem eigentlichen Thema hin, „der **deutschen Auslandsberichterstattung**" (Z. 9) **über Donald Trump**.

Einstieg über Entkräftung einer vermeintlich feststehenden Behauptung

Im Folgenden zeigt er anhand eines **Korrespondentenberichts aus den Vereinigten Staaten** ausführlich am konkreten Beispiel, was ihm an der **Darstellung Trumps in den Medien** missfällt. Über ein verallgemeinerndes „[W]ir" (Z. 11 f.) bezieht er den Leser mit ein und verdeutlicht, dass nicht nur er mit dieser Art des Journalismus konfrontiert ist. Anschließend steigt er mit einem längeren Zitat aus dem genannten Bericht ein, der inhaltlich **Trumps Reaktion auf Proteste vor dem Weißen Haus** behandelt, **stilistisch** aber eher **blumig und romanhaft** das Innenleben Trumps charakterisiert („Die Berichte [...] lagen Donald Trump noch übel im Magen", Z. 17 f.). Dabei weist Kisslers Hinführung durch die Wiederholung des Wörtchens „so" („Der Text [...] beginnt so, exakt so", Z. 14 ff.) schon auf die **Fassungslosigkeit des Verfassers angesichts einer solchen Art der politischen Berichterstattung** hin.

Beispiel: Korrespondentenbericht aus den USA

Kritik an unsachlicher Berichterstattung über Trump

Was genau Kissler daran auszusetzen hat, wird im nächsten Absatz deutlich, den der Journalist mit einer **ironisierenden Leseranrede** („liebe Närrinnen und Narrhalesen", Z. 21) beginnt. Hier schwingt bereits die Unterstellung mit, dass die **Leserschaft** der Zeitung durch die Berichterstattung **zum Narren gehalten** wird. Diese Ansicht unterstreicht Kissler noch durch die metaphorische, hyperbolisch-ironische Bezeichnung seines Journalistenkollegen als „Hellseher mit gastroenterologischen Spezialkenntnissen" (Z. 22 f.). Damit will er den **Schreibstil des Korrespondenten lächerlich machen**, der sich durch die Verwendung des literarischen Stilmittels der erlebten Rede anmaße, zu wissen, was in Trumps Kopf vorgehe und was ihn bedrücke (vgl. Z. 21 ff.). Nicht nur an dieser Stelle verwendet Kissler

Vorwurf: Nähe des Berichts zu fiktivem Erzähltext → Effekthascherei

Fachbegriffe, die in der Literaturwissenschaft für die **Analyse literarischer Texte** benutzt werden (siehe auch „auktoriale[r] Erzähle[r]“, Z. 45; „erzählerische[r] Höhepunkt“, Z. 55 f.; „Geschichte“, Z. 64; „Erzählung“, Z. 69) und eigentlich nicht zu einem Zeitungsbericht passen. Auch damit will Kissler den **Korrespondentenbericht in die Nähe eines fiktionalen Textes rücken**. Eindrucksvoll gelingt ihm das, indem er analog zum Zeitungstext zwei Beispiele ausführt, wie man sie in **Groschen- und Gaunerromanen** finden könnte (vgl. Z. 24 ff.). Diese bringen Leserinnen und Leser nicht nur zum Lachen, sondern veranschaulichen, für wie **unangemessen** Kissler einen solchen Stil **zum Zweck der politischen Berichterstattung** hält. Damit das auch dem Letzten klar wird, stellt Kissler wenige Zeilen später in einer Antithese noch einmal ausdrücklich fest, dass es sich bei der anfangs zitierten Passage zu Trump „nicht [um den] Vorabdruck eines Unterhaltungsromans aus dem Hause Bastei“ (Z. 35 f.) handle, sondern um einen Korrespondentenbericht aus den USA. Mit einem spöttischen Zwischenfazit betont er, dass der Journalismus seiner eigentlichen Aufgabe nicht nachkomme, sondern stattdessen **Effekthascherei** betreibe: „Liebhaber greller Effekte kommen auf ihre Kosten.“ (Z. 41)

Aufzählung weiterer Kritikpunkte

Diesen Vorwurf unterstreicht Kissler in den folgenden Absätzen noch mit zahlreichen weiteren Beispielen aus dem Korrespondentenbericht und ergänzt seinen Tadel um **zusätzliche Kritikpunkte**. So weist er die **tendenziöse Stoßrichtung** des Berichts nach, wenn er mithilfe einer rhetorischen Frage darauf aufmerksam macht, dass das Weiße Haus auch unter Trumps Vorgängern im Präsidentenamt schon strengsten Sicherheitsvorkehrungen unterlegen habe, es also eigentlich nicht der Erwähnung wert sei, dass es unter Trump „hermetisch abgeriegel[t]“ (Z. 47) sei. Außerdem wirft er seinem Journalisten-Kollegen vor, **umstrittene Ereignisse als Tatsachen** (vgl. Z. 52 f.) und **Trump undifferenziert als Inbegriff des Bösewichts** darzustellen (vgl. Z. 56 ff.). Mit der elliptischen, parallel gebauten Anapher „Jedes Wort ein Hieb, jedes Verb ein Stich.“ (Z. 61 f.) bringt Kissler auf den Punkt, dass er die **Intention des Korrespondentenberichts** entlarvt hat. Diesem gehe es **nicht** um **sachlich-neutrale Informationsvermittlung**, wie es eigentlich seine Aufgabe sei, sondern darum, seiner Leserschaft ein bestimmtes vorgefertigtes **Urteil über Trump auf mitreißende Weise vor Augen zu führen**.

Vorstellung der Wirkungsabsicht des Beispieltextes

Die mit dieser Berichterstattung einhergehende **Wirkungsabsicht** veranschaulicht Kissler im Folgenden mit einer anaphorischen, stets mit „So“ beginnenden Aufzählung (vgl. Z. 63, 72, 73, 74): Der Leser werde von der spannenden Erzählweise **von den Inhalten abgelenkt**, er werde **indoktriniert** statt informiert und mit **einfachen**

Botschaften sowie bereits von vornherein **feststehenden Urteilen** zufriedengestellt (vgl. Z. 74 f.). Kissler spricht hier abschätzig von einer „als Korrespondentenbericht verkaufte[n] Erzählung [...] [von] radikal einseitige[r] Machart" (Z. 71 f.). Durch die Auflistung von Gegensätzen (Information vs. Mission, Differenzierung vs. Simplifizierung, Urteilen vs. Aburteilen, vgl. Z. 74 f.) **entlarvt** er die Merkmale eines schlechten Journalismus.

Kisslers Urteil über derartige politische Berichterstattung

Demzufolge fällt **Kisslers Urteil** im vorletzten Sinnabschnitt äußerst **negativ** aus. Er beklagt, dass an „vielen, vielen Stellen" (Z. 76) in der dargelegten Form über Trump berichtet werde, wobei die **übertriebene Moralisierung und Rhetorik** eine wirkliche Auseinandersetzung verhindere. Eine solche Schreibweise offenbare, dass der Verfasser **kein Vertrauen in Argumente** habe und sich davon verabschiede, auf dem Boden der Tatsachen zu berichten (vgl. Z. 81 ff.). Dabei gäbe es wahrlich **genug an Trump zu kritisieren** (Kissler nennt als Beispiel die pietätlose Instrumentalisierung des gewaltsamen Todes von George Floyd durch den US-Präsidenten, vgl. Z. 84 ff.), was aber unterbleibe, wenn man Trump grundsätzlich dämonisiere. Eine solche **Berichterstattung schade Trump nicht** (vgl. Z. 88 f.). Auch hier arbeitet Kissler wieder mit Anaphern („Wer auf Überwältigung aus ist", „Wer nicht berichtet"; Z. 81 f.; „Es gibt", Z. 83 f.), um mithilfe eines eingängigen Satzbaus seinen Standpunkt zu verdeutlichen.

Schlussgedanke mit Rückbezug zum Anfang und Appell

Im letzten Absatz greift Kissler seine **Behauptung vom Anfang** wieder auf und betont in eindringlichen Worten noch einmal, was **Hass** nicht leisten könne. Er verhindere die Aufklärung von Sachverhalten und verstelle den Blick auf die Welt, sei demzufolge also **kontraproduktiv für politischen Qualitätsjournalismus** (vgl. Z. 94 ff.). Was er von diesem erwartet, fasst Kissler im letzten Satz als antithetische Metapher in eine abschließende Forderung: „Je höher die Flammen schlagen, desto kühleren Kopf braucht ihr Chronist." (Z. 97) Damit erteilt er dem zuvor beschriebenen Affekt-Journalismus noch einmal eine deutliche Absage und **appelliert an eine sachliche**, an Fakten orientierte, objektive Form der **politischen Berichterstattung**.

Fazit

Intention

Mit seinem Artikel will Kissler seine **Leserschaft für einen kritischen Medienkonsum sensibilisieren**. Er fordert dazu auf, einfachen Wahrheiten nicht zu trauen sowie **einseitige Berichterstattung zu hinterfragen**. Außerdem lehnt er es ab, sachliche Objektivität durch eine vorgefertigte moralische Auffassung zu ersetzen, und plädiert eindringlich dafür, die **Qualitätsstandards des politischen Journalismus einzuhalten**.

TEILAUFGABE 2

Gerade angesichts der zunehmenden **Polarisierung in der Gesellschaft**, die zum Schwarz-Weiß-Denken neigt und in der eine von der eigenen abweichende Meinung schnell als Bedrohung wahrgenommen wird, gibt es eine breite **Diskussion**, wie **qualitativ hochwertiger, demokratischer Journalismus** aussehen sollte. Mit dieser Frage beschäftigt sich auch die Darstellung von Alexander Kissler, der eine klare Meinung zu diesem Thema vertritt. Im Folgenden soll deshalb untersucht werden, inwiefern Kisslers Artikel einen **überzeugenden Beitrag zum Diskurs über politischen Journalismus** leistet.

Einleitung
Hinführung zur Stellungnahme

So einnehmend Kisslers Ausführungen zunächst wirken, kann man diese in mancherlei Hinsicht doch auch infrage stellen. Durch seine stilistisch und rhetorisch ausgefeilte Gestaltung wird der **Leser in seiner Meinung stark gelenkt**, sodass Kissler sich den gleichen Vorwurf, den er der Berichterstattung über Donald Trump macht, auch selbst gefallen lassen muss. Sein Artikel ist von einer sachlichen, in neutralem Ton gehaltenen Kritik weit entfernt. Vielmehr nutzt er ein **breites Register an Stilmitteln**, um die Leserinnen und Leser von seinen Ansichten zu überzeugen. Damit **unterläuft** er also **seine eigenen Anforderungen an qualitativ hochwertigen Journalismus**, was seinen Artikel zumindest fragwürdig erscheinen lässt.

Kontra-Argumente
starke Leserlenkung durch rhetorisch ausgefeilte Darstellung

Darüber hinaus ist es gerade angesichts einer zunehmenden **Spaltung der Gesellschaft** und der **Radikalisierung** einzelner gesellschaftlicher Gruppen von zentraler Bedeutung, dass der **Journalismus eindeutig Stellung bezieht**. Schließlich kommt ihm eine wichtige **Sozialisierungsfunktion** zu, weshalb er sich uneingeschränkt auf die **Werte des Grundgesetzes** berufen und an diesen messen lassen sollte. Gerade wenn es um Themen geht, die die Werteordnung der Gesellschaft infrage stellen, ist es wichtig, dass der Qualitätsjournalismus eine **klare moralische Haltung** einnimmt. Die von Kissler geforderte **strikte Neutralität** kann hier manchmal einer **Bestärkung der Gegenseite** gleichkommen, was dann dazu führt, dass eine laute Minderheit auf einmal als Mehrheit wahrgenommen wird. Hier ist es durchaus angebracht, dass ein qualitativ hochwertiger Journalismus sich eindeutig auf die Seite der grundgesetzlichen Ordnung stellt.

Bedeutsamkeit einer klaren moralischen Haltung des Journalismus

Kritisch zu sehen ist an Kisslers Bericht außerdem, dass er **nur die negativen Seiten an der Berichterstattung über Donald Trump** wahrnimmt. Dabei vergisst er, zu erwähnen, dass die Form des untersuchten Korrespondentenberichts **möglicherweise auch Vorteile** haben könnte. So **spricht** er gerade über seinen eher erzählerisch-

einseitige Sicht auf Berichterstattung über Trump

unterhaltsamen Stil die **breite Masse an**, die sich ansonsten vielleicht gar nicht über politische Themen informieren würde. Zudem gibt es, wie Kissler am Ende seines Artikels selbst bestätigt, durchaus **berechtigte Kritik an Trump**, weshalb nichts dagegenspricht, diese auch einmal pointiert und stilistisch versiert zu formulieren.

Pro-Argumente

Qualitätsjournalismus als Gegengewicht zu Meinungsmache

Trotz der genannten Schwachpunkte kann Kisslers Artikel doch insgesamt in weiten Teilen überzeugen. Gerade wenn man an die in Sozialen Medien und Kommentarspalten betriebene **Meinungsmache** denkt, ist es von enormer Wichtigkeit, mit dem Journalismus ein **sachlich-neutrales Gegengewicht** zu setzen. Es hilft hier wenig, wenn sich der Journalismus ähnlicher Methoden bedient wie die Verfasser von Hassbotschaften im Internet. Stattdessen sollten Zeitungsredakteure mit **fundierten Argumenten und faktenbasierten Darstellungen** zu überzeugen wissen und **nicht** wie der von Kissler zitierte Korrespondent **mit Affekten überwältigen** wollen. Letzteres mag zwar kurzfristig Leserinnen und Leser für die eigene Position einnehmen, langfristig fördert es aber die herrschende Abneigung, sich eingehender mit einer schwierigen Thematik auseinanderzusetzen. Dies macht die **Menschen** wiederum **anfälliger für einfache Botschaften** jeglicher politischen Couleur und bereitet Hetze einen fruchtbaren Boden.

Förderung von Pluralismus und Meinungsvielfalt durch Qualitätsjournalismus

Zudem hat Kissler recht, dass ein **an Qualitätsstandards orientierter Journalismus nötig** ist, um die **sachliche Auseinandersetzung** zu befördern. Zu einer solchen kommt es nicht, wenn die moralisch richtige Sichtweise bereits vorgegeben ist und alle anderen **Meinungen von vornherein als nicht vertretbar abqualifiziert** werden. Dies würde jede echte Diskussion unmöglich machen, was wiederum neue Erkenntnisse, die die Gesellschaft voranbringen könnten, verhindern würde. Ein solcher Umgang mit Meinungsverschiedenheiten ist einer **demokratisch-pluralistischen Gesellschaft nicht würdig**, weshalb dem Journalismus hier eine **Vorbildfunktion** zukommt. Er sollte sich also, wie von Kissler gefordert, darauf besinnen, **bei umstrittenen Themen einen kühlen Kopf zu bewahren**, sachlich zu bleiben und keine Meinungsmache in dem Sinn zu betreiben, dass es sowieso nur eine Möglichkeit gebe, über einen Politiker wie Trump zu berichten.

Medien als „vierte Gewalt" mit Verantwortung in aufgeklärter Gesellschaft

Für den von Kissler geforderten Qualitätsjournalismus spricht außerdem, dass die **Medien als „vierte Gewalt"** eine wichtige Informations- und Kritikfunktion haben. Das heißt, dass sie vor allem stark polarisierende Themen in besonderem Maße sachlich und differenziert behandeln sollten, um die **eigene Meinungsbildung der Konsumenten zu fördern**. Gäbe es nur noch Berichterstattung im Stil des von Kissler kritisierten Auslandskorrespondenten, bestünde die

Gefahr der Überwältigung, die es den Leserinnen und Lesern unmöglich machen würde, zu einer eigenen Überzeugung zu gelangen und zu **mündigen Bürgerinnen und Bürgern** zu werden. Ein Journalismus, der auf Affekte anstelle von Argumenten setzt und mithilfe rhetorischer Mittel die Lesermeinung lenkt, spricht seiner Leserschaft die Fähigkeit ab, sich selbst ein Bild zu machen. Er ist also einer aufgeklärten Gesellschaft nicht angemessen, die auf die **politische Beteiligung aller ihrer Mitglieder** angewiesen ist und vom **Pluralismus der Meinungen** lebt.

Fazit
Befürwortung von Kisslers Forderungen

Schlussendlich ist es zwar durchaus wichtig, dass **Journalismus**, wenn es nötig ist, auch einmal **deutlich Stellung bezieht**, wozu es Textsorten wie den Kommentar oder den Leserbrief gibt. Dennoch sollten **Objektivität und Sachlichkeit**, wie von Kissler gefordert, grundsätzlich **zentrale Merkmale von Journalismus** sein. Im Endeffekt profitiert keine Gesellschaft davon, wenn über bestimmte Themen nur auf eine bestimmte Art geschrieben werden darf und damit jede echte Diskussion im Keim erstickt wird.

INTERPRETATION LITERARISCHER TEXTE

Aufgabenstellung

1 Interpretieren Sie den Text *Sternenpflücker* von Christoph Ransmayr. Gehen Sie dabei insbesondere auf die erzählerische Gestaltung des Textes ein. (80 %)

2 Setzen Sie die Ergebnisse Ihrer Textinterpretation in Beziehung zu folgender Aussage von Christoph Ransmayr: „Geschichten ereignen sich nicht, Geschichten werden erzählt.“ (20 %)

(abgedruckt in: Christoph Ransmayr: Atlas eines ängstlichen Mannes. Vorwort. Frankfurt a. M. 2012, S. 5)

Material **Christoph Ransmayr (geb. 1954): Sternenpflücker (2012)**

Ich sah einen gestürzten Kellner auf dem Parkplatz eines Straßencafés in der kalifornischen Küstenstadt San Diego. Der Mann hatte ein mit Getränken beladenes Tablett eben noch scheinbar mühelos über seiner Schulter balanciert und war dann über ein Kabel gestolpert, das eine Autobatterie mit einem Teleskop verband. Nun lag er in den Scherben von Gläsern, Flaschen und Tassen, die er jenen Gästen hatte servieren wollen, die von der Theke ins Freie gelaufen waren oder schon seit Stunden zwischen geparkten Autos auf mitgebrachten Klappstühlen saßen und durch ihre Ferngläser, Teleskope und mit bloßem Auge zum Abendhimmel emporblickten, an dem die ersten Sterne glitzerten.

Obwohl seine Hose an einem Knie zerrissen war und aufgedruckte Klatschmohnblüten an seinem Hemd an Blutflecken denken ließen, schien der Mann unverletzt. Stumm, ohne Klage, aber auch ohne jeden Fluch, richtete er sich auf, zog das große, kreisrunde Messingtablett, das bei seinem Sturz unter ein geparktes Kabriolett geklirrt war, wieder unter dem Wagen hervor und begann auf allen vieren, die von Kaffee, Wein, Fruchtsäften und bloßem Wasser tropfenden Scherben aufzusammeln und auf das Tablett zu häufen.

Über den Abend- und Nachthimmel dieser Märztage zog einer der strahlendsten Kometen der vergangenen tausend Jahre, ein Himmelskörper von kaum sechzig Kilometern Durchmesser, der mit einem goldgelb leuchtenden Staubschweif und einem blauen Gasschweif eine fünfzig Millionen Kilometer lange Spur an den Nachthimmel schrieb. Der Besenstern hatte am Vorabend seinen erdnächsten Punkt in einer Entfernung von etwa zweihundert Millionen Kilometern passiert und raste nun wieder in jene Abgründe des Raumes zurück, aus denen er emporgestiegen war. Nach Monaten, in denen er neben dem großen Sirius als hellstes Licht am Nachthimmel erschienen war, würde er nun allmählich wieder kleiner und unscheinbarer werden, schließlich verschwinden und dann erst um das Jahr 4535 wiederkehren. Der Komet war nach seinen beiden Entdeckern Alan Hale und Thomas Bopp, die ihn während einer Vermessung des Kugelsternhaufens M70 im Areal des Schützen unabhängig voneinander beobachtet hatten, *Hale-Bopp* getauft worden – und schon kurze Zeit nach seinem Eintritt ins Blickfeld des bloßen Auges war gewiß, daß in der Geschichte der Menschheit kein Himmelslicht jemals so viele Blicke auf sich gezogen hatte.

Ich hatte Hale-Bopp in den vergangenen Wochen, auf langen Wanderungen durch die Mojave-Wüste und in der Sierra Nevada, oft über den Silhouetten verschneiter Gebirgszüge oder den schwarzen Weiten der Wüste gesehen und im Radio meines Geländewagens immer wieder Berichte von Ängsten, Hoffnungen, Träumen und astronomischen Vermutungen gehört, die mit diesem wandernden Licht verbunden wurden. Religiöse Phantasten und Sektenanhänger, hieß es, sähen in diesem Kometen nicht bloß ein Himmels-, sondern ein göttliches Zeichen, das den nahen Untergang der Welt oder das Kommen eines allmächtigen Erlösers ankündigte.

Der Besenstern mit seinem Doppelschweif – ein dritter, aus Natrium bestehender Schweif zeigte sich nur in den Teleskopen der größten Sternwarten – war innerhalb von beinahe sechshundert Tagen, in denen man seine zu- und wieder abnehmende Strahlkraft auch mit freiem Auge beobachten konnte, zu einer so vertrauten Erscheinung am Himmel geworden, daß sich an diesem Abend wohl kaum ein solches Publikum auf dem Parkplatz des Straßencafés eingefunden hätte, wäre da nicht noch ein zweites Schauspiel in unmittelbarer Nachbarschaft des Kometen zu verfolgen gewesen – eine von Sternfreunden und Astrofotografen sehnsüchtig erwartete Mondfinsternis.

Die Lage des Straßencafés auf einem Hügel mit weitem Blick auf die Lichter der Stadt und des Himmels hatte mehr als hundert Gäste und Beobachter angezogen, die schon am späten Nachmittag begannen, ihre Fernrohre, Stative und Kameras zwischen Wagenburgen aufzubauen und bei Wein, Bier oder Fruchtsäften an den kreisrunden Tischen des Cafés die Wahrscheinlichkeit zu besprechen, ob die wechselnde Bewölkung dieses Tages das Schauspiel verhüllen würde und ein rechtzeitiger, gerade noch möglicher Aufbruch ins wolkenärmere Wüstenland nicht das Gebot der Stunde sei. Wie langsam über solchen Gesprächen die Zeit verging.

Aber als es zu dämmern begann, dunkel wurde, Nacht wurde und alle Wolken wie an Schnüren gezogen verflogen und den Kometen, den Sternenhimmel und einen noch schattenlosen Mond freigaben, begann die Zeit schneller zu laufen. Und als dann der auf die Sekunde berechnete Zeitpunkt kam, an dem der Mond träge und unaufhaltsam in den Erdschatten glitt, dabei mehr und mehr von seinem Licht verlor und so den Kometen noch heller glänzen ließ, begann die Zeit zu fliegen. Die Rufe der auf dem Parkplatz versammelten Zeugen der Verfinsterung *Der Mond! Der Mond! Es beginnt!* klangen wie Alarmgeschrei und ließen die letzten Gäste aus dem Café hinausstürzen ins Freie.

Und dann war da plötzlich nur noch das wolkenlose Firmament und ein dunkler Platz voll Menschen, die schweigend zu den Sternen aufsahen, zwischen denen der hellste

Komet des Jahrtausends an einem verfinsterten Mond vorüberzog – und war da trotzdem und immer noch hinter einer erleuchteten Glasfront diese lange leere Theke, von der ein Kellner sein schwer beladenes Tablett in die Nacht hinaustrug, dann zwischen Autos und Teleskopen dahinhuschte und dabei seinen Blick immer wieder gegen den Himmel richtete, bis plötzlich dieses böse Klirren zu hören war und der Gestürzte in einer Scherbensaat lag.

Aber während so weit, weit draußen im Raum das Himmelsschauspiel ungerührt seinen Lauf nahm, der Erdschatten, unser eisiger Schatten, über die Mondwüsten glitt und Hale-Bopp mit einer Geschwindigkeit von fast einhundertsechzigtausend Stundenkilometern unseren Planeten wieder hinter sich ließ, begann auf dem ölfleckigen nächtlichen Parkplatz ein Gegenschauspiel, das von einer anderen Helligkeit war. Denn obwohl es lange, sehr lange dauern würde bis zu einer nächsten vergleichbar schönen Finsternis und obwohl der fliehende Komet nach seinem allmählichen Verblassen und Verschwinden erst nach mehr als zweitausendfünfhundert Jahren wiederkehren, aber niemals, niemals wieder in der Geschichte dieses Universums in so enger Gemeinschaft mit einem verfinsterten Mond zu sehen sein würde, wandten sich …, nein, nicht alle Zeugen und Zuschauer, aber doch viele, viel mehr als zu erwarten waren, von dieser Einzigartigkeit, einem unwiederholbaren kosmischen Ereignis, ab und dem gestürzten Kellner zu, kehrten dem Himmel den Rücken, beugten sich zu dem stummen, beschämten Mann hinab, boten ihm ihre ausgestreckten Arme und sanken, als er nicht aufstehen, sondern bloß auf allen vieren die Scherben einsammeln wollte, neben ihm auf die Knie und lasen gemeinsam mit ihm die selbst im verfinsterten Mondschein noch blinkenden Scherben vom schwarzen Asphalt, als pflückten sie Sterne.

Aus: Christoph Ransmayr: Atlas eines ängstlichen Mannes. Frankfurt a. M.: S. Fischer Verlag ^{4}2012, S. 36–40

Rechtschreibung und Zeichensetzung entsprechen der Textquelle.

TIPP **Bearbeitungshinweise**

Voraussetzungen
Die vorliegende Aufgabe ist im Rahmenthema 5 (Literatur und Sprache von 1945 bis zur Gegenwart) angesiedelt und prüft Kompetenzen ab, die Sie während mehrerer Halbjahre trainiert haben. Sie ist zweigeteilt in die Teilaufgabe 1, in welcher der Text interpretiert werden soll, und in die Teilaufgabe 2, die darin besteht, eine Aussage des Autors Christoph Ransmayr mit der Textinterpretation in Beziehung zu setzen. Der **Schwerpunkt** liegt dabei auf **Teilaufgabe 1**, die mit 80 % in die Bewertung eingeht.

Erläuterung der Aufgabenstellung
TEILAUFGABE 1 verlangt von Ihnen, dass Sie über **Inhalt und Aufbau** der Erzählung informieren, dass Sie **sinnvolle Erschließungskategorien** an den epischen Text anlegen und diesen **mit Blick auf die zentrale Fragestellung** – vgl. dazu auch Aufgabe 2 – interpretieren. Im Mittelpunkt Ihrer Interpretation muss daher die erzählerische Gestaltung stehen, wobei Sie zeigen, wie der Autor eine Geschichte komponiert. In **TEILAUFGABE 2** sollen Sie sich ausgehend von Ihren Ergebnissen mit der **poetologischen Aussage des Autors** auseinandersetzen.
Wählen Sie eine geeignete **Hinführung** zum Hauptteil, der Interpretation (1) mit anschließendem Eingehen auf die Aussage des Autors (2). Es bietet sich hier ein Einstieg über eigene Erfahrungen und Kenntnisse, z. B. aus dem Physikunterricht oder aus der (Fach-)Literatur an. Die Inhaltsangabe können Sie **direkt** daran anschließen.
Der Interpretationsteil beginnt mit einer knappen **Inhaltsangabe** des Textes. Wichtig ist, dass Sie nicht der achronologischen Darstellung des Textes folgen, sondern die **Chronologie der erzählten Ereignisse** wiederherstellen. Danach beschreiben Sie den **Aufbau des Textausschnitts**. Hier können Sie der im Text vorhandenen Gliederung in neun Absätze folgen oder Sie fassen einzelne davon unter einem gemeinsamen Gedanken zu einem Abschnitt zusammen. Das bietet sich z. B. am Anfang der Erzählung an, wo es in zwei Absätzen um den Vorfall mit dem Kellner geht, bevor im nächsten Absatz ein neuer thematischer Aspekt angesprochen wird. Beachten Sie beim Aufbau, wo die Chronologie durchbrochen wird, denn dies liefert meist Aufschlüsse für die Interpretation des Textes. Anschließend bearbeiten Sie die unterschiedlichen Analysekategorien, die man an einen epischen Text anlegen kann. Oft ist es sinnvoll, mit der **Darstellung der Figuren** zu beginnen, aber Sie sind hier nicht an eine bestimmte Reihenfolge gebunden. Beim vorliegenden Text schließt sich an die Personencharakteristik sinnvollerweise die Untersuchung von **Erzählperspektive und Erzählhaltung** an, da auch der Ich-Erzähler zu den anwesenden Personen zu zählen ist.

Bei der Geschichte ist durch die Gegenüberstellung eines eher banalen Ereignisses auf der Erde und einer spektakulären astronomischen Konstellation die Bedeutung der **Darstellung von Raum und Zeit** von besonderem Interesse. Alle erzähltechnischen Aspekte müssen Sie stets in ihrer **Funktion und Wirkung** beschreiben. Das gilt ebenfalls für die **sprachlich-stilistische Gestaltung**, wobei es Ihnen überlassen ist, ob Sie die entsprechenden Beobachtungen jeweils mit den anderen Analyseaspekten verknüpfen oder ihnen einen eigenen Gliederungspunkt widmen. Am Ende fassen Sie auf der Basis Ihrer bisherigen Ergebnisse Ihre **Interpretationsansätze** zusammen.

TEILAUFGABE 2 schließt sich nahtlos an diesen (umfangreicheren) Interpretationsteil an. Hier sollen Sie Ihre Untersuchungsergebnisse auf ein poetologisches Zitat von Christoph Ransmayr beziehen. Wiederholen Sie hier nicht einfach die Merkmale des Erzählens, die Ihnen aufgefallen sind, sondern überlegen Sie, inwiefern die Geschichte geradezu ein Musterbeispiel für das ist, was Ransmayr in der zitierten Aussage behauptet. Dadurch entsteht eine geschlossene Darstellung, sodass sich ein weiterer Schlussgedanke eigentlich erübrigt. Allerdings können Sie am Schluss auch erneut auf Ihren Einstiegsgedanken zurückkommen.

Lösungsvorschlag

TEILAUFGABE 1

Einleitung
Autor, Titel, Gattung, Jahr, Thema

Christoph Ransmayr erzählt in seinem kurzen, 2012 erschienenen Prosatext *Sternenpflücker* von einem Vorfall, der während eines spektakulären Ereignisses, nämlich dem Zusammentreffen einer Mondfinsternis und der Annäherung eines besonders hell leuchtenden Kometen, geschieht. Während Sternschnuppenschwärme, Kometen oder andere Himmelserscheinungen in der Regel nur Hobbyastronomen oder passionierte Fotografen auf der Suche nach einem ästhetischen Motiv mitten in der Nacht auf Aussichtshügel oder in Sternwarten locken, gibt es immer wieder kosmische Ereignisse, die so außergewöhnlich und selten sind, dass sie viele Menschen in ihren Bann ziehen. Besonders bekannt ist der Halleysche Komet, der sich zuletzt 1986 der Erde näherte und der alle 75 Jahre wiederkehrt. Die meisten Menschen haben also die Chance, diesen Kometen einmal in ihrem Leben zu erblicken. Viel seltener von der Erde aus zu sehen ist ein ebenfalls sehr lichtstarker Komet, nämlich Hale-Bopp, benannt nach seinen Entdeckern, von dem in der vorliegenden Geschichte die Rede ist. Den Anlass der erzählten Episode bildet also die Faszination, die von ungewöhnlichen Himmelserscheinungen auf die Menschen ausgeübt wird.

Interpretation der Erzählung *Sternenpflücker*
Inhalt der Kurzgeschichte

Der **Inhalt** der Erzählung kann **in wenigen Sätzen zusammengefasst** werden. An einem Abend im März haben sich über hundert Menschen vor und in einem Straßencafé zusammengefunden, welches sich auf einer Anhöhe über der Stadt San Diego an der kalifornischen Küste befindet. Ausgestattet mit Klappstühlen, Ferngläsern und Teleskopen erwarten sie auf dem Parkplatz vor dem Lokal ein ganz besonderes nächtliches Schauspiel. Zum einen ist nämlich der seit Monaten sogar mit bloßem Auge zu erkennende helle Komet Hale-Bopp der Erde am nächsten gekommen, was sich erst in zweieinhalbtausend Jahren wiederholen wird. Zum anderen ist für den Abend eine Mondfinsternis angekündigt, was den Reiz der Beobachtung des Nachthimmels für Zuschauer und Fotografen erheblich erhöht, sodass das Zusammentreffen der beiden Himmelserscheinungen mit Spannung erwartet wird. Gerade in dem Moment, wo das Publikum begeistert die beginnende Verfärbung des Mondes kommentiert, tritt ein Kellner mit einem vollen Tablett nach draußen und bringt Getränke zum Parkplatz. Da aber auch er mehrfach den Blick auf den Mond richtet, übersieht er ein Kabel, das provisorisch gespannt worden ist, und stürzt zu Boden, wobei die Gläser zu Bruch gehen. Umgehend beginnt er auf allen vieren mit dem Aufsammeln der Scherben. Obwohl sie damit einen Teil des unwiederbringlichen Schauspiels versäumen, helfen ihm zahlreiche Anwesende dabei.

Der **Aufbau** der Geschichte folgt **nicht** dieser **chronologischen Darstellung**, sondern rückt den **Vorfall mit dem Kellner** in den **Mittelpunkt**. So beginnt die Erzählung mit dem Satz „Ich sah einen gestürzten Kellner" (Z. 1) und thematisiert den Anlass der Menschenversammlung zunächst eher nebenbei: Die Gäste, für die er die Getränke auf den Parkplatz bringt, warten auf ein noch nicht näher bezeichnetes nächtliches Schauspiel am Himmel. Die **ersten beiden Absätze** widmen sich nahezu ausschließlich dem Missgeschick des Kellners und seinen Bemühungen, sofort wieder für Ordnung zu sorgen (Z. 1–16). Danach folgt die gesamte **Vorgeschichte im Rückblick**, denn im **zweiten inhaltlichen Abschnitt** des Textes wird ausführlich über **die Erscheinung und die Namensgebung des Hale-Bopp-Kometen** informiert (Z. 17–31). Daran schließt sich ein kurzer Abschnitt an, worin der Ich-Erzähler über seine **persönlichen Erfahrungen** bei der Beobachtung des Kometen in den vorangegangenen Wochen seiner Reise und über die im Radio verbreiteten astronomischen Deutungen und esoterischen Spekulationen berichtet (Z. 32–39). Im **vierten Abschnitt** wird die **Besonderheit des aktuellen Spektakels** erklärt. Eine Vielzahl von Beobachtern erwartet das Zusammentreffen zweier Himmelsschauspiele, durch das eine einmalige kosmische Sensation entsteht: Zum Zeitpunkt der größten Annäherung des Kometen an die Erde findet an diesem Abend eine Mondfinsternis statt, was das Interesse der Öffentlichkeit geweckt hat (Z. 40–55). Im **fünften Abschnitt** steht dann nach Stunden des Wartens mit dem Beginn der Mondfinsternis der vom Publikum ersehnte Moment unmittelbar bevor, sodass auch die noch im Café verbliebenen Gäste ins Freie strömen (Z. 56–64). Doch genau im **Moment der höchsten Konzentration** auf die Himmelserscheinungen unterbricht der **Unfall des Kellners** die gespannte Aufmerksamkeit der Anwesenden (Z. 65–72). Damit kehrt der Erzähler wieder zum ersten Teil seiner Geschichte zurück und setzt sie fort, indem er für den letzten Abschnitt der Geschichte ein **irdisches „Gegenschauspiel"** (Z. 77) ankündigt. Mehrere Zuschauer wenden sich vom kosmischen Geschehen ab und kümmern sich um den gestolperten Kellner, indem sie ihm beim Einsammeln der Scherben behilflich sind (Z. 73–89). Damit **rahmt die Handlung um den gestrauchelten Kellner die vermeintliche Haupthandlung ein**, wodurch dem scheinbar banalen Vorfall eine zentrale Bedeutung zukommt.

Aufbau der Geschichte

Sturz eines Kellners während einer Naturerscheinung

Informationen über den Hale-Bopp-Kometen

Erfahrungen des Ich-Erzählers mit dem Kometen

Erklärung der Besonderheit des Schauspiels: Zusammentreffen mit Mondfinsternis

Spannung vor dem Eintritt des Schauspiels

Koinzidenz der Mondverfinsterung mit dem Unfall des Kellners

„Gegenschauspiel": Hilfe durch Zuschauer

Bei der **Darstellung der Personen** fällt auf, dass keine von ihnen namentlich genannt wird. Die Hauptfigur der Episode, den **„gestürzten Kellner"** (Z. 1), beschreibt der Ich-Erzähler als **professionell und diensteifrig**. Sein voll beladenes Tablett trägt er „scheinbar

Darstellung der Personen:

der diensteifrige Kellner

mühelos“ (Z. 3) und auf das Stolpern über das quer über den Weg gespannte Kabel reagiert er „ohne Klage, aber auch ohne jeden Fluch“ (Z. 12), und er beginnt sofort mit der Beseitigung der Schäden. Dabei hätte er allen Grund, sich über die Scherben und seine zerrissene Hose zu ärgern, doch scheint er sich selbst die Schuld am Missgeschick zu geben, weil er zuvor „seinen Blick immer wieder gegen den Himmel [gerichtet hat]“ (Z. 70 f.), wodurch er das Hindernis übersah. Daher haben eine **Reihe von Zuschauern** offensichtlich Mitleid mit „dem stummen, beschämten Mann“ (Z. 85 f.) und verhalten sich ausgesprochen **hilfsbereit**. Das ist angesichts der Tatsache, dass sie so einen Teil des einmaligen kosmischen Schauspiels versäumen, gar nicht selbstverständlich. Der Erzähler scheint ebenfalls verwundert, dass „viele, viel mehr als zu erwarten waren“ (Z. 83), dem Kellner beim Einsammeln der Scherben helfen, statt das Himmelsereignis zu beobachten. Immerhin wurde dieses von den „Sternfreunden und Astrofotografen sehnsüchtig erwarte[t]“ (Z. 47) und sie hatten ihr Equipment wie Klappstühle, Ferngläser, Teleskope und Kameras (vgl. Z. 7 f. und Z. 50) schon am Nachmittag aufgebaut und bang darauf gewartet, ob das Spektakel überhaupt gut zu sehen sein würde (vgl. Z. 48 ff.). Es handelt sich wohl um eine gemischte Gruppe aus Neugierigen, Hobbyastrologen und Experten, die sich die gemeinsame Wartezeit durch den Austausch von Informationen und Vermutungen vertreibt. Der **Ich-Erzähler** gehört offenbar auch zu denen, die den Blick vom spektakulären Himmelsereignis abwenden und stattdessen auf das banale irdische Geschehen achten. Dabei hat er anscheinend großes Interesse daran, den leuchtenden Kometen bei Mondfinsternis zu sehen, sonst wäre er nicht vor Ort. Er hat Hale-Bopp nach eigenen Aussagen schon seit Wochen bei seinen Fahrten und Wanderungen genau verfolgt (vgl. Z. 32 ff.), im Radio „immer wieder Berichte von Ängsten, Hoffnungen, Träumen und astronomischen Vermutungen gehört“ (Z. 35 f.) und umfangreiches Hintergrundwissen zu den Himmelserscheinungen gesammelt. Warum er seine Reise unternimmt, was sein Ziel ist und ob er allein oder in Begleitung unterwegs ist, erfährt man nicht. Aber man erkennt, dass ihm die Episode mit dem Kellner bedeutsam und erzählenswert erscheint.

die hilfsbereiten Gäste

der Ich-Erzähler

Auffällig ist die Art und Weise, wie das Geschehen erzählt wird. Eine **Abfolge dokumentarischer, berichtender und erzählender Passagen** wird zwar aus der Perspektive eines **Ich-Erzählers** dargestellt, doch dieser **wechselt zwischen distanzierter Information, objektivem Bericht und persönlichem Kommentar**. Der Ich-Erzähler ändert also sein **Erzählverhalten** während der Geschichte immer wieder. Es gibt Passagen, wo er völlig hinter die **Dokumen-**

weitere Merkmale der erzählerischen und sprachlichen Gestaltung

tation von Hintergrundwissen über den Kometen Hale-Bopp zurücktritt, nämlich in Abschnitt 2 (Z. 17–31), oder die Vorgänge **relativ distanziert** beschreibt, z. B. im ersten Abschnitt (Z. 1–16), wo er den Sturz des Kellners kommentarlos und sachlich berichtet. Der hypotaktische Satzbau (vgl. Z. 2 ff.), aber auch die Aufzählungen (vgl. Z. 5, 7 f., 14 f.) bringen auf komprimierte Weise viele **Detailinformationen**, was die Darstellung fotografisch exakt und **nüchtern** wirken lässt. Lediglich die Bemerkung, dass „aufgedruckte Klatschmohnblüten an seinem Hemd an Blutflecken denken ließen“ (Z. 10 f.), verrät eine **gewisse Anteilnahme**, wozu auch die Feststellung, dass „der Mann unverletzt [schien]“ (Z. 11) passt. Allerdings bleibt der Erzähler hier in einer offenbar **passiven Beobachterhaltung**, was noch dadurch betont wird, dass sich an die Beschreibung des gestürzten Kellners der Abschnitt über die Informationen zum Kometen anschließt. Dabei verspricht der Anfang der Geschichte mit den Worten „Ich sah einen gestürzten Kellner“ (Z. 1) eigentlich, dass dieser für den Erzähler von größerer Bedeutung ist. Doch davon ist noch länger nicht die Rede, denn auch in den folgenden Abschnitten ist der Erzähler ein **eher neutraler, aber sehr genauer und gut informierter Beobachter**. Wir erfahren nichts über seine eigenen Ansichten über den Kometen, den er wochenlang auf seinen Streifzügen beobachtet, und über seine Gedanken über die anwesenden Wartenden, zu denen er ja selbst gehört. Nur an wenigen Andeutungen erkennt man seine **eigene Beteiligung**, z. B. wenn er wie in einem Stoßseufzer ausruft: „Wie langsam über solchen Gesprächen die Zeit verging.“ (Z. 55)

Abfolge dokumentarischer, berichtender und erzählender Passagen aus der Perspektive des Ich-Erzählers

Dann aber geht die objektive Darstellung immer mehr in eine **Erzählung** (vgl. Z. 56 ff.) über, in der die Handlung nach der langen Wartezeit plötzlich **Spannung** entwickelt und Tempo aufnimmt. Es **häufen sich die Stilmittel:** Eine Klimax vollzieht den Anbruch der Nacht nach (vgl. Z. 56), ein Vergleich veranschaulicht die kosmischen Kräfte („wie an Schüren gezogen“, Z. 56 f.), der Mond wird personifiziert („träge“, Z. 59), die mit „Alarmgeschrei“ verglichene wörtliche Rede sorgt zusätzlich für eine **dramatische Zuspitzung** (vgl. Z. 62 f.). Jeder der letzten drei Absätze (ab Z. 65) besteht nur aus einem einzigen Satz, wodurch die Erzählung fast atemlos auf das beeindruckende Schlussbild zusteuert, das dann wie in Zeitlupe erzählt wird.

Jetzt ist die **Erzählhaltung nicht mehr distanziert**, sondern wir erfahren ganz unmittelbar, was der Erzähler in diesem Moment empfindet und wie er das Geschehen beurteilt. Im Moment der höchsten Anspannung (vgl. Z. 65 ff.), wo alle Augen nach oben gerichtet sind, unterbricht „dieses böse Klirren“ (Z. 71) die stumme Bewunderung der Menschen für das „Himmelsschauspiel“ (Z. 73).

Wechsel der Erzählhaltung

Das ungewöhnliche Attribut „böse“ bringt auf den Punkt, dass hier einerseits die feierliche Stille gestört wird und andererseits der Kellner einen für ihn offensichtlich demütigenden Augenblick erlebt. Aber der Erzähler löst dies auf, denn er schildert nun „ein Gegenschauspiel, das von einer anderen Helligkeit war“ (Z. 77). Mit dieser metaphorischen Wendung **kommentiert** der Erzähler das Geschehen, noch bevor er es genauer darstellt. Während Hale-Bopp „ungerührt seinen Lauf nahm“ (Z. 73 f.), ist vielen Umstehenden der gestürzte Kellner neben ihnen wichtiger als der ferne Komet und sie knien sich neben ihn auf den Boden, um die Scherben aufzusammeln. Im Gegensatz zu den einzigen beiden Stellen, die der Erzähler mit „Ich“ einleitet, nämlich im ersten Satz und im Abschnitt über seine Beobachtungen des Kometen (vgl. Z. 32), und wo er trotzdem nicht aus seiner objektiven Beobachterhaltung tritt, ist seine persönliche Beteiligung am Geschehen in den letzten drei Absätzen des Textes deutlich zu erkennen. Man merkt es an der **sprachlichen Gestaltung**, denn auch der Satzbau und die Wortwahl der letzten drei Sätze spiegeln seine emotionale Betroffenheit. So **wechselt** der Ich-Erzähler mitten im Satz die **Blickrichtung**, wenn er ihn mit „Und dann war da plötzlich nur noch das wolkenlose Firmament“ (Z. 65) beginnt, diese Betrachtung aber abbricht und nach einem Gedankenstrich fortsetzt mit „und war da trotzdem […] diese lange leere Theke, von der ein Kellner sein schwer beladenes Tablett in die Nacht hinaustrug“ (Z. 67 ff.), womit er beide Ereignisse direkt aufeinander zusteuern lässt. Er betont die Besonderheit des himmlischen Schauspiels dreimal mit Wiederholungen („so weit, weit draußen im Raum“, Z. 73; „obwohl es lange, sehr lange dauern würde“, Z. 78; „niemals, niemals wieder in der Geschichte dieses Universums“, Z. 81). Genauso emotional schildert er auch das „Gegenschauspiel“, das er durch eine Correctio hervorhebt, die neben einer Alliteration ebenfalls eine Repetitio enthält: „wandten sich …, nein, nicht alle Zeugen und Zuschauer, aber doch viele, viel mehr als zu erwarten waren, [ab]“ (Z. 82 ff.). Durch den Schlusssatz der Erzählung, der aus 13 Zeilen besteht, wird das Besondere der vom Ich-Erzähler beobachteten Episode sehr eindrucksvoll geschildert.

Darstellung von Raum und Zeit

Die Gegenüberstellung der beiden simultan stattfindenden Ereignisse hat ihre Entsprechung in der **Darstellung von Raum und Zeit**. Das astronomische Schauspiel ist verknüpft mit **Superlativen in der Beschreibung der räumlichen und zeitlichen Dimensionen**. Dass „einer der strahlendsten Kometen der vergangenen tausend Jahre“ (Z. 17 f.) auf seinem Weg an der Erde vorbei „mit einer Geschwindigkeit von fast einhundertsechzigtausend Stundenkilometern“ (Z. 75 f.) unterwegs ist, ist nicht nur deshalb eine Sensation, weil er „seinen erdnächsten Punkt in einer Entfernung von etwa zweihundert

Millionen Kilometern passiert" (Z. 21 f.), sondern weil er „dann erst um das Jahr 4535 wiederkehren" (Z. 26) wird. Diese Aneinanderreihung von Superlativen und unvorstellbar hohen Zahlen zeigt, dass der Ich-Erzähler, der ganz offensichtlich über Expertenwissen verfügt, selbst beeindruckt ist von dem Kometen, von dem es heißt, „daß in der Geschichte der Menschheit kein Himmelslicht jemals so viele Blicke auf sich gezogen hatte" (Z. 30 f., vgl. auch Z. 66 f.). Vor allem aber bereiten diese gigantischen Zahlen die **Gegenüberstellung mit einem scheinbar kleinen „Gegenschauspiel**" (Z. 77) vor, das den Ich-Erzähler noch viel mehr bewegt.

Wechsel der Blickrichtung vom Himmelsereignis auf das irdische Geschehen

Mit diesem ganz und gar nicht ungewöhnlichen, banalen Ereignis, dem Sturz eines Kellners, setzt die Erzählung ein. Innerhalb der erzählten Zeit der Geschichte nimmt die Episode um den Kellner nur einen **sehr geringen Zeitraum** von wenigen Minuten ein, wird jedoch vor allem durch die doppelte Erwähnung am Anfang und am Ende zur zentralen Handlung, auf die alles ausgerichtet ist. Der Vorfall wird durch mehrere Rückblenden begleitet, die zum einen mit den Informationen über den Kometen ein sehr langes Zeitfenster öffnen und zum anderen die Wochen, die der Ich-Erzähler vor dem Besuch des Straßencafés mit der Beobachtung von Hale-Bopp zugebracht hat, knapp zusammenfassen. Ebenfalls stark gerafft, aber zunehmend detaillierter werden die Stunden, in denen die Wartenden sich auf die Mondfinsternis vorbereiten, erzählt. **Nicht nur die Darstellung der Zeit, sondern auch die des Ortes fokussiert sich immer stärker auf den Moment des Sturzes.** Von den Weiten des Universums über die ausgedehnten Reisen des Ich-Erzählers durch amerikanische Wüsten und Gebirgszüge (vgl. Z. 32 ff.) konzentriert sich dann alles auf einen Quadratmeter auf einem Parkplatz vor einem Straßencafé auf einer Anhöhe über San Diego. Wie in Zeitlupe wird in einem einzigen, langen letzten Satz der Moment erzählt, in dem der Kellner zu Boden fällt und anschließend mehrere Zuschauer sich vom ursprünglichen Geschehen abwenden und stattdessen dem zuwenden, der Hilfe braucht.

zusammenfassende Interpretation

Für die Deutung der Geschichte kann man an mehreren Stellen ansetzen. In Zeiten, in denen Bystander-Effekt und Gaffermentalität offensichtlich überwiegen, wie man nicht nur aus den Medien, sondern sicher auch aufgrund eigener Erfahrungen weiß, kann man nachvollziehen, warum Christoph Ransmayr seinen Erzähler so beeindruckt auf den geschilderten Vorfall reagieren lässt. Hier stehen nicht einfach alle da und warten darauf, dass andere helfen, sondern es gibt sofort Menschen, die zupacken, obwohl sie allen Grund hätten, sich nicht ablenken zu lassen. Statt mit ihren Kameras und Smartphones zu filmen, um im Netz für ihren Film Beifall zu bekommen, knien sie sich neben den Kellner. Damit könnte die Geschichte als **Musterbeispiel für Hilfsbereitschaft und Mitmenschlichkeit** verstanden werden. Durch die Kontrastierung mit dem sensationellen Himmelsschauspiel und die Fokussierung auf die irdische Handlung wird diese aufgewertet. Nicht die Sensationslust und die Möglichkeit, spektakuläre Bilder eines einmaligen kosmischen Schauspiels zu machen, siegen, sondern die Empathie. Hinzu kommt, dass der Vorfall durch die sprachliche Gestaltung **geradezu überhöht** wird. Der **Titel der Geschichte**, *Sternenpflücker*, bezieht sich nur vordergründig auf die Beobachtungen des nächtlichen Sternenhimmels und seiner Erscheinungen. Am Ende wird klar, dass er **metaphorisch** auf die „blinkenden Scherben [auf dem] schwarzen Asphalt" (Z. 89) anspielt, welche die Menschen aufsammeln, „als pflückten sie Sterne" (Z. 89), wodurch ein sehr **eindrucksvolles Schlussbild** entsteht. Denn „während so weit, weit draußen [...] das Himmelsschauspiel ungerührt seinen Lauf nahm" (Z. 73 f.), bleiben die Menschen nicht „ungerührt", sondern helfen einander. Dieser geradezu bewegende letzte Satz kann wie ein Zeichen der Hoffnung gelesen werden, auch wenn man weiß, dass die Realität oft nicht der geschilderten Episode entspricht.

TEILAUFGABE 2

Zusammenhang der Erzählung mit der poetologischen Aussage Ransmayrs

„Geschichten ereignen sich nicht, Geschichten werden erzählt." Mit der vorliegenden Erzählung liefert Christoph Ransmayr eine ideale **Illustration zu seiner poetologischen Aussage**. Wenn es die Szene, in der ein Kellner in der Nacht der Mondfinsternis über ein Kabel gestolpert ist, wirklich gegeben haben sollte, dann wäre sie sicherlich nicht publik geworden. Sie ist nicht einmal interessant genug für eine Notiz in der lokalen Zeitung.

Wahl des Gegenstands einer Geschichte

Erst durch das Erzählen wird ein Geschehen zu einer Geschichte. Es ist ein großer Unterschied, ob man einen Vorfall **berichtet, beschreibt oder erzählt**. Das führt Ransmayr in seiner Erzählung direkt vor, wie die unterschiedlichen Passagen des Textes deutlich zeigen. Was macht das Erzählen aus? Jemand muss einen **Vorgang für erzählenswert halten**. Dabei spielt es keine Rolle, ob es sich um ein weltbewegendes, sensationelles Ereignis handelt oder um einen scheinbar banalen Vorfall. Auch das wird durch die Kontrastierung des astronomischen und des irdischen Geschehens in der Geschichte illustriert. Der **Autor entscheidet**, wie er die Welt in der Geschichte darstellt, denn er schafft eine fiktive Welt, auch wenn diese Bezüge zur Realität hat, wie dies in der vorliegenden Erzählung der Fall ist. Man könnte das exakte Datum des Märztages (vgl. Z. 17) und vermutlich auch den genauen Zeitpunkt des Beginns der Mondfinsternis durch Recherchen herausfinden, aber darum geht es nicht. Denn die

Geschichte, die erzählt wird, steht nicht nur für diesen einen, einmaligen Vorfall, sondern will **Grundsätzliches zum Ausdruck bringen**. Dabei spielt es keine entscheidende Rolle, ob der Autor diese Episode genau so erlebt hat oder ob er sie sich, z. B. bei eigenen wochenlangen Wanderungen und Reisen und der Beobachtung des Kometen über einen längeren Zeitraum, ausgedacht hat.

Rolle der künstlerischen Gestaltung

Er hält das Geschehen für erzählenswert, er entscheidet sich für einen bestimmten Erzähler, er konstruiert den Aufbau des Textes und ihm obliegt die **künstlerische sprachliche Gestaltung**. So bietet die Erzählung nicht nur berichtende und dokumentarische Passagen über den Kometen, sondern ist ästhetisch durchkomponiert. Rhetorische Mittel, eine durchdachte Syntax, der Wechsel zwischen Zeitraffung und -dehnung und die kontrastierende Engführung der Ereignisse (Mondfinsternis und Sturz) gehören dazu. Erst aus dem Zusammenspiel dieser Faktoren entsteht die Geschichte, selbst wenn sie sich genau in der geschilderten Weise ereignet hat. Ohne das Erzählen bleibt das Geschehen nur ein mehr oder weniger bedeutsamer Vorfall oder eine schon bald vergessene Episode. Das Erzählen schafft aus dem Ereignis ein Kunstwerk, das auf seine Rezipienten unterschiedliche Wirkungen hat, weil es interpretierbar ist.

MATERIALGESTÜTZTES VERFASSEN INFORMIERENDER TEXTE

Aufgabenstellung

An Ihrer Schule soll für den bewussten Umgang mit Sprache sensibilisiert werden. Um konkrete Schritte zu erarbeiten, findet für den Abiturjahrgang ein Projekttag statt zum Thema: Sprachgebrauch an unserer Schule.

Verfassen Sie für diesen Projekttag einen Einführungsvortrag, in dem Sie alle Teilnehmenden darüber informieren, wie der Zusammenhang von Sprache und Gewalt in der Sprachwissenschaft gesehen wird. Wählen Sie einen geeigneten Vortragstitel.

Nutzen Sie dazu die folgenden Materialien 1 bis 7 und beziehen Sie eigene Erfahrungen und im Unterricht erworbenes Wissen ein.

Ihr Einführungsvortrag ist als Fließtext zu verfassen und sollte etwa 1.200 Wörter umfassen.

Material 1 **Elke Koch (geb. 1970): „violentia" – physische und sprachliche Gewalt (Auszug; 2010)**

Gewalt […] bedeutet: Jemand tut jemandem ein Leid an. […] Bedeutungsüberschneidungen bestehen mit „Macht" und „Herrschaft", in denen die wortgeschichtlich ursprünglichere und lange Zeit dominante Bedeutung *legitimer* Verfügungsmacht fortwirkt. Bereits seit dem Mittelalter lassen sich jedoch Belege dafür finden, dass mit (mhd.) „gewalt" auch die (unrechte oder fragwürdige) Schädigung anderer bezeichnet wird. Im semantischen Wandel des Wortes lässt sich eine übergreifende Tendenz darin erkennen, dass in der Neuzeit der „violentia"-Aspekt gegenüber dem der „potestas" an Gewicht gewinnt. […]

Es ist der Umstand, dass wir durch Worte „verletzbar" sind, der in der jüngsten Debatte über Gewalt durch Sprache besonders hervorgehoben wird. Nicht erst aus der Verbindung mit körperlicher Gewalt beziehe Sprache Gewaltsamkeit, vielmehr sei sie unabhängig davon selbst gewalthaft – insbesondere in Form von Sprechakten, die andere missachten, herabsetzen oder ausgrenzen. Die Betonung der *Verletzungsmacht* von Sprache setzt indessen ein Verständnis von Gewalt voraus, welches durch die Analogie zur körperlichen Gewalt bestimmt ist. Dabei wird der Aspekt der Körperlichkeit auf der Seite des Ausübenden und seiner Mittel abgezogen, auf der Seite des Erleidenden jedoch implizit erhalten. Denn die „Verletzung", die jemand durch Missachtung oder

Beleidigung erleidet, ist zwar nicht physischer Art, doch kann sie als emotionale Reaktion mit körperlichem Anteil erlebt werden.

Auszug aus: Elke Koch: „violentia" – physische und sprachliche Gewalt (2010). In: Elke Koch: Einleitung zu: Gewalt in der Sprache. Rhetoriken verletzenden Sprechens. Hrsg. von Sybille Krämer u. Elke Koch. München: Brill 2010, S. 9–20.

Elke Koch ist Professorin für Ältere deutsche Literatur und Sprache an der Freien Universität Berlin.

Anmerkung

Z. 7 potestas: (lat.:) Macht, Vollmacht

Material 2 dbb jugend nrw: Verbalattacken – Alles nur ein Missverständnis? (Abbildung; 2017)

Bild: pathdoc / adobe stock; abgebildet in: dbb jugend nrw: Verbalattacken – Alles nur ein Missverständnis? (2017); veröffentlicht am 19. 12. 2017 unter: https://www.angegriffen.info/verbalattacken-alles-nur-ein-missverstaendnis

Die Abkürzung „dbb jugend nrw" steht für Deutsche Beamtenbund-Jugend Nordrhein-Westfalen.

Material 3 Sybille Krämer (geb. 1951): Gewalt der Sprache – Sprache der Gewalt (Auszug; 2005)

Zwei Vorurteile und wie wir sie vermeiden können

[…] Um uns der Gewaltförmigkeit der Rede anzunähern, müssen wir […] zwei Vorurteile vermeiden, welche die Einsicht in den Zusammenhang von Sprache und Gewalt verstellen. Das erste Vorurteil bringt Kultur und Gewalt in einen Gegensatz; das zweite Vorurteil geht von einer Opposition zwischen ‚Sprechen' und ‚Tun' aus.

1. Gewöhnlich gelten Sprache und Gewalt als entgegengesetzt; sie verhalten sich – so jedenfalls die übliche Annahme – zueinander wie Zivilisation und Barbarei, wie Kultur und Kulturverlust. Kultur ist keineswegs das Gegenteil von Gewalt: Wir

werden zwar als mehr oder weniger aggressive Wesen geboren, doch zu *gewalttätigen* Wesen werden wir erst im Heranwachsen innerhalb einer Kultur. […] Sprache ist [daher] ein Medium zur Verhinderung von Gewalt – aber eben auch ein Instrument zur Ausübung von Gewalt. Denn Worte verletzen und sie kränken; und sie sind immer noch die am weitesten verbreitete und die am häufigsten eingesetzte Waffe!
Der Gebrauch unserer Sprache kann also nicht nur der Vorbereitung von Gewalttaten dienen, sondern kann – unter gewissen, noch zu erläuternden Umständen – selbst eine Form von Gewalt sein.

2. Das zweite Vorurteil bezieht sich auf das Verhältnis von Sprechen und Handeln: Etwas zu sagen, bedeutet gerade nicht, das Gesagte auch zu tun; zwischen Sprechen und Handeln gibt es – so die Annahme, um die es hier geht – eine klare Demarkationslinie. Wir unterscheiden gewöhnlich zwischen Wort und Sache: Das Wort ‚Apfel' ist nicht rot und auch nicht essbar und das Zerschneiden des Fotos heißt für aufgeklärte Gemüter gerade nicht, die fotografierte Person selbst zu verletzen. Doch der Philosoph John Langshaw Austin entdeckte Mitte des vergangenen Jahrhunderts, dass es Arten von Äußerungen gibt, die das, was sie besagen, tatsächlich und zugleich auch tun und vollstrecken: Wetten, Versprechen, Kriegserklärungen, Taufen, das ‚Ja' in der Heiratszeremonie, Kündigungen: Das sind allesamt Beispiele für Worte, die das, was sie besagen, zugleich auch vollziehen. […] Unter gewissen Bedingungen ist *unser Sprechen zugleich auch ein Tun.* Und so ist das 1935 ausgehängte Schild in einem Restaurant ‚Juden nicht erwünscht' der Vollzug einer diskriminierenden Handlung der Rassentrennung und kein ‚unschuldiger' Ausdruck eines Gedankens bzw. einer Idee.

Auszug aus: Sybille Krämer: Gewalt der Sprache – Sprache der Gewalt (2005). In: Sybille Krämer: Gewalt der Sprache – Sprache der Gewalt. Hrsg. von der Landeskommission Berlin gegen Gewalt. Berlin 2005, S. 3–5. Veröffentlicht unter: https://www.bmfsfj.de/blob/93966/06e12f8ed3e66c8265a13f833916e5a2/gewalt-der-sprache-sprache-der-gewalt-data.pdf

Sybille Krämer war bis 2018 als Professorin für theoretische Philosophie an der Freien Universität Berlin tätig.

Material 4 Joachim Bauer (geb. 1951): Die Auswirkungen von aggressiver Sprache. Warum wir an Schulen nicht-gewalttätiges Sprechen brauchen (Auszug; 2016)

Aus neurowissenschaftlicher Sicht liegt eine Reihe von klaren Hinweisen darauf vor, dass aggressive Sprache einen Beitrag zu Aggression und Gewaltverhalten leisten kann:

1. Die neuronalen Systeme von Sprechen und Handeln sind im Gehirn eng miteinander verbunden. Das neurologische Sprachareal ist beim Menschen in die Netzwerke (des sogenannten prämotorischen Cortex) eingebettet, in denen auch die Handlungsplanung stattfindet. Das Sprechen hat sich beim Menschen evolutionär aus Handlungsvorstellungen entwickelt. […]

2. Was andere zu uns oder über uns sagen, verändert das Gehirn. Was zu uns gesagt wird, ist nicht „Schall und Rauch“, sondern hat, wie neuere eindrucksvolle Studien zeigen, massiven Einfluss auf Netzwerke des Gehirns, welche das „Selbst“ eines Menschen repräsentieren. Zu hören, was andere zu mir oder über mich sagen, schlägt – wie neuere, mit funktioneller Kernspintomografie durchgeführte Studien zeigen – biologisch auf mein Gehirn durch. Die „Selbst“-Netzwerke [...] zeigen eine massive biologische Reaktion, wenn Menschen hören, was andere zu ihnen oder über sie sagen.

3. Verbale Ablehnung durch andere Menschen, insbesondere soziale Zurückweisung und soziale Ausgrenzung aktivieren die Schmerzsysteme des Gehirns. Eine Reihe neuerer Studien zeigt, dass die Schmerzsysteme des menschlichen Gehirns nicht nur dann reagieren, wenn einem Menschen *körperliche* Schmerzen zugefügt werden, sondern auch dann, wenn wir eine *soziale* Zurückweisung oder Ausgrenzung erfahren. Dieser Mechanismus hat evolutionäre Gründe. Die Aktivierung des Schmerzsystems wiederum hat zwei Haupt-Folgen: Sie begünstigt Aggression oder, falls Aggression nicht möglich ist, Depression.

4. Neuere wissenschaftliche Studien, die von Kinderärzten aus den USA durchgeführt wurden (Craig Anderson, State University of Texas), zeigen, dass das Hören aggressiver Texte (als Teil von Liedern) bei Kindern und Jugendlichen die Tendenz zu aggressivem Verhalten begünstigt.

Auszug aus: Joachim Bauer: Die Auswirkungen von aggressiver Sprache. Warum wir an Schulen nicht-gewalttätiges Sprechen brauchen (2016). In: Pressemitteilung des Bayerischen Lehrer- und Lehrerinnenverbandes: Abstract zur BLLV-Pressekonferenz am 07.09.2016, S. 1 f.

Joachim Bauer ist Internist, Psychiater und Psychotherapeut und war u. a. bis 2017 als Professor für Neurowissenschaften an der Universitätsklinik Freiburg tätig.

Material 5 Anatol Stefanowitsch (geb. 1970): Was ist überhaupt Hate Speech? (Auszug; 2015)

Hassrede unterscheidet sich vom alltagssprachlichen Begriff der Beleidigung dadurch, dass Letztere dann gegeben ist, wenn jemand als Individuum verunglimpft oder herabgewürdigt wird, also nicht als Mitglied einer Gruppe oder über seine Zugehörigkeit zu dieser Gruppe. Aus sprachwissenschaftlicher Perspektive stellen sich zwei Fragen: erstens, was es bedeutet, sprachlich „Hass auszudrücken“, und zweitens, welche sprachlichen Ausdrucksmittel zu diesem Zweck zum Einsatz kommen. Bezüglich der ersten Frage gehen einige Autor/-innen davon aus, dass Hassrede dann vorliegt, wenn der/die Sprechende Hass empfindet und/oder erreichen will, dass Dritte Hass empfinden [...]. Die Intention von Sprechenden spielt in der tatsächlichen Kommunikation selbstverständlich eine Rolle – einen unabsichtlichen Ausdruck von Hass wird man eher verzeihen als einen absichtlichen –, sie hat aber keinen direkten Bezug zu sprachlichen Äußerungen oder gar Ausdrucksformen. Anders gesagt: Es ist durchaus möglich, sprachlich Hass gegen Personen oder Gruppen auszudrücken, ohne diesen Hass tatsächlich zu empfinden oder auslösen zu wollen (z. B. aus Unkenntnis der Bedeutung bestimmter Wörter oder im Rahmen einer misslungenen Satire).

In der öffentlichen Diskussion wird der intentionalen Definition häufig eine Definition aus Betroffenenperspektive entgegengesetzt: Hassrede liegt dann vor, wenn es Menschen gibt, die sich durch diese Rede herabgesetzt oder verunglimpft fühlen. Als Grundlage einer Definition ist die Betroffenenperspektive sicher besser geeignet als die Intention des Sprechenden. Sie darf allerdings nicht individualisiert verstanden werden – wodurch sich jemand herabgesetzt oder verunglimpft fühlt, kann von Person zu Person und von Situation zu Situation sehr unterschiedlich sein. Um aus sprachwissenschaftlicher Sicht als Hassrede zu gelten, muss eine sprachliche Äußerung oder ein Ausdruck nicht nur individuell und/oder situativ, sondern von einem wahrnehmbaren Teil der Sprachgemeinschaft als herabwürdigend und/oder verunglimpfend gegenüber einer Bevölkerungsgruppe verstanden werden (aber natürlich nicht unbedingt von der Mehrheit oder gar der gesamten Sprachgemeinschaft).

Das ist vor allem dort der Fall, wo die Herabwürdigung und/oder Verunglimpfung von einem wahrnehmbaren Teil der Sprachgemeinschaft als Teil der konventionellen Bedeutung eines sprachlichen Ausdrucks betrachtet werden. Solche Ausdrücke finden sich am sichtbarsten in jenem Bereich des Wortschatzes, in dem die deutsche Sprache uns eine Vielzahl von Ausdrücken liefert, die entweder über die Zuschreibung von bzw. Einschränkung auf bestimmte stereotype Eigenschaften (Schlitzauge, Fotze, Arschficker, Mongo) oder direkt über das Wissen um ihre Verwendungszusammenhänge (Kanake, Tussi, Schwuchtel, Spast) eine pejorative, also abwertende Wirkung entfalten. Aber auch in der Wortbildung und sogar Grammatik gibt es konventionell pejorative sprachliche Zeichen, z. B. die Endsilbe -ler (Hartz-4-ler, Unterschichtler) oder das grammatische Muster [SUBSTANTIV + RICHTUNGSANGABE] (Ausländer raus! Juden ins Gas!). Diese Ausdrücke können auf zwei unterschiedliche Arten zur Hassrede verwendet werden: Sie können direkt auf die bezeichnete Gruppe angewendet werden (wenn etwa ein homosexueller Mann „Schwuchtel" genannt wird) oder indirekt auf jemanden, der eigentlich gar nicht zur bezeichneten Gruppe gehört (z. B. wenn ein heterosexueller Mann „Schwuchtel" genannt wird). Die Hassrede richtet sich dabei in beiden Fällen auf die bezeichnete Gruppe (in diesem Fall homosexuelle Männer), während der nicht zur bezeichneten Gruppe gehörende Adressat „nur" beleidigt wird.

Auszug aus: Anatol Stefanowitsch: Was ist überhaupt Hate Speech? (2015). In: „Geh sterben!". Umgang mit Hate Speech und Kommentaren im Internet. Hrsg. von der Amadeu Antonio Stiftung. Berlin 2015, S. 11–13. Veröffentlicht unter: https://www.amadeu-antonio-stiftung.de/w/files/pdfs/hatespeech.pdf

Anatol Stefanowitsch ist Professor für Sprachwissenschaft an der Freien Universität Berlin.

Die Amadeu Antonio Stiftung wurde 1998 mit dem Ziel gegründet, die Zivilgesellschaft in der Demokratie zu stärken.

Material 6 Doris Tophinke (geb. 1963): Gewalt in der Sprache (Auszug; 2014)

Gewalt in der Sprache ist ein „Aufreger“: Sie ist einerseits Tabu, andererseits Faszinosum und im sprachlichen Alltag allgegenwärtig. Frotzeln, Ärgern, Streiten, Beleidigen, Fluchen usw. sind sprachlich-interaktive Praktiken, die wir alle kennen und die wir im Rahmen der Sozialisation in jeweils milieu- und kontextspezifischen Varianten kennenlernen. Wir lernen, in welchen Kontexten man seinem Ärger oder seiner Entrüstung durch Schimpfen Luft machen kann und in welchen Kontexten das nicht geht, welche Schimpfwörter in welchen sozialen Situationen akzeptabel sind, wie weit man beim Frotzeln gehen kann usw. Je nach Sozialisationsmilieu und sozialer Situation spielen diese Praktiken in der Alltagsinteraktion eine größere oder geringere Rolle, sind sie subtiler oder offener, direkter oder indirekter, spielerischer oder ernster. Offene und direkte Formen der Aggressivität setzen zumeist soziale Nähe voraus, wie sie in der Familie oder unter Freunden besteht, und sind an ein informelles Sprachregister gebunden. In Situationen sozialer Distanz dominieren hingegen unterschwellige Formen sprachlicher Gewalt und offene Formen werden als grenzüberschreitend empfunden.

Eine vorschnelle Entrüstung über aggressive Praktiken unter Schülerinnen und Schülern verbietet sich. Denn angesichts der Präsenz sprachlicher Gewalt im Alltag erstaunt es nicht, dass verbale Aggression auch in der Schule gegenwärtig ist. Verbal-aggressive Praktiken sind eine Ressource, die die Schüler in schulische und unterrichtliche Kontexte mitbringen und hier zur Selbstdarstellung und zur Bewältigung von Konflikten nutzen. […] Nicht alles, was erwachsenen Beobachtern gewaltsam erscheint, wird auch von den jugendlichen Akteuren so verstanden. Gewaltspiel und Gewaltausübung sind für Außenstehende nicht immer leicht zu unterscheiden. So ist etwa *Hey Alter* eine verbreitete, freundschaftlich-respektvolle Begrüßungsformel, die männliche Jugendliche in der Peergroup erwerben und verwenden […]. Außerhalb dieses jugendkulturellen Verwendungskontextes wirkt sie despektierlich und beleidigend. Es ist konstitutiv für die Jugendkultur, dass sie nach eigenen Ausdrucksformen sucht. Das Spiel mit Gewaltästhetik und Gewaltattitüde gehört dazu.

[…] Auch Kinder entdecken das Beschimpfen relativ früh und erproben spielerisch die Wirkung ihrer Schimpfwort-Neuschöpfungen. […]

Gewalt gibt es aber nicht nur dort, wo Wörter offen gewaltsam sind. Wörter sind auf subtile Weise gewaltsam, wenn sie die Wirklichkeitswahrnehmung zu beeinflussen versuchen. Dies gilt für Wörter, die negative Sachverhalte positiv darstellen möchten (z. B. „Entsorgungspark“ für die Müllhalde), aber auch für Wörter, die negative Assoziationen auslösen wollen (Rentnerschwemme). […]

Neben der Wortwahl gibt es weitere sprachliche Mittel und Verfahren, den gewaltsamen Charakter einer schriftlichen oder mündlichen Äußerung anzuzeigen. Ihnen ist gemeinsam, dass sie eine „entgrenzende“ Wirkung haben und Sprache so verändern, dass sie nicht mehr den Normalitätserwartungen in dem betreffenden situativen Kontext entspricht. Offen gewaltsame Äußerungen sind häufig sehr laut, die Intonation ist verändert oder die Sprecher kommen den Angesprochenen körperlich zu nah. In der Schriftlichkeit der digitalen Medien markieren Fettdruck, Majuskeln oder mehrfache

Ausführungszeichen Intensität und verstärken so die Wirkung explizit gewaltsamer Äußerungen. Im Graffiti erzeugen Größe und auch eine unsorgfältige, aggressiv-dynamische Ausführung einen gewaltsamen Eindruck. Grenzüberschreitend sind auch Äußerungen, die die Erwartungen an soziale Distanz verletzen. Dies ist der Fall, wenn jemand geduzt wird, obwohl dies in dem sozial-situativen Rahmen normalerweise nicht angemessen ist. Das Duzen tritt dem Angesprochenen sprachlich zu nah.

Auch bestimmte grammatische Muster können den gewaltsamen Eindruck einer Äußerung unterstreichen. Dies gilt vor allem für Imperativ-Konstruktiven, die den Angesprochenen zu einem bestimmten Handeln veranlassen wollen. Tendenziell aggressiv wirken Kurzformen, die auf ein adressierendes Pronomen verzichten oder implizit duzen, indem ein Verb in der 2. Pers. gewählt wird und damit die Erwartung einer höflichen Anrede nicht erfüllt wird: *Raus (hier)! Ruhe! Hau ab! Haut ab!*

Auszug aus: Doris Tophinke: Gewalt in der Sprache (2014). In: Praxis Deutsch 246, Seelze 2014, S. 4–11.

Doris Tophinke ist Professorin für Sprachwissenschaft an der Universität Paderborn.

Anmerkung

Z. 49 Imperativ-Konstruktiven: hier: Imperativ-Konstruktionen

Material 7 Peter Schlobinski (geb. 1954): Grundzüge von Sprache und Macht (Auszug; 2017)

Sprache ist „nicht nur ein Reservoir von Gewalt: Sprache stellt zugleich die Mittel bereit, diese Gewalt auch zu bannen" [...]. Zum einen sind sprachliche Bedeutungen nicht deterministisch festgelegt, sondern kontextabhängig, begründet durch den konkreten Sprachgebrauch. Somit kann die Bedeutung über den Sprachgebrauch durch einen Prozess der De- und Rekontextualisierung verändert, können ‚Gegenwerte' etabliert werden. Ein eindringliches Beispiel hierfür ist das Wort *Kanake,* ursprünglich die Bezeichnung für einen Angehörigen der indigenen Bevölkerung von Neukaledonien und dann diskriminierend gebraucht für in Deutschland lebende Ausländer. In türkischen Rap-Kulturen wurde die Bedeutung dieses Wortes umgewertet und mit positiven Konnotationen verbunden. Auf der Folie unterschiedlicher kultureller Kontexte ist das Wort *Kanake* mit der Kernbedeutung ‚in Deutschland lebende Ausländer' in jüngster Zeit also mit positiven Konnotationen einerseits und negativen andererseits verbunden. Indem das Wort *Kanake* durch De- und Rekontextualisierung umgewertet wird, ist die mit den negativen Konnotationen verbundene Diskriminierungspraxis auf der sprachlichen Ebene prinzipiell offengelegt. Die Praxis verletzender Rede kann also durch eine Sprachpraxis selbst verändert werden.

Auszug aus: Peter Schlobinski: Grundzüge von Sprache und Macht (2017). In: Networx 77 (2017), S. 30–37 (Kapitel 1.3: „Gewalt und Sprache"). Veröffentlicht unter: https://www.mediensprache.net/networx/networx-77.pdf

Peter Schlobinski ist Professor für Germanistische Linguistik an der Leibniz Universität Hannover und Vorsitzender der Gesellschaft für Deutsche Sprache.

Sofern nicht anders angegeben, entsprechen Rechtschreibung und Zeichensetzung in allen Materialien der Textquelle. Die Internetquellen wurden zuletzt abgerufen am 24.09.2021. Sprachliche Fehler in den Textvorlagen wurden entsprechend der geltenden Norm korrigiert.

TIPP **Bearbeitungshinweise**

Voraussetzungen
Nach der Definition der Bildungsstandards gehört diese Aufgabe zum **materialgestützten Schreiben eines informierenden Textes**. Unter Beachtung spezifischer Vorgaben (z. B. Schreibziel, -anlass und Adressatenkreis) sollen Sie einen Text verfassen, der die Rezipienten über einen bestimmten Sachverhalt informiert. Thematisch geht es im vorliegenden Fall um den Zusammenhang zwischen Sprache und Gewalt. Damit ist die Aufgabe Rahmenthema 6 zuzuordnen, das die Reflexion über Sprache und Sprachgebrauch beinhaltet.

Erläuterung der Aufgabenstellung
Zunächst müssen Sie die **Aufgabenstellung** genau auswerten. Aus den Vorgaben geht hervor, welche **Art von Text** Sie erstellen sollen (einen Einführungsvortrag), was der **Anlass** des Schreibens bzw. des Vortrags ist (ein Projekttag), **an wen** Sie sich wenden (in erster Linie an Mitschülerinnen und Mitschüler des Abiturjahrgangs) und **worum** es inhaltlich gehen soll (Zusammenhang zwischen Sprache und Gewalt aus sprachwissenschaftlicher Sicht). Daneben erhalten Sie Informationen zum **Umfang** des zu erstellenden Vortrags (ca. 1.200 Wörter) sowie zur **inhaltlichen Grundlage** (Materialien sowie eigene Erfahrungen und Kenntnisse aus dem Unterricht).

Nehmen Sie sich im Anschluss fünf Minuten Zeit, um Ihr **Vorwissen zum gegebenen Thema zu aktivieren**. Welche Erfahrungen mit verbaler Gewalt haben Sie im Lauf Ihrer Schulzeit gemacht? Inwiefern ist das Thema gerade für die Schule relevant? Verfügen Sie über Kenntnisse aus dem Bereich Kommunikation, die für das Thema eine Rolle spielen? Ihre Überlegungen werden Ihnen später helfen, über das Material „hinauszudenken“ und auch eigene Erfahrungen und eigenes Wissen einzubringen.

Sichten Sie in einem nächsten Schritt die sieben **Materialien**, die Ihnen vorliegen. Passagen, die Ihnen besonders wichtig erscheinen, können Sie gleich farblich hervorheben. Für den zweiten Lesedurchgang legen Sie sich am besten eine Tabelle an, auf der Sie die Materialnummern vermerken und stichpunktartig die wichtigsten Informationen aus dem jeweiligen Material notieren. Behalten Sie dabei das Thema Ihres Vortrags im Hinterkopf. Es geht um den **Zusammenhang von Gewalt und Sprache aus sprachwissenschaftlicher Perspektive**. Aus den Materialien gehen **verschiedene Aspekte** hervor, die in diesem Zusammenhang eine Rolle spielen, beispielsweise Mittel, Funktionen und Folgen sprachlicher Gewalt.

Als Nächstes sollten Sie ein **Gliederungskonzept** entwickeln, damit Ihr Vortrag eine logische und nachvollziehbare Struktur erhält. Denken Sie dabei auch an Ihre Zuhörerinnen und Zuhörer. Diese sollen Ihrem Vortrag gut folgen können. Legen Sie also erst die inhaltlichen Grundlagen der zu behandelnden Thematik dar, bevor Sie Abstufungen und Differenzierungen vornehmen. Überlegen Sie sich auch, wie Sie zu **Beginn** Ihres Vortrags die **Aufmerksamkeit der Hörerinnen und Hörer** gewinnen. Dies gelingt Ihnen beispielsweise, indem Sie an gemeinsame Erfahrungen anknüpfen. Lassen Sie auch **am Ende** Ihrer Ausführungen erkennen, dass Sie einen **Bezug zu Ihren Adressatinnen und Adressaten herstellen**.

Achten Sie beim Schreiben darauf, dass Ihr Text für einen **Vortrag** konzipiert ist. Sie dürfen also Strukturen der **Mündlichkeit** in Ihrem Aufsatz nachahmen. Dennoch sollten Sie nicht aus dem Auge verlieren, dass es sich bei Ihrer Ausarbeitung um einen **einführenden Fachvortrag** handelt. Dieser gewinnt durch Verwendung entsprechenden **Fachvokabulars** an Überzeugungskraft. Daneben sollten Sie auch **Expertinnen und Experten zitieren**. Eine genaue Quellenangabe ist aufgrund der Vortragssituation aber nicht erforderlich. Behalten Sie beim Schreiben zudem die Zeit im Blick. 10 bis 15 Minuten vor Abgabe sollten Sie mit dem **Korrekturdurchgang** beginnen und prüfen, ob Zeichensetzung und Rechtschreibung korrekt sind und Ihr Ausdruck dem Textformat gerecht wird. Vergessen Sie am Ende nicht, Ihrem Text einen **Vortragstitel** zu geben, der der Intention Ihrer Ausführungen entspricht.

Lösungsvorschlag

Mehr als nur Worte – Formen und Folgen verbaler Gewalt

Titel des Vortrags

Liebe Mitschülerinnen und Mitschüler,

Anrede

Einleitung

Adressatenbezug und Zitat als Einstieg (Bezug zu M 3)

„der Löwe sieht sich nicht um, wenn ihn ein Hündchen ankläfft", so heißt es in einem Sprichwort. Im schulischen Kontext müssten wir sagen: „Den Abiturienten juckt's nicht, wenn ihn ein Fünftklässler beleidigt." Mal ehrlich, ist das so? Viel eher würden wir uns doch den vorlauten Bengel schnappen und ihm zeigen, wer hier an der Schule der Löwe und wer das Hündchen ist. Schließlich haben wir hier auch gelernt, uns zu wehren. Mit dieser Reaktion entsprechen wir genau dem Menschenbild der Philosophin Sybille Krämer, die bis 2018 an der Freien Universität Berlin tätig war. Sie meint: Wir werden geboren als aggressive Wesen, die aber erst **beim Heranwachsen innerhalb einer Kultur zu gewalttätigen Wesen** werden. Stimmt das? Ein Rückblick auf unseren Bildungsgang scheint Krämers Aussage leider zu bestätigen. Unsere **ersten Schimpfworte** haben wir **im Kindergarten** aufgeschnappt. „Du doofe Kuh!", „Du Blödmann!" haben wir uns damals an den Kopf geworfen. Heute, nach dreizehn Jahren Schule, fallen uns noch ganz andere Beleidigungen ein. So, wie wir durch unser Umfeld das Sprechen erlernen, lernen wir auch, wie wir Aggression über Sprache mitteilen. **Sprahe**

und Gewalt stehen daher in einer engen Verbindung. Anlässlich unseres **Projekttags**, an dem wir uns dem **Sprachgebrauch an unserer Schule** zuwenden, möchte ich eine Einführung in den **Zusammenhang zwischen Sprache und Gewalt** geben und dabei **sprachwissenschaftliche Perspektiven** einbringen.

Thema und Anlass des Vortrags

Zunächst ist klarzustellen, dass die Gewalt, von der im Folgenden die Rede ist, nichts mit legitimer Herrschaft zu tun hat. Dieses lange Zeit gängige Verständnis von Gewalt ist heute längst einem **Gewaltbegriff** gewichen, bei dem der **Aspekt der Schädigung anderer im Vordergrund** steht. Außerdem steht fest: Das Leid, das ein Aggressor einer anderen Person zufügt, muss **nicht unbedingt körperlicher Natur** sein. Verletzungen können auch durch Worte hervorgerufen werden. Wer einen anderen gezielt beleidigt, herabsetzt oder durch eine bestimmte Wortwahl ausgrenzt, der schädigt sein Gegenüber und übt damit Gewalt aus – **verbale Gewalt**.

Hauptteil
Erläuterung des Gewaltbegriffs (Bezug zu M 1)

Diese Art der Gewalt begegnet uns viel häufiger als physische Übergriffe. Sie ist Teil unseres Alltags und daher überrascht es nicht, dass es ganz **unterschiedliche Formen verbaler Aggression** gibt. Auf individueller Ebene gehören hierzu gezielte **Beleidigungen oder Verunglimpfungen**, auf gesellschaftlicher Ebene ist an erster Stelle **Hassrede** anzuführen. Doch wer entscheidet, wann es sich um eine ungeschickte Bemerkung und wann um Hate Speech handelt? Anatol Stefanowitsch, ein Sprachwissenschaftler, versteht darunter sprachliche Äußerungen, die nicht nur von einer Einzelperson, sondern von einem wahrnehmbaren Teil der Sprachgemeinschaft als herabwürdigend gegenüber einer Bevölkerungsgruppe verstanden werden. Die **sprachlichen Mittel**, mit denen andere abgewertet werden sollen, gleichen einem Waffenarsenal, das sich aus sämtlichen Bereichen der Sprache speist. Auf der Ebene der **Wortbildung** entfaltet etwa das Anhängen der Endsilbe „-ler", wie beim Begriff „Hartz-4-ler", eine pejorative Wirkung. Daneben werden Ausdrücke mit negativer **Semantik** wie beispielsweise „Tussi" oder „Spast" in bestimmten Kontexten gezielt eingesetzt, um andere zu verletzen. Verbale Gewalt zeigt sich daneben durch **Abweichen von Sprachkonventionen**. Lautes Sprechen mit veränderter Intonation läuft Erwartungen an ein Gespräch ebenso zuwider wie das Überschreiten eines natürlichen Distanzbereichs. In der **schriftlichen Kommunikation** werden Mitteilungen häufig durch Fettdruck oder mehrfache Anführungszeichen hervorgehoben, um einer Beleidigung Nachdruck zu verleihen.

Mittel sprachlicher Gewalt: offene Formen (Bezug zu M 5 und M 6)

Es gibt aber auch **subtilere Formen** sprachlicher Gewalt, die vor allem in gesellschaftlichen Debatten zum Tragen kommen. Nicht selten werden etwa im öffentlichen Meinungsaustausch verschiedene

verdeckte Formen sprachlicher Gewalt (Bezug zu M 6)

Ausdrücke verwendet, die zwar den gleichen Gegenstand oder Sachverhalt bezeichnen, jedoch völlig **unterschiedliche Assoziationen** auslösen. So ist es nicht unerheblich, ob von einer steigenden Zahl von Rentnerinnen und Rentnern oder von einer „Rentnerschwemme“ die Rede ist. Mit dem Begriff „Rentnerschwemme“ wird der Eindruck erweckt, die Gesellschaft bzw. das Sozialsystem werde durch eine Flut an Menschen, die in Rente gehen, bedroht. Häufig ist man sich der impliziten Wirkung solcher Begriffe im alltäglichen Sprachgebrauch gar nicht bewusst. In der öffentlichen Diskussion werden derartige Ausdrücke jedoch gezielt verwendet, um die Meinung anderer unterschwellig zu beeinflussen und die Richtung einer Debatte zu bestimmen. In der Sprachwissenschaft spricht man hier von **Framing**. In vielen Fällen wird dieses Mittel angewendet, um bestimmte Personengruppen zu diskriminieren. Ob laut oder leise, offen oder verdeckt – die Möglichkeiten, andere verbal zu attackieren, sind also vielfältig.

Überleitung: aggressive Sprache als Akt der Gewalt

Es ist ja nur verbale Gewalt, denken manche von euch vielleicht. Körperliche Gewalt ist viel schlimmer. Sprechen und Handeln, da besteht immer noch ein Unterschied. Aber wer so denkt, unterschätzt die Wirkung von Sprache.

Störung auf der Beziehungsebene

Erstens: Wir wissen, dass Sprache in den seltensten Fällen nur dazu dient, eine Information zu übermitteln. Mit dem Ausdruck „Verpiss dich!“ teile ich nicht nur eine Sachinformation mit. Ich appelliere, gebe meine Gereiztheit zu erkennen und zeige, dass mir die Beziehung zu dem so Angesprochenen im Moment herzlich egal ist. **Friedemann Schulz von Thun** spricht von den **vier Seiten einer Nachricht**. Sachinformation, Selbstkundgabe, Beziehungshinweis und Appell – mit einer Aussage können grundsätzlich gleich vier Botschaften übermittelt werden. Auch eine kurze und harsche Äußerung kann sich daher so anfühlen, als brülle einem jemand mit einem Megafon ins Ohr.

(Bezug zu M 2)

Sprache als performativer Akt (Bezug zu M 3)

Zweitens: Sprechen und Handeln können durchaus in eins fallen. Dem Philosophen **John Langshaw Austin** zufolge ist das der Fall, wenn Äußerungen das, was sie besagen, auch vollstrecken. Man denke beispielsweise an Wetten oder Kriegserklärungen. Sprache ist also **performativ**; sie kann etwas bewirken. Zweifelsohne zählt dazu auch aggressive Sprache.

psychische Folgen verbaler Gewalt (Bezug zu M 4)

Drittens: Aus den **Neurowissenschaften** wissen wir, dass verbale Formen von sozialer Ausgrenzung und Zurückweisung **Schmerzsysteme** im Gehirn aktivieren. Der Psychiater und Psychotherapeut Joachim Bauer erklärt in einem Fachbeitrag über die Auswirkungen aggressiver Sprache, dass diese zu **Depressionen** führen kann. Das

Erleiden von Schmerzen begünstige außerdem die **Tendenz, sich selbst aggressiv zu verhalten**. In Studien konnte zudem gezeigt werden, dass Gehirnareale, die das **Selbstbild** des Menschen repräsentieren, durch Äußerungen anderer massiv beeinflusst werden. Verletzende und kränkende Aussagen sind also mehr als nur Worte. Sie sind Akte der Gewalt und verursachen Leid.

Allerdings ist nicht jede Beleidigung ein verbaler Faustschlag. Es gibt Worte, die **in bestimmten Kontexten überhaupt nicht als Verbalattacke verstanden** werden. So macht es etwa einen Unterschied, ob ich einen gleichaltrigen Freund mit „Hey Alter!" begrüße oder einen Lehrer. Ersterer wird die Anrede als vollkommen normal empfinden, Letzterer wird mit einem Stirnrunzeln reagieren. Mindestens! Der Kontext einer bestimmten Gesprächssituation entscheidet also mit darüber, ob eine Äußerung als verbaler Angriff verstanden wird oder nicht. Daneben spielt auch der **Sprachwandel** eine Rolle. So gibt es Begriffe, die früher eine Beleidigung darstellten, heute aber durch eine **Bedeutungsverschiebung** positiv konnotiert sind. Wichtiger ist aber der Punkt, dass gegenseitiges **Necken und provozierendes Scherzen zur Alltagssprache** gehören und nicht gleich als verbale Gewalt zu verstehen sind. Oft dienen diese Formen der Provokation der **Selbstdarstellung** oder der **Konfliktbewältigung**. Wir müssen jedoch lernen, wann eine bestimmte Grenze erreicht ist und eine Aussage als verletzend empfunden wird.

Differenzierung: Verbalattacken und harmlose Äußerungen (Bezug zu M 6 und M 7)

Und das ist die gute Nachricht: Der **Gebrauch von Sprache unterliegt einem Lernprozess**. Wir können lernen, Sprache nicht nur als Waffe, sondern auch als Mittel einzusetzen, um **Konflikte zu entschärfen** und zu einem gelingenden Miteinander beizutragen. Gerade wir Schülerinnen und Schüler wissen beispielsweise, wie wichtig Worte des Lobs und der Anerkennung oder auch tröstende Botschaften sind. Im Laufe unseres Bildungswegs haben wir uns angeeignet, wie wir respektvoll miteinander umgehen – auch auf sprachlicher Ebene. Wir sind also nicht nur aggressive Wesen, wie die eingangs zitierte Philosophin Sybille Krämer meint, sondern auch **soziale Wesen**, die gelernt haben, **achtsam mit Sprache umzugehen**. Am heutigen Projekttag achten wir bestimmt besonders darauf, wie wir miteinander reden. Es wäre wünschenswert, wenn wir uns diese Sensibilität bewahren.

Schluss

Wunsch nach Sensibilität im Sprachgebrauch

Vielen Dank für eure Aufmerksamkeit!

Schlussformel

INTERPRETATION LITERARISCHER TEXTE

Aufgabenstellung

Interpretieren Sie den Text *Der Flug des Kondors* von Zoë Jenny. Berücksichtigen Sie dabei besonders, wie das Verhältnis der Figuren zueinander erzählerisch dargestellt wird.

Material **Zoë Jenny (geb. 1974): Der Flug des Kondors (2013)**

Den ganzen Tag hatte es geregnet. Erst in den letzten Nachmittagsstunden war die Sonne durch die Wolkenmassen gebrochen und stand jetzt leuchtend in einem kleinen blauen Hof am Himmel. Der Käfig stand im Schatten von vier Kastanienbäumen; mit der Zeit war das Gitter rostig geworden, und der Käfig wirkte verwahrlost und wie ein Fremdkörper am Rande des Waldes. Der beißende Geruch schlecht gehaltener Tiere, der vom Käfig ausging, vermischte sich im Sommer mit dem Geruch von Raps und warmer Erde.

Seit Stunden schlief der Kondor in der gedeckten Ecke des Käfigs, während die Papageien, in Gruppen versammelt, lauernd auf den Astbäumen hockten, als warteten sie auf ein Signal. Sobald sich der Kondor aufrichtete, flatterten sie auf und flogen, eine rotgrüngelbe Wolke, laut kreischend durch das Gehege. Einige Papageien verloren dabei Federn, die sich im Gitter verfingen oder auf den Boden segelten. Ruckartig, mit einem hinkenden Bein, steuerte der Kondor den Rest des Kadavers an, der ihm wie jeden Tag von einem Wärter in den Käfig geworfen worden war. Mit dem Schnabel zupfte und riss er daran, bis sein Kopf im offenen rohen Fleisch versank. Nachdem er die Beute verzehrt hatte, erreichte er, mit nur einem Flügelschlag, wieder seinen Ast, und die Papageien rückten gurrend und sich aufplusternd zur Seite. Der Kondor begann sein Gefieder zu putzen, indem er Feder für Feder durch den Schnabel zog; und als er fertig war, blieb er auf dem Ast sitzen, reglos wie träumend.

Der Feldweg, der vom angrenzenden Wald zum Käfig führte, war vom Regen aufgeweicht, und das Paar suchte, den Blick auf den Boden gerichtet, nach trockenen Stellen.

„Warum mussten wir nur herkommen?“, sagte die junge Frau und sprang hinter ihm über eine Wasserlache.

„Wenn ich mich schon von ihm nicht verabschieden kann, will ich wenigstens unseren Ort noch einmal sehen, den Ort, an dem wir uns jahrelang getroffen haben, Elena.“

Das Paar setzte sich auf eine Bank vor dem Gehege. Elena wandte sich vom Käfig ab und blickte, den Kopf auf seine Schulter gelehnt, auf den schmalen Waldstrich zurück, aus dem sie gekommen waren. Hinter den Baumwipfeln ragten die Kamine und Hochhäuser der Stadt empor.

„Hier war unser Versteck“, sagte er und hielt inne. Er fühlte die Last ihres Kopfes auf seiner Schulter und richtete den Blick auf den Kondor, als brauche er zum Reden jemanden, den er ansehen konnte. „Hierher flüchteten wir uns nach der Schule. Wir haben über den Kondor gelacht, weil er immerzu gegen das Gitter flog und von den Papageien angegriffen wurde. Wenn der Kondor schlief, war er unsere Zielscheibe, und wir haben Steinchen nach ihm geworfen. Irgendwann rechneten wir zum Spaß aus, wie viele Quadratmeter Flugraum dem Vogel eigentlich zur Verfügung stehen. Aber er nahm es plötzlich ernst und fand, es sei tödlich wenig. Dann kam er auf die Idee, den Vogel freizulassen. Mit einer Drahtschere wollte er das Gitter aufschneiden. Er war wie besessen davon, den Kondor zu befreien. Erst als er dann dich kennengelernt hat …“

Sie winkte harsch ab. „Phil, wenn wir schon unbedingt hierherkommen mussten, kannst du nicht wenigstens aufhören, von ihm zu reden? Ich habe mit ihm abgeschlossen“, sagte Elena, blickte in Richtung Stadt, sah, wie die Rauchsäulen aus den Kaminen aufstiegen und für Sekunden Schatten an die Hochhäuser warfen, bis der Rauch sich auflöste.

„Wo hast du den Abschiedsbrief eigentlich …“

„… gut sichtbar auf den Küchentisch gelegt“, fiel sie ihm ins Wort. Dann schwiegen sie, nur die Papageien stießen von Zeit zu Zeit ihre kurzen schrillen Schreie aus.

„Er wird diesen Brief wochenlang mit sich herumtragen und ihn noch lesen, wenn wir schon längst fort sind. Er wird es nie begreifen können, dass ich mit dir weggegangen bin“, sagte Phil nach einer Weile und zog eine Zigarette aus der Brusttasche.

In Gedanken sah Elena den vom vielen Lesen verknitterten, schmutzig gewordenen Briefbogen. „Er wird uns verachten“, erwiderte Elena kühl, „und den Brief überall herumzeigen.“

Phil beobachtete, wie oben auf dem Ast der alte Kondor seinen Kopf unter den Flügel schob. Niemand wird je kommen, den Kondor freizulassen. Er wird hier in diesem Käfig sterben, dachte Phil. Die Klarheit dieser Tatsache erschreckte ihn.

„Ich glaube, er hat es geahnt“, sagte Elena plötzlich und sah die Sonne hinter den Wolken verschwinden wie ein sich langsam schließendes Auge.

„Nein. Wie kannst du so etwas sagen. Er hätte nie erwartet, dass du ihn verlassen könntest. Schon gar nicht mit mir“, erwiderte Phil aufgebracht, „außerdem wart ihr so gut wie verheiratet.“ Elenas Kopf fühlte sich plötzlich schwer an auf seiner Schulter, und er wünschte, sie würde ihn hochheben.

„Bereust du es?“, fragte er schließlich und schnippte mit Daumen und Zeigefinger den glühenden Zigarettenstummel wie ein Geschoss ins nahe Gebüsch.

Im Käfig pickte ein Papagei mit seinem harten Schnabel auf den zerrupften Kondor ein, der es nicht zu bemerken schien. „Morgen, wenn wir im Flugzeug sind, werde ich glücklich sein“, sagte sie entschlossen, hob den Kopf von seiner Schulter und wandte sich dem Käfig zu.

In der Dämmerung bildete das Paar vor dem Gitter eine kleine dunkle Silhouette. Elena sah erschreckt den großen schwarzen Vogel an, dessen Anwesenheit sie erst jetzt bemerkte. Er hatte inzwischen die Schwingen, zwei riesige Arme, ausgebreitet, und an den Flügelspitzen zitterten die Federn wie angespannte gespreizte Finger. Der Kondor streckte seinen dünnen, verletzlich wirkenden Hals in die Höhe. Für Sekunden streifte Elena seinen kahlen, fast menschlichen Blick. Sie fuhr auf, und wie um sich vor einem Angriff zu schützen, machte sie einen Schritt zurück, als der Kondor zu seinem Flug gegen das Gitter startete.

Aus: Zoë Jenny: Spätestens morgen. Erzählungen. Frankfurt a. M.: Frankfurter Verlagsanstalt 2013, S. 71–74. Rechtschreibung und Zeichensetzung entsprechen der Textquelle.

TIPP **Bearbeitungshinweise**

Die Aufgabe ist im Rahmenthema 5 („Literatur und Sprache von 1945 bis zur Gegenwart") angesiedelt. Zur Bearbeitung der Aufgabe sind Kompetenzen nötig, die Sie in mehreren Halbjahren erworben haben, wobei die Aufgabenstellung vor allem Kompetenzen in der Analyse und Deutung eines epischen Kurzprosatextes voraussetzt. Der komplexe Operator „interpretieren" umfasst dabei alle drei Anforderungsbereiche und verlangt die eigenständige Planung der Textanalyse sowie Ihres eigenen Schreibprozesses.

Erläuterung der Aufgabenstellung
Der Operator „interpretieren" verlangt von Ihnen eine genaue Analyse und differenzierte Deutung des vorliegenden Kurzprosatextes. Hierfür müssen Sie systematisch den **Inhalt**, **den Aufbau**, **die Erzähltechnik** und die **sprachlich-stilistische Gestaltung** der Erzählung analysieren und die genannten Elemente im Hinblick auf ihre Funktion und Wirkung für die Gesamtaussage des Textes überprüfen. Ihre **Interpretation** soll in eine schlüssige **Gesamtdeutung** münden. Lesen Sie dafür den Text genau und mehrfach, wobei Sie ihn mit entsprechenden **Markierungen und Randnotizen** strukturieren. An den Beginn Ihrer schriftlichen Ausarbeitungen sollten Sie eine **Einleitung** stellen, in der Sie die wichtigsten Informationen zur vorliegenden Erzählung (Textsorte, Titel, Erscheinungsjahr, Autorin) nennen, um anschließend das Thema in einem Satz zusammenzufassen und eine **Deutungshypothese** zu präsentieren, deren Tragfähigkeit Sie im Hauptteil Ihrer Ausarbeitungen überprüfen. Der **Hauptteil** beginnt mit einem kurzen **inhaltlichen Überblick** und einer Einteilung des Textes in **Sinnabschnitte**. Im Anschluss an diese eher informierenden Ausführungen folgt dann die **Analyse** und Interpretation. Sie können Aufbau, Inhalt, Sprache und Erzähltechnik durchaus getrennt untersuchen. Um Wiederholungen zu vermeiden und die Wechselwirkung der Bereiche aufzuzeigen, liefert der Lösungsvorschlag eine **integrierte Darstellung**, die der Textchronologie folgt. Dabei werden die sprachlich-stilistische Gestaltung sowie die Erzähltechnik aufeinander bezogen dargestellt und mit dem Inhalt, vor allem der Figurendarstellung, verknüpft, um so die Funktion und Wirkung für die Gesamtaussage deutlich herauszuarbeiten und der

Aufgabenstellung gerecht zu werden. Diese fordert nämlich explizit eine **Untersuchung des Verhältnisses der Figuren** – berücksichtigen Sie hierbei nicht nur die beiden auftretenden Partner, sondern auch den abwesenden betrogenen Freund. Achten Sie darauf, Aussagen zu Erzähltechnik und Sprache immer durch geeignete **Beispiele** und **Zitate** zu belegen, um so Ihr Textverständnis zu untermauern.
Fassen Sie im **Schlussteil** Ihre wichtigsten Ergebnisse in einem **Fazit** zusammen und modifizieren Sie gegebenenfalls Ihre anfängliche Deutungshypothese.

Lösungsvorschlag

Einleitung
Autorin, Gattung, Titel, Jahr, Thema

Der von Zoë Jenny verfasste Kurzprosatext *Der Flug des Kondors*, abgedruckt in dem Band mit Erzählungen *Spätestens morgen* aus dem Jahr 2013, thematisiert den Plan eines Paares, in ein neues Leben aufzubrechen, wobei im Hintergrund der Flug eines Kondors gegen die Gitter seines Käfigs für die Hypothek steht, auf der diese neue Liebe gründet. Die Vorstellung von Freiheit, die der Titel eigentlich weckt, wird so infrage gestellt.

Aufbau

Die Geschichte lässt sich in **drei Sinnabschnitte** einteilen, deren **erster** neben einer Einführung in Zeit und Ort der Handlung die in einer Voliere lebenden Vögel und insbesondere den Kondor beschreibt (Z. 1–19). Der **zweite Abschnitt** zeigt ein junges Paar auf dem Weg zur Voliere, das sich mit der neuen Lebenssituation, dem Bruch mit dem vorigen Partner der Frau bzw. dem Freund des Mannes, auseinandersetzt. Der Vogelkäfig erscheint dabei als bedeutungsvoller Erinnerungsort (Z. 20–70). Im **letzten Abschnitt** der Erzählung wird dann der vergebliche Ausbruchsversuch des Kondors thematisiert, dessen Dasein von Unfreiheit und Einsamkeit bestimmt ist (Z. 71–78).

Hauptteil
Ort der Handlung

„Den ganzen Tag hatte es geregnet." (Z. 1) Der erste Satz der Geschichte steigt *in medias res* ein und schafft eine **unangenehme und bedrückende Atmosphäre**, die durch die folgende Schilderung verstärkt wird: Detailliert werden die Witterung, die **Voliere** mit den gefangenen Vögeln und die von ihr ausgehenden starken Gerüche beschrieben. Der ungepflegte Käfig in Waldnähe wird dabei explizit als „Fremdkörper" (Z. 5) bezeichnet, was auf die **Unnatürlichkeit der Gefangenschaft** hinweist (vgl. Z. 1–7). Begriffe wie „rostig" (Z. 4), „verwahrlost" (Z. 4) und „beißen[d]" (Z. 5) verstärken den Eindruck eines **deprimierenden, von wenig Hoffnung geprägten Ortes**.

Eine Erzählinstanz, die wie ein **unbeteiligter Beobachter** wirkt, führt die Leserschaft über zeitdeckendes Erzählen im Präteritum in die Szenerie ein, indem sie das **Verhalten der Käfigbewohner** genau wiedergibt. Im Fokus steht ein von langer Gefangenschaft ermüdeter Kondor. Lediglich sein Fressverhalten erinnert noch an das natürliche Wesen des Raubvogels (vgl. Z. 14 f.), und auch das Putzen seines Gefieders bewahrt ihm eine gewisse Würde, die ihm durch sein ödes Dasein in Gefangenschaft ansonsten verwehrt bleibt (vgl. Z. 17 ff.). Zwar ist er körperlich angeschlagen, kann sich nur „[r]uckartig, mit einem hinkenden Bein" (Z. 12 f.) fortbewegen, doch vermittelt der Flug „mit nur einem Flügelschlag" (Z. 16) eine **Ahnung von seiner einstigen Majestät** und Stärke. Einen weiteren **Gegensatz zu seinem traurigen Zustand** erzeugt die Anwesenheit einer unbestimmten Anzahl an **Papageien**, die als „rotgrüngelbe Wolke" (Z. 11) auffliegen. Die Metapher lässt sie als unruhige Störenfriede erscheinen. „[L]auernd" und „kreischend" (vgl. Z. 9–11) verstärken sie den Eindruck, dass das Leben des Kondors in diesem Käfig von **Kampf und Unterdrückung** geprägt ist. Nicht nur die kontrastierende Beschreibung erzeugt **Mitleid** mit dem Kondor. Während die Darstellung der Nahrungsaufnahme noch deutlich tierische Züge hat („sein Kopf [versinkt] im offenen rohen Fleisch", Z. 15), wird der große Vogel kurz darauf durch einen Vergleich („wie träumend", Z. 19) in die **Nähe der menschlichen Sphäre** gerückt.

Darstellung des Kondors

Der reglos dasitzende Kondor wird zu einer Art Kulisse für das folgende **Gespräch von Elena und Phil**, das die Geschichte einer **Dreiecksbeziehung** offenbart. So sind die beiden ein frisch zusammengekommenes Paar, das der Wunsch nach einer gemeinsamen **Zukunft an einem fernen, unbekannten Ort** verbindet, wo sie ein neues Leben beginnen wollen (vgl. Z. 68 f.). Das wird aber offensichtlich erst durch den **Betrug** am bisherigen Partner bzw. Freund möglich. Während ihres Dialogs ist auch dieser **namentlich nicht genannte Mann** imaginär anwesend: der bisherige Lebensgefährte Elenas und der Schulfreund Phils. Innerhalb des Gesprächs zeigt sich die **Ambivalenz beider Protagonisten** im Umgang mit der Situation und dem hintergangenen Freund. Befinden sich Elena und Phil anfangs noch auf dem gemeinsamen Weg (vgl. Z. 20 ff.), agieren sie während ihres Gesprächs als **Einzelpersonen mit unterschiedlichen Ansichten** und verarbeiten die Situation auf unterschiedliche Art und Weise.

Gespräch von Elena und Phil: Einblick in Beziehungskonstellation

Phils Verlangen, über den Verlassenen zu sprechen, ist groß, während **Elena den Blick abwendet** und der Situation zu entfliehen versucht (vgl. Z. 27 f.). Er verspürt offensichtlich **Schuldgefühle** gegenüber seinem Freund. Das zeigt sich in dem Wunsch, an jenem

Verhalten Phils

bedeutsamen Ort der Kindheit Abschied zu nehmen, der ihnen in der Schulzeit als Versteck diente (vgl. Z. 31 ff.). Nun erscheint die **Voliere als Inbegriff der Verbundenheit mit dem Freund** und als eine Art Ersatzobjekt: „Wenn ich mich schon von ihm nicht verabschieden kann, will ich wenigstens unseren Ort noch einmal sehen, den Ort, an dem wir uns jahrelang getroffen haben“ (Z. 25 f.).

Phil beschwört **Erinnerungen** an den Verlassenen herauf, wobei der einsame Kondor im Käfig eine gedankliche Brücke ermöglicht und als Ersatz für den abwesenden Freund dient: „Er [...] richtete den Blick auf den Kondor, als brauche er zum Reden jemanden, den er ansehen konnte.“ (Z. 31 ff.) In einer längeren Erzählung vergegenwärtigt Phil **gemeinsame Jugenderlebnisse**, die um den Kondor kreisen (vgl. Z. 31 ff.). Als Schüler hatten er und sein Freund das Tier erst zu ihrer Unterhaltung gequält, dann aber plötzlich Mitleid mit ihm empfunden. Vor allem der Freund habe sich für den Vogel einsetzen wollen und sogar beschlossen, mit einer Drahtschere das Gitter zu zerschneiden und dem Kondor die Freiheit zu schenken. An dieser Stelle fällt kurz Licht auf den **Charakter des verlassenen Freundes**, der „ernst“ (Z. 38), engagiert („wie besessen“, Z. 40) und empathisch wirkt.

Dreiecksbeziehung

Doch wurde aus seinem Entschluss nichts, da **Elena** in das Leben des Freundes trat. Das durch drei Punkte markierte Stocken in Phils Erzählung (vgl. Z. 41) verrät, dass sich damals der Schwerpunkt im Leben des Freundes verändert hat und für ihn wohl nicht nur der Kondor, sondern auch Phil seine Bedeutung verloren hat. Die Tatsache, dass Phil nun selbst mit Elena zusammen ist, legt die Vermutung nahe, dass er damals **eifersüchtig** war, sich verlassen fühlte und es dem Freund nun gleichsam heimzahlt. Dabei wird nach und nach klar, dass Phil und Elena den Freund nicht nur betrogen haben, sondern darüber hinaus zu **feige** gewesen sind, ihm ihre Liebe offen mitzuteilen. Statt in einem persönlichen Gespräch hat Elena in einem auf dem Küchentisch zurückgelassenen **Abschiedsbrief** die Beziehung beendet (vgl. Z. 47 f.). Einer Auseinandersetzung scheinen sich beide nicht stellen zu wollen, immerhin ist der Flug schon gebucht. Der **doppelte Verrat** von Freund und Frau wird durch eine **Flucht** und die **Verweigerung jeglicher Kommunikation** verschärft.

Phils kurzer Monolog offenbart, dass er einen Gesprächspartner sucht, den er in Elena nicht findet. Er kann sich nicht losreißen vom Gedanken an den Freund, was deutlich sein **schlechtes Gewissen** zeigt. Als würde er sich die Schuldgefühle von der Seele reden wollen, hat Phil eindeutig die **größten Gesprächsanteile** und ist **Impulsgeber** für den Dialog, den Elena abzublocken versucht. Phils Gedanken schweifen immer wieder ab und auch Pausen deuten darauf hin, dass er nachdenklich ist, aber die Situation des Kondors wahrnimmt, die Elena nicht interessiert. So zeigt er nicht nur **Empathie dem verlassenen Freund, sondern auch dem gefangenen Kondor gegenüber**. Sein direkt wiedergegebener Gedanke („Niemand wird je kommen, den Kondor freizulassen. Er wird hier in diesem Käfig sterben", Z. 57 f.) enthüllt die **Parallelen zwischen dem Freund und dem Kondor:** Sowohl der Freund als auch der Vogel werden von Phil als **Opfer** wahrgenommen, das zur **Einsamkeit** verdammt ist.

Verhalten Elenas

Elena äußert sich ihrerseits nicht über ihre Beziehung zum Exfreund und versucht, Phil zu unterbrechen: „Phil, wenn wir schon unbedingt herkommen mussten, kannst du nicht wenigstens aufhören, von ihm zu reden?" (Z. 42 f.) Ihr Unbehagen zeigt sich sowohl in der **Abneigung gegenüber dem Ort** als auch in dem permanenten **Versuch, dem Gespräch aus dem Weg zu gehen**. Gründe für ihren Liebesverrat bleiben ungenannt. Bezeichnenderweise ist Elenas Blick vom Gehege abgewandt (vgl. Z. 27 f.). Sie will den Tatsachen nicht ins Gesicht sehen und **versucht, die Schuld zu verdrängen**. Der **latente Konflikt zwischen den Partnern** wird auch durch die Darstellung Elenas als „harsch" (Z. 42), „kühl" (Z. 54) und „entschlossen" (Z. 69) angedeutet, da diese negativ konnotierten Attribute Elena als gefühlskalten Charakter ohne Einfühlungsvermögen erscheinen lassen.

Einschätzungen zum verlassenen Freund

Uneins sind sich beide auch darin, wie sie sich die **Reaktion des Verlassenen** auf die Trennung vorstellen: Während Phil vor seinem inneren Auge einen fassungslosen Freund sieht, der sich an den Brief als letztes Überbleibsel klammert und die Trennung „nie begreifen" (Z. 51) kann, behauptet Elena, dass der Exfreund den Betrug sehr wohl vorausgeahnt habe und weniger hilflos-traurig als böse sein werde: „Er wird uns verachten […] und den Brief überall herumzeigen." (Z. 54 f.) Beide haben somit ein **gegensätzliches Bild von ihrem Freund**, das zugleich verrät, dass sie sich ganz unterschiedlich positionieren: **Phil bemitleidet** das Opfer, **Elena distanziert sich** und scheint ihre Tat damit rechtfertigen zu wollen, dass der Expartner schlecht über sie reden wird.

fragwürdiges neues Glück

Aufgrund des unterschiedlichen Umgangs mit der Trennungssituation und aufgrund der konträren Eigenschaften der Protagonisten wirkt die **Beziehung bereits von Beginn an belastet**, sodass ein unbeschwerter Neuanfang schwer möglich scheint. Auch die disharmonische Gesprächsführung mit den Abbrüchen (vgl. Z. 42 und Z. 47) und Pausen (vgl. Z. 31, 48 f., 52) sowie die Unausgeglichenheit der Redeanteile bestätigen diesen Eindruck. Verweist Elenas Kopf, der an Phils Schulter ruht, zu Beginn noch auf die Verbundenheit und die intime Nähe zweier Verliebter (vgl. Z. 28), wird er schließlich eher zur **Last:** „Elenas Kopf fühlte sich plötzlich schwer an auf seiner Schulter“ (Z. 63). Auch der Vergleich der verschwindenden Sonne mit einem „sich langsam schließende[n] Auge“ (Z. 60) lässt sich als Vorausdeutung lesen, dass das Paar keine helle Zukunft haben wird. „Bereust du es?“ (Z. 65) – Mit dieser knappen Frage will Phil wissen, ob Elena zu ihrer Entscheidung steht, doch vermeidet sie eine klare Antwort. Ihre trotzige Ankündigung „Morgen, wenn wir im Flugzeug sind, werde ich glücklich sein“ (Z. 68 f.) erlaubt den Schluss, dass sie momentan **alles andere als glücklich** ist. Und es steht erneut die Frage im Raum, ob sich das erwartete Glück überhaupt einstellen wird.

Schluss der Erzählung: symbolische Dimension des Kondors

„In der Dämmerung bildete das Paar vor dem Gitter eine kleine dunkle Silhouette.“ (Z. 71) Am Ende ihres Gesprächs werden Phil und Elena nunmehr nur noch als **Schatten** und nicht mehr als Paar dargestellt. Dabei lässt sich das **Gitter auch symbolisch deuten:** Während sich der Raubvogel buchstäblich im Käfig befindet, ist das **Paar in seinen Erinnerungen und Schuldgefühlen gefangen**. Am Schluss der Erzählung rückt nun wieder der Kondor in den Blick, sodass die Passagen, die ihn und sein Verhalten beschreiben, das Gespräch des Paares wie ein **Rahmen** einfassen. Einmal mehr wird so der bedeutungsträchtige Ort in den Mittelpunkt gerückt, da durch den **Fluchtversuch des Kondors** (vgl. Z. 73 ff.) ein Kontrast zu der geplanten Flucht des Paares mit dem Flugzeug entsteht (vgl. Z. 68 f.). Dabei wird der Kondor als schwach, aber auch **vermenschlicht** dargestellt, indem ihm „Arme“ (Z. 73), „gespreizte Finger“ (Z. 74), ein „dünne[r], verletzlich wirkende[r] Hals“ (Z. 75) sowie ein „kahle[r], fast menschliche[r] Blick“ (Z. 76) zugeschrieben werden. Diese Beschreibung weckt **Mitleid** mit dem Vogel, dem seine eigentliche Bestimmung, in Freiheit zu fliegen und zu jagen, verwehrt bleibt. Zugleich vermitteln die Häufung der Adjektive sowie die parataktisch gereihten Sätze einen Eindruck von der früheren Größe des Vogels, lassen ihn bedrohlich wirken und steigern die **Dynamik** der Erzählung. Elena nimmt erst jetzt den Kondor bewusst wahr, als der aus seiner Agonie erwacht, sich aufbäumt und gegen das Käfiggitter fliegt: „Elena sah erschreckt den großen schwarzen Vogel an, dessen Anwesenheit sie erst jetzt bemerkte.“ (Z. 71 ff.) Ihr Zurückweichen aufgrund des als Angriff empfundenen Ausbruchsversuchs des Kondors zeigt die Parallelen zur Situation des Paares. So kann der **Vogel als Sinnbild für den verlassenen Partner** stehen, der ebenfalls eine Opferrolle einnimmt und aufbegehren könnte. So wie der Kondor von den Papageien attackiert (vgl. Z. 67 f.) oder von Schülern mit Steinen beworfen wird (vgl. Z. 35 f.), wird nun der Freund psychisch verletzt. Elena geht in Deckung, da sie um ihre Schuld weiß.

Die **Zurückhaltung des Erzählers** gegenüber den Figuren und der Handlung konfrontiert die Leserschaft mit der Herausforderung, sich ein **eigenes Urteil zu bilden**. So kommentiert der Erzähler die Situation nicht, er bleibt **neutral** und positioniert sich nicht zur Dreiecksbeziehung und dem Betrug. Stattdessen wird über die **direkte Wiedergabe der wörtlichen Rede** deutlich, wie die Figuren jeweils mit der Trennung umgehen. Man erhält nur an zwei Stellen Einsicht in die **Gedanken und Gefühle der Figuren**. Beide Male handelt es sich um Gedankengänge, die die Partner einander vermutlich nicht offen mitteilen wollen (vgl. Z. 53 f., 57 f.).

erzähltechnische Gestaltung

Das unfreiwillige Verhaftetsein an einem Ort und die **Unmöglichkeit, in Freiheit und Selbstbestimmtheit zu leben**, unterwandern den Wunsch des Paares nach einem Neuanfang. Da der **Titel** der Erzählung Freiheit suggeriert, steht er im Widerspruch zu dem misslingenden Ausbruchsversuch des Kondors und ist zugleich als **Mahnung** zu verstehen: Auch wenn das Leben an der Oberfläche frei und sicher zu sein scheint, geht doch oft ein Riss hindurch, tut sich im Kopf ein symbolischer Käfig auf. Somit steht der verzweifelte Flug des Kondors gegen die Käfiggitter für die Unmöglichkeit, ganz unbeschwert aus einer Liebesbeziehung auszubrechen und die **neue Liebe auf dem Verrat an einem Dritten** zu begründen.

Schluss:
Deutung des Titels der Erzählung

MATERIALGESTÜTZTES VERFASSEN INFORMIERENDER TEXTE

Aufgabenstellung

An Ihrer Schule organisiert der Oberstufenkurs Deutsch eine Lesung, bei der ausschließlich Texte von Schriftstellerinnen vorgetragen werden. Dazu eingeladen sind die Lehrkräfte der Schule, Eltern sowie die Schülerinnen und Schüler der Oberstufe. Zu diesem Anlass wird ein Programmheft erstellt.

Verfassen Sie einen informierenden Text für dieses Programmheft, in dem Sie über die Stellung von Schriftstellerinnen im gegenwärtigen Literaturbetrieb informieren.

Nutzen Sie dazu die folgenden Materialien 1 bis 8 und beziehen Sie eigene literarische Kenntnisse ein.

Der Text Ihres Beitrags sollte etwa 1.200 Wörter umfassen.

Material 1 **Wikipedia-Eintrag zur Definition von „Literaturbetrieb“ (Auszug)**

Mit Literaturbetrieb bezeichnet man die literarische Öffentlichkeit, die durch die Zusammenarbeit von Verlegern, Autoren und Medien sowie Institutionen wie Literaturgesellschaften, Stiftungen u. ä., die Literaturpreise vergeben, und die dazugehörigen Jurys hergestellt wird. Dabei rechnen zu den Medien insbesondere die Feuilletonredaktionen der Zeitungen und Literaturzeitschriften sowie der Rundfunkanstalten.

Besonders anschaulich wird Literaturbetrieb bei den Buchmessen und den Literatursendungen des Fernsehens, die wesentlich die Verkaufszahlen der vorrangig vorgestellten oder besprochenen Titel bestimmen. […]

Zunehmend wird Literaturbetrieb auch von Literaturagenten beeinflusst, die zwischen den Autoren und den Verlagen stehen. Eine Sonderrolle nehmen Buchhändler und Kleinverleger ein, die sich auf bestimmte literarische Sparten und/oder besondere Kundengruppen spezialisiert haben.

Auszug aus: Wikipedia-Eintrag zur Definition von „Literaturbetrieb“. Veröffentlicht unter: https://de.wikipedia.org/wiki/Literaturbetrieb

Material 2 Interview im Deutschlandfunk: „Literaturgeschichte pluraler erzählen“ (Auszug; 2017)

Warum kennt der Literaturkanon so wenig Autorinnen? Das liege an historischen Strukturen, sagte die Literaturbloggerin Katharina Herrmann im Dlf: Um 1800 bilden sich Kanonisierungsprozesse aus, die bis heute fortwirken – mit tiefgreifenden Auswirkungen für Leserinnen und Schriftstellerinnen.

Katharina Herrmann im Gespräch mit Jan Drees

DREES: Sie haben anfangs vermutet, dass es Frauen einst nicht möglich gewesen war, Literatur zu schaffen, doch wie ist es wirklich? Warum kennen wir so wenige Autorinnen aus früherer Zeit?

HERRMANN: Das sind Strukturen, die relativ komplex sind und die um 1800, in dieser Zeit, die man als Sattelzeit bezeichnet, entstanden sind. Also um 1800 entsteht das Bürgertum, das bis heute die Trägerschicht von Literatur und dem Kulturbetrieb ist. Um 1800 entsteht der Buchmarkt, der Literaturbetrieb in Grundzügen, so wie wir ihn auch heute noch haben, und da sind bestimmte Strukturen entstanden, die bis heute fortwirken und die aber an unterschiedlichen Stellen im Literaturbetrieb auch auf unterschiedliche Art und Weise wirken. Also es entsteht um 1800 zum Beispiel ein männlicher und ein weiblicher Lesehabitus, und zwar einfach deswegen, weil Frauen ja von Bildung ausgeschlossen sind und tatsächlich deswegen versuchen, sich über Lesen Bildung anzueignen [...]. Also Männer durchlaufen ein Schulsystem, durchlaufen Lateinunterricht, Griechischunterricht, lesen diese Klassiker, können danach studieren, die lernen darüber, so wie wir es heute übrigens immer noch machen, in der Oberstufe langsam Klassiker zu lesen. Das sind Bücher, die muss man tatsächlich reflektierter lesen, intensiver lesen, und Frauen, weil sie von diesem Bildungsbetrieb ausgeschlossen sind, lesen in Masse, lesen schneller und lesen andere Literatur und lesen dadurch eher identifikatorisch. Das lässt sich bis heute nachweisen. Dieses Ungleichgewicht auch im Bildungsgefälle zwischen Männern und Frauen führt aber bis heute dazu, dass wir diesen bildungsbürgerlichen, langsamen, reflexiven Lesestil haben, der irgendwie als legitim gilt, und diesen Lesestil, der in Masse fungiert, der ganz stark emotional ist, der eher abgewertet wird bis heute: Das Lesen von Trivialliteratur, das ist nur banales Lesen, da wird dann nicht wirklich darüber nachgedacht, das ist kein kritisches Lesen.

DREES: Aber nachdem wir darüber gesprochen haben, dass die Gräben überwunden werden müssen, kann man dann überhaupt noch sagen, dass die Trivialkultur und die niedere Kultur, die hier dem Weiblichen auf irgendeine Art und Weise zugeordnet ist, keinen Platz hat?

HERRMANN: Einen Platz hat sie schon, zumindest im tagesaktuellen Geschehen. Die Frage ist aber trotzdem, wie Kanonisierungsprozesse dann ablaufen werden und ob sich das auch hält. Es ist ja tatsächlich so, dass auch im 18. Jahrhundert, im 19. Jahrhundert Frauen geschrieben haben und diese Bücher auch besprochen wurden, auch in Literaturzeitschriften besprochen wurden. Allerdings – und das ist auch eine Kontinuität bis heute – in kürzerer Form, häufiger in Sammel[– statt Einzel]rezensionen, häufig unter diesem Label, das schon im 19. Jahrhundert entstanden ist, dass es Frauenliteratur ist, und offensichtlich hat sich diese Literatur ja, obwohl sie besprochen wurde, nicht gehalten im Kanon.

Veröffentlicht unter: https://www.deutschlandfunk.de/praesenz-von-schriftstellerinnen-literaturgeschichte.700.de.html?dram:article_id=397480

Katharina Herrmann (geb. 1985) ist Autorin, Literaturbloggerin und Gymnasiallehrerin. Jan Drees (geb. 1979) ist Schriftsteller, Journalist und Radiomoderator.

Anmerkung

Z. 24 identifikatorisch: in der Art und Weise einer Identifikation

Material 3 Nina George (geb. 1973): Macho Literaturbetrieb (Auszug; 2017)

Ich zähle Frauen. Seit zehn Jahren; in Rezensionen von Medien, die das Etikett „intellektuell besonders wertvoll" verleihen, bei Preisen, auf Podien, in Programmen, in Lesungskalendern. Mein Vorbild sind die VIDA-Zählungen, die das Vorkommen von Autorinnen in 39 US-Feuilletons untersuchen. Die schlechte Nachricht vorab: Der deutsche Literaturbetrieb hat's nicht so mit Frauen.

In den Dutzend Leitmedien meiner Zählung, wie „Welt", „Zeit", „SZ", „FAZ", „Spiegel" usw., wirken Frauen an 25 Prozent aller Rezensionen mit. Kritiken über Autorinnen finden zwischen zehn Prozent (häufigster Wert) und 24 Prozent (zu Buchmessezeiten) statt. In Unterhaltungsmedien wie „Brigitte" oder dem WDR steigt der Autorinnenanteil, erreicht aber selten Parität. In Literaturblogs liegt er, kumuliert, bei 19 Prozent (Blogger) und 40 Prozent (Bloggerinnen). Auffällig bleibt die testosterongefärbte Filterblase in den Feuilletons. In der „Welt" vom 1. November wurden „Elf Bücher, die du bis zu deinem 30sten Geburtstag gelesen haben solltest" kanonisiert.

Alle von Männern, zehn der Romane kreisten um eine männliche Hauptfigur. Die „Bild" kanonisierte „25 wichtigste Romane" mit einem Frauenanteil von zwei, im Literatur Spezial zur Buchmesse der „Zeit" (Nr. 43/2016) waren unter den „20 wichtigsten Büchern" vier von Frauen.

Elena Ferrante sagte einmal: „Männer nehmen von Frauen geschriebene Bücher als Bücher für Frauen wahr." Ein Kritiker antwortete darauf: „Ein Frauenbuch ist ein Buch, das ich als Mann nicht verstehe." Liegt die Unwucht daran, dass in die Echokammer der Rezeption leichter Bücher von Männern dringen, weil die Themen den Rezensenten vertrauter, oder schlicht: wichtiger sind? Quasi aus der Unschuld der Sozialisation, einem unabsichtlich angewöhnten Desinteresse für die feminine Sicht auf die Welt (gilt auch für Kritikerinnen)? Mitunter ist es auch Feigheit vor dem Gefühl. Dieses tief sitzende Unbehagen, sich mit komplexer Emotionalität auseinanderzusetzen, die nicht distanziert und analytisch erzählt wird, sondern zu nah an der Seele ritzt, viel zu nah, Moment: Ist das nicht … Kitsch?

Oder beginnt das Aussortieren schon in der Programmplanung – wo häufig Frauen planen, aber Männer zahlen, und damit entscheiden? Die Vorschauen von E- und U-Verlagen zur Frankfurter Messe zeigen jedes Jahr: Je mehr E, desto weniger Frau. Das Verhältnis liegt oft bei drei Frauen zu zehn Männern. Autorinnen finden sich mehr in

Genreformaten, die der Unterhaltung oder „Frauenliteratur" (Gedöns, anspruchslos, Untenrumkitsch – suchen Sie sich ein despektierliches Wort aus, diese Schublade ist seit Dekaden bestens geölt) zugeordnet sind, außerdem im Taschenbuch, gern mit Blümchen vorne drauf. Alles Feuilletongift. Männer werden häufiger im Hardcover veröffentlicht, etwa bei E-Edelverlagen wie Suhrkamp, Hanser, Aufbau. Das lieben die Kulturredaktionen. Und Buchhändler, die nicht zum Lesen kommen, stellen sich ihre Tische wiederum nach Kritiken zusammen – so wirkt auch auf Kaufende die „wichtige" Literatur eher männlich.

Veröffentlicht unter: https://www.boersenblatt.net/2017-01-12-artikel-macho_literaturbetrieb-nina_george_ueber_die_stellung_der_frauen_im_literaturbetrieb.1272531.html

Nina George (geb. 1973) ist Schriftstellerin und Journalistin.

Anmerkungen

Z. 18 Elena Ferrante: italienische Schriftstellerin (geb. 1943)

Z. 29 f. E- und U-Verlage: Abkürzungen für Verlage, die ernste Literatur und Unterhaltungsliteratur im Programm haben

Z. 32 Gedöns: etwas Überflüssiges

Material 4 Lina Muzur (geb. 1980): Der Literaturkanon ist männlich dominiert (Auszug; 2020)

[…] Deswegen kann ich zum Thema weibliches Schreiben vom jetzigen Standpunkt vor allem zwei Dinge sagen: Der Literaturkanon ist auf jeden Fall ein männlich dominierter Kanon. Deswegen war es damals auch so schwer für mich, gute Bücher von Autorinnen zu finden. […]

Ich musste richtig hart suchen, bis ich diese Autorinnen für mich entdeckt habe, weil ich unbedingt meine eigenen Erfahrungen in der Literatur gespiegelt sehen wollte – und nicht die der Männer. […]

Ich sehe das, dass Frauen gerade wie wild schreiben. Sie schreiben über Mutterschaft, über sexuelle Übergriffe, über häusliche Gewalt, über weibliche Sexualität, weibliche Krankheiten. Ich sehe das, weil ich Manuskripte aus der ganzen Welt angeboten bekomme. Und nicht alle diese Bücher sind gut, aber das ist eigentlich egal, weil es wirklich höchste Zeit ist, dass Frauen sich freischreiben, dass sie all das niederschreiben, was sie Jahrhunderte lang nicht geschrieben haben, weil es entweder als zu weiblich oder als irrelevant abgetan wurde, weil sie gar nicht die Zeit hatten, zu schreiben, weil sie auf Kinder aufpassen mussten und den Haushalt schmeißen mussten.

Und ich glaube, dass es extrem wichtig ist, dass all das passiert, damit die heutigen Leserinnen nicht irgendwann irgendwelche Sätze von irgendwelchen John Updikes lesen und sich selbst und ihren Körper durch seine Augen betrachten.

Veröffentlicht unter: https://www.deutschlandfunkkultur.de/weibliches-schreiben-ein-zimmer-fuer-sie-allein.1270.de.html?dram:article_id=471641

Lina Muzur (geb. 1980) ist Verlagsleiterin und Autorin.

Anmerkung

Z. 17 John Updike (1932–2009): US-amerikanischer Schriftsteller; Hauptthemen seiner mehr als 20 Romane sind Liebe und Leidenschaft, Untreue und Verrat, Sexualität und Ehebruch.

Material 5 Isabelle Lehn (geb. 1979): Weibliches Schreiben in der deutschsprachigen Gegenwartsliteratur (Auszug; 2020)

„Etwas hat sich verändert“, urteilte der Literaturredakteur Jan Drees im Sommer 2019 bei seiner Besprechung von Karen Köhlers Debütroman *Miroloi* im Deutschlandfunk. Stärker als jemals zuvor sei die Gegenwartsliteratur von erzählenden Frauen und dem Erzählen über Frauen bestimmt. Die weltweite Debatte unter dem Hashtag #MeToo habe auch im Literaturbetrieb ihre Spuren hinterlassen. In den Fokus rückten heute eher Opfer statt Täter. Die Liebe von Mittdreißigerinnen, wie bei Daniela Krien, erfahre mehr Aufmerksamkeit als die Leiden des alten Mannes bei Martin Walser. Frauen dominierten die Bestsellerlisten, sie erhielten die wichtigsten Auszeichnungen – kurzum, es habe sich etwas verändert. [...]

Was also hat sich im Literaturbetrieb verändert, seitdem im Herbst 2017 die Vorwürfe gegen den Filmproduzenten Harvey Weinstein laut wurden und Frauen weltweit gegen sexualisierte und häusliche Gewalt demonstrierten, über Geschlechtergerechtigkeit, Alltagssexismus und Benachteiligung im Beruf diskutierten? Vor allem eins: Selbstkritik gehört seither zum guten Ton. Man gibt sich aufgeklärt, gleichberechtigt und unterstützt kritische Aktionen von Frauen. Insbesondere dann, wenn sie so kreativ und unterhaltsam daherkommen wie vergangenes Jahr unter dem Hashtag #dichterdran. Jetzt sind die Dichter dran – nicht nur die Dichterinnen, dachten sich die Autorinnen Güzin Kar, Simone Meier und Nadia Brügger und nahmen bei Twitter die sexistischen Stereotype der Literaturkritik satirisch aufs Korn. Da hieß es etwa über Arthur Miller: „Als Ehemann von Marilyn Monroe hatte er keine Schwierigkeiten, einen Verlag zu finden.“ Eine eigenständige Leistung wird dem Schriftsteller als „Ehemann von“ nicht zugebilligt. Heinrich Böll wiederum wird mit Verweis auf seine Familienarbeit in den Rang des Dilettanten verwiesen: „Wenn die Kinder in der Schule, Abwasch und Einkäufe erledigt waren und das Bügeleisen langsam erkaltete, widmete sich Heinrich Böll seinem heimlichen Hobby, dem Schreiben.“

Der Effekt dieser Umkehrung ist entlarvend, spiegelt er doch die Alltagserfahrung zahlreicher Autorinnen wider: Schriftstellerinnen können sich seltener als ihre männlichen Kollegen darauf verlassen, dass ihre Bücher unabhängig von ihrer Person, ihrem Aussehen, ihrem Alter oder ihrem Privatleben beurteilt werden. Die Folge dieser Verknüpfung ist in der Regel eine Entwertung ihres literarischen Schaffens: Durch den Verweis auf ihr Geschlecht wird ihre Literatur banalisiert. Schreibende Frauen, womöglich nach dem Stereotyp jung und sexy inszeniert, werden weniger ernst genommen. Ihre Arbeit gilt als weniger professionell, und natürlich werden sie schlechter bezahlt. Außerdem widersprechen Frauen, die Kinder haben und sich um ihre Familie kümmern, dem Ideal des einsamen Dichtergenies, das Ruhe und Abgeschiedenheit zum Arbeiten braucht. Die literarische Arbeit von Frauen wird zum Hobby, zum Nebenschauplatz erklärt.

Auszug aus: Isabelle Lehn: Weibliches Schreiben in der deutschsprachigen Gegenwartsliteratur (2020). Veröffentlicht unter: https://www.fischerverlage.de/magazin/extras/weibliches-schreiben-gegenwartsliteratur

Isabelle Lehn ist Schriftstellerin und Philologin.

Material 6 Abbildung: Frauenanteil bei den fünf wichtigsten deutschsprachigen Literaturpreisen (2019)

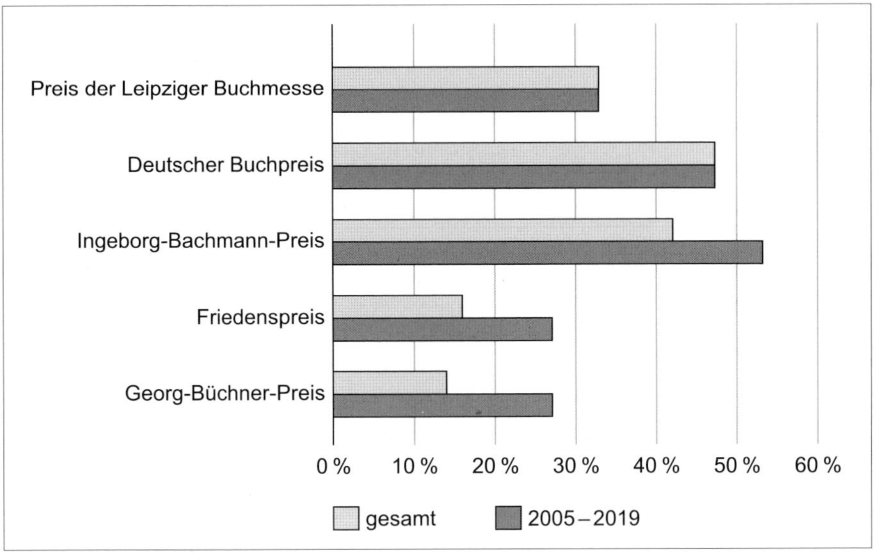

Abbildung: Frauenanteil bei den fünf wichtigsten deutschsprachigen Literaturpreisen (2019). Veröffentlicht unter: https://www.kerstin-herbert.de/?p=8773

Material 7 Lisa Seelig (geb. 1979): Frauen schreiben fürs Herz, Männer fürs Hirn? Was im deutschen Literaturbetrieb schiefläuft (Auszug; 2018)

Auch Karla Paul ist eine der am besten vernetzten und aktivsten Frauen in der deutschen Literaturlandschaft. Sie wurde vor vier Jahren unter unsere „25 Frauen für die digitale Zukunft“ gewählt, hat seit 2006 ihre „Buchkolumne“, war jahrelang in leitenden Positionen bei verschiedenen Verlagen tätig, wo sie vor allem Digitalstrategien verantwortete, und arbeitet zurzeit als freie Kulturjournalistin und Literaturlobbyistin. Auch an sie also die Frage: Woran liegt es, dass Frauen im Literaturbetrieb unterrepräsentiert sind, obwohl die Leser*innenschaft ja überwiegend weiblich ist? Karla Paul weist darauf hin, dass es im Literaturbetrieb allgemein sogar einen Überhang an Frauen gebe, gerade in den Verlagen und im Handel – allerdings nachweislich eher im unteren finanziellen Bereich und dies gelte auch für die Autorinnen. „Erst langsam gelingt ihnen der Zugang in die leitenden, als erfolgreich geltenden Positionen – das bedeutet aber nicht unbedingt, dass dann kollegial Frauen nachgeholt werden, sondern teilweise sogar das Gegenteil. Oft müssen wir gegen das eigene Geschlecht ankämpfen, was doppelt so viel Kraft kostet und viel Aufklärung zunichte macht. Und: Leser*innen denken oft in gewissen Schubladen, welches Genre am besten zu welchem Autor*innenbild passt.“

Das allerdings, sagt Karla Paul auch, könne natürlich ebenso Männern schaden, wenn diese für Erfolg beispielsweise im Romance-Genre ein weibliches Pseudonym tragen müssten und ihnen vorweg von der Käuferin das Einfühlungsvermögen in das andere Geschlecht oder für emotionale Themen komplett abgesprochen werde.

Auszug aus: Lisa Seelig: Frauen schreiben fürs Herz, Männer fürs Hirn? Was im deutschen Literaturbetrieb schiefläuft (2018). Veröffentlicht unter: https://editionf.com/frauen-literaturbetrieb-studie-unterrepraesentiert-nina-george/#

Lisa Seelig ist Journalistin und freie Autorin.

Material 8 Top Ten der Belletristik-Bestseller 2020

1.	Delia Owens: Der Gesang der Flusskrebse
2.	Renate Bergmann: Dann bleiben wir eben zu Hause!
3.	Suzanne Collins: Die Tribute von Panem X – Das Lied von Vogel und Schlange
4.	Pascal Mercier: Das Gewicht der Worte
5.	Lutz Seiler: Stern 111
6.	Laetitia Colombani: Das Haus der Frauen
7.	Robert Seethaler: Der letzte Satz
8.	Monika Helfer: Die Bagage
9.	Saša Stanišić: Herkunft
10.	Bernhard Schlink: Abschiedsfarben

Top Ten der Belletristik-Bestseller 2020. Erstellt nach: https://www.spiegel.de/kultur/literatur/spiegel-jahresbestseller-belletristik-2020-die-vorlaeufige-liste-a-08e49694-3e97-4be5-ad84-2a6e2ea6a83b#fotostrecke-7f17963c-f09e-4472-b009-fc3bda35a73a

Sofern nicht anders angegeben, entsprechen Rechtschreibung und Zeichensetzung in allen Materialien der Textquelle. Die Internetquellen wurden zuletzt abgerufen am 26.09.2021. Sprachliche Fehler in den Textvorlagen wurden entsprechend der geltenden Norm korrigiert.

TIPP **Bearbeitungshinweise**

Voraussetzungen

Die komplexe Aufgabenstellung des materialgestützten Schreibens erfordert Leistungen in allen drei Anforderungsbereichen und somit Kompetenzen, die Sie in mehreren Halbjahren erworben haben.

Erläuterung der Aufgabenstellung

Die Aufgabe verlangt von Ihnen, mithilfe der acht vorliegenden Materialien und Ihrer eigenen literarischen Kenntnisse einen **informierenden Text** zur Stellung von Schriftstellerinnen im gegenwärtigen Literaturbetrieb zu verfassen.

Überlegen Sie als Erstes, was das **Ziel des Textes** ist und wer die **Adressaten** sind. Hier sollen Sie einen Text für ein Programmheft anlässlich einer Lesung, die Ihr Oberstufenkurs Deutsch organisiert, verfassen. Die Zielgruppe sind Lehrkräfte Ihrer Schule, Eltern sowie Ihre Mitschüler und Mitschülerinnen aus der Oberstufe.

Lesen Sie alle Materialien zweimal durch. Beim ersten Mal verschaffen Sie sich einen Überblick, beim zweiten Mal **markieren** Sie Passagen, die Ihnen wichtig erscheinen. Halten Sie außerdem die **Kernaussagen** der Texte und Abbildungen fest. Zudem sollten Sie Ihr eigenes **Hintergrundwissen** und **Ideen** für die Gestaltung Ihres Aufsatzes notieren.

Planen Sie anschließend die **Struktur Ihrer Ausarbeitung**. Dabei gilt es, sich einen Anknüpfungspunkt für den Einstieg und einen Schlussgedanken zu überlegen. Für den Hauptteil sortieren Sie die relevanten Informationen aus den Materialien in **sinnvolle Oberpunkte** ein, um Ihrem Text eine nachvollziehbare Struktur zu verleihen. Sie sollten in Ihrer Ausarbeitung **alle Materialien berücksichtigen**, auch wenn Sie angesichts der begrenzten Textlänge und Bearbeitungszeit nicht alle der dort angeführten Aspekte ausführlich behandeln können. Es gilt also, eine **Auswahl** zu treffen.

Zwar müssen Sie Ihren Aufsatz in einem **sachlichen**, **gut verständlichen Stil** schreiben, doch können Sie sich dennoch um eine abwechslungsreiche sprachliche Gestaltung bemühen, z. B. indem Sie gelegentlich rhetorische Mittel einbauen. Mit einzelnen **direkten Zitaten** aus den Materialien können Sie Sachverhalte verdeutlichen. Der Großteil Ihres Textes sollte jedoch in Ihren eigenen Worten verfasst sein. Formulieren Sie deshalb Aussagen aus den Materialien um und kennzeichnen Sie diese **indirekten Zitate** durch Wendungen wie „der Schriftstellerin George zufolge“ oder „so Herrmann“.

Die Aufgabenstellung verlangt einen informierenden Text, Sie sollen also **keine Meinung vertreten**. Zwar werden Sie nicht explizit aufgefordert, Ihrem Text einen Titel voranzustellen, doch können Sie – wenn Sie eine kreative Idee haben – mit einer passenden Überschrift Interesse bei der Leserschaft wecken. Die **vorgegebene Wortanzahl** liegt bei 1200. Auch wenn es sich hierbei nur um einen Richtwert handelt, sollten Sie darauf achten, diesen in etwa einzuhalten.

Lösungsvorschlag

„Die Literatur“ ist weiblich.
Zur Stellung von Schriftstellerinnen im Literaturbetrieb

„This is a man's world“, sang James Brown in den 1960ern – und diese Maxime galt nicht nur für Politik, Wirtschaft und Geschichte, sondern auch für die Literaturgeschichte. Goethe, Schiller, Heine, Fontane, Kafka, Thomas Mann – wohin man auch liest, überall Männer. Da in der Gesellschaft die traditionelle Rollenverteilung endlich in Bewegung gekommen ist – arbeitende Mütter, Frauen in Führungspositionen, Männer in Elternzeit sind mehr und mehr Normalität –, sollte auch der Literaturbetrieb nicht zurückstehen.

Einleitung
Problematik einer patriarchal geprägten Gesellschaft

Auch uns vom Oberstufenkurs Deutsch liegt das Thema Gleichberechtigung am Herzen. Aus diesem Grund haben wir uns entschieden, den Werken schreibender Frauen eine Bühne zu bieten. Beim Durchsehen dieses Programmheftes ist Ihnen sicherlich aufgefallen, dass im Rahmen unserer Lesung ausschließlich Texte von Autorinnen vorgetragen werden. Damit Sie die Hintergründe dieser Entscheidung nachvollziehen können, möchten wir Sie **über die Stellung von Schriftstellerinnen im gegenwärtigen Literaturbetrieb informieren**.

Hinführung zum Thema

Wie das traditionelle weibliche Rollenbild ist auch die Stellung von Schriftstellerinnen **durch historische Gegebenheiten geprägt**. Im Zuge der Entstehung des Buchmarktes um 1800 haben sich Strukturen herausgebildet, die bis heute Auswirkungen haben, so erläutert die Autorin und Literaturbloggerin Katharina Herrmann. Zu dieser Zeit haben Männer und Jungen in der Schule und im Studium die sorgfältige, reflektierte Lektüre von Klassikern eingeübt. **Frauen** und Mädchen waren jedoch **vom Bildungssystem ausgeschlossen**. Deshalb haben sie im Versuch, sich Wissen selbst anzueignen, in großer Zahl **leicht verständliche Bücher auf oberflächliche Weise gelesen**. Dabei hat sich Herrmann zufolge die bis heute nachwirkende **Vorstellung** herausgebildet, Frauen würden **triviale und emotionale Literatur** bevorzugen. Obwohl auch im 18. und 19. Jahrhundert Frauen Bücher geschrieben haben, sind die wenigsten davon in dem klassischen Literaturkanon vertreten, der heutzutage beispielsweise im Deutschunterricht behandelt wird.

Hauptteil
historischer Hintergrund
(Bezug zu M 2)

„Der **Literaturkanon** ist auf jeden Fall ein **männlich dominierter Kanon**“, urteilt die Verlagsleiterin und Autorin Lina Muzur. Zwar gibt es im heutigen Literaturbetrieb keinen Mangel an **Autorinnen**, allerdings sind deren Werke häufig **im weniger verkaufsstarken Bereich** angesiedelt, sodass die Frauen für ihre Arbeit schlechter

schlechtere Bezahlung und geringeres Ansehen
(Bezug zu M 4, M 7)

bezahlt werden als schreibende Männer, wie die Kulturjournalistin und Literaturlobbyistin Karla Paul weiß. Zudem „können sich [Schriftstellerinnen] seltener als ihre männlichen Kollegen darauf verlassen, dass ihre Bücher unabhängig von ihrer Person, ihrem Aussehen, ihrem Alter oder ihrem Privatleben beurteilt werden", was eine „Entwertung ihres literarischen Schaffens" zur Folge hat, kritisiert die Schriftstellerin Isabelle Lehn. Die **schriftstellerische Arbeit von Frauen gelte als banal und wenig professionell** und werde **als Hobby abgestempelt**, wenn sich die Autorin nebenher um ihre Familie kümmere.

(Bezug zu M 5)

Ein wichtiger Teil des Literaturbetriebs sind Literaturpreise, Rezensionsmedien sowie Buchmessen und TV-Literatursendungen, die Verkauf und Absatz der besprochenen Bücher stark beeinflussen. Hier sind Schriftstellerinnen unterrepräsentiert. Die **fünf bedeutendsten deutschsprachigen Literaturpreise** werden durchweg **seltener an Frauen als an Männer vergeben**. Insbesondere beim Friedenspreis und beim Georg-Büchner-Preis ist der Unterschied zwischen den Geschlechtern eklatant: Beide sind in ihrer bisherigen Geschichte zu gerade einmal rund 15 Prozent an Autorinnen verliehen worden. Bei den Rezensionen sieht es nicht viel besser aus. In **anspruchsvollen Medien** wie der *Zeit* oder der *SZ* drehen sich **nur zwischen zehn und 24 Prozent der Literaturbesprechungen um die Werke von Frauen**, wie die Journalistin Nina George beobachtet hat. In Unterhaltungsmedien wie der *Brigitte* ist der Anteil an Literatur von Schriftstellerinnen zwar höher, erreicht aber selten die magische 50-Prozent-Marke. Einen möglichen Grund dafür hat die Schriftstellerin Elena Ferrante festgestellt: „Männer nehmen von Frauen geschriebene Bücher als Bücher für Frauen wahr." Die eindringliche Schilderung von Emotionen, die als typisch für weibliche Literatur gilt, wird mit Kitsch gleichgesetzt. Den – laut George zu 75 Prozent männlichen – **Rezensenten erscheinen die Werke männlicher Autoren deshalb möglicherweise vertrauter oder sogar wichtiger**, weshalb sie diese bevorzugt behandeln.

Unterrepräsentation bei Literaturpreisen und in Rezensionsmedien

(Bezug zu M 1, M 6)

(Bezug zu M 3)

Eventuell wird der Grundstein für das Ungleichgewicht zwischen Männern und Frauen im Literaturbetrieb sogar schon gelegt, bevor ein Buch überhaupt auf den Markt kommt, nämlich bei der **Programmplanung**. Die Werke männlicher Schriftsteller erscheinen häufiger im hochwertigen Hardcover-Format und bei Verlagen, die traditionell Bücher zu anspruchsvollen Themen verlegen, zum Beispiel Hanser oder Suhrkamp. Für **Schriftstellerinnen** bleiben dann nur noch die vielfach **abwertend beurteilten Unterhaltungsverlage**, bei denen ihre Werke als **Taschenbücher mit kitschigen Covern** herausgebracht werden. Ein Teufelskreis kommt in Gang: Bücher mit dieser Aufmachung finden **im Feuilleton keinen Platz**,

Ungleichgewicht in der Programmplanung

(Bezug zu M 3)

was sich wiederum **negativ auf ihre Präsenz im Buchhandel auswirkt**, denn viele Händler suchen ihre Ware anhand von Buchbesprechungen aus.

Allerdings zeigen sich Lichtblicke, die auf eine **Verbesserung der Stellung von Schriftstellerinnen** hindeuten. Muzur erinnert sich, dass es früher schwer gewesen ist, gute Bücher von Frauen zu finden. Inzwischen existiert jedoch eine große Anzahl solcher Werke, auch zu **Themen wie Mutterschaft oder weiblicher Sexualität**, die zuvor unterrepräsentiert waren oder aus einer männlichen Perspektive dargestellt worden sind. Ein Blick auf die **Belletristik-Bestseller 2020** zeigt, dass immerhin **vier Bücher von Schriftstellerinnen in den Top 10** vertreten sind. Eigentlich befinden sich sogar fünf Frauennamen auf der Liste, allerdings handelt es sich bei Renate Bergmann um das Pseudonym eines männlichen Autors. Die annähernde Gleichverteilung der Geschlechter auf der Bestseller-Liste lässt die Annahme zu, dass die Werke von Frauen zunehmend ihren Platz im verkaufsstarken Bereich des Buchmarktes finden. Auch bei den **deutschen Literaturpreisen zeigt sich diese Trendwende**. Sowohl der Ingeborg-Bachmann-Preis als auch der Friedenspreis und der Georg-Büchner-Preis sind seit 2005 deutlich häufiger an Frauen verliehen worden als in der Gesamtzeit ihres Bestehens.

Anzeichen für Verbesserung der Stellung von Schriftstellerinnen

(Bezug zu M 4)

(Bezug zu M 8)

(Bezug zu M 6)

Eine **Zäsur** für den Literaturbetrieb stellte das Jahr 2017 dar: Als dem US-Filmproduzenten Harvey Weinstein sexuelle Belästigung vorgeworfen wurde, erhoben weltweit Frauen ihre Stimme gegen sexuelle Übergriffe, aber auch **gegen einen männlich dominierten Kulturbetrieb**. Isabelle Lehn resümiert die Auswirkungen auf das literarische Leben: „**Selbstkritik** gehört seither zum guten Ton. Man gibt sich aufgeklärt, gleichberechtigt und **unterstützt kritische Aktionen von Frauen**." Ein Beispiel für solch eine Aktion ist eine kreative Twitter-Kampagne von drei Autorinnen, die typische sexistische Stereotype der Literaturkritik auf Männer angewendet haben. Die Leistung des Schriftstellers Arthur Miller haben sie etwa durch den Hinweis herabgesetzt, er habe nur einen Verlag gefunden, weil er der Ehemann von Marilyn Monroe gewesen sei. Auf einen Mann bezogen wirkt diese Feststellung überraschend und anmaßend, über Frauen werden solche Aussagen häufig wie selbstverständlich getroffen.

Unterstützung kritischer Aktionen

(Bezug zu M 5)

Der **Literaturbetrieb** erlebt also einen **Umbruch**. Allerdings können wir die Literaturgeschichte vergangener Epochen nicht umschreiben. Zu viele Schriftstellerinnen sind durchs Raster gefallen oder haben ihre Texte gar nicht veröffentlichen können, sodass eine Annette von Droste-Hülshoff oder eine Karoline von Günderrode als Ausnahmen herausragen. Zwar ist auch heute die **Gleichstellung der Geschlechter im Literaturbetrieb** – wie auch in anderen

Zusammenfassung

Lebensbereichen – **noch lange nicht erreicht**. Immer noch prägen historisch entstandene Unterscheidungen wie die von anspruchsvoller Männerliteratur und seicht-emotionaler Frauenliteratur unser Bild, häufig unbewusst. Immer noch sind Schriftstellerinnen benachteiligt – beim Honorar, beim Ansehen, bei Preisen und bei Rezensionen.

Allerdings zeigen sich **positive Entwicklungen**. Inzwischen existieren zahlreiche Werke von Schriftstellerinnen, die auch weibliche Themen abdecken. Auf den Bestsellerlisten wie bei den Buchpreisen holen Frauen auf. Kritische Aktionen rütteln die Öffentlichkeit wach und sensibilisieren für die (noch?) vorhandene Unterrepräsentation von Frauen.

Auch wir vom Oberstufenkurs Deutsch möchten dazu einen Beitrag leisten. Aus diesem Grund rücken wir im Rahmen unserer Lesung die Texte talentierter Schriftstellerinnen ins Rampenlicht. Weibliche Literatur ist vielfältig und großartig – hören Sie selbst!

Bezug zum situativen Rahmen

Niedersachsen Deutsch ▪ Abiturprüfung 2023
Grundlegendes und erhöhtes Anforderungsniveau

Um Ihnen die Prüfung 2023 schnellstmöglich zur Verfügung stellen zu können, bringen wir sie in digitaler Form heraus.

Sobald die Original-Prüfungsaufgaben 2023 freigegeben sind, können sie als PDF auf der Plattform **MyStark** heruntergeladen werden (Zugangscode vgl. Innenseite des Umschlags).

Aktuelle Prüfung

www.stark-verlag.de/mystark